晚清之变

天崩地坼

吕峥 著

中华书局

图书在版编目(CIP)数据

晚清之变:天崩地坼/吕峥著. —北京:中华书局,2021.7
ISBN 978-7-101-15222-7

Ⅰ.晚… Ⅱ.吕… Ⅲ.长篇历史小说-中国-当代
Ⅳ.I247.5

中国版本图书馆 CIP 数据核字(2021)第 094003 号

书　　名	晚清之变——天崩地坼	
著　　者	吕　峥	
责任编辑	傅　可	
出版发行	中华书局	
	(北京市丰台区太平桥西里 38 号　100073)	
	http://www.zhbc.com.cn	
	E-mail:zhbc@zhbc.com.cn	
印　　刷	北京市白帆印务有限公司	
版　　次	2021 年 7 月北京第 1 版	
	2021 年 7 月北京第 1 次印刷	
规　　格	开本/710×1000 毫米　1/16	
	印张 22¼　插页 2　字数 200 千字	
印　　数	1-20000 册	
国际书号	ISBN 978-7-101-15222-7	
定　　价	50.00 元	

目　录

序　章

1911 年 7 月 26 日，武汉《大江报》刊登了一篇名为《大乱者，救中国之妙药也》的时评。

这篇被人竞相传阅的文章开篇即直言不讳地指出："中国情势，事事皆现死机，处处皆成死境。膏肓之疾，已不可为，然犹上下醉梦，不知死期将至。"

在那个腐烂动荡的年代，类似的反动文章俯拾即是。之所以将这篇毫无史料价值、文笔稀松平常的单拎出来，因为它记录了一个可贵的现实——上下醉梦。

缺乏历史现场感的人一谈到辛亥革命，眼前就浮现出"烽烟滚滚血横流""城头变幻大王旗"的画面，仿佛全体清朝人高度自觉，人手一本《推背图》，早就算好了 10 月 10 日改朝换代，只待天朝崩溃，生旦净末丑、神仙老虎狗，各色人等便一齐跳出来，打跑颟顸愚昧的清政府。

这不符合历史真实。

据《泰晤士报》驻华记者莫理循观察，1911 年的北京是充满了新气象的：

> 到处都在铺石子路，重要的宅第家家都点上了电灯，街道也用电灯照明，电话通畅，……老百姓的物质生活正在日趋丰富，这是

不成问题的。你在全国无论走到哪里，都会有财富在增长的迹象映入眼帘。

大风起于青萍之末？未必。

清朝人对政治有着异乎寻常的热情，这实属无奈。你不关心政治，政治肯定关心你，每天都合计着怎么再从你身上榨点脂膏出来。

但关心也没用，有些存在是如此牢固，以至于多少人前赴后继地重演着从希望到失望再到绝望直至无望的心路历程，最终将人生追求定格在"莫谈国事，闷声发财"上。

愤怒、恐惧、痛苦、憎恨的情绪并不能打破晚清那种群体性麻木的常态，阶层分化的复杂性和利益诉求的多样性，稀释了对同一社会目标的持续关注。

1911 年，地处山西平遥，有"汇通天下"之称的晚清第一大票号"日昇昌"由于时局维艰，存银锐减，考虑的是如何重组转型为现代化的"银行"。

1911 年，后来成为民国最牛出版商的张元济，已经尝到出版教辅书的甜头。原本只有一间房子的商务印书馆被一本名为《最新国文教科书》的教材推上了成功的天梯，他开始紧锣密鼓地酝酿下一个出版计划。

1911 年，滦州煤矿的负责人周学熙，正和在庚子拳乱中被洋人骗走的开平煤矿打价格战。作为原两广总督周馥的儿子，周学熙用三年时间打得英商皮开肉绽，元气大伤，把一帮爱国青年激动得热血沸腾。

1911 年，昆曲票友穆藕初正在美国学习棉纺业。他有幸成为泰勒的那本管理学奠基之作《科学管理原理》的第一批读者。年近四十的穆藕初数次拜访泰勒，是唯一同这个现代管理学之父有过切磋的中国人。学成归国后，穆藕初筹资创办了上海德大纱厂，成为同张謇、周学熙以及荣氏兄弟并列的"棉纱四天王"。

在有着悠久的投机传统，宛如一座赌场的古老国度，各怀鬼胎的清朝人对于"武昌起义"——这个若干年后出现在历史教科书里的名词没有太大热情，因为大伙还要忙着生存。

十几年间，革命党三天一暗杀，五天一暴动。吴樾敢在天子脚下炸出洋五大臣；徐锡麟打入敌人内部，搞死一个巡抚；温生才直接拦轿手刃广州将军孚琦——你要不弄死个把总督，都不好意思上报馆头条。

虱多不痒。在没有自媒体的年代，很多人只知道武汉出事了，却没料到有生之年竟能见证一个王朝的末日。

与此同时，一双冷峻的目光正投向洹上村那深邃的夜空。

这是一处占地三百亩的宅第，四周封闭，内院星罗棋布着四方形的建筑。与传统四合院不同的是，每栋建筑均有五间房，落地门窗，装设自来水，中西合璧。别具特色的同时，也皮里阳秋地暗示了宅邸主人内心深处的矛盾。

花园的面积很大，有珍禽馆和鹿房，中间是一个椭圆形的大水池，主人经常划船到池中央垂钓，"一不小心"流传出去的"孤舟蓑笠翁"的照片还被时人和后人煞有介事地解读出各种政治寓意。

"楼小能容膝，高檐老树齐。开轩平北斗，翻觉太行低。"

夜空中隐隐传来读诗的声音。月光洒下，一个身高 1.58 米的中年男子身影被拉得很长，满池的清水都被那影影绰绰的黑影给覆盖了。

他，就是袁世凯。

第一章：站在历史的拐角处

武林外史

许多年后，当察存耆回想起儿时第一次见袁世凯的情景，依旧感慨万千。

当时，直隶总督袁世凯刚刚调京任军机大臣，按例要拜码头，遍访中央大员。

拜来拜去就到了内务府总管增崇家。闲聊没几句，增崇把儿子察存耆叫出来见客。

小察规规矩矩地给袁世凯请了个安，道："大爷。"

当满人叫你大爷的时候表示和你比较亲近。

当袁世凯跟你套近乎时可能只是因为自来熟。

只见他闪电般离席，抢前几步，屈膝还礼，连道："不敢，不敢！"

小察愣住了，在他的世界观里，位极人臣的军机大臣就该像王文韶那样神气活现。初见王军机时，懂事的小察一揖到底，给足了面子。

可王文韶老僧入定般纹丝不动，手里的水烟袋也不放下，歪歪扭扭地拱拱手便算是还礼。

因此，受宠若惊的小察不懂袁世凯到底要闹哪样。

增崇发话了："小孩子，小孩子，袁中堂太客气了！"

袁中堂还觉得不够客气。他紧紧握住小察的手,道:"老弟好!"接着,半侧着脸看他,目光炯炯有神,半侧着脸对增崇道:"老弟真英俊!让我们先谈一谈。"

增崇不语,表示同意。

袁世凯转过脸来,道:"经书都读过了吧?"

小察回道:"现在才读《周礼》,《易经》还未读。"

袁世凯道:"读经是要慢慢地读,不可太快。"又说:"老弟需要什么书,我可以送过来。"

小察想显显志气,给旗人长脸,便道:"为将来考学堂,正预备各门功课。现有的教科书,似有些不足。"

袁世凯赶紧道:"好,好,明天我就给你送过来。打扰老弟用功了。"

翌日中午,小察刚下学就在院子里看到五个大箱子。门房说:"袁大人差人给少爷送书。"

他瞥了眼大红名帖,只见"袁世凯"上方用墨笔写了"世愚弟"三个小字。开箱一看,天文地理、政治经济、军事哲学,各类书籍目不暇接,且都是由京师大学堂编纂、直隶官书局出版的……

同样受过优待的还有林徽因的父亲林长民。

作为改良派,林长民曾与梁启超共组进步党,以抗衡国会中的国民党,被袁世凯任命为参政院(国会解散后的立法机关)秘书长。

一次,林父病危,林长民到总统府请假,准备回上海尽孝。袁世凯格外重视,送了他人参、鹿茸等贵重物品,约合白银三千两。

然而赴沪不久,林父便病逝了。悲恸的林长民发了讣告,写了悼词,结果立刻收到袁世凯寄来的五千两白银。

办完丧事,林长民回京销假。新华宫,袁世凯拉着他的手殷勤劝慰,并背诵林长民撰写的悼词,洋洋洒洒,一字不落,背着背着还泪流满面起来。

林长民震惊跪地，泣不成声。袁世凯拭泪，将之扶起，送至门口。

从此，林长民对袁唯命是从。他私下密告亲友道："大总统此举，可谓责望于我已达极点，若不从之，恐命不久矣。"

这纯属少见多怪。据黄炎培回忆，袁世凯记忆绝好，过目不忘，其博闻广识，往往令下属敬畏有加。

张作霖见他时，不敢抬头直视；阎锡山见他时，还没开口，袁世凯就把他想说的话全都说了。

张钫年少得志，二十七岁就当了陕南镇守使（军分区司令）。作为陕西辛亥革命的领袖之一，他进京办事时受到袁世凯的接见。

袁世凯："你和张都督（陕西都督张凤翙）谁是铁门人？"

张钫："我是铁门人，张都督的老家是怀庆。"

袁世凯："我二十岁时来往陕西，经过铁门住过两宿，还记得店在路南，街东有河，两山对峙，风景很好。"

张钫暗暗吃惊，却没料到袁世凯对陕西的文化名胜娓娓道来，又一一点出张钫何年何月干过何事，并赞不绝口。最后，他语重心长地规劝这位后生："一不要急着做官，二不要贪钱，三要多读书。"

即使张钫后来反袁，亦不得不承认袁世凯具有温和洒脱的魔力。

部下眼中的袁世凯是捉摸不透的。

晚清时，幕僚张一麐曾入见，力陈宪政改革的紧迫，并暗示必须由"大力者主持"。

袁世凯打官腔道："国人教育未能普及，若以专制治之，易于就范。立宪之后，权在人民，恐画虎不成，反生流弊。"

张一麐据理力辩，袁世凯不为所动，把他气得怏怏而退。

谁知第二天袁世凯又召见张一麐，嘱咐他将预备立宪做一个详细的说帖交上来，张一麐大惑不解。后来看到出洋考察的五大臣联袂上奏的预备立宪稿即他所拟，未易一字，更是迷惑。

原来，袁世凯是故意模仿守旧派的腔调与他争论，"以作行文之波澜"。

张一麐不知道的是，早在一年前，就曾有过这样一段对话。

慈禧："滇匪虽靖，孙逆未擒，仍是可虑事。"

袁世凯："如实行立宪，即无足虑。"

子女眼中的袁世凯是简单的。

据袁静雪回忆，父亲无论站着还是坐着，总是挺直了腰。坐下时，两腿叉开，两手放在膝盖上，绝不跷二郎腿。

每天六点，准时起床。早餐永远是一海碗鸡丝汤面和一大盘鸡蛋，午餐则少不了清蒸鸭子。用象牙筷子把鸭皮一揭，三卷两卷扒拉下来——袁世凯大口嚼着自己的最爱，发出"吧唧吧唧"的声音。

因为信奉"能吃才能干"，袁世凯喜欢用大号的餐具，并把"要干大事，没有饭量不行"挂在嘴边，号召儿女们多吃，以成大器。

世人眼中的袁世凯是阴险的。

民国名记黄远生锲而不舍地跟袁世凯作对，天天在报纸上挑衅袁大总统。

在一篇《袁总统之师父》的评论中他说："当年满人中的杰出代表良弼留学东京时，亲见革命风潮之烈，谓其大佬曰，'勿忧，此辈每月给上数百金，赏一顶戴，即闭口矣。'现在民国初创，袁总统不思息内乱而御外侮，唯知以上将、中将的勋位牢笼其徒卒。可见，袁总统者，放大之良弼也；良弼者，袁总统之师父也。"

此文还有姐妹篇《袁总统之徒弟》。

一日，黄记者的车夫和另一个车夫当街吵了起来。于是，袁总统的徒弟——一个站岗的巡警走了过来，叱责道："吵什么吵，知道吗，现在是共和时代，大家对付着罢了！"

黄远生一拍大腿，顿悟道："原来共和是拿来对付的，袁总统的教导果然普度众生！"

无论褒贬，不能否认的是袁世凯强大的个人魅力。它甚至感染了太平洋彼岸的《纽约时报》：

> 整个中国能否产生另一位像袁世凯这样具有组织才能和个人影响的政治家，是大可怀疑的。

地狱空荡荡，魔鬼在人间

1908年9月，袁世凯五十大寿。

位于王府井附近锡拉胡同的袁府贺客盈门，一团祥瑞。北京的权贵无一不在，扔颗炸弹下去，孙中山（1866—1925）的革命便成功了一半。

正厅前搭起了一座戏台，京剧名角谭鑫培正在卖力地演出。

两天前，谭府。

内阁大学士那桐亲自造访，表明来意：请谭到袁府唱一出。

谭鑫培炙手可热，连慈禧都是其粉丝，因此摆谱道："你要是给我请个安，我就唱。"

官居一品的那桐没等他说完，安已经请了下去。

胡同通往东华门的大街上挤满了马车，军警沿途站岗。

当天，北京和天津的寿联、寿屏销售一空。望着那一对对用上好的泥金笺制作的联子，袁世凯五味杂陈。

> 有猷（谋略）有为有守，多福多寿多男。

这是庆亲王奕劻（1838—1917）的对联。

作为最后一任领班军机大臣，不问政事、专心纳贿的奕劻，被人戏称为"庆记公司"的老板。

与紫禁城落日余晖的衰败景象不同，坐落于安定门外的庆王府门庭若市，喧嚣繁华。

除了美轮美奂的戏楼和日复一日的筵席，厅堂中还悬挂着奕劻手书的家训：

> 留有余不尽之禄以还朝廷，留有余不尽之财以遗百姓；留有余不尽之巧以还造化，留有余不尽之书以遗子孙。

然而，言行的巨大反差让人不得不感慨：赞扬戒律是一回事，遵守它则是另一回事。

发迹前的奕劻，是个连上朝的官服都要靠当铺借贷的穷贝勒。

不堪回首的往事铸就了其贪婪敏感的性格，以至于身居高位后只争朝夕地捞钱。

面对王朝越来越瘦，王府越来越肥的奇观，不知道的还以为奕劻是潜伏在清廷内部的同盟会会员。

一次，一个叫林开谟的官员外放为署理江西学政（省教育厅代厅长）。就任前，按例须遍谒军机大臣。

结果在拜访庆府时，三谒不得其入。

门卫见他榆木脑袋敲不醒，只好点破："我的林大人，尚有三种名目，共计七十二两的门包呐。"

谁知林大人就跟第一天到中国般天真，指着门壁上张贴的奕劻手谕"严禁索贿"道："王爷既有此话，我怎么敢？"

门卫哭笑不得道："王爷的话不能不这么说，你林大人的这个钱也不能省！"

费尽周折总算走马上任，可林开谟还是没"开谟（策略）"。他接到一封京中书信，内称"只要八千两白银，便能代为运动，免去署理二字，实补此缺"。

可惜，林学台从小被洗脑，根正苗红，不信我天朝会有此等卖官鬻爵之事，当即付之一炬。结果很快迎来朝旨：着即开缺（免除职务），发回原任——比声控开关还灵敏。

其实，更多的官员早就浸淫得玲珑剔透，无须奕劻劳心。

一个道员级（地市级）的闲官陈壁，常因仕途偃蹇长吁短叹，指天骂地，被他在京城开金店的亲戚瞧见。

亲戚隔三岔五出入庆府，愿助他一臂之力。于是，在某次拜访时将店中所藏的稀世东珠献与奕劻。

"庆记公司的董事长"被震住了。他端详良久，假意问道："其价几何？"

亲戚道："这是本家陈壁所献。"

奕劻故作惊愕道："素昧平生，安可受之？"

亲戚坦然道："他想见一见老王爷，只是未敢造次。"

有金钱铺路，除了造反，造什么都行。

隔日，陈壁进入庆府，呈上借来的五万两白银，并不失时机地拜奕劻为干爹，把老头儿哄得乐不可支。

陈壁果然毫无悬念地平步青云，官至邮传部尚书。

行贿是一门口传心授、实践性强的学问，没有做不到，只有不敢想。比起官至直隶总督的陈夔龙来，陈壁还稍逊风骚。

陈总督既是干儿子，又是干女婿。他老婆虽说不混娱乐圈，但很早便认了奕劻做干爹。作为义女，陈夫人长年驻扎在庆邸，奕劻上朝时，亲自为其挂朝珠。冬寒珠凉，则先于胸间捂热，而后挂其颈上，以至坊间笑传："百八牟尼（念珠）亲手挂，朝回犹带乳花香。"

陈夔龙更是尽其所有，日夜孝敬，搞得奕劻都不好意思了，劝诚道："你也太费心了，以后还须省事为是。"

陈夔龙慷慨道："儿婿区区之忧，尚需大人过虑，何以自安？求大人以后莫管此等琐事。"

受贿在庆记的确成了琐事。

军机大臣鹿传霖曾任陕西巡抚十多年，对关中各州县官缺肥瘦的熟稔程度却远不如遥坐京师的奕劻。

庆府客厅的御案上常置一盒，来客入见奕劻，必将银票金条主动投入，以避免交接时你推我搡的虚假客套。

庙堂之上，朽木为官

帮袁世凯搭上奕劻的是轮船招商局的总办杨士琦（1862—1918）。

在此之前，主管总理衙门的奕劻恼恨袁世凯同领班军机大臣荣禄走得近，一度通过部下放出话来："袁慰庭？他只认得荣仲华，瞧不起咱们的！"

的确，袁世凯曾对心腹说："满员中只有一个荣禄，然而暮气已深。剩下的全是尸位素餐的饭桶。"

1903 年，荣禄病危，袁世凯打听到继任者是奕劻。为了扭转不良印象，他祭出首席智囊杨士琦。

此人为袁世凯出谋划策，屡建奇功，心计之深不下于徐世昌。如果徐是荀彧，杨便是贾诩。

举人出身的杨士琦早年给李鸿章（1823—1901）当幕僚，曾随幕主跟洋人周旋，签订《辛丑条约》。

彼时，李鸿章已精力不支，懒得与同为议和大臣的奕劻废话。洋人有什么动议，他都派杨士琦前去通知。

善于逢迎的杨士琦就此和奕劻混熟，为后来的牵线搭桥埋下了伏笔。

即使对奕劻来说纳贿比纳个凉还稀松平常，杨士琦奉上的十万两银票也是天文数字。

内心狂喜的他假惺惺地推让道："袁慰庭太费事了，我怎么能收他的。"

杨士琦淡定道："袁宫保知道王爷不日必入军机。在军机处办事，每天都得进宫，而老佛爷身边的太监一定会向王爷道喜讨赏，费用很是不小。这点微薄心意不过作为王爷到任时的零用，以后还有特别报效。"

滴水不漏的说辞让奕劻心安理得地收下了巨款。

袁世凯果然说一不二，不但包办了庆府的婚丧嫁娶、子孙满月，还定期馈赠巨额的"生活费"。

回报也很丰厚。作为直隶总督、北洋大臣，袁世凯借奕劻之手缔造了一个"天下督抚半出于北洋"的晚清政局。

透过窗户，望着进进出出的官员、商人和文士，袁世凯的嘴角露出一丝不易察觉的冷笑。

所有人，为了各自的利益集合到一起，将袁府变成了一座舞台。

一年前的舞台是奕劻的七十大寿。他一面宣布禁止收礼，一面暗备账册，将之分为"福、禄、寿、喜"四个级别，按礼金多寡分别入账。一些财力不济的官员送的寿屏和小红包则打入别册，压根入不了奕劻的法眼。

但对一不缺钱、二不贪财的袁世凯来说，收礼的目的只是衡量对方与自己心理距离的远近，以调整人事安排。

人生不能没有剧本，否则便会活在别人的剧本里。

到场拜寿之人，十之六七都是袁世凯本子里的角色。不用人物小传，他也了如指掌。剩下的则是群众演员，或曰"历史的过客"。

奕劻虽未到场，也是个重要配角。别看杨士琦日日奔走于满族权贵之门，送钱送脸，谄媚恭维，背地里却把这帮寄生虫蔑称为"童"——某贝勒为"童昏"，某亲王为"童顽"……

谁控制着谁，从表面是看不出来的。

而奕劻，就是袁世凯最大的傀儡。他操纵着这只投币式木偶，拖垮了清廷。

外间忽然一阵骚动，放眼望去，却是张之洞（1837—1909）的贺联到了：

朝有王章咸九译（泛指西方列强），寿如旦召佐重光。

上联称赞袁世凯是外交能手，下联则用辅佐周成王的贤相周公、召公比喻赞襄清廷的自己和袁世凯。

时人以"袁世凯不学有术，张之洞有学无术"形容这对泰山北斗，殊不知有什么都不如有兵。

在清政府编练新式陆军的改革进程里，张袁二人一南一北，不分伯仲，但前者无意培植私人势力，后者则伺机坐大。

讽刺的是，由于张之洞看重军人的文化素质，新军第八镇中识文断字的书生兵云集——"启智"的直接后果便是将湖北变成了亡清的导火索。

风烛残年的慈禧最后一次重要的人事布局便是将两大"柱石"调京任军机大臣，借机褫夺兵权。

袁世凯还好说，直督任上经营多年，京城亲信遍布，又兼着一个外务部（外交部）尚书，不练兵大不了去搞外交。只身入京的张之洞却可谓龙离大海，虎落平阳。

张大人进京后住在远离紫禁城的先哲祠，上朝多有不便。袁世凯听说后，立刻将锡拉胡同的宅子腾出来给他住。

张之洞固然免去了奔波之苦，但付出的代价是被袁世凯监视。

一次，某外省官员来京面谒袁世凯，袁随口问道："可曾见过张中堂？"

来人如实道："未见公，不敢往。"

袁世凯点头道："嗯，昨天看门簿时的确没有你的名字。"

两虎相争，慈禧的目的已然达到。

其实，以袁世凯的度量，张之洞但凡放下一点清高的架子，两人也绝不会闹僵，毕竟后者的资历与学历是袁世凯望尘莫及的。

可能张之洞对买卖文凭（袁世凯的功名是捐的）的社会风气实在是深恶痛绝，偏要倚老卖老，在袁世凯刚当上直隶总督，途经江宁（南京）时便给了他一个下马威。

作为署理两江总督，在为袁饯行时，张之洞居然喝着喝着假寐了，旁人也不敢叫，袁世凯等不及便先走了。

谁知张大人酒"醒"之后，急命属下去追，请他回来。

袁世凯本想作罢，却耐不住众人苦劝，只好折了回来，陪张之洞演完"把酒言欢"的送别戏。

还有一次，张之洞路过保定，会晤袁世凯。

席间，袁的亲信、直隶布政使（直隶省省长）杨士骧作陪。

听说杨士骧乃翰林出身，张之洞眼前一亮，与之热聊起来，所谈皆是翰林院的旧事，把袁世凯晾在一边，旁若无人。

袁世凯枯坐在侧，一句话都插不上。

事后，张之洞对人道："不意袁慰庭作总督，藩司（布政使）仍有杨莲府（杨士骧）！"

袁世凯听说后，打趣道："你既受香帅知遇，何不请其奏调湖北（张之洞时任湖广总督）？"

杨士骧笑道："纵使香帅有此意，我也不愿伺候这种上司！"

香帅传奇

张之洞 16 岁中解元（头名举人），在时任河南巡抚的大哥张之万幕中当文案。

才识不凡的小文案看不惯迂阔守旧的官场陋习，经常激扬文字、针砭时弊。张之万看了他的奏稿，心想"这要交上去自己就该回家卖红薯了"，便开玩笑道："写得很好，但留待老弟当封疆时再入奏也不晚。"

会试时，张之洞依旧放言无忌、指陈时政，引起了阅卷大臣的争议。最后是慈禧力排众议，将之定为探花。故终其一生，张之洞对西太后都抱有深深的感恩之情。

最明显的例子就是同治驾崩时，慈禧为了继续垂帘听政，强立四岁的光绪，遭到群臣的激烈反对，吏部主事吴可读甚至服毒死谏。眼看局势即将失控，张之洞站了出来，大义凛然道："本乎圣意，合乎家法"，用一封气势磅礴、论证严谨的奏疏挽狂澜于既倒。

外放山西巡抚任后，张之洞大搞禁烟；而在两广总督任上，为了筹措军饷，又大力发展博彩业，引来种种非议。

1903 年，刚当上领班军机大臣的奕劻，邀请张之洞赴京商讨特科考试之事。

在乾清门外军机处值房的台阶下，张之洞止步不前。任凭谁招呼，就是不肯踏上去。军机大臣瞿鸿禨（1850—1918）猛然醒悟：雍正曾御笔批示，军机重地，擅入者斩。

二百年过去，祖制已被淡忘，彼时编制还不在军机处的张之洞却自律甚严，谨小慎微。

奕劻无奈，只好让瞿鸿禨等人陪张之洞开露天会议。

1880 年的"午门护军案"，张之洞淋漓尽致地展现何为"巧宦"。

案发当日，慈禧派太监李三顺给她妹妹（奕譞的老婆）送中秋节食品。按规定，太监出宫不能走午门，当事人李三顺不知受了什么刺激，执意要走，同午门护军发生争执。

李三顺强行闯关，却因生理缺陷不敌护军。一气之下，他扔了食盒，泪奔而归，向慈禧告状。

慈禧大怒，非要严惩这几个打狗不看主人的护军，"首犯"还要办成死罪。

朝野不服，群情激愤。多方协调下，终于改判当事护军为流放或监禁，而肇事者李三顺却全身而退。

清流党愤然于胸，纷纷上疏抗争。被尊为清流领袖的张之洞却岿然不动，坐看云起云落。

两个月后，戏剧性的转折发生了。

这天中午，慈禧在西暖阁正准备吃饭，外面突然传来一阵咳嗽声，于是忙问是谁，回答说"内监"。

放眼一看，却是个平民老汉，手持烟杆，大吐烟圈。

慈禧惊骇不已，命人捉拿审讯后得知，原来老头认识一个太监，请他带自己到宫里开开眼界。两人从神武门进宫，护军因前车之鉴，不敢阻拦。后太监有事离开，老头转来转去迷了路，便走入了深宫。

慈禧又大怒。老头被处死，太监和护军也遭到重处，上谕颇为讽刺地写道："门禁松弛已极，实堪痛恨。"

张之洞见火候已到，立刻出手，上疏痛斥太监种种令人发指的猥琐行径，渲染门禁形同虚设的可怕后果，请旨让内务府对太监严加约束。

疏中只字不提午门护军的冤屈，却旁敲侧击地使慈禧"自悟"，主动减免了对之前护军的处罚，薄惩了李三顺。

恭亲王奕䜣拿着张疏对一干御史道："你们上的折子真是笑话，这才称得上是真正的奏疏呢！"

张之洞的宦术，要同李鸿章对比着看方才明朗。

如果说李鸿章是勇于任事，张之洞就是善于任事。勇于任事者明知不可为而为之，有我不下地狱谁下地狱的牺牲精神，而善于任事者则凡事趋利避害，见风使舵。

对张之洞而言，废科举可谓晚年最华丽的一次转身。

此事由袁世凯（直隶总督）牵头，张之洞（士林楷模）出面，四个封疆大吏联衔，声势浩大。

无论过渡如何平滑婉转，终结延续了一千多年的取才标准，还是对世道人心产生了难以估量的冲击。

山西籍举人刘大鹏，在一富商家担任塾师近二十年。废科举的"噩耗"传来后，其世界观崩塌了，在日记中哀号道：

> 甫晓起来心若死灰，看得眼前一切，均属空虚，无一可以垂之永久；
>
> 词章之学无人讲求，再十年后恐无操笔为文之人矣；
>
> 科考一停，同人之失馆（失业）者纷如。谋生无路，奈之何哉！
>
> 嗟乎！士为四民之首，坐失其业，谋生无术，生当此时，将如之何？

其实，刘大鹏所幻灭的，正是袁世凯所希冀的——废科举给延续千载的中国式成功学沉重一击。

如果不从价值观上告别中国式成功学，人人自谋出路，自食其力，自作主张，万恶的体制就永无坍塌的可能。

历史的走向是最好的证明。

清廷之亡，非亡于革命党的暴动。以神州之大，热兵器时代的地方，骚乱无非群体性事件；清廷之亡，非亡于思想家的启蒙。芸芸草根，自有其趋利避害的行事逻辑，武昌起义对他们而言就是又一次改朝换代。

清廷之亡，实亡于袁世凯的釜底抽薪。

废科举的催命符一祭，优秀人才各奔东西，再也不必为了机关里的一个位子挤破脑袋，体制内外的天平顷刻失衡。

政治上的分分合合极为频繁，昨天还携手打击顽固势力，今天便对掐起来。

一日，当着德国公使的面，袁世凯直言不讳道："张中堂是讲学问的，我是办事的。"

话传到张之洞的幕僚辜鸿铭耳中，他以外交部发言人的气势当场予以反驳："不错，但要看所办何事。如果是老妈子倒马桶，固然用不着学问。而除了倒马桶，我不知道天下还有什么事是没有学问的人可以办得好的！"

张之洞的反击更凌厉。

某次军机会议上，一件紧急军务须立即拟稿。张之洞袖子一甩，当众推给不善作文的袁世凯。

众目睽睽下，袁世凯无法诿卸，只好硬着头皮提起笔。

结果越紧张越没灵感，良久未出一词。

张之洞笑道："大作何时杀青？"

袁世凯觉得他就差指着自己鼻子说："作为失败的典型，你实在是太成功了。"

刺激之下，勉强完稿。

张之洞接稿，扫了一眼，道："如今竟连半个通人都不见（袁世凯曾放言'天下真正通达的翰林只有三个半'）。"

其实，通人不如达人。达人者，己欲达而达人。

终张之洞一生，举荐提拔的人才最多不过道台。爱惜羽毛的结果便是，热衷功名的士人并不依附于他。

有登门求见者，七八次不得一入；或虽见面，略为询问便打哈欠端茶送客。只有辜鸿铭那样动不动就甩辫子的名士能对其胃口。

张之洞待人，求全责备。幕僚禀告公事时，稍有失误，苛责之声便传至院外，不知道的还以为他又被洋人敲诈了。

反观袁世凯，本着"扬善于公庭，规过于私室"的他，对人才的挖掘和利用可谓不择手段。地无分南北，人无分老幼，凡有一技之长，均不惜金钱权位，必网罗之而后快。

道德，反而不是他考虑的重点。因为袁世凯清楚，道德往往是拿来表演的。当德才不能兼备时，宁可要损友的管仲、盗嫂的陈平，也绝不养一团和气无所事事的老好人。

如此公正公开的用人机制，令后世汗颜。

窗外又是一阵喧闹。袁世凯的两大财神梁士诒（1869—1933）和周学熙（1865—1947）到了。

广东人梁士诒小时候就放过狠话。

一次，塾师让学生们谈谈理想，大家的回答都很积极向上，可到了梁同学这儿，味道就不对了：

> 大丈夫生于天地间，不为英雄，便为流寇。

老师咋舌良久，退而告其父："贵公子将来取得的名位，将不在萧、曹（萧何、曹参）之下。公宜适时抑之，使不入邪途。"

1894 年，梁士诒高中进士，任翰林院编修。戊戌变法时，他曾劝梁启超道："中国今日非变法不可。但若轻举妄动，一击不中，必生他变，转成痼疾。"

梁启超无言以对。

1903 年，清政府举办第一届经济特科考试。梁士诒在策论中对历代币制如数家珍，论据则多援引各朝祖训，以塞顽固派之口，可谓用心良苦，终于赢得阅卷大臣的一致首肯，拟录第一。

可惜，顽固派还是跑到慈禧那儿告了一状："中榜者大多是革命党。尤其那个广东的梁士诒，'梁头康尾'（康有为原名康祖诒），其人可知。"

慈禧平生最恨康梁，梁士诒要怪只能怪爹妈取错了名字。

不过，有储才大户袁世凯在，落榜不过是失之东隅，收之桑榆。

经此一劫，梁士诒声名远扬，袁世凯特意让其广东同乡唐绍仪出面，邀请他加入自己的幕府，梁欣然应允。

自此，从北洋编书局总办到邮传部（总管铁路、电报、电话和邮政）铁路局局长再到创立交通银行，梁士诒辗转腾挪，长袖善舞，每月从铁路局的收入里提取 80 万元交给袁世凯，成为北洋不折不扣的钱袋子。

然而，袁世凯更器重的还是故交周馥的儿子周学熙。

周学熙之于袁世凯好比盛宣怀之于李鸿章，同张謇并称为"南张北周"的他，30 岁就当上了开平煤矿的总办。结果督办（比总办高一级）张翼昏聩，导致煤矿在庚子国变中被美国青年胡佛（后任美国总统）用一纸合约趁乱骗走，又转卖给了英商。

周学熙得知后愤然辞职，投奔时任山东巡抚的袁世凯，并暗中谋篇布局，打算夺回开平。

周学熙认为，能源是一切工业的基础。他向袁世凯提出"以滦制开"的策略，在开平煤矿附近开一个比它大 10 倍的滦州煤矿，将开平矿区的矿脉团团围住，再通过竞争压垮开平，使其就范。

1907 年，滦州煤矿成立。袁世凯为表支持，申明"该矿是北洋官矿，为军需服务，方圆三百里内严禁他人开采"。

周学熙土洋并用，既有新式的采煤机械，又靠人力建造了许多小煤窑。一时间开平矿区四周星罗棋布，十面埋伏，场面异常恐怖。

产量攀升后，周学熙狂打价格战，迅速抢占了京津市场。开平煤矿不胜其扰，只好跟着降价，英商叫苦不迭。

打完西洋打东洋。当时唯一一家大型国产水泥工厂启新洋灰厂趁势发展起来。

周学熙利用官商的优势，包揽了黄河大桥、交通银行等几乎所有重大政府工程。为降低成本，他还让滦州煤矿以七折的价格向启新供煤，硬是将日本水泥挤出了中国市场。

除此之外，周学熙用不到两年的时间，把二十万米长的自来水管铺遍了北京城。同时，他还创办了中国实业银行、耀华玻璃公司等各类企业，成为袁世凯最为倚重的理财家。

迷宫中的圆舞

赤手擎天星拱北，黑头参政日方中。

听到有人念这幅寿联，袁世凯就知道他的首席笔杆子阮忠枢（1867—1917）到了。

一同前来的还有于式枚、夏寿田和张一麐等重要幕僚。

袁世凯特别留意的是资历最浅的张一麐（1867—1943），因为这是他从张之洞那儿抢来的人才。

1903 年的经济特科，举人出身的张一麐因对亚当·斯密的《国富论》引证周详，被主考官张之洞列为第二，拟分发湖北任职。

结果被职业猎头袁世凯盯上。在其力争下，张一麐改发直隶，任总督署文案。

张一麐 12 岁中秀才，16 岁参加乡试，答卷极为老练。

考官怀疑有枪手作弊，在调集所有试卷检查后，发现确系张一麐手笔，乃录为第二。

监考的两江总督左宗棠不禁赞道："此子将来当有出息。"

在袁世凯的印象里，这是一个忠厚勤勉型的才子，同放荡不羁的阮忠枢形成鲜明的对比。

从早到晚，你都能看见他忙碌的身影。其为文既工且敏，别人数百言不能尽意者，他几十个字就表达清楚了。

更让领导感动的是，每当夜深人静，幕僚均已下班回家之时，袁世凯遇急事索文案不得，惟见张一麐危坐己室，仍在办公。

几次委托下来，张一麐倚马可待的效率和文不加点的质量深深地打动了袁世凯。在其保奏下，张一麐获封"同知"。

同知是知府的副手，掌管盐粮、水利和捕盗等民政。

一次，衙役送来一个小偷，自称为饥寒所迫，不得已而行窃。张一麐动了恻隐之心，不仅没判罪，还拿出几块银元，让他去做些小买卖。

结果没过多久，小偷又因盗窃被抓了起来。张一麐很生气，问他为什么不去做生意。

小偷说自己做买卖亏得血本无归，借贷无门，只好重操旧业。张一麐信以为真，薄责后仍予银元数块，助他翻身。

可惜几天后，小偷再次犯案被拘，俯首无言。张一麐命衙役将其送狱。

小偷突然大哭起来。张一麐问他何故，小偷道："小人死不足惜，唯家有老母，年逾七十，行动不便。一日不在家，则母亲必挨饿，是以哭耳。"

张一麐的母亲在后堂听见，颇为所动，呼儿子入，命加倍资助，将其释放。

小偷深受感染，终于改邪归正，传为一段佳话……

一长列黄色肩舆抬着太后赏赐的礼物，在鼓乐队的开道下来到袁府。

正门前，袁世凯跪迎御礼，将之小心安放于正厅尽头事先铺好黄绫子的台桌上。

在两列侍立官员的注视下，袁世凯对着台桌行三跪九叩的大礼。

恍惚间，他仿佛觉得时光凝滞了。

当年，隋炀帝总是担心被人夺了性命，经常抚头自问："好头颅，谁当斫（砍）之？"结果后来果然被砍了去，一点反转都没有。

人们度过了挫败的一生，先经过理想主义，再越过虚无主义，最终明白无奈才是人生常态。一切都如宋祁的词中所写："因循不觉韶光换。"

袁世凯所面对的，是一个官民互不负责的离散型社会，因为这也无奈，那也无奈。官视民如草芥，民视官如寇仇。体制内的利益盘根错节层层博弈，地方无视中央，部门不管全局。

官吏各谋私利，朝廷垮台与否早就与己无关，反正家人都安排好了，随时准备撤离下沉的大船。

这堪称"巴泽尔困境"的真实写照——没主的事情，会有很多人来占便宜。

当所有人都把公权当成摇钱树时，清廷的垮台只是时间问题。毕竟，民众早已从桥上走了过去，清朝统治者还在河里假装摸索，这说不过去。

然而，专制不具备自我清洁的能力，恶人也不会主动退出。就像你永远都无法叫醒一个装睡的人，除非他自己决定醒来，所以休谟才会说："我们应该设计出一系列制度，以便即使当流氓占据政府职位时，也将为我们的利益服务。"

古今如梦，往来只换衣冠

人人生而独特，可惜大多数人的生命就是一个逐渐走向庸俗的过程。

取得权力的人，往往便失去了美学的位置。

在权力的染缸里待上十年，聂鲁达恐怕也不再会写诗。

于是，东方文明的光荣和耻辱、良知与权术，焦不离孟地缠绕在袁世凯身上，写下无数个惊叹号跟一个问号。

改得了的叫缺点，改不了的叫弱点。历史其实只告诉世人一句话：以史为鉴是不可能的。

由于始终未能解决公权与民权的矛盾，统治者总是宿命般地掉进同一条沟里。也因此，《罗马帝国衰亡史》煌煌六卷，实则只讲了一个故事。

罗马皇帝因惧怕政敌的刺杀和民众的反抗而过于倚仗禁卫军。结果，本来用于护驾的禁卫军逐渐发展成决定皇帝生死的绑匪。

暴力成为决定谁能上位的基本规则。当禁卫军杀害了一任皇帝后，竟然拍卖了他的皇位。荒诞的是，还真有人买，可当他连屁股都没坐热，便又被禁卫军给杀了。

也许，这就是袁世凯迷恋制度和程序的原因。

他重视行政管理经验，不信任自发和不受约束的政治行为。对黄远生们的误解，他百口莫辩。

生在权术大国，你完全可以理直气壮地说："袁世凯的话，我连标点符号都不信。"

的确，身处于一个动荡不安的魔幻现实主义国家，每个人都不同程度地患有"我不相信"强迫症，习惯用更加昏暗的眼神去审视这个原本昏暗无比的世界。

然而，每个人的自我改善是改善社会的必经之路，你总会在某个时间点上选择同世界和解，选择相信。毕竟，戴一辈子面具，把人生演成一出独角戏，也很难。

其实，先阴者，百代之过客也，不管你和不和解，宇宙也不在乎，永远按自己那套冰冷的逻辑默默运行。

天地不仁，以万物为刍狗。看清这一点后，袁世凯真正体悟了"忠恕之道"。

忠者，己欲立而立人，己欲达而达人；恕者，己所不欲，勿施于人。

表面看，以功名利禄收买人、驱策人；说到底，还是在以诚动人、以心交人。

作为对中国实现近代化贡献最大之人，袁世凯其实是矛盾的综合体。

他最早兴办女子学校，认为"女子教育是家庭教育的根源"，却偏爱自己的女人缠足；他练新军、废科举，引进电灯、电话、自来水，任用詹天佑修建第一条国产铁路，却迷信必须用中国的方式办中国的事。

1905年，直隶总督袁世凯向朝廷申请在天津开展地方自治的实验。

他认为，这是通往民主政治的起点。民智不启，便通过自治在基层选举中激发政治热情，唤醒权利意识。

吁恳得到了慈禧的同意。

天津的市政选举真刀真枪，充满诚意。然而，选民们抱着"莫谈政治"的信条，对袁世凯的努力袖手旁观。

他只好派出人马，到日本学习选举办法，回来后深入乡村，挨家挨户宣讲。同时，把自治之利编成白话，张贴广告，以期家喻户晓。

费尽心血的结果是13000个合格选民，只有1300人主动登记。

心有不甘的袁世凯又威逼利诱，勉强动员了8000人投票，选出由30名乡绅组成的地方议会。

不久，接到调令的袁世凯黯然离津。见识了国民的冷漠和民主制度在中国生根之难的他，不得不沮丧地承认："三年自治，收效甚微。"

但他并未就此责难"国民性"，因为国民自古如此。

七国之乱、八王之乱、侯景之乱、安史之乱……每次大乱都伴随着哀鸿遍野，生灵涂炭。而这，却是高居庙堂的精英们视而不见，漠不关心的事。

如果命若蜉蝣的乱离人学不会见风使舵，趋利避害，早就被优胜劣汰了，还有机会明心见性、克己复礼吗？

因此，比起如何让阿Q们致良知，袁世凯更关心的是面对现实，点滴改良。

那是一个纷纷扰扰、雾里看花的时代。随着世事愈发凌乱，袁世凯慢慢觉得所谓专制与民主，不过是人性深处的两端在现实世界的投影——渴望安稳，又向往自由。

人类总是在释放和管束欲望之间寻找一个平衡。完全用精神的标准，试图建立一个乌托邦、理想国，则苏联大清洗的悲剧必将重演，社会亦将走向动荡。相反，完全遵循实用主义，一切皆以金钱量化，则社会即使短期内高速发展，最终还是会在物欲横流与贫富分化中逐渐衰亡。

疑问像挥之不去的阴影，顽强地盘桓在心头。在生命的终点，袁世凯想起早年对清清贵族专制的无法苟同。一切都如轮回，他宿命般地被"新人"们视作又一个独裁者。

仇恨，将你导向你所仇恨的事物。人，是否注定要成为他曾经反对的那个人？

袁世凯最后一次睁开眼，又缓缓闭上——也许，专制，就是认定自己绝对不会错的想法；民主，就是对何为真理不那么确定。

心念及此，他的思绪飞回到五年前。

骑虎之势，不乱不止

下辖武昌、汉口和汉阳三镇的武汉九口通衢，居南北辐辏之中。由于河道顺畅，洋人的军舰游弋往来，不可一世。

列强控制了湖北的工商、金融、矿业等经济命脉，截至辛亥革命爆发，已有外国企业二百余家。而作为外贸大埠的汉口，年均交易额在一亿两白银以上，仅次于上海，有"东方芝加哥"之称。

畸形繁荣的背后，是列强对茶叶等原料的疯狂掠夺，以及对中国进行日用工业品的倾销。被个别大城市的浮华所遮蔽的，是广大农村的衰败破落。

在张之洞任湖广总督的十七年里，这个晚清四大名臣中的最后一位，替清廷扎扎实实地埋下了两个火药桶。

由广设新式学堂、大派留学生而引发的开明风气，为朝廷培养了数之不尽的掘墓人；由汉阳兵工厂制造出来的大批新式武器，为掘墓人提供了优质的铁锹。

当然，身为鄂都，张之洞有守土职责。作为在翰林院储才养望时就同张佩纶、陈宝琛等人放言高论、纠弹时政的清流，张之洞的思想基调逃不出忠君爱国。唯一有所突破的是，忠不是愚忠，爱不是溺爱。

变器不变道的主张体现了萦绕在张之洞心头关于中学西学的纠结，制度和文化的滞后注定了"师夷长技以制夷"，只能是一个看上去很美的肥皂泡。

像这种常年在心性之学和修齐治平的儒家思想熏陶下成长起来的封疆大吏，终极的人生追求乃是"立德立功"，生前名满天下，死后进入《列传》。

一直以来，张文襄公的人生都走得很稳，却在快到终点时闪了腰，留下一个污点——杀唐才常。

1900 年，唐才常趁北京闹拳乱，在湖北领导了自立军起义。这是流亡东瀛，以康梁为代表的维新派在国内进行的唯一一次武力尝试，妄图推翻慈禧，归政光绪。

无奈被老奸巨猾的张之洞剿杀。在扑灭自立军星星之火的同时，张之洞也浇灭了维新派对地方开明督抚的期望。

虽然此事在教科书中写为"封建官僚对资产阶级改良派的疯狂迫害"，

但在赵尔巽的《清史稿》里，那就是"弭患于初萌，定乱于俄顷"了。

事实上，对唐才常痛下杀手，只是张之洞多年的为政经验所沉淀出的明哲保身。1907年，当秋瑾被清廷处以极刑时，武昌高等小学的学生竟直言不讳地上书张之洞，请求独立，脱离大清。

天公不语对枯棋。年过古稀的张之洞在革命风潮的涌动之中，深切感受到了一个末世王朝苍凉的命运。

这一年初秋，张之洞离鄂赴京去做军机大臣。在火车站，他与那些送行的门生故吏，风雅唱和写了不少诗词，留下一首《读宋史》：

> 南人不相宋家传，自诩津桥警杜鹃。
> 辛苦李虞文陆辈，追随寒日到虞渊。

李纲、虞允文、文天祥、陆秀夫都是南宋名相，个个以振作赵宋为己任，个个回天乏术，最后由陆秀夫主演大结局：抱着宋朝最后一个小皇帝跳海自尽。

张之洞宦海沉浮三十载，以一个悟透人生的老油条的锐利眼光，预见了纵使以身相殉也无补于亡的天朝结局。

不管文人在报纸上发表多少意气激昂的排满文章，主导革命大戏的还是武人——看过排满文章的武人。

晚清的军队沿革如同一部毒品的发展史。

吗啡最早是作为鸦片的替代药出现的，海洛因是为了戒断吗啡成瘾症而研制的——从八旗、绿营到湘军、淮军，一路跌跌撞撞走来，新生者无不是为了接替腐败者而诞生的，却迅速腐化到更为不堪的境地。

直至1904年新军改编，装备新式武器，采用严格的征兵标准和西法训练，军官多由学习军事的留学生担任。全国分为十四个镇（师），其中第一至第六镇为常备军，由直隶总督兼北洋大臣管辖，又称北洋六镇。

每镇（长官称镇统）分两协（旅）；

每协（长官称协统）分两标（团）；

每标（长官称标统）分三营（营）；

每营（长官称管带）分四队（连）；

每队（长官称队官）分三排（排）；

每排（长官称排长）分三棚（班）；

每棚（长官分正副目）十四人。

驻扎在武汉的新军有一个镇（第八镇）和一个混成协，总计不到两万人。镇统叫张彪（1860—1927），协统叫黎元洪（1864—1928）。所谓混成协，是指由各省自己征募军队，兵员接近"协"的标准，便可呈请北京，配给一些炮兵和骑兵，组成一支没有正式番号的机动部队。

故事就是在这一镇一协里上演的，名曰"亦正亦邪"。

镜头切到了"邪"的一方，画面变成了冷色调，低沉的音乐适时地响起。湖广总督瑞澂（1864—1912）望着案台上的《大江报》，在那篇反动文章旁批示：

清乱政体，扰害治安。着即查封《大江报》。

海峡两岸的历史教材能达成共识的，对瑞澂的评价算一个——反革命典型。不过说实话，此公在满人里不算草包，只是同他爷爷琦善一样，生不逢时，背了历史的黑锅。

八国联军占领北京时，在户部当员外郎的瑞澂因留守有功，擢升九江道。后迁江苏布政使，清正廉明，办新政卓有成效，《清史稿》称："中外交诵其能。"

当然你会说，《清史稿》是清朝遗老赵尔巽编的，不给满人唱赞歌给谁唱？但问题是，瑞澂后来的种种行为近乎将湖北拱手让给起义军，以至于赫然排在盛宣怀之后，成为那些"爱我大清"的人，日夜想啖肉寝皮的罪臣。因此，赵尔巽的评语还是比较客观的。

瑞澂在鄂督任上，处理饥民暴动，惩治贪官劣绅，政声非常不错。之所以前后反差那么大，只能说思想进步，品德优良，并不妨碍一个人贪生怕死。

大江东去浪淘尽

《大江报》被查封后，瑞澂颁布了菜刀实名制：武汉所有刀具店必须持照经营，购买五把以上的消费者要登记姓名和住址。

同时，总编詹大悲被判处有期徒刑一年半。

24岁的詹大悲是武汉"反动"组织"文学社"的文书部部长。该组织成立于半年前，志存高远，以"推翻清朝专制，拥护孙文主张"为己任，社长是混成协的普通士兵蒋翊武（1884—1913）。

蒋翊武木讷寡言、不露锋芒，但曾痛斥科举为"奴隶功名"。

文学社则一点都不文学，叫这名字是为了看起来和谐，成员多为新军士兵。

这些"反动"士兵平日的精神享受就是看《大江报》，现在精神食粮没了，大家开始不淡定了。

不淡定的结果就是开会，和另一个"反动团体"共进会（隶属同盟会）一起，连续开了三次会，商讨合作事宜。

第三次会议是在富二代刘公家召开的。

能让富二代把兴趣从花街柳巷转移到造反上来，这政府得有多令人寒心？

刘公他爸是襄阳首富。这种不差钱的富一代对下一代的要求一般就是走仕途，毕竟在中国，士农工商的排序是异常顽固的。

刘公利用国人的劣根性，写信给他爸说要捐个道台当当。刘老头二话不说，赶紧汇了五千元让他运作。

结果就让孙武（1880—1939）给盯上了。

孙武是共进会的创始人，十年前参加过唐才常的自立军起义，还被封为"岳州司令"。起义失败后逃到日本，加入了同盟会。共进会成立后，孙武空降武汉，策划起义。

孙武觉得革命不是今日搞传销，见人就拉。他对入会提出了严格的标准：必须是新军士兵。并自鸣得意道："今日清廷之精兵，即他日我党起义之劲旅。"

动员工作也很讲究。孙武的助手邓玉麟是个兵油子，发展下线时从来不提"排满革命"，这种听上去就像把人往火坑里推的口号，而是伸出手指算账："那，现在加入呢，就能当标代表；晚一些，可以当营代表；再晚就只有队代表、排代表了。光复以后，肯定要扩军，到时候各个代表就是标统、管带、队官和排长。你说这么好的机会你都不抓，就不要怪起事时战友们的子弹不长眼睛了。"

人是忽悠来了，可惜没钱。

孙武经常饿着肚子，把衣服都典当出去了，跟邓玉麟合穿一条长衫。在听说刘公怀揣巨款后，两双贼眼登时绿光闪闪。

孙武找来新军排长彭楚藩商量。彭楚藩自告奋勇道："刘公曾秘密印过一份地下刊物《革命方略》，我去吓他，如果不交钱，就说要告发他，让他捐官不成！"

果然，彭楚藩到刘公家"做客"，没说几句，就掏出一本《革命方略》，虎视眈眈地望着对方。刘公不满道："我原本就是从家里骗钱干革命的，唬我作甚！"彭楚藩大喜，说了些好话，二人把酒言欢……

1911 年 9 月 23 日，共进会和文学社在武汉楚雄楼十号刘公家宣布合并。博弈的结果是，原文学社社长蒋翊武担任军事总指挥，一把手——这是因为文学社人数多，在新军里基础好。而共进会方面因为后台硬（同盟会），经费多（刘公的），因此推举孙武为军政部长、刘公为总理。

同时，大家接受了原混成协士兵、文学社骨干刘复基建议，从今往后不分彼此，一律统称"武昌革命党人"。

翌日，起义指挥部召开干部会议，一百多人参加。会议决定，将于1911年10月6日起事。那一天是农历八月十五，正好暗合历史上"八月十五杀鞑子"的传说——元朝末年，陈友谅起事，在中秋节以月饼传信，奋起杀元兵。

同一时间，镜头以快进的方式摇到南湖炮队（标级单位）。

三营。

正目汪锡九和几个士兵即将退役，一帮战友喝酒为其饯行。排长刘步云平日就看汪锡九不顺眼，此刻见他和一群士兵吆五喝六，借着酒劲还骂骂政府，便上前干涉。退伍老兵一向比较横——马上滚蛋的人了，用不着再装孙子。加上这帮人原本就跟革命党有联系，好些连辫子都剪了，都不是善茬儿。

一干涉，火花就擦出来了——《大江报》不让看，酒不让喝，干脆让子弹飞算了。于是，双方由争吵升级为械斗。

本来也没多大点事，打打架、斗斗殴权当操练了。谁知炮营管带不会来事儿，非要偏袒刘步云，派宪兵抓人打人，顿时激怒了士兵。

几十个兵借着酒劲冲进军械库，取出几十杆马枪，对着军官室一阵乱轰。

可惜枪里的子弹都是有药无子的训练弹，拍戏倒是很有气势。乱兵们一不做二不休，拖出快炮三尊，准备大干一场。又可惜，新军的炮与炮弹是分开的，有炮无弹。

这一闹，惊动了镇统张彪。

张彪是张之洞在山西巡抚任上发现的，从此跟着张香涛走南闯北，成了他的侍卫和心腹。相貌憨厚的张彪除了腿脚比较伶俐，别无所长。之所以能当上湖北的军事二把手（一把手是总督），无非因为跟对了人。

让这样的庸才身居高位，在治世混一混也就过去了，反正清政府就是一摊稀泥，你混我混大家混。但搁到乱世，就有好戏看了。

当晚，张镇统很生气，迅速派马队前往弹压。待骑兵赶到时，哗变的士兵早已作鸟兽散。

人是散了，人心也散了。

很快，"八月十五杀鞑子"的小道消息便在军营里传播开来，搞得大家都很兴奋，夜不能寐。

同样失眠的还有瑞澂。杀鞑子？湖北最大的鞑子就是他。

神经紧张的瑞澂屡屡派出密探侦查消息来源，并宣布八月十五当天全城戒严，官兵不许离营半步。同时，军中除执勤士兵可携带少量子弹外，所有弹药一律收缴，集中保管。最后，中秋联欢会提前一天举行，八月十五严禁各种名义的聚会。

这下轮到"武昌革命党人"郁闷了，计划全被打乱，只好延期至10月11日起事。

双武不武

10月9日，孙武正在汉口俄租界宝善里的家中，专心致志地研制炸弹。

同盟会培养出来的同志，由于经常搞暗杀，一般来说都是化学专家。但因技术缺陷，杀敌八百自损一千的事也没少干。

孙武受过专业训练，效率很高，要不是家里来了不速之客，当天的产量能轻松突破五十枚。

下午，刘公十六岁的弟弟刘同，跑来找他哥。

发现刘公不在，刘同坐下来等。百无聊赖的他望着孙武忙碌的身影，犯了烟瘾，倚着木案点燃支烟。

缺乏安全意识的刘同弹烟灰的姿势倒是潇洒，却不慎引燃了案上的黑铅和硫黄。

火球窜起，浓烟升腾，孙武的双手和脸都被严重烧伤。他一面令刘同赶紧离开，一面让正在隔壁屋印假钞的同伴向房子泼煤油，以便在救火队到来之前销毁罪证。

俄国巡捕反应神速，蹬着大皮靴就朝出事地点赶来。凄厉的警哨吓跑了刘同和孙武，后者被送往医院。

俄租界待不下去了，革命同志纷纷转移到法租界，在长清里18号集合。

刘公随后赶到，没说几句，脸色大变——革命党的花名册、共进会和文学社的重要文件，全在宝善里。当真是聚九州之铁，方能铸此弥天大错。

愧恨交加的刘公寄希望于俄租界的巡捕尚未发现花名册和文件，冒险派刘同返回去取。

而俄国巡捕的优异表现印证了，专制传统深厚的政府对草民造反都有着极为灵敏的嗅觉——他们早就发现了革命党人的罪证，转交给了清政府，并且埋伏在宝善里等待革命党上钩。

俄国巡捕抓了刘同。严刑拷打之下，革命党人的计划被全盘供出。

刘公久等不见弟归，预感凶多吉少，心情越来越沉重。和孙武等人商量后，准备提前起义。于是派出邓玉麟，让他火速赶往武昌的小朝街总指挥部报告情况，组织起义。

位于武昌城南的小朝街85号是原文学社的机关所在地，房东乃新军排长张廷辅，与他们同住的是有"小诸葛"之称的刘复基。

刘复基头脑灵活，组织力强，是文学社的灵魂人物，很多重要决断都是他催促社长蒋翊武作的，比如同共进会的合并。

当蒋翊武听完邓玉麟的汇报，拿捏不定时，刘复基又一次站了出来，痛陈利害，终于说服众人。

下午五点，蒋翊武签署了起义命令，决定提前起义——当夜十二点，以南湖炮队中的革命党人鸣炮为号，各军同志以白布系左膀为标志，一齐起义。

南湖位于武汉三镇的南端，与长江相通。共进会精耕细作，早就在此经营了以徐万年为首的一批革命代表，将炮队变成了一点就着的炮仗。

邓玉麟和杨洪胜被分头派去通知南湖炮队和各标营的革命同志。夜里十二点能否响炮，成了起义成败的关键。

邓玉麟在城里转了一大圈，把该通知的人都通知到了，只是延误了时间。

蒋翊武等人焦急地等待，时钟显示十一点整。

邓玉麟出了文昌门，抵达南湖炮队。他翻墙而入，差点被执勤的卫兵打死，幸亏另一个卫兵发现是同志，掩护他进了炮营。

蒋翊武等人不安地等待，时针即将指向十二点。

邓玉麟找到标代表徐万年，和几个革命同志一起，钻进马棚商议起义计划。

徐万年面露难色。他认为马上起义时间太仓促，而且兵营的同志均已熟睡，临时摸黑举事，成功的可能性极低。

徐万年有这样的想法一点也不奇怪，因为人都是安于现状，屈从于习惯的。当你坐久了办公室，便会失去创业的勇气；当你和一个人同居久了，哪怕不喜欢对方，也会因惧怕改变而不敢分手。

徐万年的思想是进步的，但他的大脑是僵化的。僵化的特征是不相信奇迹。你不能寄希望于一个不相信奇迹的人，来撬动历史的铁轨。

仔细研究后，革命同志集体怂了，决定等天亮后，让邓玉麟回小朝街找蒋翊武，重新议定一个起义时间。

等不到天亮了。瑞澂派出大量军警，按图索骥，已经端掉了几个革命"窝点"，正往小朝街杀去。

当天夜里，蒋翊武没等到窗外的炮声，却迎来了一队张牙舞爪的清兵。

结果，除蒋翊武侥幸逃脱外，刘复基、彭楚藩和杨洪胜等骨干被一网打尽。

瑞澂要杀一儆百，灭一灭暴乱分子的威风。他立刻在总督衙门外举行了一场公审。

这是老传统了。对谋逆大案，清廷向来公审，以震慑不明真相的群众。但问题是，时也势也，到了清末，公审经常变成革命者慷慨激昂的演说。你搭台，他唱戏，一个个口才还贼好，最后的结果是让围观群众纷纷受到启蒙，走上革命的道路。

杀掉几人后，瑞澂心中稍安，让师爷张梅生拟就一份捷报，发往北京。

接下来发生的事，令人匪夷所思。

按理说，党人名册已经拿到。玩狠的，可以按照名单大开杀戒，凡是跟革命党有染的，统统拿下；假慈悲，可以召集新军军官，公开销毁名册，表示既往不咎，以示宽大，稳定军心。

其实，选择息事宁人也符合清廷上谕的精神——"如搜获逆党名册，立即销毁，毋得稍事牵连，致滋扰累！"

但这事坏就坏在瑞澂的宗教信仰上，他居然信佛！

信佛的人总觉得杀伐太重会有报应，杀刘复基等人已然是党性高于人性的艰难选择，让他血洗武汉新军？不可能。

销毁名单？也不可能。武汉已成火药桶，出了事谁负责？

这么一拖，谣言立马四起，是关于辫子的。说起辫子，那可真是清廷的小辫子，说不得碰不得，意识形态的活化石。活化石有多威武？可以参看孔飞力的《叫魂》。

上下同欲者胜

然而，犯禁是人性中一股不可遏制的冲动，就像你砌再高的墙，也只会吸引更多的人去翻墙一样。到了晚清，越来越多的人迷上了剪辫子，这件让生活充满了刺激的事，其中不乏新军士兵。

此事可大可小。往大了说，脑袋搬家；往小了说，大家心知肚明糊弄几句就过去了。

一次，黎元洪麾下一个标的士兵就想不开剪了辫子，被人告发。黎元洪当着一众军官的面开玩笑道："剪辫之举，大可免受猪尾之讪笑，倡文明之先机。"

打了个哈哈，帮他掩饰过去。

然而，这次的谣言的确耸人听闻：政府正在搜查，只要你没有辫子，就会被抓起来处决。

对不胫而走的谣言，新兵宁可信其有——首先，遇难的彭、刘、杨三人都是剪辫的。其次，被政府逮捕的张廷辅也是剪辫的。而这恰恰是公审大会后唯一的一次逮捕行动，就在10月10日凌晨，雷厉风行。

由于无人澄清，谣言愈演愈烈，传来传去变成了"政府将派满兵逮捕新军中所有的汉兵，集体屠杀"。

不到一天时间，新军就被流言搞得人人自危，道路以目。毕竟好多人枕头底下还压着畅销禁书《扬州十日记》，一帮"反动"士兵开始惶惶不可终日。

天时地利人和，民国的汤药已经煨好，只待揭锅。

10月10日的清晨没有任何特别之处，屹立在蛇山之巅的黄鹤楼静静地望着从它脚下淌过的长江。看了一千七百年，哪一块岩石能激起多大的浪花它都了然于胸，仍未看出任何玄机。兔走乌飞，又是稀松平常的一天。

汉阳的兵工厂伴着晨曦开动了马达。单调而重复的轰鸣声让人生厌，却不知要忍受这噪音污染到何年何月。

当画面切到新军第八镇工程营时，革命党营代表熊秉坤（1885—1969）正走出营房，准备洗漱。

由张彪坐镇的新军第八镇可谓革命的摇篮，不知出了多少"乱兵"，现在终于轮到最牛的一个出场了。

熊秉坤一边洗脸，一边琢磨昨晚的事。先是杨洪胜跑来传达蒋翊武号召起义的命令，他记得最清楚的就是杨千叮万嘱的那句，"革命同志左臂缠白布一条，以免枪响后误伤"。喜好读书的熊秉坤当时还想：为什么是左臂？难道要跟汉朝军队"左袒复大汉"千古呼应？

熊秉坤将杨洪胜的话传达下去，一个叫任正亮的革命同志很自觉地戴上了白布。任正亮的亮点不在戴白布，在于他戴着白布去排长室偷子弹，估计是想避免像南湖炮队那样有枪无弹的悲剧，谁知却引发了另一个悲剧——被排长陶启胜抓了个现形。

陶排长警觉道："你胳膊上捆绷带做什么？"

任正亮装傻："胳膊受伤了。"

"受伤？为什么把绷带捆在衣服外面？"

任正亮无语，敷衍而去。

吃早餐时，熊秉坤看见买菜归来的司务长面色凝重，问他怎么了。

司务长说，督府辕门外刚杀了几个人。其中一个，就是经常来工程营送东西的杨洪胜。

熊秉坤两眼一黑，差点晕倒。

杨洪胜、刘复基和彭楚藩都是自己的至交好友，仅半日工夫，便已阴阳相隔。

更多的消息陆续传入营中：军警昨晚和今晨已破坏多个革命机关，抓走几十人。孙武、蒋翊武下落不明，革命党名册在清廷手中，危险旦夕将至。

作为工程营的革命军代表，熊秉坤此时如断了线的风筝。没人再给他下指令，也没人能告诉他路往哪走。他的抉择，攸关的已不是一人之生死，还有全营两百号革命同志的身家性命。甚至，历史的走向。

事实证明，熊秉坤没有熊。他立刻召集营中同志，商讨对策。

彭刘杨三人被砍头的照片已传示各营。瑞澂此举有点向古人致敬的意思——杀了熊廷弼，传首九边。问题是乱兵早就人心惶惶了，你还用鲜血淋淋、显影效果又不好的黑白照片去吓人，不仅起不到震慑作用，反而使人心更加思乱。

面对白色恐怖，士兵们默然不语，几十双眼睛齐刷刷地望向熊秉坤。

一个叫徐兆宾的率先打破沉默，站出来高声道："我们不怕死，朝廷奈何以死惧之！"

鉴于国人向来以"勿当出头鸟"教育子孙，代代相传，人人争当沉默的大多数，徐兆宾的勇气还是值得景仰的。当然，你也可以说徐兆宾是熊秉坤安排好的话托儿，毕竟在权谋大国一切皆有可能。

熊秉坤顺势激动道："早晚都是死，名单已在瑞澂之手，与其等死，不如一搏（晓之以理）！安徽的徐锡麟，同盟会的汪兆铭，一个刺巡抚，一个炸摄政王，一个死一个生。然而，无论成败，报馆刊登他们的事迹，坊间流传他们的照片，何其荣耀（动之以情）！况且，我们合力进取，并非没有胜算。若革命成功，那诸位就是誉满天下的民族英雄，光宗耀祖（诱之以利）！"

群情激奋了："大丈夫能死个惊天动地，虽死犹荣！"

同盟会胼手胝足造了二十年反也没成功，瑞澂用了不到二十天就逼反了武汉新军，真可谓君要臣反，臣不得不反。

工程营的同志统一了意见，熊秉坤立刻去邻近的二十九标第二营，找到营代表蔡济民。

蔡排长正躺在床上蒙头大哭，想必刚刚得知杨洪胜等人的噩耗。

听说熊秉坤要起义，蔡济民擦干眼泪，振作精神，当即唤来附近三十标的同志，共同议定了起义时间——当晚七点。因为有杨洪胜之前送的几盒子弹，熊秉坤等人信心十足。

纸包不住火，尤其包不住怒火。新军内部要暴动的小道消息开始在中下级军官里风传，空气中弥漫着躁动与不安。

傍晚，队官罗子清搔首踟蹰地走进了熊秉坤的营房，试探道："听说今晚起事，要排满杀官？"

"排满是肯定的，杀官为了夺权。管带以上，估计都跑不了！先前安徽、湖南的军队起事失败，是因为有我们湖北第八镇在。只要我们湖北起事，各省必定响应，谁敢反对，必死无疑！"

罗子清沉默了，半晌方道："大家都是汉人，今晚我外出，有事你们多担待。"

一个队官请一个正目"担待"，放在平常，是难以想象的。

首义第一枪

晚上七点，例行点名完毕，工程营的士兵回到营房，拿出枪支待命。

出于好心，熊秉坤找到拜把兄弟陶启元，对他说："你哥哥陶启胜一向不合群，得罪了不少人。他又是个排长，大事一起，性命堪忧。我不忍见你兄弟离散，你去劝劝他，让他起事之际万勿出头。"

陶启元心下感动，赶忙找到哥哥，说明缘由。

谁知陶启胜不但不领情，反而像发现了新大陆般一跃而起，叫上两个卫兵就去各棚查验。

陶启元暗暗叫苦，只得回去找熊秉坤。

陶启胜进了三棚宿舍，发现副目金兆龙正聚精会神地擦枪，其余几人也全副武装，气氛异常。

"今晚不是你值班，为什么擦枪？"陶启胜问。

金兆龙漫不经心道："没别的意思，以防万一。"

"万一个屁，你是想造反！"说着，陶启胜让卫兵去缴金兆龙的枪。

金兆龙蓦地起身，硬顶道："老子就是反了，你想怎么样！"

空气凝滞了。

陶启胜恼羞成怒，扑上前去夺金兆龙的枪，二人扭打起来。

金兆龙身材短小，没几个回合就被陶启胜压在了身下。他喘着粗气喊道："弟兄们，别愣着，动手啊！"

众人回过神来，一个叫程正瀛的兵举起枪托就朝陶启胜头上猛砸。陶启胜的头骨被砸裂，血花四溅。两个卫兵见势不妙，逃之夭夭。

陶启胜害怕了，捂着血肉模糊的脑袋夺门而去。

程正瀛也害怕了，长官是自己打残的，还是脑残，日后肯定吃不了兜着走。情急之下，他举起枪，瞄准陶启胜的腰肋扣动了扳机。

熊秉坤后来回忆说："此即首义第一枪！"

枪声一响，工程营的革命士兵登时振奋了，一个个提枪冲出宿舍。为了壮胆，纷纷向天鸣枪。

枪声惊动了工程营管带阮荣发。他抓起手枪，带着右队队官黄坤容就往士兵宿舍赶。

迎面撞见一路狂奔的陶启胜，后面跟着一大群喊打喊杀的士兵。这种场景使阮荣发产生了错觉，以为陶启胜是领头人。

素有神枪手之号的阮荣发抬手就是一枪，陶启胜应声而倒。

阮管带积威犹在，革命士兵不由自主地站住了脚。

"弟兄们，造反是要灭九族的。现在首恶已诛，大家各归各棚，我保你们无事。"

革命士兵出于服从的惯性，颇有所动。

形势像弹簧，你弱他就强。此时的熊秉坤正和几个士兵躲在营房二楼观望，眼见楼下同志就要缴械投降，熊秉坤操起一个花盆，照着阮荣发的大脑袋扔去。

旁边士兵见状，也争相操家伙。一时间脸盆痰盂横飞，砸得阮荣发和黄坤容抱头乱窜。一个士兵趁乱朝阮荣发放了一枪，没有打中。阮荣发开枪还击，且战且退。

混乱中，阮荣发射杀了一个追他最紧的士兵，激怒了众人。

一个叫徐少斌的追上阮荣发，用枪抵着他的后脑，一枪击毙了他。程正瀛也顺势撂倒了黄坤容。

士兵们激动万分，奔走相告，"暴动者生，留营者死"的口号响彻夜空。

熊秉坤忧虑地望着楚望台的方向。

位于蛇山之上的楚望台是清末四大著名军火库之一，囤积着数以万计的汉阳造和德国毛瑟枪，子弹不计其数。

最初制订的起义计划里，夺占楚望台是最重要的一环，各标各营的革命代表也都心中有数。

守楚望台的是工程营的左队，革命军代表叫马荣。而楚望台的监督官则是张彪的心腹李克果，此人当过工程营的管带，熟知军情，却高职低配调来看守军械库，可见形势之紧张。

熊秉坤等人的枪声一响，惊动了正在楚望台值班的李克果。他立刻让人把左队队官吴兆麟（1882—1942）找来，下命道："马上集合队伍，严加看护军械库。擅闯者格杀勿论！"

左队士兵很快集合完毕，等待李克果训话。

李克果说了一堆大家不要惊慌，认真安排布防的废话，听得好多士兵都想回敬他一句，"我们并不慌张，只是祸起萧墙"。原来，这帮士兵十之六七都是革命士兵。

马荣耐着性子听李克果说完，发问道："我们手里一颗子弹都没有，乱党冲过来，如何抵挡？"

为了防备新军哗变，瑞澂下令收缴了所有实弹。最狠的是，军械库守军的子弹也要上缴。这就构成了数学史上的著名悖论——楚望台悖论。它的两难之处在于，既要收缴弹药库守军的弹药以防他们造反，又要靠这支没有弹药的守军去抵御其他来抢弹药的反叛者。

枪声越来越近，吴兆麟急道："总不能让弟兄们用血肉之躯去挡子弹吧！"

"当然要发子弹，仓库主任，开库！"李克果命令道。

"没有总督的命令，我不能开库。"仓库主任很轴，却是保管钥匙的优秀人选。

"叫你开你就开，出了事我负责，再啰唆我毙了你！"李克果掏出手枪。

仓库主任只好依他。

士兵们井然有序地排队去弹药库领子弹。马荣见最后一人也已领弹，举枪朝空中发了一弹，高声道："弟兄们，反了！"

左队士兵按捺已久，无不鸣枪宣泄。

李克果惊呆了。没有李克农之智，没有李克用之勇，他只是李克果，路人甲李克果。在随从的掩护下，李克果掩面跑下了历史的舞台。

吴兆麟也从众人的视线中消失。

饶是瑞澂机关算尽，防火防盗防弹药，守备森严的楚望台还是弹指间便落入革命党手中，这再次验证了那句老话：天下大势，浩浩荡荡。顺之者昌，逆之者亡。

瑞澂的残念

待熊秉坤等人到来后，二十九标、三十标的党人也陆续到达，汇集在一起共有四百多人。

熊秉坤站在李克果训话的地方，宣布当晚的革命目标——以"湖北革命军"为旗号，破坏湖北行政机关，完成武昌独立。

底下的士兵交头接耳，没几个认真听。还有几个不服气的嘀咕道："这个熊秉坤不过是后队的一个正目，凭啥指挥我们？"

军队最讲等级。望着嘈杂的士兵，熊秉坤五内俱焚。革命尚未成功，瑞澂和张彪枕戈待旦，随时准备反扑。要是拖到天亮，清军集结，则大事去矣。

焦灼间，哨兵押来一人，却是吴兆麟。

吴队官见丢了楚望台，正准备手捧酱油埋头疾走，但转念一想，外面其实更不安全。军械库没守住，张彪饶不了他；遇见革命党，又会把他当反革命处理了。纠结的吴兆麟在附近徘徊，正巧让哨兵撞见。

吴兆麟早年参加过湖北的革命团体日知会。该会在当时非常有名，黎元洪的秘书刘静庵、日后的国学大师熊十力都曾入会。

然而，当日知会被清政府查抄后，吴兆麟就逐渐疏远了革命党人。因为有文化有想法，他编写的许多军事作战的小册子很受士兵的欢迎。

熊秉坤望着灰头土脸的吴兆麟，两眼放光。在和蔡济民等人商量后，决定推举他当临时总指挥。

"吴队官，你刚才去哪了？"

"我躲起来了……"

"你放心，大家都是汉人，不会为难你。现在，我们拥戴你为临时总指挥。"

吴兆麟赶紧摆手："弟兄们的不杀之恩，吴某已感激不尽，哪敢再当总指挥？"

"我们读过你写的教材，这里的兄弟，哪个没受过你的影响？今日之事，非你不可！"

众兵无不附和，吴兆麟却一再拒绝。

金兆龙急了，挺着刺刀威胁道："叫你干你就干，等清兵反应过来，谁也甭想活！"

望着那一张张稚气未脱、充满期待的脸，吴兆麟动摇了。终于，他下定决心，答应了这不成功便成仁的差事。于是，半个世纪后，他的形象出现在人民英雄纪念碑上。那面手举驳壳枪带领士兵冲锋的浮雕，正是以吴兆麟为原型创作的。

吴兆麟走上高台，环视众人，大声道："推举我为总指挥，都愿意吗？"

"愿意"之声，响彻云霄。

"既如此，大家一定要听我指挥。违抗军令者，杀无赦！"

"同意！"

熊秉坤悬着的心终于落下了。

没有康、梁，没有孙、黄，甚至连蒋翊武都不知所踪。几百个士兵的自发行为宣示了人心的向背，也点燃了一场轰轰烈烈的革命。

夜里十点半，吴兆麟下令士兵往楚望台西南方集结，整装待发后，立即攻打湖广总督府。

兵分三路，平行推进。由于要分兵留守楚望台，进攻的兵力十分薄弱。除了蔡济民率领的一排，其余队伍均被敌方强大的火力所阻。

蔡济民一到督府门口就乐了。原来张彪亲自指挥人马，严阵以待，一边是机枪哒哒哒地放，一边竖起一面大旗，上书："本统制带兵不严，致尔等叛变。汝等均有身家，父母妻子倚闾在望，汝等宜早反省，归队回营，决不究既往；若冥顽不灵，则水陆大军一到，定诛灭九族，玉石俱焚，莫谓本统制言之不预也！"

张大人虽把平乱搞得像拍历史剧，但杀起人来一点不含糊。纵使革命士兵英勇无畏前赴后继，依然无法突破枪林弹雨。督府门前，尸横遍野。

关键时刻，南湖炮队从天而降。

在徐万年的率领下，炮队在蛇山布好了阵。吴兆麟得知后，立刻派人通知前线的蔡济民，让他想办法帮炮队定位，轰击目标。

蔡济民四下里看了看，一个"乾记衣庄"的匾额映入眼帘。他当即命人去衣庄放了把火。火光映照下，总督衙门清晰可辨。

排炮声声，震天动地。一轮过后，督署大堂和八镇的司令部都被夷为平地。

瑞澂慌了，准备逃跑，师爷张梅生力劝不可。清制，疆臣死封地，弃职逃逸，属杀头重罪。咸丰七年（1857），英法联军攻陷广州，两广总督叶名琛不战不和不守，不死不降不走，被后人讥为"六不总督"。其实，叶名琛不是不想走，是走了一样死，还自毁形象。瑞澂心理素质差点，就连形象都不顾了。

偏偏此时又跳出来一个楚豫舰管带陈德龙，说船都开过来了，总督大人你快走，留得青山在还怕没柴烧？为了减轻领导的罪恶感，陈管带还正义凛然道："逃到军舰上不算逃，一样可以指挥反击。"

炮声隆隆，震得瓦片碎裂，惊叫一片。瑞澂的耳朵嗡鸣了，周遭的声音也变得遥远起来……

"吾等自此以后，无安枕之一日。"

这是1907年安庆起义爆发后，自己的老上级，时任两江总督的端方发给陆军部尚书铁良的电报中的一句。端方当时忧心忡忡的神态，瑞澂至今记忆犹新。

"重臣出使，炸弹窃发；疆臣阅操，火枪致命。"那时的瑞澂，是江苏布政使。他添募水师，购置兵轮，将自己治下的新政办得有声有色。当在报纸上看到这句时，瑞澂摇了摇头。他不明白太后老佛爷在犹豫什么。五大臣出洋考察归来，朝廷虽已颁布"仿行宪政"的国诏，却只有一个"大权统于朝廷，庶政公诸舆论"的模糊表述，这就给了革命党口实，让他们可以名正言顺地攻讦清廷是"假借立宪，巩固其万年无道之基"。

"凡督抚到任六个月后，倘所属地方出有巨股土匪重案，定惟该督抚是问。"这是当年下发的上谕，严词怒斥了各省大员不顾时事多艰，为官不为，养尊处优，以至酿成地方巨患的无耻行径。

对此，瑞澂又不理解了。人心浮动久矣，吏治从来荒怠，这是事实。但在当时的中国，一切问题都是政治问题。你老佛爷为什么不能痛下决心立宪呢？载泽已经说得够明白了，立宪利于国，利于民，唯独不利于官，话都说到这份儿上了，你还是宁可相信瞿鸿機那个老顽固。

当然，历来的保守派反对改革都必祭一面大纛，上书"民智未开"。他们的逻辑是：人是政治机器的操纵者，人不正，再精密的仪器也会用偏。而人性由传统雕琢，被文化塑造，改变非一日之功。

然而，他们忽略了一个事实，即很多时候，道德是靠规则来拯救的，而不是靠自觉，故革命党人说："民智未开，即以革命开之。"

瑞澂叹了口气，让手下一个戈什哈（侍卫）将后墙凿出一个大窟窿，与陈德龙等人逃上了兵轮。

人心向背

瑞澂一走，清军方寸大乱，越打越气弱。革命军组织了敢死队，冒死冲进督署纵火，终于占领了这一标志性建筑。

张彪见势不妙，一口气跑回了家。

前脚刚进门，后脚辎重营的士兵便到了。张彪只道自己的人生即将谢幕，不料这帮士兵竟是来接应他逃跑的。

一行人逃到刘家庙一带，张彪的日本顾问寺西秀武赶到。

寺西秀武提出一个直捣黄龙的翻盘计划：由张彪亲率残军，潜行至楚望台，佯称向革命军投降。再借机把党人高层骗到一起杀掉，一举捣毁起义指挥中心。此行如果得胜，自可上奏北京，将功抵过，并把失职之罪都推到黎元洪身上。即使失败，不过一死而已，还能青史留名在。

张彪像看神经病一样看着寺西秀武，摇头不从。

到了 11 日上午，武汉的官员都争先恐后地离开自己的岗位，拖家带口，专心逃命。

历代王朝倾覆前，总有殉节的忠臣孝子用自杀告诉世人：这个政府还不赖。可惜，清朝实在不得人心，实在无道可殉。

好不容易出了个湖北按察使（主管司法的常务副省长）马吉樟，还把殉节演成了闹剧。

起义爆发时，马大人听说总督跑了，很淡定。又听说巡抚和布政使都跑了，还是很淡定。

问题是家人和下人没他觉悟高，开始不淡定了。

马大人一面鄙视他们的觉悟，一面做出表率。他穿好官服，抱起大印，径直走到臬司衙门的大堂，端坐正中，说是等革命党一到，他就自杀。

马臬台浩然地望着远方，心潮澎湃。

一开始还有若干衙役陪着，后来全溜了。革命党没等来，倒来了许多围观群众，像看猴一样看着马大人。

马吉樟慌了——难道革命党忘了这里，一个也不来？

又过了一会儿，马夫人领着一众小妾来大堂探视，见夫君正襟危坐，一个个笑得人仰马翻。她们一拥而上，把马吉樟拉扯了出去。

至此，武昌已完全落入革命军手中，铁血十八星旗冉冉升起。距离程正瀛的第一声枪响，仅仅过去十二个小时。

然而，下一步怎么走，吴兆麟不清楚。

他唯一清楚的是，作为一个队官，指挥上千人马攻克都督府早已超出自己的能力，接下来的摊子，以自己的威望震慑不住。

可惜，文学社和共进会的领导砍头的砍头，跑路的跑路，在革命最需要他们的时刻，齐齐失踪。如果没有一个镇得住场子的主心骨把舵，革命的小船随时会在惊涛骇浪里倾覆。届时，大伙一块儿完蛋。

蔡济民给大家分析了一下形势：当务之急是组织一个领导机构，否则群龙无首必致革命军因内讧而自乱。其次，推出一个深孚众望之人，以其名义通电全国，号召各地响应起义。名不正则言不顺，只有这样武昌起义才不会被世人解读为士兵哗变。

众人想来想去，有资格担当起义形象代言人的，武昌就两人，一个黎元洪，一个汤化龙（1874—1918）。

汤化龙富商出身，天资极高，是光绪三十年（1904）的进士，后留洋日本，进法政大学学习法律。

1909 年，汤化龙负笈回国，正赶上清廷在各地开设咨议局。

咨议局是历史的产物。1907 年，湖南乡绅熊范舆公然上书朝廷，请求速开国会。一石激起千层浪，民众谋求改革的呼声，由乡野村舍席卷开来，涌入北京，形成了史无前例的大规模请愿活动。

1908 年，清廷颁布《钦定宪法大纲》，正式公布了以九年为期的预备立宪方案。

八十天后，光绪和慈禧先后离世。

抱着溥仪登上监国之位的摄政王载沣（1883—1951）主政后的第一次公开表态就是遵循《钦定宪法大纲》，恪守九年预备立宪的承诺，定使宪政成立。

如果说国会是一款电脑游戏，那资政院就是游戏的试玩版。由于该游戏研发周期过长（九年），连试玩版都迟迟不能上架。于是，游戏公司（大清）先行发布了试玩版的试玩版——咨议局，以纾望眼欲穿的玩家之渴。

咨议局就是省一级的资政院，由选举产生的地方绅商作为议长。

虽然选进局里当议员的十之八九都是具有传统功名的进士和举人，但与以往不同的是这帮人毕竟通过了"选举"这一民主政治的形式，总比你一辈子没见过选票强。

咨议局作为省一级的民意代表，经常和巡抚叫板。矛盾闹到中央，资政院（1910年开院）不管三七二十一，又跟军机处对着干。

因此，咨议局在地方是一股不容小觑的力量。以武汉为例，在汤化龙任湖北咨议局议长期间，组织成立了保安会，维持治安，消防救火，配备两千杆毛瑟枪，待遇比当兵还好。一遇全国有啥风吹草动，还组团到总督衙门外游行请愿，完全没把自己当老百姓。

起义爆发时，汤化龙正坐在家里生闷气。五个月前，清廷迫于压力裁撤军机处，仿效议会制国家成立了责任内阁。然而，十三个阁员里九个是清廷贵胄，只有四名汉族官员——载沣借立宪之名，行集权之实的野心已昭然若揭，彻底寒了改良派的心。

对此，梁启超愤然指出，皇族内阁的设立将使今后的字典"无复以'宣统五年'（1913年）四字连属成一名词者"，"诚能并力以推翻此恶政府而改造一良政府，则一切可迎刃而解"。

把改良派旗手生生逼成神算子，也算专制政府的一大特长。

革命士兵告诉汤议长，改良行不通可以革命嘛。汤化龙被客客气气地请到了咨议局。

刚刚就座，熊秉坤等人便开门见山，要推举他做都督。

汤化龙赶紧起身，摆手道："兄弟一向拥护革命，只是瑞澂逃走后必然电告朝廷，请大军攻打武汉。在下一介书生，不谙军事。都督一职，万万不可。"

时局不明，谁也不敢拿脑袋开玩笑。

黎叔上贼船

吴兆麟早就看出文弱的汤化龙不是带兵的料，不再为难他，道："打仗还得找个在军中有声望的人，我认为黎元洪最合适。"

蔡济民马上附和："黎协统据说还在武昌城里，如果大家同意他当都督，我这就带人去找。"

蔡济民为什么这么热心？因为他和黎元洪是老乡，都来自湖北黄陂。

黎元洪的命，和他的人品一样好。

这个进过北洋水师学堂、参加过甲午海战、做过严复的学生、受过张之洞赏识的老好人从不克扣军饷，也不逢迎上级。

陈夔龙当湖广总督时，小女儿病死，办丧事敛财，张彪的追悼金一送就是十万银元。反观黎元洪，仅送几块钱作吊仪，吝啬至极。

黎协统要真是穷鬼，陈总督还想得过去。问题是没过多久，汉口慈善机构筹集善款，黎元洪一出手就是三千银元，非常慷慨。虽说时人交口称赞，但陈夔龙却从此深恨黎元洪。

奈何黎元洪在军中人缘太好，生活作风也无可挑剔，与结发妻子举案齐眉，陈夔龙始终无从下手。

1906 年，黎元洪奉命督师，率兵镇压萍浏醴起义。部队开拔前，他召集属下军官，嘱咐道："我们打仗，一定要辨明暴徒的性质。如果对方是有政治诉求的党人武装，不要与他们死战，而应设法劝说，使其自行解除武装；如果是以抢掠杀戮为目的的土匪，则应坚决予以消灭！"

可见，黎元洪的思想是进步的。

但思想进步不代表支持革命。爬到协统的位置，也算既得利益者了。清廷若垮台，吃了的还得吐出来，谁也不会傻到去革自己的命。

因此，当一个革命士兵兴奋地爬上协部的营墙，大喊"反动"口号，被卫兵擒到黎元洪面前时，他二话不说，拔剑将之捅了个透心凉。

威武的姿势没摆多久，就让地动山摇的屋子给打断了——南湖炮队轰完总督衙门开始轰协部。

参谋副官个个想逃命，力劝黎元洪"暂避"。

黎元洪见人心散了，坐在这儿挨炸于事无补，就跟参谋刘文吉回家换了身衣服，跑到附近一个下属家躲避。

第二天一早，黎元洪担心家里的积蓄被哄抢，派伙夫去取。结果，伙夫在搬运财产的路上被马荣和程正瀛盯梢。两人带着一排士兵，跟随伙夫找到了黎元洪。

垂头丧气的黎元洪被"请"到楚望台。革命士兵一字排开，鸣号举枪，向他行礼。

吴兆麟从人群中闪出。黎元洪见到老部下，心中稍安，责怪道："你学问好，资历深，为什么跟他们胡来？"

一旁的马荣闻言暴怒，拔刀欲砍，被吴兆麟喝止。黎元洪知道他二人在演戏，盯着吴兆麟，一言不发。

吴兆麟苦着脸道："协统大人不要生气，昨夜厮杀，戾气过重，大伙都还没缓过劲来（别惹我们）。现在，武昌群龙无首，主持大计，非您莫属！"

黎元洪岔开话题："武昌孤城一座，朝廷很快大军云集，你们打算如何抵抗？"

吴兆麟开始忽悠："协统不必忧虑。孙文携亿万军饷，黄兴率大批军舰，不日即到。"

敢这么吹，必定是听熊秉坤说的。熊秉坤是听文学社说的，文学社是听共进会说的，共进会是听居正说的。居正是同盟会湖北分会的负责人，和孙武过从甚密。

黎元洪也不深究，继续问："瑞澂等人就在军舰上，一旦率军反攻，事有不虞，该当如何？"

"可退守湖南，同盟会的焦达峰即将在长沙举事。"

又是听孙武说的。

黎元洪叹了口气，骑上士兵牵来的马，极不情愿地同吴兆麟往咨议局的方向揽辔而去。

咨议局坐满了人。黎元洪入座后，汤化龙起身拱了拱手，对众人道："汤某全心赞成革命，但毕竟不是军人，不懂用兵。因此，都督是当不了了。其余诸事，在下尽全力帮忙。"

在场之人，心领神会，都把目光落到黎元洪身上。

黎元洪愁眉苦脸地缩成一团，一副要死不活的样子，喃喃道："莫害我，莫害我……"

蔡济民怒了，拔枪在手，厉声道："开弓没有回头箭。黎公再不应允，我只有当场自杀，以谢殉难的弟兄！"

众人无不作激愤状，大厅外的卫兵也嚷嚷着要进来一枪崩了黎元洪。吴兆麟见戏演得很成功，"黎胖子"额上都渗出汗了，便俯身在他耳边道："再推三阻四，酿成大乱，我也保护不了您。"

黎元洪脑袋一耷拉，算是默许了。于是，众人推举黎元洪为湖北军政府临时大都督，汤化龙为民政总长。

第二天，一封《中华民国军政府鄂军都督黎布告》贴满了武汉。

武昌街头，万人攒动，百姓听说黎协统革命了，激动异常。以往都是革命党小打小闹搞恐怖袭击，现在连清政府的高级军官都反了，大家顿时觉得推翻清政府不是没有可能。

但黎元洪不这么想，因为他参加过两次清廷举行的秋操。

六年前河南彰德的那场军事演习让黎元洪见识了北洋六镇昂扬的士气和强大的武装，段祺瑞犀利的目光至今回想起来仍不寒而栗。

屋外的普天同庆就像一个与己无关的陌生世界，顾虑重重的黎元洪愣愣地望着北方。

汤化龙考虑的是另一件事：发布消息。

他的计划比蔡济民更周密。一面以瑞澂的名义急电各省督抚，用形势危急等措辞动摇敌心；一面致电各省咨议局，拉拢这帮被清廷推到革命派家门口的改良派议员。

当蒋翊武把通电文稿送交汤化龙审阅时，汤摇头告诉他，明码是发不出去的，各省的电报局都掌握在清廷手中，要发必须用密码。

密码本在督办八省膏捐大臣（烟草专卖总局局长）柯逢时手上，以往咨议局发电，都得去膏捐局找柯逢时。

汤化龙叮嘱蒋翊武不要为难柯逢时，以礼待之，自能要到。

又一场吊民伐罪

10月13日，电报均已发出，革命党开始炮轰赖在长江上的楚豫舰。交火两小时，瑞澂不敌，命陈德龙将船开往下游。

此事对黎元洪触动很大，海军出身的他没想到楚豫舰竟如此不堪一击。看来，坚船利炮遇到了不要命的，也是没辙。

曾几何时，淮军打仗亦肯用命。可自打有了新军，衰颓的淮军余部就被缩编为巡防营（武警部队），不受待见。不过，随着安徽、湖南的新军叛乱，军队的忠诚问题日益突出，一些地方大员加紧了对新军的防范。结果便是宁可依赖巡防营，也不肯相信新军。

革命党打跑了楚豫舰让黎元洪开始觉得革命似乎大有可为。对付骑墙派要趁热打铁，蔡济民看出他的立场有所动摇，就和蒋翊武一起撺掇黎元洪剪辫子。

他不再拒绝。

剪辫后不男不女，黎元洪索性要求理发师给自己剃个光头。

蔡济民哈哈大笑道："都督这脑袋，真似罗汉一般。"

黎元洪照了照镜子，忍俊不禁道："我看像个弥勒佛。"

不久，美国驻汉口领事特来拜会，当问及中国将来会实行何种政体时，黎元洪不假思索道："共和政体！"

既然木已成舟，何不拼死一搏？

在当晚召开的军事会议上，黎元洪一改作壁上观的路人姿态，郑重表示："自此以后，我即为军政府之一人，不计成败利钝，与诸君共生死！"

他重拾领袖风采，进行了战略部署和战前动员，准备迎击清军。

此时，武昌起义的消息已不胫而走，成为媒体追踪的热点。

上海的《时报》是江浙立宪派的喉舌，向来反对革命。但因对政府失望透顶，《时报》还是发表了一篇《意料之外》：

> 德法不交战而意土交战，出人意料之外；湘粤不抗路而四川抗路，出人意料之外；成都不失守而武昌失守，尤出人意料之外；广州不失守而武昌失守，更出人意料之外。呜呼，自今以往，出人意料之事，岂第止此哉！然而政府则犹梦矣！

《申报》的政治立场更保守，也一针见血地指出：

> 呜呼！川乱未已，鄂乱又起，何今日祸变之多耶！夫春间粤乱犹在沿海，此次川乱偏于西隅，今则革党势力已蔓延于长江流域矣！其情形之危，更非川粤可比。

遍地星火的时代，即使像《正宗爱国报》这样满人办的洗脑工具也悲哀地发现为政府遮羞成了不可能完成的任务。

1911 年 10 月 17 日，黎元洪有生之年最难忘的一天。

革命军在阅马场举行誓师大会，黎元洪宣读祭文和誓词。

高大的祭坛耸立在阅马场中央，坛前烟火缭绕，坛上香案玄酒，供设着轩辕黄帝的灵位。

"时维黄帝纪元四千六百零九年……"

画面切为黑白。一队荷枪实弹的清兵押着唐才常走到滋阳湖畔。"慷慨临刑真快事，英雄结局总如斯。"吟罢，唐才常面湖而立，平静地对身后的清兵说："堂堂男儿，怎可屈膝，动手罢！"

伴随画面变回彩色的是黎元洪铿锵有力的声音：

> 满清异种，横侵政权，二百年来，惨无天日，我族痛心疾首，久思光复故物……

画面切为黑白。广州天字码头，一个长身玉立的美男子即将引颈就戮。监斩官问他有何遗言，他微笑道："悔矣，恨矣！"监斩官不解道："悔什么，恨什么？"

"悔德寿未死，恨自己先行，没炸死这个满贼！"

他叫史坚如，两周前在巡抚衙门的后墙外挖了条地道，直通广东巡抚德寿官宅的后花园。史坚如在地道里塞满烈性炸药，点燃了引线。但闻轰隆一声巨响，暗杀似乎成功。谁知结果令人颇为沮丧：附近的平民被炸死好几个，德寿本人却只是被震下了床，毫发无损。

懊恼的史坚如准备去香港再买炸药，却在登船之际被尾随的密探逮捕……

黎元洪的声音再次传来：

> 义声一动，万众同心，兵不血刃，克复武昌。我天地、山川、

河海、祖宗之灵，实凭临之！

画面切为黑白。

长沙。同盟会成员焦达峰、陈作新响应武昌起义，率军攻打巡抚衙门。湖南巡抚余诚格很识时务地在大堂高悬"汉"字白旗，乘乱逃走。

西安。新军第三十九协管带张凤翙正率军攻打满城，西安将军文瑞站在城楼上指挥旗兵负隅顽抗。血战一日，满城告陷。文瑞困兽犹斗，下命巷战，三千旗兵伏尸街头，终不敌革命军包举宇内之势。文瑞无力回天，投井自杀。

昆明。新军协统蔡锷（1882—1916）正在率军攻打督署，一个叫朱德的排长冲锋在前，率先攻克了李鸿章的侄儿、云贵总督李经羲的老巢。

太原。刚刚由江苏布政使升任山西巡抚的陆钟琦在听说邻省陕西独立的消息后，忧从中来。他不知道的是，新军标统阎锡山正在和自己早已秘密加入同盟会的儿子密谋策反他。几天后，陆钟琦还没来得及与时俱进，就被暴动的士兵乱枪打死。

画面逐渐叠化为黎元洪跪颂祝文的场面：

元洪投袂而起，以承天庥（庇佑），以数十年群策群力呼号流血所不得者，得于一旦，此岂人力所能及哉？日来搜集整备，即当传檄四方，长驱漠北，吊我汉族，歼彼满夷，与五洲各国立于同等，用顺天心，建设共和大业！

形式主义在这个古老的国度从不过时。祭天大典隆重的场面给革命士兵注入的是精神力量，而黎元洪和汤化龙盘算更多的却是现实的权力分配。

在平衡了实力与利益之后，二人拟定的军政府四个部和政事府七个局的一把手名单里，除孙武捞到一个军务部部长（还是看同盟会的面子），其余全是黎元洪的下属和汤化龙的亲信。革命党用无量头颅、无量血换来胜利的果实，却被集体踢出了权力的中心。

歌不尽乱世烽火

10月11日是袁世凯五十三岁的生日，不少故交好友都到洹上村的袁府贺寿。

次日，武昌起义的消息传来，众人都很激动，用王锡彤的话说就是"认为袁公必将起用"。

王锡彤乃本地绅商，袁世凯罢官之初，及时烧冷灶，赢取了袁的信任，为他打理私产。

隔日，有传言说朝廷将任命袁世凯为湖广总督，阮忠枢的造访证实了此事。

邮传部侍郎阮忠枢是袁世凯最重要的笔杆子，跟袁几十年的交情，在袁年轻落魄时曾资助过他。时人用"虽以梁士诒之倚重，杨士琦之尊信，不及阮忠枢之亲昵如家人也"，来形容二人的关系非同一般。

派阮忠枢前往洹上村，可见清廷真急了。

袁世凯循例上了谢恩折。王锡彤和袁克定（袁世凯长子）主张不应政府之命，杨度和段芝贵也持相同意见。

杨度的态度最激进，认为即使荡平了革命，清廷也无药可救。王锡彤站在阴谋论的角度指出：一旦乱事平定，必会卸磨杀驴。

袁世凯不悦道："我不能做革命党，我的子孙我也不愿他们做革命党。"

王锡彤知道自己人微言轻，默然退出。

是夜，袁世凯踱到那面写有"养寿园"三个字的牌匾下。这是慈禧的字，他出神地望了望，突然放声大笑，喃喃道："湖广总督？湖广总

督？湖广总督！"

声音里透着凄凉与蔑视。

三年前，直隶总督杨士骧遣使同黄兴接洽，密告其曰："兄弟此行受直督杨大人所差，以转达袁宫保（袁世凯曾受封太子少保，故称宫保）对黄先生的意思。宫保知先生致力于革命，甚为海内外所瞩望，也知先生将来必成气候。宫保愿与先生及革命党人联合，把清室推翻，复我故国……"

载沣已等不及袁世凯走马上任，先行派出了海军统制（海军总司令）萨镇冰和陆军部尚书荫昌。

萨镇冰的副官汤芗铭是汤化龙的弟弟，萨镇冰的敌人黎元洪是萨镇冰的学生，萨镇冰本人是个政治立场并不坚定的老好人。于是，汤芗铭苦口婆心的劝说和黎元洪不遗余力的策反，让这个素有"活菩萨"之称的技术官僚选择了中立路线，把一堆军舰扔给汤芗铭，自己跑到上海躲了起来。

荫昌则是个活宝，纨绔子弟的代表。一笔好字，两口大烟，三圈麻将，四声昆曲，外加两撇八字胡，一根绅士杖，整个一东方卓别林。

内阁开会时，荫昌蹬着军靴，穿着袍褂，半文不武、半土不洋地走了进来。在座诸人忍笑向他道喜："有旨意命您督师到湖北去。"

荫昌唱戏般反唇相讥："我一个人马也没有，到湖北督师，我倒是用拳去打呀，还是用脚去踢呀？"

睡觉都提防汉臣的载沣也知道，让荫昌这种在同文馆学了三年德语，啥都不会说的大爷领兵打仗形同儿戏，便给他配了两个镇的精锐部队。就这还得让冯国璋再带两个镇随行，以防不测。

临行前，军乐队举行了隆重的欢送仪式。荫昌哼着《战太平》的小曲，拿着身板架势上了火车。

列车正待启动，站长忽报邮传部尚书盛宣怀莅临恭送。

盛宣怀跟荫昌略事寒暄，打开一张汉阳地图，指出汉阳铁厂的方位，道："如汉阳铁厂少受损失——"，盛宣怀拍着胸脯道："本大臣即赏银十万。"

荫昌心领神会。

列车启动后，盛宣怀仍不放心，凑到车窗跟前提醒道："适所言，勿忘。"荫昌大大咧咧道："你备款就是了。"

两人暧昧的举动被站台上的中外记者看在眼里，好事者添油加醋将之传为，"荫昌南下，而军饷不足"，最后竟导致各地的大清银行发生挤兑，让本就濒临破产的清廷财政雪上加霜。

冯国璋的部队早已开到前线，跟革命军交上了火。荫昌却磨磨蹭蹭地往前挪，多走一步都像要了他命似的。好不容易进了湖北，荫昌赖在火车上不肯下来。他命人架起机枪大炮，层层重兵环绕。列车前后各接一车头，随时准备逃命。

一天，卫兵发现远处走来一大片人，立刻报告荫昌。

荫昌如临大敌，下令开车。一个参谋自作主张地下车看了看，发现只是一群到地里收棉花的农妇……

三年前为报兄（光绪）仇而将袁世凯扫地出门的载沣，此刻已连续失眠一周了。几天前，内阁大臣那桐严肃地警告他："大势今已如此，不用袁指日可亡；如用袁，覆亡尚希稍迟，或可不亡。"

载沣开始后悔当年听从张之洞的劝诫，放袁世凯生路，仅以足疾为由开缺回籍。若当时狠下心来斩草除根，袁世凯就没有机会因闲居而坐养民望，以至天下有变，各方势力都认为收拾残局的人选"非袁莫属"。

然而，从现实出发，载沣也不得不沮丧地承认，陆军最精锐的北洋六镇，早已成为袁的私家军队。

向现实低头的载沣接受了奕劻的建议，派出了另一个重量级的内阁大臣——徐世昌（1855—1939）。

10月20日的养寿园显得颇为冷清，袁世凯刻意屏退了众人，单独迎接徐世昌。

三十年前，一个和风熏柳、花香醉人的下午，在河南淮宁县当书吏的徐世昌百无聊赖，听说附近有一座已故兵部侍郎袁甲三的祠堂，遂往游览。

在袁甲三的灵位前，徐世昌看见一个少年的背影。他跪在地上，一边烧纸一边哽咽道："叔爷爷，孙儿今天才明白，自己不是读书的料。孙儿将以前做的诗文付之一炬，决心不再自困于笔砚之间，荒度光阴，而要学您效命疆场，建功立业！"

那天，徐世昌和袁世凯一见如故。他惊讶地发现，袁世凯的大脑袋里装着各种自己闻所未闻的想法。

比如，袁世凯认为中国其实是一座赌场，里面的人都在投机。有钱的大投机，没钱的小投机，身无分文的卖血卖肉也要投机，都指望走捷径，个别地解决问题。无他，只因这是赌场的生存之道。

所有赌棍都经历过理想破灭的时刻，心头滴血的疼痛也曾激起反抗的念头，却被场子里戴着墨镜的彪形大汉吓退，别无选择后只能义无反顾地重归投机的浪潮。

公平，在任何时代、任何地点都不是绝对的；但不公，却在这座赌场准确无误、屡试不爽地实现了。

理想已死，真爱已绝，遁入虚无，随波逐流？不，即使这已成为所有人的宿命，也绝不是袁世凯的选择。

黑黑黑，黑到最后就是黎明。当繁星消逝在苍穹，当满天飘零着花朵，当所有的希望都已变成绝望，你敢不敢将人生变成一局棋来赌？

第二章：苦集灭道

这片土地，没有奇迹

1859 年，袁世凯出生于河南省项城县（今项城市）。

一年后发生的两件事深刻地影响了历史的走向。

辛酉政变将慈禧推上了权力的巅峰；第二次鸦片战争的失败使清廷进一步迈入覆灭的深渊。

1860 年 10 月 24 日的下午，北京安定门到礼部衙门长达五公里的道路两旁，挤满了翘首张望的老百姓。他们一如既往地神情麻木，默不作声地目送英国公使额尔金乘坐的轿子，在英国龙骑兵和步兵团的护卫下前往《北京条约》的签字现场。

这一天，对道光帝最宠爱的第六子——刚刚进入帝国权力中枢且年仅 27 岁的恭亲王奕䜣（1833—1898）而言，充满了屈辱。

一个英国使团的随员回忆道：

> 当额尔金的轿子随军乐团吹奏的《天佑女王》抵达时，亲王本人走上前去，抱拳施礼。额尔金只是高傲而轻蔑地看了他一眼，微微欠身表示回礼。

在深入到这个破碎的帝国的核心后，北京城让前来游历的英法两国使团大失所望："乍看上去，人们还能想象一下，这座巨大的城池该掩藏着多少奇珍异宝。一旦走入，却发现到处都是肮脏的房舍。旗人区的主要街道比中国任何其他城市的都要宽阔，但既没有铺石板，也未留出人行道，仅仅是破烂不堪的碎石路面，夏天尘土飞扬，冬天满是污水。垃圾和粪便随处可见，臭气冲天。"

一个法国军医在日记中写道："衣衫褴褛、满脸怀疑的老百姓在坑坑洼洼、布满车辙的大道上毫无生气地跋涉。延绵不断的，是用没烧透的青灰砖砌成的单调房舍，这打破了我们远距离眺望北京时的美好印象，以及消融在金黄色落日余晖中的无限遐想。"

为了讨好征服者，奕䜣知会几个月前才下令焚毁了圆明园的额尔金：如果他愿意，欢迎参观紫禁城。

11 月 6 日，英法使团在钦差大臣的带领下走进皇宫。

然而，一个法国使团的成员对帝国心脏的第一印象不过是："诚然，皇宫拥有漂亮的汉白玉栏杆、精美的台阶，但总体而言破败不堪。建筑上到处是裂缝和苔藓，书房空空如也——书籍早已被迁往圆明园，并在大火中化为灰烬。"

就在这一天，《北京条约》的内容被写成布告，张贴在城墙上。

墙下人头攒动，识文断字者逐条解释给其他人听。人群充满了好奇，窃窃私语，仿佛在讨论一则茶余饭后无关痛痒的话题。

人们已经在冷酷的社会里练就了一颗更加冷酷的心。抱怨、嫉妒、仇恨、讥讽和猜疑是他们习惯性的情绪，而爱、宽容、理解、体谅和分享似乎永远也不会光顾这片惨遭诅咒的土地。

这是一汪绝望的死水，人与人之间的苦痛从不相通，以至于再深的痛苦也只能像冰雪飞落大海般悄无声息。长此以往，冷漠便成了最妥当的表情。

其实，在以吏为师的中国，所有的愚昧都是自上而下的。

康熙年间，画家王翚得意地在他收藏的一幅山水画上题词，说这是宋代一件临摹品的临摹品；和他同时代另一个擅长画花的恽寿平则被评论家赞为"深得北宋画家徐崇嗣的'没骨'之法"，将二人的作品相提并论。

我们经常看到，某个古人因为复兴了某种古老的诗文风格而名垂文学史。这是因为在赫胥黎的《天演论》被严复翻译介绍到国内之前，很多人的脑子里是没有"时代在进步"这个观念的。

儒家认为最好的时代在上古，越往后越差。孔子不遗余力地吹捧尧舜禹，即使他们的事迹怎么看怎么像神话。

传统的力量如此顽固，以至于纪晓岚武断地认为，比利时传教士南怀仁所做的《坤舆图说》中，有关世界七大奇迹的记载是抄袭的中国古书。

鸦片战争中，道光的侄子奕山到广州前线指挥打仗。他杀了几只老虎，把虎骨扔到海里，想以此激怒龙王爷，掀翻英舰。

更邪的是湖南提督杨芳。他率大批湘勇入粤，还没开战就分析上了：我主夷客，按理说局势应该有利于我才对，怎么越打越惨？肯定是敌舰上藏有善使巫术之人。

于是，他命人广贴告示，收购妇女使用过的马桶，平放在一排木筏上，口朝英舰驶去，妄图以此破敌邪术。

而即使开明如林则徐，也在日记中自以为是地嘲笑英国士兵"腿足缠束紧密，屈伸皆所不便"。

晚年的林则徐看到了中西差距，但这不仅于事无补，还造成了他人格的分裂——一个是教科书里的文臣模板，一个是无可奈何的常人。

模板林则徐是主战派，他用中国的古法百战百胜，可惜奸臣琦善收了英国人的贿赂，把他赶走了。林则徐的奏章里充满了必胜的信心，但自打被道光冷落，就再也没有机会实践他的那些战法。

幸好没实践，不然林文忠公恐将晚节不保。

常人林则徐意识到中国军器不如西洋，便竭力购买外国枪炮，派人翻译外国刊物。同时，他将搜集到的材料交给魏源，助他编成了《海国图志》。

此书"师夷长技以制夷"的观点后来成为洋务运动的指导思想，但幕后推手林则徐却并不希望以改革者的面目出现在镁光灯下。他经常叮嘱友人，不要将他对比中西差距的信函给第三者看，后来在陕甘和云贵总督任上，也绝口不提改革。因为公然承认天朝上国比"英夷"落后，在当时的舆论环境里，是要冒天下之大不韪的。

故此，对林则徐的评价，史学家蒋廷黻一语中的：

> 他让主持清议的士大夫睡在梦中，他让国家日趋衰弱，而不肯牺牲自己的名誉去与时人奋斗。林文忠无疑是中国旧文化最好的产品。

更令人羡慕的是，林则徐死得非常及时，死在了赴广西镇压太平天国的路上。要是命硬晚死两月，历史评价或被改写。

灾民灾官

新旧交替的时代呈现出的是一幅古怪的画面。

第二次鸦片战争中，清军主帅僧格林沁对英法炮火"丈余壕墙，竟可穿透"惊叹不已；

湘军悍将胡林翼见西方汽船溯江而上，"迅如奔马，疾如飘风"，因之"变色不语，勒马回营。中途呕血，几至坠马"。

林则徐的弟子、李鸿章的幕僚冯桂芬曾建议，将举人和进士的功名授予外国工匠……

另一方面，章太炎的老师俞樾不止一次地抨击那些虽仍在读儒学经典，却孜孜以求西学的官员。而同治帝师、理学名臣倭仁也曾不满地指出："立国之道，尚礼义不尚权谋；根本之图，在人心不在技艺。"

如果将镜头聚焦于华洋杂处的上海，时代的变迁给个体带来的困惑、紧张乃至愤恨，便不言而喻。

1861年，一个来自内地的路人偶然到上海的跑马厅，观赏"夷人"特有的娱乐活动——跑马。在他有限的人生经验里，摩肩接踵的公共场合绝对是妇女的禁区，可跑马厅内竟然"士女云集，举国若狂"。于是，他愤怒道："这是个疯狂的世界！"

真正疯狂的其实是跑马厅外的蛮荒世界。

清代官员的合法收入包括年俸、禄米和养廉银三部分，收入比在明朝当官相对可观，但较之天价的往来应酬，还是杯水车薪。当然，扫大街的都知道，对京官而言，外官的炭敬（春节过节费）、冰敬（夏天消暑费）和别敬（外放道别时的馈赠）才是收入的大头。

孟德斯鸠说过："专制国家有一个习惯，就是无论对哪一位上级都不能不送礼。"但京官的漫天要价，还是让地方官视进京为畏途。

后来官至吏部侍郎的段光清，曾在咸丰九年（1859）升任浙江按察使时，进京谢恩，同年、同乡、浙籍京官以及八竿子打不着的人纷纷出现，为他饯行。一天要换六七个场子，酒喝不上两杯，人也来不及认全，就得赶赴他席。最后花了几千两银子，还是在京官那儿"不见讨好"。

用著名报人汪康年的话说，八个字即可概括京城官场的糜烂：游戏做官，认真做戏。

世道变了。银子的妙用使皇权的威严和传统的规则不再灵验，原本四民之末的"商"和"小人喻于利"的"利"，成为活跃无比的社会动力，也成为让权力系统目眩神迷、趋之若鹜的幻光。

庞大的国家机器早已不在同一个方向上运转，却在不同利益的牵引下寻找着各自的出路，人心的离散注定了分崩离析的结局。

若以光绪年间的户部郎中李慈铭为样本，不难发现，由于冗官太多，对身处中层的京官而言，即使不辞辛苦地收黑钱，一年下来要想做到收支平衡也很艰难。

正五品的李慈铭是户部头司江南司的司长。江南富庶，乃纳税大户，李慈铭仍要靠李鸿章介绍的学堂主讲的兼职赚外快，那些没有实权、门前冷落的闲散官员的境况可想而知。

更惨的则是候补官，连实缺都没有，人称"灾官"，意即当这种官就是活受罪。

其实，最初买官的只是少数有钱人。工商业的畸形繁荣造就了晚清第一批先富阶层，这帮深感自己富而不贵的人，对乌纱帽有一种变态的渴望。有需求就有市场，捐官制将卖官鬻爵合法化，生意兴隆。

此风一开，便不可遏，国人对官位的需求比任何刚需都刚。许多小康的、温饱的甚至贫困线以下的也东拼西凑，举着银票扑面而来了。

僧多粥少，候补官想递补实缺比登天还难。而当了候补官，则需维持相应的体面排场，雇佣长随、交际应酬都要大把撒钱。

一个候补知县到省城二十年，未得差委，衣食俱乏，床上唯有一破席，两袖与前后身到处是破洞。他苦熬待变却等不到脱贫致富的那一天，绝望之中，吞烟自尽。

与这样的"官"相比，"吏"的生活滋润多了。

为经费服务

同治七年，席卷半个中国的太平军即将被平定，军费的报销提上了议事日程。让湘军统帅曾国藩（1811—1872）担心的并不是皇帝嫌他花钱太多，毕竟大清江山保住了，钱不是问题。

可部费是问题。

报销顺利与否，关键在户部的审计。户部能过关，皇帝基本上都会同意。然而，户部从尚书到主事都是典型的文科生，宁愿把精力花在看书写诗、喝酒听戏，而不是去看枯燥的财务报表上。甚至，你要是对财会表现出兴趣，还会被同僚鄙视。

于是，五年一聘、不能连任的临时工书吏出现了。

在坏政府里，最坏的人往往最勤奋，书吏扮演的就是这种角色。

由于没有工资，出了事要替长官背锅，工作强度非常人所能忍受，书吏的心态往往是捞够就走。

咸丰年间，全国各级衙门正式和非正式的书吏加起来有四十万人，每年到手的灰色收入超过两千万两白银，高达财政岁入的一半。

审计的初衷是为了防止腐败，结果却造成新的腐败。据一个工部的官员记载，他和同事都对一个叫红玉的京城歌姬垂涎三尺。可惜，由于囊中羞涩，只能远观，不能亵玩。相比之下，部里一个叫王维寅的书吏就潇洒多了。白花花的银子往老鸨面前一砸，直接就把红玉领走了。

潜规则遍布帝国肌体，莫说工部官员，连皇帝也深受其害。

某日，乾隆下了早朝，随口问吏部尚书汪由敦道："你天没亮就赶着上朝，吃过早点没？"

汪由敦说吃过了，乾隆问他吃的什么。汪由敦一脸艰苦朴素的表情，道："臣家里穷，每天早上就四个鸡蛋。"

乾隆大吃一惊道："一个鸡蛋要十两银子，四个就是四十两，朕都不敢这么吃，你一顿四个还哭穷？"

汪由敦一愣，立刻明白是内务府的人采购时吃了回扣，买的天价鸡蛋，只好敷衍道："有些碎了壳的蛋，外面的市场会低价处理。臣吃的就是这种几文钱一颗的蛋。"

汪由敦滴水不漏，两不得罪，乾隆也只好继续当冤大头。

在中国生存，都不容易。因此，曾国藩没有和户部书吏撕破脸，而是托人登门说情，讨个折扣。书吏也不想得罪圣眷正隆的曾国藩，三千多万两的发票，让他给八万两好处费了事。

书吏再黑，黑不过关吏。

关吏不遗余力地增加全国人民的物流成本，以至于得到来自民间的一致评价：关无善政。

当然，为了不被吃拿卡要，你可以添点路费绕道走。但对那些上京的人来说，崇文门却不得不过。久而久之，崇文门税关的创收手段，让所有税关望尘莫及。

左宗棠有一回进崇文门，因行李过多而遭勒索。第二天入宫拜见皇帝，在朝房看见崇文门监督，正想上前理论，对方却先发制人，凑近笑呵呵道："大人您昨天进城何必如此客气，打赏他们那么多银子？"言毕，再三道谢。

左宗棠哑口无言。

欺负欺负自己人倒也罢了，可问题是随着全球化的时代到来，你可以不跟自家奴才讲理，洋人却一定会跟你讲。

从康熙二十三年（1684）粤海关设立，一百五十多年里，来华贸易的英国商船就额外征税，与广东官员聚讼不休，反复拉锯，以至于一个在中国做过短暂停留的法国人后来写道："人们在欧洲喝到的每一杯茶，都渗透着在广东购茶的商人蒙受的耻辱。"

1793 年，马嘎尔尼访华的一个重要使命便是希望通过交涉解决粤海关的陋规——英国人习惯了有法可依，对那套上上下下都打点完，最后还是栽在一个小科员手上的中国特色头痛不已。

然而，中国特色，从古至今都是不容挑衅的。

当状告和外交手段等各种努力都失败时，被英国人称为"通商战争"的鸦片战争便爆发了。

《南京条约》的条款最能体现英国人发动战争的目的。其中第十条赫然写着:"进出口关税要明确,不得随意多收。"

英国人的梦魇结束了,中国人的梦魇才刚刚开始。

曾因酒醉鞭名马

河南省陈留县的县教谕(教育局局长)袁树三履新不久,正干得如火如荼。虽然官职低微(从八品),但海瑞的仕途起点也不过是个县教谕,谁能料到他最后青史留名呢?

可问题是袁树三有个弟弟叫袁甲三,时任军机章京,天天在御前行走。

袁甲三后来因剿捻(发源于安徽的民乱)有功,累迁至漕运总督(从一品)。长子袁保恒官至刑部侍郎,次子袁保龄因修《穆宗实录》(同治)也位居正二品。父子三人,显赫一时。

反观袁树三,自己平庸,长子袁保中也平庸,要不是生了个袁世凯,这一脉就名不见经传了。不过,袁树三的次子袁保庆还比较争气,官至正二品的江宁(南京)盐法道,但这也是很早就跟堂叔袁甲三出来混,剿捻积累战功的缘故。

与弟弟相比,袁保中也不是一无是处。他连生了六个儿子,袁保庆膝下却是五个女儿。

1866年,袁保庆候补济南知府,仕途一片光明。袁保中颇有远见地将自己的第四子、时年七岁的袁世凯过继给了弟弟。

袁世凯是家族里的红人,因为他降生之日恰逢袁甲三攻克捻军的大本营。捷报传来,举族欢腾,这个预示着荣耀和祥瑞的婴儿后来被取字"慰庭"。

对袁家子弟而言,宽慰庭闱(父母)的方法之一便是手执兵刃,参加家乡组织的团练，建立军功。

捻军的势大造就了一个刀口舔血的狼族，袁世凯五岁时就站在袁寨碉楼上观战，面无惧色。一次，袁保庆率军抢回被捻军占领的地盘，将俘虏悉数斩首。诸如此类的杀伐场面充斥着袁世凯的童年，熏陶渐染出一个对军事兴趣盎然，且迷信武力的处女座男生。于是，小伙伴们玩耍时，袁世凯最爱充大王，一言不合便拔拳相向。

捻军覆灭后，养父袁保庆带着袁世凯走南闯北，开阔眼界，并聘请著名的时文专家王志清当他的启蒙教师，可谓视若己出。

然而，袁世凯的叛逆非同一般。

从家里偷银子找拳师学艺实属正常，偶尔伙同个把小混混斗殴你也不要惊讶，毕竟他在生理尚未发育的时期就已经率团参观过青楼，表现了对未知领域强烈的探索激情……

一次，袁世凯假装肚子疼，向王志清请假，然后埋伏在他回家的必经之路。夜里，等王志清路过时，袁世凯将事先准备好的一把萤火虫搓碎抹到脸上，悄无声息地向他走去。

见到这个脸上闪着白光的怪物，王志清以为撞鬼，吓得扭头就跑，乐得袁世凯拍手大笑。

对此，袁保庆没说什么，而是将自己几十年的带兵心得和官场经验编成了一本名为《自乂锁言》的书，向袁世凯倾囊相授。

终袁一生，他都忘不了这本童年读物里的一句话：

> 官场如戏场。善做戏者，忠孝节义都能演得情景毕见，使闻者动心睹者流涕。要是连这样的好角色都没有，官场岂不为优伶（戏子）所窃笑？

而令袁保庆不能忘怀的一个细节是，自己的正妻牛氏和小妾金氏时生龃龉，势同水火，袁世凯以养子的身份夹在中间，竟能两边讨好。对袁保庆而言，这可是一项高难度的挑战。

1868 年，新任两江总督的马新贻保举袁保庆赴江苏任职，军机处议准后，擢升其为江宁盐法道，掌管江苏、安徽、江西三省的盐政。

从天而降的肥缺没有砸晕素来谨慎的袁保庆，他第一个想到的人既非袁甲三，也非马新贻，而是曾国藩。

曾国藩和袁甲三同年中举，相交甚厚。咸丰二年（1852），在中央把各部侍郎几乎当了个遍的曾国藩，被外放为江西省的乡试主考。赴任途中，得知母亲去世的噩耗，曾国藩立刻写信给在京的长子曾纪泽，让他处置家产，举家迁徙，回湖南老家奔丧。

问题是曾纪泽还不到十三岁，显然难当此任。于是，曾国藩让他找几个自己的患难之交帮忙筹措旅费，开列的五人名单里就有袁甲三。考虑到平日曾国藩总是教育子侄"不可多求于人"——曾、袁关系之近，可见一斑。

自 1860 年以兵部尚书衔署理两江以来，曾国藩就在总督的位置上干了近十年，苦心经营，建成了洋务运动的模板、晚清最大的军工厂江南制造总局，而后迁直隶总督。

此去江宁，袁保庆踌躇满志，准备一显身手。赴任之前，问计于曾国藩，则成了理所当然的选择。

直隶总督署内的曾国藩，此刻翘首以盼的却是另一个人。一个最早完整接受西方教育和启蒙思想的中国人——容闳（1828—1912）。

容闳出生于帝国版图南端的广东省香山县，七岁就被父亲送到澳门的教会学校上学，十九岁跟随马礼逊学校的校长勃朗牧师到美国深造，二十六岁从耶鲁大学毕业。

容闳一向以改造中国为己任，拿到文学学士的证书后立即登上了回国的轮船。结果，怀揣着前无古人的高学历，容闳蹉跎了好几年也没挤进体制内，不得不遗憾地承认世上只有两种逻辑：逻辑和中国逻辑。

象因牙逝，狐因皮灭

山重水复疑无路，天上掉下洪仁玕。

洪秀全的族兄、《资政新篇》的作者干王洪仁玕，是太平天国的高层里罕见的肚中有干货的领导人。

可惜没实权。

洪仁玕早年在香港结识容闳，两人一见如故。此番，四处碰壁的容闳把最后的希望寄托到太平天国身上，怀揣七条建国之策来到南京，希望一展宏图。

可惜，宏图没有，只有归途。洪仁玕耐着性子听容闳说完，拍着他的背叹息道："老兄你的建议我都懂，但问题在于只有我懂。其他诸王不是忙着打仗就是忙于内斗，如此重大的决定我做不了主啊。"

容闳大失所望，拒绝了洪仁玕替他请封的"义"爵（仅次于"王"的二等爵位），去往九江。迷茫中，容闳收到一封署名"李善兰"的信，历史的走向就此改变。

数学家李善兰时任曾国藩幕僚。

容闳向曾国藩贡献了自奕䜣主持洋务运动以来最精辟的四个字：制器之器。

谁都知道洋枪洋炮厉害，可与其单纯地购买仿造，不如先设立工厂，配备各种制造机器的机器，比如车床，再分门别类地制造枪炮等具体的器械，如此方为务本之道。

曾国藩大喜，立刻帮容闳请封五品军功衔，任命他为出洋委员，负责购买新式机器。

容闳清楚，中国的落后不唯在武器的落后，而是因为压根就没建立起完整的基础工业。他用超前的认知一点一滴地影响着曾国藩，洋务运动也逐渐从造来复枪转向了造钟表和农具。

就在以冯桂芬为代表的改良派先驱高唱，"采西学、制洋器"大步向前时，形势急转直下。

1865年4月1日，慈禧把议政王、首席军机大臣奕䜣叫到跟前，说："这天下，咱不要了，送给汉人吧！"

奕䜣愣了，以为她在开愚人节玩笑。

慈禧正色道："汝事事与我为难，我革汝职！"

奕䜣硬顶道："臣是先皇第六子，你能革我职，不能革皇子。"

空气凝滞了。奕䜣跪了半天，忽然起立，慈禧见状大呼，说恭王要打她。一帮宦官涌了进来，将奕䜣拉扯出去。

奕䜣能打破满汉分歧，选贤任能，却无法打消慈禧的猜疑。议政王一职本非常设，早在乾隆年间就被废除，却在辛酉年（1861）的"祺祥政变"中作为政治回报戴到了奕䜣的脑袋上。

然而，彼时的超擢此时看起来是何等碍眼。慈禧宁可断送方兴未艾的洋务运动，也绝不容昔日的盟友坐大。

在一干亲王重臣的反对声中，奕䜣保住了军机大臣之职，却被慈禧免去了议政王的头衔。

作为慈禧的小叔子，奕䜣的苦逼史可以追溯到道光末年。

像所有滥俗的迪斯尼动画一样，年老的国王看中了两个皇子，稳重的皇四子奕詝和聪慧的皇六子奕䜣。

随着国王日渐老迈，帝位之争汹涌澎湃。

一天，圣躬违和的道光急召两个皇子入对，藉以决定储位。

二人各求教于师。

奕䜣的老师卓秉恬让他抓住机遇，知无不言言无不尽。奕詝的老师杜受田深知论才气奕詝不敌奕䜣，但是道光素重仁孝，便叮嘱奕詝道：

"皇上若自言老病，将不久于此位，阿哥就伏地流涕，以表忠诚。"

奕詝依其言，果得父皇欢心。

然而，影帝不是一天炼成的。保罗·纽曼七次被奥斯卡提名却直到六十多岁才捧得小金人，奕詝苦练的演技要在"南苑狩猎"一戏中，才得以集中爆发。

道光命诸皇子校猎，考察武功。临行前，杜受田又向奕詝密授机宜。

到了围场，大家都很兴奋，奕詝却席地而坐，不仅不发一矢，还约束随从不得捕猎。

当天，奕訢捕获最多，正顾盼自喜，却发现奕詝又坐在那儿演戏，便走过去询问，奕詝轻描淡写道："身子不舒服，不敢驰逐。"

到了晚上，道光见奕詝两手空空，问他何故，奕詝开始大飙演技："春天乃鸟兽生育的季节，儿臣不忍伤生灵以干天和，且不欲以弓马一日之长，与诸弟竞争。"

道光大喜，连夸奕詝有"君子之度"。

这是一个迷恋道德表演的国度，爱新觉罗家重复的无非是曹家的故事。既然以"重实效而轻虚名"著称的曹操亦不能免俗，选择貌似德胜于才的曹丕，而不是才高八斗的曹植当自己的继承人，杜受田完全可以放心大胆地帮奕詝，在崇尚简朴不事张扬的道光面前打造"贤德"的人设，扮猪吃虎，成为"咸丰"。

虽然第二次鸦片战争中咸丰的表现极其庸懦（跑到热河躲起来，把烂摊子扔给奕訢），但刚上台时还是很得人心的。罢免权臣穆彰阿，起用林则徐，任命祁寯藻为领班军机大臣。

祁寯藻虽说有学无识，但毕竟为士林所瞻望，堪称一代儒宗。每当咸丰垂询"用人行政之道"这类很虚的问题时，祁寯藻就引经据典，动辄一两个小时，"同列多苦之，犹说不已"，而咸丰居然"未尝倦听"。

如果不是文庆和肃顺（1816—1861），书生误国必将成为咸丰朝的真实写照，要知道咸丰死后的谥号是"清文宗"。

作为满人，文庆素无门户之见，提拔了胡林翼、骆秉章、袁甲三和阎敬铭等汉臣里的翘楚。而常以"反披羊皮褂，牵狗走街头"的无赖形象示人的肃顺，则继承了文庆务实的优良作风。

不实不行，从亲军侍卫起家走的是和珅的老路，没功名就得靠聪明。肃顺有"接人一面，终生能道其形貌"的天赋，再加上直抒己见的风格，让厌倦了拐弯抹角的说话方式的咸丰耳目一新，也是意料中事。

浑身散发着市井气的肃顺和庙堂上的咸丰完美互补。一次，咸丰去南书房，看见一个穷翰林衣衫破旧，第二天就赐了他一套新衣。后来此人外放云南学政，期满归京，咸丰特意调他当顺天府丞，召见时关照道：

朕闻顺天府丞每逢考试，卖卷可得千金，聊偿汝在滇之清苦。

这种官场潜规则显然不可能从祁寯藻那里上达天听，告诉他的只能是肃顺。

满人肃顺，素来不喜欢满人。对手下的旗籍属官驱使有如奴隶，对汉员却谦恭有加，遇有真才实学的更是竭力罗致。

不仅如此，他还毫不掩饰道："咱们旗人混蛋多，懂得什么？汉人是得罪不起的，他那枝笔厉害得很！"

虽然这道理大街上卖鸡蛋灌饼的都懂，但从心照不宣到直言不讳，肃顺在尊重常识上还是迈出了可喜的一步。

更可喜的是他对左宗棠的维护和对曾国藩的重用。

然而，思想进步和为人跋扈并不冲突。在成功抓权的同时，肃顺成功地将自己变成了一个活靶子。更不幸的是，瞄准靶心的还有一个嫔妃，名曰那拉氏。

末路的罪与罚

苦命天子咸丰死在了热河。考虑到继任的新君载淳年幼，一套"三权分立"的平衡方案在他死前就被设计出来：

1．赐皇后钮祜禄氏"御赏"印章一枚；

2．赐载淳生母、懿贵妃那拉氏"同道堂"印章一枚；

3．以肃顺为首的八大臣行使皇权，代拟圣旨；

4．圣旨生效的前提是起首盖有"御赏"之印，末尾盖有"同道堂"之印。

顶层设计是缜密，但别忘了，这里是大清。

平衡在咸丰撒手人寰后被迅速打破。两宫皇太后第一时间沆瀣一气，在北京主持大局的奕訢身边也聚集了一批遭肃顺打压的失意官僚。众人齐心挖坑，只待肃顺栽倒。

"祺祥政变"在八大臣护送咸丰梓宫回京的第二天爆发，而"祺祥"这个仅仅存在了六十九天的年号也被"同治"所取代，历史进入到两宫（慈安、慈禧）垂帘、恭王辅政的新时代。

奕訢沿袭了政敌肃顺开明的政治主张，"师夷长技"的大本营即其领导下的总理衙门。这个新生机构主打通商、交涉、关税和学习外国四项工作。其中，通商和交涉扔给北洋大臣和南洋大臣主办，分别由直隶总督与两江总督兼任。关税和学习外国则由下属的"总税务司"和"同文馆"推行。

英国人赫德担任总税务司司长达半个世纪之久，时年二十八岁的他在日记中恳切地表露了自己要将古老中国推入文明世界的使命感。在《局外旁观论》里，赫德尖锐地指摘清廷的弊政，由他管辖的总税务司则是晚清最廉洁高效的部门……

1864年的一天，赫德在日记中爆料："总理衙门一个叫广英的满族子弟上午和我一起读书一个小时，他竟然不知道台湾在哪儿！"

广英的父亲叫斌椿，时任山西省襄陵县的知县。

斌椿官职虽低，却是第一个走出国门看世界的清朝官员。在赫德的力促下，清廷决定派遣一个出洋考察团，由斌椿任团长——七品县令当团长，天朝又一次在精神上胜利了。

1866年春，以六十三岁的斌椿和十九岁的张德彝为代表的考察团正式启程。

沿途，斌椿除了不厌其烦地在诗文里把自己打扮成上报天子下济百姓的英雄，没有给清廷带来任何可供借鉴的记载。虽然他记述了大量的山川形胜和风土人情，但出发点却不是国计民生，而是为了审美。见到显微镜，不关心作何用途，只感叹《庄子》里的寓言不虚；看到自行车，不问如何制造，却大谈其有"木牛流马之遗意"。

后来成为光绪英文老师的张德彝，倒是表现出对西方科技的好奇，他首译的"电报""螺丝"等词沿用至今。

在英国议事厅，张德彝第一次见识了民主议事的情形；法庭旁听，他又为先进的判决制度所折服。从此，对西方政体的浓厚兴趣贯穿了张德彝的一生。

即使如此，在面对避孕套这样的新生事物时，张德彝仍无法超越其思想局限。他先是饶有兴致地介绍了避孕套的功用："贯于阳具之上，虽颠鸾倒凤而一雏不卵"，紧接着便露出小学究的狰狞面目，严词批判道："其法固妙矣，而孟子云，不孝有三，无后为大。惜此等人未之闻也。要之倡兴此法，使人斩嗣，其人也罪不容诛矣！"

作为第一个参观胡夫金字塔的中国人，张德彝之所以跑到了时代的前列，盖因其毕业于同文馆，懂英语。

然而，就是这个成立之初只教授英法俄三国语言且并不显眼的机构，让奕䜣吃尽了苦头，还被左派冠以"鬼子六"的称号。

其实，愤青们过于紧张了，同文馆的教学质量实在堪忧。一个教俄文的满族教师入馆混了一年多被人发现根本不通俄语，天知道他每天人模狗样地站在讲台上说的是哪国的鸟语。

而与此同时，容闳的"制器之器"使洋务派认识到理解制造原理远比制造本身重要，一帮文科男考上了理科的研究生，冯桂芬不无极端地喊道："一切西学皆从算学出。"

在此背景下，已被褫夺了议政王一职的奕䜣联合曾国藩、李鸿章，奏请在同文馆内开设"天文算学馆"，得到慈禧的首肯。

结果捅了大娄子。

保守派绝地反击。先是一个叫张盛藻的御史跳出来抨击自然科学，被奕䜣打压了下去。紧接着，著名左王、翰林院掌院学士倭仁隆重登场。

倭仁：师从夷人，动摇国本；变夏于夷，有亡国之患。

奕䜣：仁义制服不了洋人。倭大学士若另有良策，可保本国不受欺辱，本王自当追随，甘效犬马。

争论持续了半年，慈禧的天平最终倒向奕䜣。由此可见，在不伤及权力的前提下，慈禧的思想还是开明的。

顺利开馆并不保证顺利运行。士林宗师的地位使得撼山易撼倭仁难，攻击算学馆的奏折如雪片般飞进午门，主题一致：论算学馆之罪。

至于内容，就百花齐放了。有夜观星象型，认为久旱不雨皆因开设算学馆惹怒了老天爷；有谈古说今型，扒出一条史料说"同文馆"是宋代奸臣蔡京构陷忠良时的黑牢狱名。

一边倒的舆论严重影响了算学馆的招生，高薪聘请的李善兰等名师，为人身安全计也托病不出。

湖南籍的京官甚至开会决定，有进同文馆跟洋人学习的，以后不许踏入湖南会馆。此议一出，各省京官纷纷效尤。

同文馆有个通晓中国古籍的美国教员丁韪良（此人最早将《万国公

法》译为中文）。这天，他来到远离喧嚣的西山，和京郊的一个农夫攀谈起来，试图换个角度找到这出荒诞剧的答案，没想到农夫反问他："你们洋人为什么不灭了清国呢？"

丁韪良愕然道："你觉得我们灭得了吗？"

农夫指着远处的一根电线杆，道："当然，发明那个的人就能。"

好为帝师的国学家

1867 年 7 月 21 日，夜，两江总督署。

曾国藩忙完一天的公务，召幕僚赵烈文闲谈。

曾国藩道："今日京里来人，聊起京城气象，说最近抢劫案频发，街上乞丐成群，甚至有妇女衣不蔽体。民穷财尽，恐有异变，如之奈何？"

"颠覆政权的风气还没开，如果不是抽心一烂，暂时不会土崩瓦解。"赵烈文顿了顿，又道："然则异日之祸一旦发生，便是连根拔起。时间不会超过五十年。"

曾国藩皱眉道："是否会南迁？"

赵烈文摇头道："绝无像东晋、南宋那样划江而治的可能。"

曾国藩犹不死心，道："本朝君德较正（估计是跟桀纣比），或不至于此。"

赵烈文道："君德虽正，然国势隆盛时，士大夫报君之恩已经足够。而本朝创业太易，诛戮太重，夺取天下又太过机巧。天道循环，善恶相抵；后君德泽，未足恃也。"

曾国藩半晌无语，忽道："你不是开玩笑吧？"

赵烈文正色道："当着老师的面，我不敢以此为戏。"

曾国藩叹了口气，道："吾日夜望死，忧见宗庙之陨。"

一年后的直隶总督署，曾国藩终于见到阔别已久的容闳。

同时到访的还有王闿运（1833—1916）和袁氏父子。

王闿运身材短小，却是晚清著名的经学家、史学家和文学家，培养了杨度（1874—1931）、杨锐、刘光第和齐白石等赫赫有名之人。由他撰写的《湘军志》是研究湘军的重要史料，因用董狐直笔，大曝黑幕，还惹得曾国荃等湘军将领火冒三丈。

王闿运本名王开运，寄托了其父望子成龙的朴素想法。王开运却觉得这个名字非常土，会成为他通往大师之路上的绊脚石，就改成了王闿运。闿，《新华字典》的解释是：同"开"。

其实，王闿运的志向是当帝王师。你要是叫他国学大师，他只会生气地反驳：你才国学大师，你全家都国学大师！

王闿运刚考上举人就已经名满天下，跑到肃顺帐下当幕僚，被奉为上宾。

由于主攻帝王学（经学在政治上的应用），王闿运看人极准。深得他真传的杨度就曾在蒋介石权势最盛时对章太炎说："以蒋介石的武功，虽汉高、明太何以过之？因为他不做皇帝，所以终于没有成大功的希望！"

事实上，原本争议很大的杨度晚年居然选择加入羽翼未丰的中共，看清死后二十年的历史走向，保全了身后名节。王氏之学神鬼莫测，由此可见。

在王闿运看来，当时屡败屡战，压根不入咸丰法眼的曾国藩是一支充满了无限可能的潜力股。在他的推动下，肃顺趁时任两江总督何桂清擅离职守、咸丰大怒之机，力排众议，极力保举，替曾国藩谋取了总督一职。

可惜，王闿运为肃顺布的这枚棋关键时刻掉了链子。祺祥政变前，王闿运的建言是"内用恭王，外征曾国藩"。然而，他低估了奕䜣的野心。奕䜣毕竟离神器曾经只有一步之遥，试问你还能开出什么更诱人的价码？

鉴于手握京畿重兵的僧格林沁同肃顺不和，执掌东南半壁江山牛耳的曾国藩就成了决定肃党存亡的关键。

"借权"是帝王学研究的重点，包括借兵权。王闿运风尘仆仆地赶到湘军大本营，接下来的三个月，他与曾国藩深谈十四次，拉拢说服，以舌绽莲花的言辞成功将其侃晕，使之数度"夜不成寐"。

多亏曾国荃及时来信劝说："文人好为大言，毫无实用，戒其勿近。"曾国藩才清醒了许多。

政变在即，王闿运没有时间了，最后一次面谈必须切入要点。书案后的曾国藩一如既往地洗耳恭听，还边听边记。王闿运鼓动如簧巧舌，唾沫横飞……

须臾，曾国藩起身，暂告失陪，出门而去。

王闿运走至桌前，但见纸上满满一篇"谬"字，方知大势已去。

这条段子出自王闿运门人的笔记，民国时被演绎成王闿运劝曾国藩养寇自重，起兵反清。由于太过玄幻，鲜为史家采信。不过，在这场戏中，曾国藩的表现还是很符合其人物性格的。

既是妄语，明明可以当场打断，何必作虚怀若谷状？这体现了曾国藩的阴柔，坚忍而绝不弄险。

既默不作声，就一忍到底，又何以偏偏大书"谬"字，不给对方留丝毫情面？这体现了曾国藩的阳刚，心有主而我制外，不为人言所动。

刚柔兼备，宗经而不舍权变的思想练就了一颗情顺万物而无情的心体，因此在进退荣枯之间动容周旋，拿捏得体。

但，终究以阳刚为基。

这场"蒯通说韩信"的好戏在曾国藩返回之后。当年蒯通游说韩信自立为王被拒后仓皇逃走，而王闿运在摸清曾国藩的底牌后，竟神色不改，"论事如故"，淡定到让《挺经》的作者曾国藩都有点如坐针毡……

老封建

时隔多年，再次把容闳和王闿运召至署中，曾国藩另有深意。

它源自容闳一个再四的吁请：派遣留美幼童。

容闳的思路很清晰：强国之本并非变器物而是变制度，制度的落后已成为经济、文化等各个方面发展的桎梏。而主持制度变革的是人，对人影响至深者莫过于教育。今日求取西学，是伏脉千里，为异日之官场少些非贪即庸的政客，多些高瞻远瞩的政治家计。

对此，严复后来附议：

中国民品之劣，民智之卑，即有改革，害之于甲者将见于乙，泯于丙者将发于丁。为今之计，惟急从教育上着手，庶几逐渐更新。

然而，曾国藩却没做好当留学教父的思想准备——同文馆风波殷鉴不远，他不得不慎之又慎。

还好幕中人才济济，又以薛福成（1838—1894）、吴汝纶、张裕钊、黎庶昌最为有名，时人呼为"曾门四学士"。

直隶总督署，明月当空。四学士、王闿运、容闳、袁氏父子齐聚一堂。曾国藩要参酌众议，谋定后动。

素以推进教育改革为己任的黎庶昌恳切道："达萌（容闳）之议，学生私下和挚甫（吴汝纶）一再探讨，都深以为然。"

曾国藩环视众人，指着黎庶昌笑道："莼斋（黎庶昌）当年草就《上穆宗毅皇帝书》，非议科举，可是引得朝野震动啊。"

薛福成沉思道："西洋各国，美国历史最短，风土人情与我差异最大，似可另择他国派遣幼童。"

曾国藩望着容闳，笑而不语。

容闳凝重道："容某不才，蒙曾帅不弃，得以在帐前效力。身无寸功而忝居五品之职，心常悚惧不安，敢不竭尽所能以报大帅知遇之恩？当今大争之世，不唯我国，各国皆变法图强——"

王闿运缓缓打断道："这要是个李德裕还好，要是个王荆公，怕是法没变成，倒把江山给断送喽！"

曾国藩明知王闿运主治《春秋》，坚持儒家王道仁政的政治思想，却故意让他和容闳对垒，显然是想兼听则明。

曾国藩："达萌，以你之见，各国体制，孰优孰劣？"

容闳："论国体，以主权在君还是主权在民，当今天下可分为君主和民主两端。论政体，又以有无宪法，可分为君主专制、君主立宪以及民主共和三者。宪法作为立国之本，不独能限制君权，更将成为执政者统治合法性的根本来源。"

吴汝纶："君主立宪和民主共和皆有宪法，二者有何异同？"

容闳："君主立宪制，如英国，权力在君主；民主共和制，如美国，权力为全体公民所共享。而即便是前者，君权也已大大缩水。君主必须将全部的立法权交给议会，部分的行政权交给内阁总理（首相）。虽然内阁由君主任免，但君主必须在议会制定的宪法和法律的制约下行使权力。"

薛福成："如果君主的权力日渐缩小，直至没有，成为一个象征，而由首相来履行君权，其实质是否就同民主共和一样？"

容闳："然，此即从实君立宪过渡至虚君立宪。"

王闿运不以为然："百代行的都是秦制，怎么到了你这儿，感觉就要变天了？"

"秦制者，'废封建、立郡县'也。既已无封建之制，王壬秋（王闿运）你又何苦死守这封建之学？"说着，容闳指向王闿运面前案几上摆着的一本《春秋》。

《春秋》是所有儒学经典中唯一由孔子亲自操刀的作品，记载了从鲁隐公元年（前722年）到鲁哀公十四年（前481年）的历史，却被视为"经"而不是"史"，盖因后世儒家深信其字里行间蕴藏着孔子的爱憎褒贬（比如"弑"与"诛"之别，"征"与"伐"之别），辨析了遣词造句的细微差别也就领会了孔子的政治主张。

但问题是孔子是春秋人，春秋再怎么世风日下，形式上还是保留了封土建国的周代体制。

划定疆域叫"封"，指定国君叫"建"。

周朝特色是"家天下"，周天子（上天之子）是天下的族长，与正妻所生第一子为"嫡长子"，继承天子之位。而同正妻所生的其余诸子（次子）和同妾所生的诸子（庶子）将被分封到各地，成为国君（诸侯），比如第一任晋国国君就是周武王的小儿子、周成王的弟弟唐叔虞。

诸侯必须将封地继续分封，其嫡长子继承诸侯之位，次子和庶子被打发到各处"采邑"，称之为"大夫"。大夫按照同样的原则，分给其次子和庶子各处"食田"，称之为"士"。士没有可供再分之地，往下就是民了。

周礼定好等级，天下成为一家。其乐融融，家有儿女……

可惜生活不是肥皂剧，百尺竿头向上爬，从来都是国人坚定不移的人生追求。于是，诸侯觊觎天子之位，大夫图谋搞垮国君，以下克上成了春秋战国的主题曲。继楚国率先称王（周礼天子以下只能称"公侯伯子男"五爵），韩赵魏三家大夫成功地瓜分了晋国……

经常梦周公的孔子之所以每天苦大仇深，就是因为君不君臣不臣，诸侯个个尾大不掉，视破坏周礼为人生一大乐趣（八佾舞于庭）。

当修复制度无望时（周游列国，处处碰壁），孔子决定曲线救国，提出了"仁"。根据血缘关系的亲疏，有梯度地爱你周围的人，先爱父母，再爱兄弟，辐射开来，此即为"仁"。

如果说仁爱观是周礼的文化阐释，《春秋》就是周礼的课后练习。

但自从秦并六国后，这门课就停课了。郡县制取代了封建制，各级官吏都由皇帝任免，一直延续至清。

因此，容闳的诘难不易反驳：春秋都没了，你还研究什么《春秋》啊？

儒教不是一天建成的

但王闿运也不是吃素的，当场普及历史知识："东汉的《轻侮法》规定，如果父亲受到侮辱，当儿子的手刃侮辱他父亲的人，可以免除死罪。阳求就是因为杀了一个侮辱他母亲的郡吏全家，才被推举为孝廉的。嘉许血亲复仇，主张原心推罪（根据事实推究犯罪分子作案时的心理。动机邪恶，即使犯罪未遂也有罪；动机善良，则从轻发落），乃是《春秋》里的大义，我看一直继承得很好嘛。"

的确，始皇再威武，斩不断风俗。秦相李斯，挥舞着韩非的智慧之剑，教嬴政以势立威，以术驭臣，再用严刑峻法威逼，高官厚禄利诱，驱使万民如驱牛羊，不耕则战，战罢又耕，由是包举宇内，并吞天下。

然则不逾二世即亡。何也？贾谊曰："不施仁义。"

于是，董仲舒吸取"暴秦"的教训，煞费苦心地糅合儒法两家，正是想兼顾法家的效率和儒家的公平。当然，这种公平在孔子那儿仍是相对的，仰求明君的（百姓足，君孰与不足？百姓不足，君孰与足？），但毕竟种下了一颗充满可能的种子。

这才有了孟子的"民贵君轻"和荀子的"从道不从君"，再恨儒家的人也无法否认贯穿其中充满诚意的民本思想。

儒家与法家，就是一对冤家。儒家讲德治、法家讲法治；儒家重教化、法家重刑罚；儒家耻于言利，法家大谈利己；儒家对人性抱有希望，法家对人性充满绝望。

韩非在《五蠹》里把儒者归为社会的蛀虫。李斯变本加厉，直接着手操作焚书坑儒。

于是，一些对人治传统不满的人推崇《大秦帝国》，把商鞅拔高到孟德斯鸠的高度，似乎只要秦朝不灭，中国早就法治强国了。

这种意淫的错谬之处在于，法家不等于法治，因为君主集立法和司法于一身，而又凌驾于法律之上。

董仲舒敏锐地看到，在中国，有些事可以做不能说（法家），而有些事可以说不能做（儒家）。既如此，把二者糅合到一起不就天下大治了吗？

当然，标签还是得贴儒家，体制外给信心嘛！

董仲舒最大的理论贡献是"天人感应"，其主要目的是帮君主建立起"君权神授，不可动摇"的神话。你为什么有喜怒哀乐？因为大自然有春夏秋冬；人体为什么有五脏？因为大自然有五行——封建迷信害死人，汉朝老百姓就信这个。董老师发挥演绎，指导你感应进而顺应，就是让你在对天顶礼膜拜的同时，也要对天在人间的代理人天子俯首帖耳。

人事与自然结合，谁也不敢逆天而行。天子唯一要做的就是在天降灾异时下个罪己诏，用"万方有罪，罪在朕躬"平息民怨。

三年目不窥园，董仲舒最大的收获是"六经注我"。

《春秋》开篇第一句"春王正月"看上去只是寻常的时间记载，但在董仲舒眼里就充满深意了。

王道之端在于"正"，而按"春王正月"的顺序，"正"次于"王"，"王"又次于"春"。为什么？

因为春是季节，天之所为；正是人事，王之所行。所以这句话是孔子在教育君王要效法上天，端正自身，走光明大道。

由此可见，汉承秦制不假，但官方意识形态已从法家转型为打包上市的"儒教"。

此教从一阴（法）一阳（儒）两个方面为君主集权提供舒适便捷的服务，春秋时贵族共治天下，士民百家齐放的美好景象一去不复返，这再次印证了"只有权力选择思想，思想从未改造权力"的历史逻辑。

吊诡的画面开始在世人眼前呈现。

《世说新语》记载了一则大儒范宣儿时的故事。八岁那年，范宣在菜园挑菜，不小心弄伤了手指，号啕大哭起来。有好事者问他："小朋友，是不是很疼啊？"没想到范宣当即敛容，道："我不是因为疼，而是因为想到'身体发肤，受之父母，不敢有丝毫损伤'的祖训才哭的！"

这条祖训是《孝经》的中心思想。《孝经》是后儒假托孔子之名撰写的，将"孝"发挥到了变态的境界。

在孔子话语体系里，"孝"比较正常，主要是用来论证"仁"的。在他看来，"孝"（敬爱父母）和"悌"（友爱兄弟）是人天生就有不证自明的情感，而将这种对亲人的爱推及朋友乃至众生身上，就是"仁爱"。

可当后世的"孝"一路狂飙到《孝经》的高度并洗脑了所有人后，律法却故意和"身体发肤"作对，陆续出炉了黥（刺面）、劓（割鼻）、刖（斩足）、宫（阉割）等独具匠心的体罚手段，力图从生理和心理两方面彻底击溃犯罪分子，使其在乡党面前抬不起头，从此自绝于人民。

于是，就像咖啡速溶了咖啡伴侣一样，儒家的"提倡孝"和法家的"被不孝"诡异地缠绕在了一起。

孝父（儒）是民间基础，忠君（法）是最终目的。为了使父权转化为君权，历代统治者无不标榜"圣朝以孝治天下"。毕竟，先圣们早就做过社会调查了：

其为人也孝悌，而好犯上者，鲜矣。

春秋大义

对这段历史，王闿运一清二楚。他避实就虚道："'修身（士）、齐家（大夫）、治国（诸侯）、平天下（天子）'，先秦儒家确实处处比照周礼的封建之制。周礼有何不好？一个天子，多个诸侯，看似等级分明，实则天下是一个松散的'邦联'，远较后世郡县制民主。董子之后，一经三传（《春秋》和对其最经典的三部解释《公羊传》《穀梁传》和《左传》）地位愈隆，周礼的贤君政治依然深刻地影响着庙堂。皇帝每遇事不决，只要臣子援引《春秋》的案例，圣裁往往遵循不二。"

容闳："周礼好不好姑且不论。它好，也回不去了；它坏，就更要审视这本传之后世奉为圭臬的《春秋》了。"

王闿运："哼！孔子作《春秋》，申明大义，裁定正邪，万世取信，一人而已。有何必要立宪？《春秋》就是我华夏之宪法！"

半晌未言的张裕钊突然发话："这倒不假。汉景帝时，窦太后偏爱景帝之弟梁王刘武，欲立其为储君。袁盎明确反对，引用的例子便是《春秋》对宋宣公的责备。"

王闿运见有人帮腔，颇为得意："宋宣公死前没有遵循周礼传位给自己的儿子，而是传给了他的弟弟，后来的宋穆公。穆公死前，心怀感念，把位子又还给了宣公的儿子，即宋殇公。殇公即位后，穆公之子子冯不服，起而争之。宋国之乱，自此延续五代不绝。《春秋》因此推本溯源，认为'宋之祸宣公为之'。而窦太后也被袁盎说动，打消了立梁王为储的念头。"

薛福成迟疑道："如果我没记错，'宋之祸宣公为之'语出《公羊传》。而《左传》的立场则相反，认为宋宣公'知人'。"

王闿运的确是有意疏忽，但《春秋》不满宋宣公的做法却是事实（显然《春秋》除了喜欢吓唬乱臣贼子，也好吹毛求疵、责备贤者）。

黎庶昌站在容闳这边："宋宣故事，《春秋》尚有定论。郑伯和共叔段的是非恩怨，孔子却只有一句'郑伯克段于鄢'（郑伯在鄢地打败了段），爱憎褒贬，并不明显，以至于'三传'便各主其说，后世更是歧说纷呈。"

容闳接过话头："想从《春秋》惜墨如金的字面洞穿孔子的真义，何异于缘木求鱼？那些在历史上产生过重大影响的解读，同孔子本人并无多少联系，只是何休版的孔子、郑玄版的孔子以及孔颖达版的孔子。《春秋》是死的，人却是活的。时代在变，课题在变，经典也被赋予了种种新义。可悲的是，深挖狠刨《春秋》义理甚至不惜曲解误读的真正动因，恐怕只是为了给不断翻新的权力体系寻找理论上的合法性吧。"

黎庶昌："诚然如此。皇帝想削藩，下面的人挖出'专断于外'的案例，惩处了好几千人；皇帝想打匈奴，有'《春秋》九世复仇'；想搞妥协，有'温柔敦厚，《诗》教也'；想削弱权臣，'《左传》崇君父，卑臣子，强干弱枝'刚好合适。看来《春秋》和三传真是无所不能啊！"

王闿运不睬黎庶昌，对容闳道："据我所知，在你容达萌的第二故乡美国，宪法也是不断翻新，修正案迭出啊！"

容闳："没错。可问题是所有修正案都是建立在宪法的基本精神'对公民生命、自由和追求幸福的权利的保护'之上，补充说明而非推翻宪法的。比如第二修正案赋予公民携带武器的权利，虽可能引发种种治安问题，但由于其符合宪法对人身自由的保护，至今未见后续修正案将其否定。相比于《春秋》的语焉不详、任人发挥，美国宪法确凿稳固，在每一个公民的心中神圣不可侵犯。"

容闳尚未戳到要害：修正案主要针对政府，且必经国会表决，多数通过后方才生效。而国会又分精英色彩更浓的参议院和平民色彩更浓的众议院，议员既有民主党又有共和党，制衡之下，避免了独断专行；而《春秋》在庙堂上讨论，何时守常经，何时尊权变，弹性空间大不说，最后的定论仍需服从最高权力。

曾国藩饶有兴致道："你说洋人为什么鼓捣出宪法这么个东西？"

容闳："因为自然法。不同民族的文化固然不尽相同，但终有一些核心价值是人类所共通的。比如，没有人愿意被杀被抢，没有人愿意被无辜地抓进监狱，这种与生俱来的'自然权利'隐含了生命权、平等权以及人身自由权。维护自然权利的法，就是自然法。在此基础上，自由人相约联盟，达成契约，把一部分自然权利转让给管理者，于是有了政府；另一部分自己保留，成为国家机器不能侵犯的个人权利。在这种共识共循的社会契约下，宪法和法律不是胡编乱造、生搬硬套的，而是对自然法的发现和阐述。"

王闿运："哼，说得倒好听！殊不知制度设计得再好，还是得由人操作。要想在实践中不出纰漏，仍需正心诚意，回归孔孟之道。历朝历代，为治理黄河设立了多少机构？出台了多少办法？然而治水官员谁拿防汛当自己家的事？甚至，他们会故意疏忽对河坝的保护，以使其垮得更快，从而领到更多的拨款。可见，欲使天下不治而自治，唯有推行良知，正人心而化风俗。"

容闳摇了摇头，道："两千年以降，无论高估人性还是低估人性者，到头来都失望地发现，人性其实是复杂的。先圣对君子的要求'慎独'（在无人监督时严于律己）并不难，难的是当一群人集结成派，将各自的私心藏在看似正义的旗号下、相互鼓噪中还能保持个体的理性和原则。对此，解决之道绝非'君子不党'，而是权力制衡和舆论监督。西方历史上，许多专制暴君都是以最合理的方式开始其统治的。而最后的结果却是，这种邪恶的权力既腐蚀了人心，又毁灭了良知。"

容闳的勇气深深地感染了袁世凯。很多年后，当他回想起童年这段插曲时，发现了一件很有意思的事：容闳想驳倒王闿运，只需搬出《春秋》的中心思想、写作初衷，四个字"夷夏之防"即可。

中原地区，尊崇周天子（哪怕是口头上的）、文明程度较高的国家（如齐国和鲁国）被称作"诸夏"；边远地区，文明程度较低（如吴国与楚国）的国家被斥为"蛮夷"。

《左传》也跟着敲边鼓，用"有服章之美谓之华，有礼仪之大谓之夏"定义了"华夏"的概念，以区别夷狄。

是"夷"是"夏"在孔子笔下泾渭分明。《春秋》里提到吴国时，张口闭口"吴如何如何"，非常轻蔑。但在叙述吴王帮蔡国伐楚一事时，却罕见地用了"吴子"的尊称。《公羊传》解释说，改称"吴子"是因为吴人虽属蛮夷，但此次出兵却是替中原（蔡国）分忧，所以要夸上一夸。

更"功利"的是，表彰完这次军事行动后，孔子立马翻脸不认人，又恢复了"吴"的旧称……

由此不难想见《春秋》在清朝的尴尬。即使文官集团对"华夷之辨"三缄其口，异族统治的心结还是顽固地缠绕在帝王的心头。而容闳等人在曾国藩面前绝口不提这茬，也是彼此默认的避祸之道。

其实，帐下人才济济，容闳所论，曾国藩又何尝不知？可晚清转型之难，不仅难在要从专制走向民主，一个更大的障碍是，带领满汉群臣完成这项浩瀚工程的是一个先保自己，再顾满族，最后才考虑国家的妇人。

另一方面，容闳的一些主张确实过于理想，但不可因此嘲笑其书生意气。国人实用理性了几千年，人人都想走捷径，其结果却是整个国家一直在走弯路。

黑格尔认为，儒家哲学是一种缺乏思辨精神的道德哲学。《论语》

摆出一条条看上去很美的道德训诫，凭此就想挽救世道人心，在梁启超看来纯属"只知当如是，而无术使之必如是"的奢望。

政治道德化给官场培养了一代又一代德艺双馨的影帝，时时深情仰望，表演可圈可点，就是跟斯坦尼拉夫斯基放在一起也毫不逊色。

同样喜欢仰望星空的还有康德。这个对欧洲影响极大的哲学家认为有两件事让他越想越觉得神奇，充满敬畏：一个是头顶的星空，一个是心里的道德律令。

但就是这么一个把人性解剖到极致、对伦理学研究极深的人，也从不寄希望于人类能够通过提升道德来实现天下大治。毕竟草民君主，皆怀私心，康德认为唯有合理的制度才会迫使他们彼此制约，难以作恶。

当然你会说，人毕竟是感情动物，通过文化来正面引导不是更好吗？的确，宋朝的小孩在听评书时，听到刘备败了便"频蹙眉"，听到曹操败了则"喜唱快"，貌似爱憎分明。可惜，哈耶克道出了真相："大多数人很少能够独立思考，他们更乐于接受现成的答案。"

文化要靠制度保障，制度有赖文化促进。西汉的路温舒曾在《尚德缓刑书》中提出一个前卫的观点：言论，即便是胡说八道、诽谤朝廷，发言者也不应该被定罪。因为只有在宽松的言论环境里，真知灼见才有面世的机会。由于辞藻华丽（乌鸢之卵不毁，而后凤凰集；诽谤之罪不诛，而后良言进），此文还入选《古文观止》。

事实上，中国文化的模糊性体现在象形的汉字里，西方文明的逻辑性则体现在排列组合的字母中。千百年来，文化的可能性被咂摸透了，却仍未推导出有实质性进步的制度。容闳敏锐地看到，再拖下去不过是将今天的问题留给子孙，多几代人受罪而已。

变，已成定局，无可阻逆。

生命苦于无常，生活困于如常

袁保庆在南京上任后发现，袁世凯对读书根本不感兴趣，帮他处理起公务来倒是得心应手。

在扬州拜会退休的前云贵总督张亮基时，袁世凯的机敏深受其喜爱。

张亮基做了一个后来让他悔恨不已的决定：留下袁世凯，同自己的儿子一起读书。

袁保庆同意了。

张亮基聘请的名师叫王伯恭。一日，王伯恭布置了一篇课后作文：普天之下，莫非王土；率土之滨，莫非王臣。

没想到次日收作业时，映入眼帘的是袁世凯杀气腾腾的文字：

东西二洋，欧亚二洲，只手擎之不为重（擎天柱？），吾将举天下之士席卷囊括于座下，而不毛者犹将深入。尧舜假仁，汤武假义，此心薄之而不为（五四先声？）。吾将强天下之人拜首稽手于阙下，有不从者杀无赦。

王伯恭震惊了，登时许劭附体，对袁世凯发表了一通"月旦评"：

不以杀伐定国，就以杀伐乱世。

袁世凯见王伯恭对他有了成见，愈发不想读书，找到张家一个亲戚，和他打赌比食量，输者给钱。

袁世凯一口气吃了十个馒头、二十个鸡蛋。对方认输，但不愿付钱。袁世凯不依不饶，硬逼他吃了等量的食物，结果导致其大病一场。

这还不算什么，发展到后来，袁世凯竟唆使张亮基的儿子偷了家里的钱跟他一起去嫖娼。

张亮基发现后，把袁世凯赶回了南京。这倒正合他意，早就待得不耐烦了。

秦淮河、莫愁湖，这些酸腐文人们欢天喜地期期艾艾的场所，袁世凯一般都是拉帮结伙骑马闲逛的，偶有所感也不拘韵律，写些虽说粗粝却豪气四溢的打油诗：

> 我今独上雨花台，万古英雄付劫灰。
> 谓是孙策破刘处，相传梅锅屯兵来。
> 大江滚滚向东去，寸心郁郁何时开。
> 只等毛羽一丰满，飞下九天拯鸿哀。

十二岁的袁世凯未必有明确的人生目标，唯其一点是肯定的：不甘人下。

1873年，袁保庆因患霍乱，死在了盐法道任上。治丧委员会中，两个重量级的人物走到了台前——淮军名将刘铭传和吴长庆。

吴长庆其父当年在安徽庐江办团练时被太平军包围，生死悬于一线。正好世交袁甲三就在邻近的淮北镇压捻军，吴长庆缒城而出，单枪匹马去求援。

谁料袁甲三的长子袁保恒不同意分兵去救，侄子袁保庆倒是力主救援。争执不下中，庐江城破，吴父败死。吴长庆痛感袁保恒顾己不顾人，与之绝交。而对袁保庆却感激不尽，与之结义，交情日深。

袁保庆死时，官居提督（从一品）的吴长庆已为淮军打造了一支劲旅，名曰"庆军"。

在长辈的帮衬下，十四岁的袁世凯办完丧事后同养母牛氏扶枢还乡。

一年后，生父袁保中的死给袁世凯带来更为沉重的打击。幸亏堂叔袁保恒回乡省亲，认定世凯乃可造之才，将他带在身边悉心指点。1876年（光绪二年），袁保恒升任刑部侍郎，袁世凯同三哥袁世廉一道，随堂叔入京。

自此，袁保恒与任内阁中书的弟弟袁保龄，共同担负起"世"字辈子侄的教育责任。

袁世凯还是不喜欢四书五经，把大量的精力都花在研究兵书上，还时不时抨击一下时弊。袁保龄给多动而勤奋的袁世凯下了"中上美材"的评语，袁保恒更是"手批嘉勉，喜其留心时事"，将之带在身边，帮忙跑腿。

袁世凯思维敏捷，逐渐对官场的游戏规则了然于胸，不免有些沾沾自喜。袁保恒却给他敲响了警钟，指出其性格上的弱点：思虑太多，防患太深，日后遇大事恐难立断。

袁保恒的眼光素来精准。他曾痛心于《南京条约》签订时，清朝官员连香港在哪儿都不知道，就将之割让出去，便未雨绸缪地建议清廷在台湾设置巡抚，并得到采纳。

然而，袁世凯究竟善谋还是善断，仍言之过早。

十七岁那年，袁世凯回老家参加乡试（此前已花钱捐了监生，跳过考秀才这关）。名落孙山的结果原在意料之中，也不丢脸，毕竟在考举人这关蹉跎了一辈子的大有人在。不过，若是跟十六岁就中举的梁启超比，人生还是挺幻灭的。

鉴于古代交通落后，回趟家比较波折，落了榜至少把婚姻大事解决了，也算不枉此行。于是，陈州大户人家的于氏成了袁世凯的发妻，后来为他生下长子袁克定。

于氏虽是富家小姐，但不懂礼数。头几年夫妻俩感情尚好，有一次她穿着大红的绣花缎带进出，袁世凯还跟她开玩笑，说像"马班子（妓女）"。

于氏觉得受到嘲弄，反击道："我是有娘家的人，不像姨太太。"

袁世凯的生母正是姨太太。

由于情商不高，于氏后来渐渐失去了丈夫的宠爱。

完婚后，袁世凯赴京继续攻读。

行尸走肉

学海无涯的生活也曾让袁世凯萌生退意，想回河南官场谋个饭碗。每有此念，都被袁保恒严厉制止。在堂叔的言传身教下，袁世凯猎取功名的志向日渐高涨，直到光绪三年 (1877) 史称"千古奇灾"的"丁戊奇荒"爆发。

饥荒持续四年，囊括五省，波及亿人，死亡千万。

历来灾荒，至次年夏收前达到高潮。赤地千里的河南属于重灾区，人相食是必备曲目。人肉明码标价，二十八文一斤。

饥民们扶老携幼，组团逃荒。结果跑到陕西，发现同样无以为生，不得不又逃回本土。辗转流徙之中，冻饿交加，死尸盈路。

作为河南籍的官员，袁保恒被任命为帮办赈灾大臣，赴河南赈灾，袁世凯随行。

结果大开眼界。

各州县官要么遇灾不报，要么借口赈灾加重科派。碰到几座路边的粥棚你也不用太过激动，锅里熬着的永远是清汤寡水。

搁清宫戏里，没准刘统勋大人还能从天而降，高喊"筷子上浮，人头落地"斩杀几个贪官墨吏。但可惜，生活不是电视剧。袁世凯看到，灾难打开了人心深处的潘多拉魔盒，天灾很快演变为人祸。

一群妇女占领了一个大户人家，在里面生火做饭，吃个精光后又转战下一家。男人们见效果不错，纷纷组团，逐村抢粮。一个知府因此被就地罢免，下面的知县维稳压力陡增，为保顶戴，只好将为首的"暴民"抓起来关进笼子里活活饿死。

一个姓丘的男子，十多年前作为当地四十个村的首领，曾率领众人抵抗太平军。此刻，他又被推举出来，饥饿难当的村民希望他能带头造反。丘某拒绝后逃跑了，愤怒的村民冲进他家，杀死了六个家属。

在这片绝望的废土之上，还行走着一名英国传教士——李提摩太。此人后来创办了山西大学，活跃于晚清政要之间，被清政府赐予一品顶戴。

此时的他作为纪录片《活死人之地》的出镜记者，从太原出发，边走边看，越走越惨，忠实记录了比弗拉哈迪的《北方纳努克》还鲜活的第一手资料。

1月29日（1878年），太原以南140里：经过了四个躺在路上的死人。还有一个人四肢着地在爬行，已经没有力气站起来了；碰上一个葬礼：一位母亲肩上扛着已经死去的大约十岁的儿子，她是唯一的"抬棺人"、"神父"和送丧者，最后她把孩子放在了城墙外的雪地里。

1月30日，距太原290里：……随处可见肥胖的野雉、野兔、狐狸和豺狼，但男人和女人却找不到食物维持生命。当我缓慢地爬上一座山丘时，遇到一位老人，他异常伤心地告诉我："我们的骡子和驴都吃光了，壮劳力也都饿死了，我们造了什么孽，招致上天这样的惩罚？"……

2月1日，太原以南450里：……还碰上两个十七八岁的年轻人，手持拐杖蹒跚而行，看起来就像九十多岁的老翁。……

看到有人磨一种软的石块，有些像做石笔的那种材料，磨成细粉后出卖，每斤卖到三文钱。掺上点儿杂粮、草种和树根，可以做成饼。我尝了一点这种干粮，味道像土，事实上这也是它的主要成分。吃了这种东西之后，许多人死于便秘。

有兄弟三人相继死去。他们都是煤矿工人。第一个死于二十天前，被葬在两个缸里，一个装上半身，另一个装下半身。七天以后，另一个也死了，可是再也没有缸了，尸体被放在地上。第三个非常虚弱，当我们给他埋尸体的钱时，他都下不来炕。……

2月2日，太原以南530里：在下一个城市是我所见过的最恐怖的一幕。清早，我到了城门。门的一边是一堆男裸尸，像屠宰场的猪一样被摞在一起。门的另一边同样是一堆尸体，全是女尸，她们的衣服被扒走换吃的去了。有马车把尸体运到两个大坑旁，人们把男尸扔到一个坑里，把女尸扔到另一个坑里。

……在这个地区，路两边的树皮自十到十二尺以下都被剥去吃掉了，漫漫长路一片惨白。我们路过的许多房子没有门窗，因为门窗都被当作木柴卖掉了。里边厨房里的锅碗瓢盆没有动，只是因为不能变现成钱。主人已经逃走或死掉了。

2月3日，太原以南600里：今天只见到了七个人，都是男的。这很好解释：我们每天都碰到载满妇女去外地贩卖的大车。也有步行旅客，都带着武器自卫，即使未成年的孩子也是一样：有的扛着梭镖，有的带着闪闪发光的剑，有的则背着已经生锈的刀。这正是他们悲惨处境的写照。……

令李提摩太啼笑皆非的是，不断有"反动"村民的代表找到他，劝他率领大家去抢大户，抵抗来自官府的镇压。

百姓怕官，官怕洋人，洋人怕百姓。生生相克，循环不息。

不久之前，李提摩太曾携两千两白银拜访山西巡抚曾国荃，提出要赈济灾民。曾国荃对他怀有戒心，处处设防，气得李提摩太在日记中吐槽道：

如果中国政府不那么自负，声称只有自己是文明的，从野蛮的西方人那里学不到任何东西，数百万人应当能够得到拯救。

愤怒没有使李提摩太变成阿拉伯的劳伦斯，而是默默地开展自己的本职工作——传福音。

独裁的艺术

袁保恒开始同情因"赈荒不力"而被罢免的前任河南巡抚。

允诺拨给的钱粮迟迟不到位，每提出一笔筹款都要专门拜折请求，旷日持久的"部议"后，还得看户部书吏的脸色，好不容易批准了，等到发放，灾民早就不知饿死几拨了，请问如何赈荒才算得力？

授命伊始就有人劝他推掉这费力不讨好的活，袁保恒凛然道："事君致身，蹈白刃亦不敢避，岂以艰危所阻？"

袁世凯清楚地记得，那天，堂叔庄严地对天起誓："倘保恒玩视赈务，有款不思力筹，有弊不思力革，神明殛之。"

袁世凯清楚地看到，堂叔的确尽力了。作为赈灾的帮办，比总办河道总督李鹤年还尽心。他辗转奔波，多方筹措，见动员富人捐输已无人响应，便以个人名誉作保，以一分的高息借贷，却仍无所获。

各地粥厂请求接济的公函堆积如山，袁保恒无言以答，终日枯坐，三个月里，眠食俱废。最终，袁保恒感染瘟疫，死在了开封的赈务公所，被朝廷授予"文诚"的谥号。

有清一代，"文正"为文臣最高谥号，获得者只有曾国藩、刘统勋等八人；"文忠"次之，如李鸿章、林则徐、胡林翼；"文襄"再次，如左宗棠、张之洞。

剩下的文端（鄂尔泰）、文恪（高士奇）、文恭（翁同龢）、文诚

（丁宝桢）等，也都根据其生前事功（如"文端"生前一般都是理学名臣）严格论给，无比稀缺，没当过翰林基本就别想了。除非你有左宗棠那样的如天之功，才可能打破常例（左宗棠出身举人）。

然而，对现实感很强的袁世凯来说，文什么都是文过饰非。赈灾五个月，袁保恒廉洁奉公，自己和随从的餐旅费均从俸禄中支取，未敢动一文赈款。可惜，他的以身作则没能、也永远不可能成为所有官员的准则。

袁世凯在基层看到的，是一副远比贪墨赈款更为复杂、更令人绝望的画面。天朝没有 NGO，像李提摩太这样游走在中国，一边救人一边传教的牧师还有很多，是不是像曾国荃所认为的，在下一盘很大的棋不好说。但人都要饿死了，你还用别人的性命成就自己的"大义"，这不是爱国，是杀人。

时任河南学政的瞿鸿機就上奏朝廷，指责洋人热心赈灾是"趁我民多愁困"，借机收买人心。清廷接到奏折后，立刻指示受灾各省，如遇洋人进入灾区，必须"婉为开导，设法劝阻"。

河南尤其保守，官民上下一心，不准洋人逗留，更不许涉足赈务。开封市民还自觉张贴告示，声称"宁可食夷肉，不可食夷粟"——义正词严地绑架受灾民众爱国。

这种既脑残又自残的举动，是有其内在逻辑的。比如，作为部门主管，当你面临团队成员的信任危机时，最好的办法便是塑造一个外部的、迫在眉睫的假想敌——当有危险逼近时，人类总是容易尽释前嫌携手与共。

哈耶克有言：把"我们"和"他们"对立起来，是将群体步调一致地团结在一起的最佳方案。

一场惨绝人寰的饥荒却没有激起大规模的民变，传教士"转移视线"，功不可没。

无食我黍

每天都是炼狱般的惨象。

在袁寨长大的袁世凯，从未如此真切地耳闻目睹底层的真相。他承受着常人难以想象的压力，驱驰于冰天雪地之中，手足冻裂，毫无懈意，参佐袁保恒办理赈务。

而此刻，堂叔已死。料理后事、交接公务的重担，全部落到了不满二十岁的袁世凯的头上。

出色的表现感动了新任的河南巡抚徐宗瀛，他决定每月发给袁世凯三十两银子作为薪资，却被袁世凯拒绝了：

> 先叔办理赈务，自备斧资，未支公帑，今于身后背之，可乎？

袁世凯圆圆的大眼中透露出的真诚，让徐宗瀛感佩交加。

诗言志。"不受金钱不受名，大权在手世人软"，袁世凯的诗早就表明了他的追求。

世间求官之人多如过江之鲫，官场上的人情练达袁世凯早已谙熟。也正因看透，他从不指望下面的官员和胥吏能实心放赈，宁可自己劳碌奔波，将钱粮送到可靠的士绅手上。而士绅，这个向来被视作官民之间缓冲带的阶层也正在沦陷。袁世凯亲眼看到，一个家有良田五百亩的地主，想抛售土地换取粮食，找了好几个买主，出价低得近乎白送，还是卖不出去。绝望之余，他在全家人吃的饭里放了砒霜。

袁世凯不断问自己"为什么"，他瞥见路边的粮仓，那是政府设在各地的官仓。

自古粮仓系国脉，可眼前这些，还有几座能承担起救济灾民的重任？倒卖官粮早已司空见惯，硕鼠们为补亏空，在余粮中掺沙子掺石灰；为应付检查，又将粮仓改造成瞒天过海的"夹心仓"。

逐利，成了所有人生命里唯一的主题；逐利，无所不用其极。全民逐利，全民焦虑，万物扰心，心智俱灭。

以陕西粮道为例。

这个岗位每年花在请客送礼上的银子大约五万两，而进项却达六万两，这意味着有一万两可以中饱私囊。

依法收粮肯定没戏，但清朝有法条而无法治，因此，无法无天的衙役在收粮时总会变着法儿地多收，简称"浮收"。

关于浮收，苏州府常熟县的一块石碑上有详细的记载，花样繁多，叹为观止——国人的想象力在残害同类时发挥到了极致。

这些专业性很强的技术活有：淋尖、踢斛、侧拖、虚推……（以下省略一千字）。

所谓淋尖踢斛，即当你交粮时，要把粮食倒进官府准备好的斛里。你倒着倒着，最后肯定有一部分超过斛口吧？超过斛口就呈尖锥形了吧？好，意外的事情发生了。

衙役会以迅雷不及掩耳之势对准斛猛踢一脚！此时超出斛口的谷粒就震落到了地上。当你慌忙去捡时，衙役便大声制止："别捡，那是损耗！"

由于常年干这个，衙役轻车熟路，效率很高，踢出的部分则成为一笔不菲的收入。

想逃税漏税？那是不可能的。针对个把实在穷得叮当响，以至于交不起粮的"刁民"，有知县想出了魔高一丈的损招：将欠粮作为衙役的工资，拿着白条去收租，充分调动衙役的工作积极性。

真可谓同为专制奴，相煎何太急……

日薄西山，吊唁者都已离去，落暮寒鸦平添了几分秋意。袁世凯披麻戴孝，跪在袁保恒的灵堂前。

宽大的帽檐遮住了袁世凯的双眼，却遮不住他心底的万千疑问。

袁保恒无疑是个好官，但好官的标准又是什么？

结果正义？只要达到目的，可以不问手段？问题是如果没有原则，底线一退再退，谁又能保证自己不打着正义的旗号谋取私利？

程序正义？在清朝，制定程序的唯一目的似乎就是为了破坏它，每个人都一边咒骂一边百舸争流地挑战着既定规则。

对袁保恒来说，上报朝廷、下济万民就是好官。可这满人的朝廷当真值得一报？

顺治十二年（1655），清廷讨论如何处置满人所蓄汉奴逃跑的问题，汉官赵开心主张宽仁，顺治当场发飙："谋国不忠，莫此为甚！"

康熙子承父志，隔三岔五地敲打臣工："子母炮"这种先进武器属于八旗军专用，其他人一概不得铸造。

皇权的高压让百官宁可浑浑噩噩，不敢犯颜直谏。一直到曾国藩这一代，闭着眼睛混不过去了。身处一线，战争是真刀实枪，割地是真金白银，"圣言"救不了世，李鸿章的一句"孔子不会打洋枪"，让儒生们无言以对。

外部压力促使权力从满人转移到汉人，从中央下放到地方，但谁都清楚这只是权宜之计。

满族统治者从不代表汉人利益，早已老少皆知，问题是它连普通满人的利益都不代表。因为不准经商的规定，生活在贫困线以下被活活饿死的旗人不知凡几，而指望根本没有国家概念的亲贵们代表国家利益就更不现实了。

摊上这样的国策，百姓之苦，苦不堪言。

袁世凯发现，中国农民的生活似乎已经凝固了上千年，农具是世代相传的犁耙，衣服是家纺的土布，住宅则一律由泥土筑成，铺上一层高粱秆抹上泥浆就算是屋顶。

而当你采访那个满脸憨直的农民，问他人生理想时，他会告诉你：像皇帝一样每天都有大饼吃，吃饱了就休息……

不是顺民便是暴民，就是没有勇于承担责任的公民。千人一面的生活规律、思维方式固化在每一个基因的碱基对当中，不愿妥协、拒绝双赢让历史只有成王败寇一种轨迹，政治文明制度建设则裹足不前。

当张献忠得知李自成称帝时，立刻在四川大开杀戒，其行为逻辑是：我做不成皇帝，你也甭想做得安稳。于是，一个个充满了小聪明的中国人组成了一个奇缺大智慧的民族。

闷雷轰鸣，震得袁世凯微微扬起了头。

外面传来"下雨了"的人声，兴奋中透着惊诧。

秋风秋雨愁煞人，此刻带来的却是久旱逢甘霖的喜悦。袁世凯缓缓起身，踱至门前。

大雨溅起的泥水阻挡不住人们的热情。戏水的儿童、跪谢上苍的老人、喜极而泣的妇女……

而同时，他们又是失去亲人的孤儿、鳏寡和遗孀。

遥远的时空，隐隐传来陶渊明的歌声："亲戚或余悲，他人亦已歌；死去何所道，托体同山阿。"

死去的人们啊，早早安息吧，因为亲人的悲痛也不会持续太久。活在天朝，是一种修行。佛曰七苦，生、老、病、死、怨憎会、爱别离、求不得，再深沉的苦难也只能化为前行的动力，毕竟生活还要继续。

为了活着，从全知视角看，那些怀揣着自私与虚伪，在荒漠中自相残杀的蝼蚁，又是何等可悲可怜！

雨水模糊了袁世凯的双眼，一幅幅亦真亦幻的画面在眼前出现。

一个知县把锁链戴在手腕和脚踝上，步履艰难地穿过县城，去城郊的龙王庙求雨。庞大的人群默然无声地跟在他后面，每个人的头上都戴着柳条帽；

一个二十出头的少妇乘坐渡船，犹豫着要不要把怀里的婴儿扔进河里。最终还是母爱占了上风，她神色凄苦地将婴儿紧紧搂住。几天后，又是这个女人，在一个妇女买卖市场。买主都是从灾情较轻的地方来的男人，对"商品"的唯一要求是不能带孩子。女人被一个光棍相中，喂完最后一次奶后，难舍难分地放下了孩子……

镜头摇上，千里饿殍。

惨象，使袁世凯目不忍视。狂风暴雨中，已分不清哪一滴是雨哪一滴是泪。

志气可嘉

脚下的土地，孕育了地球上唯一没有断绝过的文明，即使强大到让整个世界都颤抖的蒙古帝国，也未曾撼动其文化根基。然而，这一切的代价是它的苦难从未中断。

对吃不饱饭的老百姓来说，最深重的苦难莫过于易子相食，但在中国的历史上，这样的人伦悲剧却屡见不鲜。

在这片法度凌夷、道德沦丧、理想崩溃、真爱无踪的大地上，祈祷已是惘然。每个人，每条生灵，只有依靠自己的力量，在丛林法则的指引下，汲汲于争得宿命之外和生存之上的些许幸福。

废土，比科恩兄弟的电影还荒诞的废土，比蒂姆·伯顿的哥特还魔幻的废土，每天都上演着欺骗和杀戮。你以为是主人公的，下一秒就横尸街头；你以为是路人甲的，最终成了大BOSS。一切皆有可能，杀人不分左右。

反抗、呐喊、讽刺、诅咒都已徒劳，罪恶的体制造就了罪恶的虚无。它像黑洞一般，如泥淖一样，你越是挣扎越是沦陷。它吞噬的何止是对正义和良知的信心，简直就是你的灵魂。

你曾经如此坚信光明，正如你现在如此笃信黑暗。

黑暗的时代是漫长的，当我们极目远眺，会因为那一眼望不到尽头的黑夜而沮丧绝望，失去方向。走出隧道、沐浴光明的征途，似乎只能用岁月，用无数老年、青年、少年的生命去一点一点地填充。

堆砌的过程中，大人无德、中人无耻、小人无赖。各种荒诞不经的剧目每天都在上演，每个人既是灾难的制造者，又是痛苦的承受者。岸，在哪里？

袁世凯伸出手去，举过头顶。雨，打在掌心，像是和天一起共鸣：

> 大野龙方蛰（蛰伏），中原鹿正肥。（作于十三岁）
>
> 我欲向天张巨口，一口吞尽胡天骄！（作于十四岁）

如果觉得反意森然，那是因为你不了解袁世凯。

多少先知早就看出，寄希望于一个由异族统治，上层故步自封，中层百般渔利，下层愚昧无知，根本无法达成任何共识的君主专制国，平稳过渡到民主共和国，何异于痴人说梦？

即使清廷出于维稳压力，做一些零敲碎打的改良，那些新颁的法令也只会沦为官员盘剥民众的新式武器，从而陷入到"立法越峻，索贿越多"的怪圈之中。

内忧外患下，最坏的结果就是爆发革命。从汤武革命开始，中国就不缺革命。托尔斯泰评价血流成河的法国大革命时说："它宣告了无可置疑的真理，但真理一旦被诉诸暴力，便都成了谎言。"

自由的口号成了杀人的理由，专制的暴政变为革命的暴政。看似完美的理论，在打土豪分田地的狂欢中距离真理越来越远。

怎样才能在不流血或少流血的前提下，一剑封喉地杀死清廷，缔造共和？袁世凯用自己的人生给出了答案。

长歌咏志登高阁，万里江山眼底横。肢解清廷的法门，用袁世凯后来的话说，类似于拔树：

> 专用猛力，拔不出树根；过分去扭，树根又会折断。只有一个办法，就是左右摇撼不已，把树根的泥土松动后，不必用大力气便可一拔而起。清朝是棵大树，还是两百多年的老树，拔起来不容易。闹革命，都是些年轻人，有力气却不懂如何拔树，闹君主立宪的懂得拔树却没有力气，我今天忽进忽退，就是在摇撼大树，等到泥土松动，自然会被拔出来。

雨停了，云开见日，阳光把袁世凯的脸庞映得绯红。

他终于明白，真正的光明绝不是永无黑暗的时刻，而是永不被黑暗所掩蔽；真正的英雄绝不是永无卑下的情操，而是永不被卑下所屈服。

转身时，目光又和堂叔相遇。四目相对中，静谧被隐隐传来的吟唱声打破：

> 为什么要苦苦去挽救黄昏呢？
> 那只是落日的背影。
> 也不必吸取大泽与长江，
> 那只是落日的倒影。
> 与其穷追苍茫的暮景，
> 埋没在紫霭的冷烬。
> 何不回身挥杖，
> 迎面奔向新绽的旭阳？

"求官建功，拯救天下"，这是袁家陈陈相因的祖训，而直到袁世凯的出现，才被赋予了新义。

> 以杀止杀，而杀杀人者，杀即止矣。（作于十六岁）

杀人者，清廷也。死者的名单，罄竹难书。

孙承宗、史可法、张煌言、刘宗周、倪元璐、施邦曜、陈子龙、夏完淳、黄道周、李定国……

明末的名将里，只有李定国的军队敢和八旗铁骑打野战；只有李定国击破了"女真满万不可敌"的神话；只有李定国能一条道走到黑，在崇祯吊死煤山二十年后还同清廷缠斗。

南明朝廷，不管"监国"者何人，朱由崧也好，朱由榔也罢，只要李定国还有一口气在，大明就一息尚存。

可惜，时来天地皆同力，运去英雄不自由。战至山穷水尽的李定国最终死在了中缅边境。临死前仍不甘心，焚表告天：

> 若明祚未绝，乞赐军马无灾，俾各努力，出滇救主。若天数已尽，乞赐定国一人早死，无害此军民！

每每读此，袁世凯都热泪盈眶。

然而，在一个目力所及皆是蹒跚学步的国家，当英雄，代价何其高昂。

灾难降临时，只有跪下来顺从的，没有站起来抗争的；灾难过去后，只有站起来控诉的，没有跪下来忏悔的。

英雄，不死于殉道即死于献祭。

可不当英雄，便不是他袁世凯了。一切都如他儿时立下的鸿鹄之志：

> 愿流芳百世，毋遗臭万年。

徐世昌的《烧饼歌》

袁保恒的死对袁家而言，意味着中流砥柱的坍塌。

袁保龄继承其兄遗志，回乡赈灾，被朝廷授予三品顶戴，擢为道员，但每月仅一百两的俸禄仍不足以负担整个家族的开支。

于是，按照"保"字辈的人数，袁家分了家。

袁世凯继承了养父袁保庆的一份遗产——三顷土地和一些积蓄。看似很多，但得养活七八口人，异常艰巨。不过，坐以待毙从来就不是袁世凯的风格，他从项城搬到了陈州。

脱离了长辈的管束，袁世凯过上了"驰骋郊原，日饮数斗"的生活。又因慷慨乐施、抱打不平，寒门士子多依附为生，推其为首领。

对袁世凯而言，"金银散而人心聚"，不是权术。散尽家财，结交好友是他内心深处最热切的渴望。人心都是肉长的，智商是差不多的，能让喜欢内斗，精于算计的国人对你心服口服、爱戴有加，若不是电影《非常嫌疑犯》里的凯文·史派西，你就实心实意地待人以诚吧，毕竟人情不是一锤子买卖，靠演戏很快会体力不支。

两个文社（丽泽山房、勿欺山房）在袁世凯的资助下建立起来，盛名远扬，连陈州知府吴重熹都经常在此诗酒流连，将袁世凯引为至交。

老天很公平，袁世凯不把时间花在读书上造成的结果就是，当年秋闱再次铩羽而归。

愤怒之余，袁世凯意识到自己可能真的不是这块料，与其像洪秀全那样连考三次不中还不罢休，生生把自己逼成了一朵奇葩，最终祸乱天下，倒不如调整方向。

当你下定决心转变时，上天都会为你安排一个转折。

于是，在袁甲三的牌位前"火烧诗文"时，袁世凯遇到了对他至关重要之人——徐世昌。

徐世昌年长袁世凯四岁，后来当了民国大总统，活到八十五岁，差点能看到抗日战争取得胜利。信奉无为而无不为的他，在谋国与保身之间兔起鹘落，若危若安，却始终屹立不倒。

袁世凯得徐世昌，犹刘邦之得张良。

初次见面，袁世凯留给徐世昌的印象是"状貌伟然，殷勤接语"。其壮志豪言在逻辑上自洽，情感上诚恳，深深地打动了徐世昌。与之结为生死之交后，徐世昌和盘托出了自己对时局的看法。

以曾国藩为"阳"的一端，李鸿章为中点，"阴"的一端虚位以待，可以勾勒出一幅太极图。

咸丰即位之初曾开过一个神仙会，让百官讨论"用人行政之道"。倭仁大谈"君子与小人之辨"，咸丰嫌他迂腐，批了个"名虽甚善，实有难行"。

曾国藩比较实在，提出"用人有转移之道，培养之方，考察之法，三者不可偏废"，咸丰高兴地批了个"切中情事"。

声称"孔子必用墨子，墨子必用孔子"的曾国藩，代表了那个时代最理性的思考。然而曾几何时，曾国藩也是个血气方刚、黑白两分的热血青年，敢上疏骂皇帝"徒尚文饰"。直到在军营里泡了几年，才明白喇叭是铜，锅是铁。

他看到，调兵拨饷、察吏选将全靠应酬，不问情势，有圣旨也没用，基本属于"苟无人情，百求罔应"。

并且，国人缺乏精确性，"一串钱"的概念永远不会遵循"一百文"的常识。在陕西是八十三文，在直隶是三十三文，从无一定之规。

清亡之后，古城北京开始现代化的改造，需要建设用的工程蓝本和施工程序，时任交通总长的朱启钤只找到一本《大清会典》。

这是记载清朝典章制度最权威的书，其中建筑规范的工程做法部分只有薄薄的几十页，所有数字都被改为"若干"二字。

朱启钤后来才明白："执笔的人一看术语艰深，比例和数字都很繁复，写到文件里怕上司诘问起来说不清，干脆都删汰了。"越如此，当官的越不懂，实权便落在书吏手中，想写多少写多少，隐相欺瞒。

正因如此，实事求是反倒让曾国藩在晚清官场脱颖而出，但归根结底他还是难以超越其所处的时代。于是，传世的文字百万言，却终究跳不出程朱理学忠君孝父的窠臼，意在扶清也就不难理解了。

李鸿章则不然。他继承了老师务实的态度，却摒弃了过时的教条，乃能轻装上阵，辗转腾挪。

在一次由淮军和戈登的"常胜军"组成的联军攻打苏州时，李鸿章为减少伤亡，策反了同太平军守将慕王谭绍光不和的八个将领。在戈登的担保下，他允诺只要取了谭绍光的首级，开门献城，则必为八人论功请赏。

然而，当清军诱降成功，兵不血刃地拿下苏州时，八个降将和所有太平军却被斩杀殆尽，气得一直被蒙在鼓里的戈登要提着洋枪找李鸿章算账。

庚子国变，时任两广总督的李鸿章奉命北上收拾残局并签订条约，临行前在香港秘密会见了港督卜力。

彼时，慈禧已位居八国联军开列的战犯名单之首，性命堪忧。李鸿章单刀直入："英国希望谁做皇帝？"

卜力："如果光绪皇帝对这件事（拳乱）没有责任的话，英国不反对由他出来继续维持统治。"

李鸿章追问："我听到一个说法，说要是义和团把北京的各国公使都杀了，列强就将出面干预，宣布立一个新的皇帝。若果真如此，你们会选择谁？"停顿了片刻，李鸿章盯着卜力的眼睛意味深长道："也许是个汉人？"

一代人办一代事，亡清的重任还落不到裱糊匠身上。太极图另一端的人选，徐世昌已隐隐约约看到了。

曾国藩的《沉思录》

袁世凯还记得初见曾国藩时，老头儿拙朴如农夫，身边一只青藤箱子，长袍上沾着油渍，完全没有一品大员的威仪。

而这正符合袁世凯对他的想象。

曾氏之学类似巴菲特的投资理念，做长线。曾国藩一辈子都在强调勤与恒（身勤则强，逸则病；家勤则兴，懒则衰；国勤则治，忘则乱；军勤则胜，惰则败），说无论什么事，要想做成样子，必须有两点，一是规模，一是精熟。而这两样，都从勤与恒中来。

听上去毫无新意，但做起来方知，知易行难。曾国藩不厌其烦地告诉你，"所以卓越古今者，由其每治一事，处心积虑，不达目的决不止"；"凡全副精神专注一事，终身必有成就"，甚至连"不讥笑人，不晚起"这么迂直的话都说出来了，可见在传统中国这坛大酱缸里，要想排除干扰矢志不渝，何其之难！

世间从来就没有什么灵心一动、当下了悟的真理，甚至在艺术上，也如费里尼所说："为了逾越常规，才需要严格的秩序。"

曾国藩坚信这一点，所以忍耐到底，徐图自强，不为人言所动。用他自己的话说就是：

> 怀才不遇时，以"耐冷"为要；贫困交加时，以"耐苦"为要；应酬繁多时，以"耐劳"为要；遇到同辈以声气得利、晚辈以干请得荣时，以"耐闲"为要。

曾国藩的文章，读来质朴实在，有种你正匆匆赶路，一个好心的老农在旁边提醒"小伙子，留神前面有坑"的亲切感。

世事如棋岂能尽知？但求步步为营，苦心耕耘而已。

晚年的曾国藩半是无奈半开玩笑地对弟子郭嵩焘说，等他死后，墓碑上就刻六个字：不信书，信运气。

诚如斯言。

徐世昌认定袁世凯可交，也是看重他那股闯劲和韧性。这一点在年轻时尤为重要，曾国藩就经常劝勉家中子弟："少年不可怕丑，须有狂者进取之趣，此时不试为之，此后必将不肯为矣。"

"寓深雄于静穆之中"的曾国藩认为，柔弱本身无法制胜，必须包含雄奇之力。比如你不能看到瀑布雄伟就说水的力量很大，水本身是至柔至弱的，之所以能产生力量是因为有势能。曾国藩喜欢刘墉的字，正在于其书法含雄奇于淡远之中。

而徐世昌认为，太刚则折，太柔则废；至刚无刚，至柔不柔。刚柔并济是理想状态，但能做到运用之妙存乎一心者，又有几人？

同样是以退为进，平定洪秀全、杨秀清之乱后自请遣散湘军，为曾国藩的仕途赢得了更大的空间，也给"有势不可使尽"做了最好的注解。但在他人生的尽头，处理天津教案时，却未能以柔克刚，成为其一生的败笔，最后在"外惭清议，内疚神明"的精神折磨中，郁郁而终。

日中则昃，月盈则亏，人生最好的境界是花未全开月未圆，保持上升的态势却不达到顶点。此等"惜福之道，保泰之法"，是坚信天道常假手于人来显形的曾国藩晚年所时时警惕的，他说："处大位而兼享大名，自古曾有几人能善其末路者？总须设法将权位二字推让少许，减去几成，则晚节渐渐可以收场耳。"

以盈满为戒的曾国藩果然因为教案有所缺憾，那袁世凯呢？徐世昌还看不透。他唯一能看透的是一个趋势：从兵为国有，到兵为将有。

为什么袁世凯喜欢说，"知我者，菊人兄也"？

因为知袁者，徐世昌也。

袁世凯从怀里摸出一封信，一封永定河河道周馥（1837—1921）写给李鸿章的推荐信。

周馥和袁保龄曾同为李鸿章帐下幕僚，私交甚好。袁保龄见侄子在家乡花光了积蓄，又没考上举人，有心帮他一把。但自己写荐书有请托之嫌，便让周馥出面，推荐袁世凯。

李鸿章时任直隶总督兼北洋大臣，炙手可热势绝伦。这封信的分量自不待言。

徐世昌的看法同袁世凯如出一辙：李鸿章帐下进士如云，你要不是个举人，都不好意思跟人打招呼。可袁世凯只是个秀才，还是买的。所以，平台虽好，齐大非偶。

袁世凯的想法是，投奔时任浙江提督的吴长庆。叙述一番后，徐世昌赞同其说。

乱世即将到来，千言万语都浓缩在四个字中：兵为将有。

第三章：东海扬波

天若逆我我逆天

南下途中，经过上海。

古来成大事者必有三项过人之处：爱才如命，挥金如土，杀人如麻。第一条自不必说，而后面两条，袁世凯更擅长使钱。人为财死，鸟为食亡，金钱收买不了的人，十个里有两个就不错了。因此，武力消灭是迫不得已的下策。

上海滩遍地都是黄金，可袁世凯没找着钱却找到了真爱。

十里洋场的繁华还来不及欣赏，盘缠便即将告罄。袁世凯窝在旅店，心急如焚，崩溃得想用他那颗大脑袋撞墙。

一个冬日的午后，寂寞的袁世凯在闲逛时禁不住诱惑，钻进了一家妓院。

穿过嘈杂的人群，从天井向二楼一处僻静的角落望去，一个身着白色旗袍的女子侧倚着栏杆，正静静地练笛。慵懒的阳光将空气里的尘埃打得颗粒毕见，沐浴着光辉，女孩清秀的脸庞显得格外动人。

乍见之下，袁世凯站住了，像被电流击穿全身。一个三百六十度的摇镜头，全景式地展现了他内心莫名的狂喜，好似纳兰容若猛然间又见初恋情人时的，"相逢不语，一朵芙蓉著秋雨"。

袁世凯仰望的角度，是特洛伊王子看上海伦的角度，萧史垂青弄玉的角度，也是一颗平凡的心灵最初感悟异性神圣的角度。

在他看来，如果世间果有曹子建笔下，"秾纤得衷，修短合度。肩若削成，腰如约素"之人，那一定是指眼前这位女子了。

她叫沈玉英，苏州人。为了她，袁世凯床头金尽，坠入爱河。

人言婊子无情，但对袁世凯，沈玉英付出的是真爱。

袁世凯年轻时尚未发福，除了头大一些，整体上属于一表人才。再加上舌灿莲花，沈玉英被哄得五迷三道，拿出私房钱来给心上人当盘缠，劝他早离上海，另谋出路。

与爱情相比，男女之间更伟大的是情义。

沈玉英让杜十娘不再是传奇。离别前，她备酒送行，含泪对袁世凯道："你走以后，我就出钱赎身，搬出青楼。切记努力功名，不要相负。"

袁世凯指天誓日，挥泪而别……

由于中法关系日益紧张，沿海戒严，庆军六个营已移防至山东登州。袁世凯一路向北，在途中结识了阮忠枢。

阮才子后来成为袁世凯的三大笔杆子之首，另外两人夏寿田、张一麐虽亦受倚重，但终不敌阮、袁二人几十年的交情。

阮忠枢作文，常常挥毫而就，所拟文稿"最当袁意"。袁世凯的奏章书信大多出自其手笔，甚至连朝廷的御旨，也时由阮忠枢起草。

而同时阮忠枢又是一个喜欢打麻将、抽鸦片的旧式文人，剪了辫子可以直接去演《书剑情侠柳三变》。袁世凯有重要公文需要他拟写时，经常找不到人，派家仆去寻，不在烟馆就在妓院。

找到了人也不耽误事，用腰带把自己捆在椅背上，写好文章继续寻欢作乐。

1881 年 5 月，袁世凯来到山东登州，正式投入吴长庆营中。

庆军虽说归淮军管，但因不是嫡系部队，不受待见，吴长庆和李鸿章基本上貌合神离。

庆军的前身是吴父在老家办的团练，发展到五百人后被淮军收编。

然而，团练不是团购，下个单就不管售后。一帮人都是乡里乡亲走到一起的，管你是李鸿章还是李鸿藻，人家只认吴长庆。

更何况，你直隶总督是从一品，我浙江提督也是从一品，听你调度那是服从安排识大体。

作为武官，吴长庆深感自己吃了没文化的亏（连秀才都不是），只好缺啥补啥，在带兵之余手不释卷，网罗文士，被时人称为"儒将"。

翰林出身的李鸿章听说后差点没笑掉大牙，需要找碴时便指责吴长庆"罗致文人以通声气"。

此时，吴长庆见故人之子来投，欣然收留，刻意培养，严加指点。

受够了李鸿章的鸟气的吴长庆，不想自己的悲剧在下一代身上重演，于是给袁世凯配备了最受他器重的幕僚当老师：张謇。

南通人张謇（1853—1926）余生还将和袁世凯过招无数，第一回合袁世凯留给他的印象是：态度谦恭，文章狗屁不通。

虽然眼下张謇只是个秀才，但他后来高中了状元。做人要厚道，你不能拿一个状元的审美标准来衡量袁世凯的文章。

就在袁世凯因办事干练被提拔为营务处（总管庆军各营的司令部）帮办（排在总办和会办之后）时，山东之东，再一次波涛汹涌。

朝鲜风云

对朝鲜一以贯之的"事大主义"，不能饱汉不知饿汉饥地简单予以鞭挞。蕞尔小国，强邻环伺（中、日、俄），你不让人事大莫非事小不成？

朝鲜李朝，建立于朱元璋时期，与明清相始终，已延续近六百年。

明清易代，朝鲜觉得满人入关是"用夷变夏"，自己成了华夏文明的最后一方净土，朝使访华时经常抒发一下"使者遥寻秦地界，夷人惊怪汉衣冠"的感慨。即使后来对清称臣，内部的一些公文也一直使用崇祯年号。

除此之外，大体上算是安分守己的属国。

时至晚清，天朝的版图囊括了缅甸、暹罗（泰国）、越南、琉球、朝鲜、蒙古和西藏。这些"化外之地"被分为两类：A类如蒙古、西藏，归理藩院管，派驻大臣；B类如朝鲜、越南，俯首称臣，按期朝贡，新王即位必须上报接受中国皇帝册封。

对此，翰林院侍讲学士周德润解释得很清楚：守在四夷。

以琉球守东南，以高丽守东北，以蒙古守西北，以越南守西南。与国同休戚，弭祸于未萌。

属国作为外线，拱卫国门，搁古代没什么问题。问题在于，历史已经发展到英法联军动不动就直插北京兵临城下的近代，西方列强，心态正常的说你和这些属国是友好睦邻，不正常的就说你在殖民人家。

既已成为烫手的山芋，最好的选择其实是尊重地缘政治，协助这些小国逐步实现独立，受国际公法的保护。这样一来，即使某国想染指，他国也会干预，远强于"身份不明"，最终还是不免沦为列强的殖民地。

具体到朝鲜，坐到谈判桌上的三方是中、日、俄。

对俄国而言，朝鲜意味着拥有不冻港的太平洋出海口；

对日本而言，以朝鲜为跳板侵略中国乃天皇的春秋大梦；

对大清而言，不管其他国家谁占领了朝鲜，兵锋所指，威胁的都是满人的龙兴之地东三省。

那大家坐下来"斗地主"吧。

第一局大清是地主，被日俄打败了。

客观来看，虽说十九世纪列强如云，恨不得是个国家就想占大清的便宜，但多属浑水摸鱼或强买强卖——要么来抢钱，要么来通商。隔着十万八千里，说着完全听不懂的外语，谁也没惦记你家的地契。

除了日俄。

祖上就有矛盾，垂涎中国领土。尤其是沙俄，蚕食鲸吞，持之以恒；日积月累，手法娴熟。

当初，新疆爆发回乱时，俄国眼疾手快地霸占了伊犁。当左宗棠抬着棺材用兵西北时，日本又见缝插针地跳了出来，不知是不是两国事先串通好了要演"东成西就"。

1879年，明治维新刚刚开始十一年，日本吞并了本岛南边的琉球国，改其为"冲绳县"。

琉球自洪武五年（1372）起隶属中国，纳贡从未中断。但在万历三十年（1602）又向日本称藩，脚踩两只船，一踩二百七十年……

现在日本霸王硬上弓，而大清国库空虚，西北又在跟俄国交战，为免腹背受敌，不得不承认了这个既成的事实。

这已是第二次明目张胆的挑衅。

早在1876年，日本就以朝鲜拒绝邦交为借口，出动兵舰胁迫其签订通商条约。作为宗主国，清政府怂到让人心寒，以息事宁人的态度，指示朝鲜签订了《江华条约》。

外患倒逼内政。

此时的朝鲜国王是李熙，继承的是他伯父李昪的王位。李昪没娃，就让他弟弟李昰应当"大院君"（摄政王），辅佐年方十二的李熙执政。

家庭矛盾很快出现。大院君思想保守，闭关锁国。李熙成了皇位上的摆设，其聪明绝顶的老婆则渐渐从幕后走向前台。

她就是明成皇后闵慈英，按清廷对属国的规矩，叫"闵妃"。

闵妃清楚，天朝这棵大树已经靠不住了，自己的公公却还对它充满幻想。与李鸿章不谋而合，闵妃认为朝鲜必须开化自强。

对朝的通商交涉都由北洋大臣主管，北洋大臣又是直隶总督的兼差，李鸿章身上担子不轻。

在同时代的官员里，李鸿章是唯一敢把洋人当猴耍的。而且他就好这口儿，美其名曰"以夷制夷"。

李鸿章将这套纵横之术传给朝鲜，劝导李熙开放门户，同西方各国立约通商，以牵制日本，防范俄国。

琉球问题给李鸿章提了个醒：在日本看来，朝鲜比琉球重要得多。琉球或可不争，朝鲜则势在必争。而反观清政府，松散的朝贡关系早无实利可图，却授人以口实，遗祸于将来。既如此，不如尊重《万国公法》，让这些暧昧不清的小国独立自强，成为大国之间的缓冲带。这样一来，虽无宗主国之虚名，但仍可暗中遥控，为我所用。

可惜，李鸿章算准了国际形势，对朝鲜国内潜滋暗长的政治斗争，却估计不足。

以闵妃为首，金玉均、朴泳孝、洪英植为骨干的"开化党"，主张效法日本，进行自上而下的改革。

对于这帮以日本为后台，鼓吹脱离中国的亲日势力，大院君在保守派大臣闵泳翊、闵泳穆的协助下，严厉弹压，终于成功弹出一个"壬午兵变"。

壬午兵变

1880年，朝鲜通过了"开化自强"的大政方针，在清政府的斡旋下相继同美、英、德、法签订了通商条约。

同时，闵妃集团借军制改革，费尽心机地削弱大院君的权力，不仅裁汰了大院君一手创建的"亲军营"，还组建了以日本人为教官的新军——别技营。

当然你会问，大院君为什么无动于衷，任人宰割？因为他拒绝开放，李熙又日渐长大，清政府便抛弃了老古董转而扶持朝鲜国王。怎奈李熙生性软弱，权柄就此旁落到闵妃手中。

其实，大院君知人阅世这么多年，早就修炼成了一块辛辣的老姜。你不是要改革吗？我按兵不动，让你可劲儿跳，等你把上上下下都得罪干净了，我再以救世主的面目出来打扫战场。

果然，由于新军在装备和待遇上远高于旧军，激起了后者的强烈不满。

为平息众怒，当局给欠饷已逾一年的汉城驻军发放饷米。

结果发出了事——饷米中掺了砂石和糠皮，不堪食用。

此事换做袁世凯，处理手段必然不同。

如果一件东西卖价一块，砍到九毛九，东西不会变，所以要砍；如果一个人的服务值一块，砍到九毛九，虽然成交了，得到的服务却可能降低了，所以不能砍，反而要主动给他一快一，以得到超值的回报。

具体到发饷一事，宁可不发先拖着，留个念想，也比伤了人心强。

愤怒的士兵把粮库的库直吊起来，打了个生活不能自理。

兵曹判书（即兵部尚书。为免僭越，朝鲜六部均称"曹"）闵谦镐逮捕了为首闹事的士兵，激化了矛盾。

一帮乱兵跑到军械库抢了武器，攻占监狱，又到大院君府上喊冤。

老戏骨不动声色，好言宽慰，并轻描淡写地提醒乱兵：此事乃闵妃勾结日本人所为。

阴风煽得很成功，乱兵纷纷发飙。先是闵谦镐等开化党官员被乱刀砍死，接着日本使馆被烧，日籍教官全部死于非命。闵妃要不是跑得快，假扮宫女逃出王宫，早就被剁成了肉泥。

汉城大乱，政局瘫痪。

好孩子李熙又六神无主了，还好他姓李，赶紧请老爸出面，维持大局。

大院君重新主政，恢复军制，补发欠饷，一场兵变方告平息。

明治政府得悉事变经过后，决定举兵入朝，逼朝鲜谢罪赔钱。

清廷驻日公使黎庶昌侦知后，两次急电署理直隶总督、北洋大臣的张树声（李鸿章因母亲去世，丁忧在家）。一口气跑到忠清道（朝鲜全境分八道，相当于中国的八省，忠清位于半岛西南部）的闵妃也派人赶往天津，通知正在中国出使的金允植（1835—1922）向清廷求救。

于是，几个左派愤青又亢奋了。

都察院左副都御使张佩纶压根没出过国，分析起日本来跟日本人似地如数家珍，最后得出日本军队，"去中国湘、淮各军远甚"的结论；云南道监察御史邓承修的奏折上来就是一句，"扶桑片土，不过内地两行省耳"……

对日本的国力和野心有着清醒认识的是李鸿章，他知道日本早已不是明治维新前的日本了。

而在庆军营中，针对朝鲜，一直流传着一个激进的解决方案：废藩置县，划入版图。

据说是张謇提出的，得到了吴长庆的认可。

对这样一个位卑未敢忘忧国的方案，李鸿章嗤之以鼻。

霸占朝鲜？即使西洋各国睁一只眼闭一只眼，日俄也会拼死力争，到时不仅朝鲜保不住，新疆收不回，本土还有失地之虞。

当然，眼下最紧要的是抢滩登陆，保卫朝鲜，让日军知难而退。

为此，张树声三次致函总理衙门，要求派兵朝鲜，终获批准。

于是，庆军和由丁汝昌（1836—1895）率领的北洋水师两路人马正式开拔。

出发前，袁世凯没有食言，派人去上海将沈玉英接到了自己身边。沈玉英发现，一年不见，袁世凯的眼中开始闪现令她不安的杀气。她不敢直视，也不想直视，而是宁可将那个目转秋波的多情少年的形象牢牢地印在自己脑中。

威远舰载着庆军先锋向东驶去，新任的"前敌营务处"（营务处负责侦查路线的属官）袁世凯和金允植在船上相识。

作为最早掀起朝鲜版洋务运动的高官，金允植之于李朝类似于李鸿章之于清廷。在朝鲜独立前，一直是铁杆的亲华派。

碧海蓝天，一望无际，袁世凯豪情万丈，李如松附体，夸口自己只需几百人马便可直捣汉城，擒拿大院君。忽悠得金允植五体投地，当场赋诗赞其，"豪慨似宗悫，英达类周郎"。

南朝宋人宗悫 14 岁时，叔父宗炳问他志向，对曰："愿乘长风，破万里浪。"宗悫长大后果然战功煊赫，彪炳史册。

锋芒初露

庆军六营，陆续抵达朝鲜半岛西海岸。吴长庆命一个营管带率部登陆，却收到其"士兵晕船，要求暂缓"的回复。吴长庆一怒之下撤了该管带，以袁世凯代理其职。

一夕之间，袁世凯掌管了庆军六分之一的军队。试想当初要真去了冠盖云集的李鸿章幕府，估计这会儿还施展不开拳脚。

庆军在马山浦安营扎寨后，军纪迅速涣散。

一天，吴长庆和张謇正在帐中谋划，袁世凯径直走入，道："我军有奸杀劫掠之事——"

吴长庆打断道："为什么不严办？"

袁世凯道："已请出吴帅赐我的令箭，正法七人。现有七个首级在此呈验。"

张謇骇然不已，吴长庆却高兴道："好好好，不愧为将门之后。"

将门之后显然杀上了瘾，杀到了太岁头上。

吴长庆一个远亲在军中当差，仗着后台硬为非作歹，还打伤了一个朝鲜平民。袁世凯要以军纪处之，吴长庆让他刀下留人。

袁世凯佯装应允，"以案上图书请吴阅"，自己却悄悄离去，斩杀那人后入帐请罪。人死不能复生，吴长庆只好自找台阶道："执法固当如是。"并告诫在营亲族，谨守军法。

这几步险棋沈玉英看在眼里，急在心头。于是，她把袁世凯随身携带的《自乂锁言》摊开放在了显眼的位置。

当晚，袁世凯下班回家，赫然看到袁保庆编写的这本书上的一句话：

古今将兵，必先以恩结之，而后加之以威，乃无怨也。

袁世凯如何不知沈玉英的心思？然而，沈玉英却未必理解袁世凯的志向。

袁家祖上三代皆不寿，死亡的阴影笼罩在袁世凯的心头，不得不以强韧之心力压制到心房的一角。然而，恐惧如噬骨的毒蛇，阴魂不散，使袁世凯不敢有丝毫之懈怠……

小时候，袁世凯在颍河河畔观鹄（天鹅）。只见其引颈而立，似乎在殷切地等待着什么。鹄的体态虽说优雅，但顺着目光，你不禁想问：夜空中，吸引它们的究竟是什么？

恐怕只有灿烂的繁星了。

不必奢谈以人为本，人，不过是万物的一员。

如果天花之于人是一种病毒，那疯狂膨胀、以破坏环境为乐的人类之于地球又何尝不是病毒？

世间之物，皆跳不出生生相克。天花肆虐了几千年，却在二十世纪末绝迹；人类繁殖无度，却遭遇了HIV，再也无法纵情享乐。

事实上，每个人都是彼此生命中的过客，亲人、爱人、恩人、仇人，有的逗留的时间长，有的一晃而过。白天的欢闹不是人生的真相，它用忙碌和喧嚣让你暂且忘记了死亡。只有当你仰望夜空时才会发现，永恒的是孤独。

真正严肃的哲学命题只有一个，那便是死亡。

你可以不关心一切，但终究要面对死亡。死亡的痛苦不在于死亡本身，而在那种思维消失的状态，被无涯的时间宣判了永恒，光是想一想，心脏都会颤抖。

万物的终点都是死亡。不管你承认与否，人生的本质是虚无。

然而恰恰如此，才需要你自赋其意义。

对袁世凯来说，再多的美女和财富都给定不了他意义。人生是一场游戏，轻易到手的，很快便会空虚。因此，他对当时的时尚活动抽鸦片，深恶痛绝。

吞云吐雾中，多少烟鬼向虚无缴械投降。进入汉城后，庆军里的烟鬼与日俱增，这帮人经常跑到朝鲜平民家，抽完了就调戏良家妇女，影响极其恶劣。

对此，缉毒先锋袁世凯每天拿着吴长庆给他的令箭，带着巡视组四处走访，看到喜欢鸠占鹊巢的烟鬼兵便就地正法，悬头示众。

一帮兵痞不干了，仗着法不责众暗中纠合到一起，以烟瘾深沉不能服役为由，请求给资遣散。

袁世凯怒了：帮你们戒毒还敢威胁我！

于是，他备好刀索，让人出去传话：挨个进来领遣散费吧。

结果，进来一个死一个，连遗言都来不及说。吴长庆听闻后，试探道：“果能一一执而杀之？”

袁世凯镇静道：“示威必不敢前，示怯必蜂拥至。若果真全体俱来，便都绑了，逐一刑讯，认瘾者杀无赦，不认者宽释之。杀上一两个，余者皆不敢认。”

那一刻，烈士暮年的吴长庆才算真正认识了眼前的这个后起之秀。

当然，袁世凯也不是德州电锯杀人狂，逮谁灭谁，他擅长恩威并施、宽猛相济，一再告诫下属："服从军令就是我的手足，违抗军纪便是我的仇敌。我信赏必罚，绝不偏袒和迁就任何人。"

这些话军训教官都会说，能不能做到便因人而异了。

对士兵的伙食日用，袁世凯非常重视，下令必须充分供给。遇有生病的，不顾传染与否，都携药探视；夜间巡营，见有在外露宿者，即招呼其入室休息；阵亡者，必视殓祭奠；负伤者，必监督救治。

将心比心，士卒们无不感动发奋，乐于效命。

怨谤日腾

金允植见庆军在汉城站稳了脚跟，立刻建议吴长庆诱捕大院君，归政国王。

事实上这也是清廷的计划。

日军登陆朝鲜后，发现黄花菜都凉了——兵变已被弹压，清军深得民心。日方恼羞成怒，向朝鲜提出惩凶、赔款和增开通商口岸等七项要求，限三日答复。一向排外的大院君被日本人的蛮横无理激怒，故意拖延不办。

这就意气用事了，毕竟日本使馆被焚，侨民遇害，拖是拖不过去的，只会激化矛盾。要是把相干或不相干的列强卷入进来，势必更加棘手。

惟愿息事宁人的清廷给吴长庆下了密旨。

1882 年 8 月，大院君赴庆军回访，袁世凯设计将其卫士阻于军营之外。

寒暄后，大院君觉得气氛有异，在与吴长庆笔谈（彼时朝鲜与中国同文不同语）时写道："将军将作云梦之游耶？"

典出刘邦借巡游云梦泽之机，消灭敌方诸侯韩信、英布。

很明显，大院君暗指吴长庆以平乱为名，实则欲对他不利。

吴长庆支吾其词，不忍发动。袁世凯持刀在侧，大声道："事已泄露，迟则生变！"随即督促左右将大院君强行扶进轿子，星夜奔赴马山浦，登上兵舰，押送天津。

权力又回到国王手中，闵妃也全身而返，除了用《济物浦条约》换得一个在汉城驻军的权力，日方没占到任何便宜。

感恩戴德的闵妃不再排华，朝鲜王室对中国的向心力大大增强。

9月中旬，在王宫举行的宴会上，袁世凯备受国王礼遇。月底，李熙又就训练新军之事单独召见袁世凯。

而在吴长庆替有功人员请赏的名单里，更是首列袁世凯，评语为：治军严肃，调度有方。

于是，清廷给了袁世凯一个从五品的同知衔。

开化党成员金玉均、朴泳孝、洪英植见闵妃倒向中国，逐渐蜕变为带路党。他们天真地以为，把日本人带进汉城，朝鲜就能获得"解放"。

李舜臣泉下有知，估计能气活过来。

本来，清廷的对朝政策已经升级为扶助其逐步实现独立自强。可现在日本虎视眈眈，想法很多，清廷再也不敢掉以轻心，对朝鲜的态度变为维稳和控制。

改革陷入了停滞。

开化党当然不甘心，一面勾结新任驻朝日使竹添进一郎，一面把宝押到了李熙身上。

金玉均和朴泳孝利用李熙爱听外国新闻的喜好，经常跑到宫里纵论国际形势，力主改革体制，看透清廷颓势的李熙动摇了。

于是，巡警局、邮政局先后成立，朝鲜最早的报纸《汉城旬报》也印刷出版。但十天才出一期，跟已发行了十几年的日报《申报》不可同日而语。

当然，最重要的还是编练新军。袁世凯常年钻研操典战术积累的心得此刻派上了用场，在为李熙训练出一支标配来复枪和开花炮，整整一千精锐的"新建亲军"的同时，也提高了自己在朝鲜军队里的威信。

1884年初，中法摩擦不断，左派愤青捕捉到新的热点，将昨天还恨不得千刀万剐的日本抛诸脑后，调转枪头，集中火力猛攻法国。

中法战争一触即发。

丁忧期满，复任原职的李鸿章将庆军六个营一分为二，命吴长庆率三个营撤回山东，防备法军从海上进攻。

当然，要说此举没有任何削弱庆军的私心在里头，也不客观。但年初吴长庆去天津拜会李鸿章时，后者即已觉察到他咳喘气短，重病缠身，恐命不久矣。

因此，把吴长庆从天寒地冻的朝鲜调回，于公于私都说得过去。

可底下人不这么想。两个月后，吴长庆在国内去世，被好事者煞有介事地解读为"含恨而终"。

吴长庆死后备极哀荣，袁世凯送了一千两银子的奠仪，差不多是其一年的俸禄；李熙也下令在汉城为他修建"靖武祠"。

而另一方面，清军走了一半，野心勃勃的日本又怎么可能对此天赐良机熟视无睹？汉城上空，黑云密布。

其实，李鸿章敢弄险撤军，也是低估了带路党的活动能量，以为李熙和闵妃既已俯首称臣，陈树棠也派往朝鲜，任商务总办（最高民事长官），另有德国顾问穆麟德代管海关——民政和关税皆已牢牢把控，又有何忧？

而留驻朝鲜的三个营，统帅也均非等闲之辈。吴兆有和张光前都是征战多年、官居总兵的二品大员；袁世凯年仅二十五岁便独领一营，其军事才能和外交手段令人叹服，连李熙都被他哄得团团转。

最让吴兆有和张光前眼红的还是营务处总办（庆军参谋长）一职。

有实权、大肥缺，吴长庆临终前交给了袁世凯。如此超擢，瞬间伤害了吴张二人的感情：装了那么多年孙子，还没学会兵法。

头角峥嵘总是容易激起庸人的不满。他们的逻辑很简单：吃皇粮，混日子，那么积极，赶着去投胎啊？

张謇虽说是干实事的，但也小肚鸡肠。一开始袁世凯跟他不熟，又执弟子礼，有点放不开，张謇就写信给袁保龄告状，说袁世凯世故客气。

打成一片是吗？那就丢掉那些繁文缛节吧。

结果张謇又受不了了，觉得袁世凯随着地位的提高越来越不尊重他。这主要体现在对他的称呼上，从"先生"到"某翁"到直呼"张兄"，"愈变愈奇"，让他难以接受。

更不爽的是吴兆有。吴长庆走后，他是"朝鲜防务总办"（最高军事长官），袁世凯只是"会办"，可李熙把总办晾在一边，啥事都找袁世凯商量。

而另一方面，袁世凯整饬军纪时被打压的那些兵油子也天天凑到一起，合计"倒袁"。

山雨欲来风满楼。

甲申政变

张謇汇总了一下民愤，开始写劾疏，一逞口舌之快的同时，抓住了袁世凯的把柄：冒称钦差。

在官大一级压死人的晚清，这可是一个滔天的罪名。

张謇称，袁世凯在行文发函时，经常落款"钦差北洋大臣奏派总理亲庆等营营务处会办朝鲜防务袁"。

袁世凯确实是这么写的，但断句其实是：钦差北洋大臣奏派，总理亲庆等营营务处，会办朝鲜防务。

后两者是职务，前者是职务来源，即"我的任命是由李鸿章上奏委派的"。

当然你会说，直接写职务不就得了吗，何必加上一个大帽子，让张謇借题发挥？

这实在是有不得已的苦衷。

清政府和朝鲜是宗属关系，地位不平等，不能派驻使节。陈树棠的"商务总办"沿袭的就是这种宗藩体制，各国驻朝公使均不承认，因为认了便等于承认清廷是"天朝上国"，自己的国家和朝鲜都是藩属。

洋人们嚷嚷着"商务总办"就是个商务代表，不具备使节的地位。于是，陈树棠在宴会应接时受到各种蓄意的怠慢和轻视，"卑亢俱难"。

对此，袁世凯的解决办法是在名义上做些文章，唬住外国人，这样既防止了窘辱，又有利于开展工作，换做李鸿章，也一定会这么做。

果然，李鸿章并未深究此事，张謇悻悻作罢……

带路党昼夜不停地修路，终于感到胜利女神在向他们招手。

袁世凯明显觉察到李熙对他的态度日趋冷淡，和亲华派大臣金允植、闵泳翊聊天时，两人也是怨声载道。

他预感将有大事发生，吴兆有又一副事不关己的样子，便只好越级给李鸿章去函。信中，对朝鲜版刘禅——李熙，袁世凯怒其不争，抱怨"虽百计诱导，似格格难入"。他提醒李鸿章，李熙托庇列强、图谋自立的离心倾向越来越严重，自己则"日夕焦灼，寝食俱废"。

李鸿章接信后下令朝鲜驻军坚守镇静，密切关注局势变化。

可惜再密切，也赶不上变化。1884 年 12 月 4 日，甲申政变爆发。

当晚六点，开化党骨干、邮局总办洪英植以邮政大厅落成为名，邀请陈树棠、穆麟德、闵泳翊以及各国使节赴宴。

日使竹添，托病不出。

席间，开化党党徒在厅外纵火，宾客们看热闹不嫌事大，纷纷跑出去观瞻。

结果，闵泳翊被一拥而上的党徒砍成重伤，宾主哗散。

开化党成员金玉均趁机入宫，谎称清军作乱，把闵泳翊砍伤了。李熙、闵妃当场被吓傻。

在金玉均的威逼恐吓下，李熙手书"日本公使来卫朕"的敕书，交给开化党成员朴泳孝，引日使竹添和日军进宫。

李熙、闵妃与王子被开化党迁往景佑宫，遭到软禁。金玉均则矫诏宣亲华派大臣闵泳穆等人入宫，进来一个砍杀一个。

次日上午，开化党通告天下，宣布政变成功，党员们坐地分赃，各履新职。

亲华派领议政大臣（领班军机大臣）沈舜泽带着印鉴文书，哭哭啼啼地同金允植跑到清军军营，要求发兵救主。

吴兆有与张光前均表示没有北洋的命令不敢妄动，陈树棠也认为朝鲜国王又没主动求救，师出无名。

请问被软禁了怎么求救？

北洋的命令？不好意思，邮政局刚成立，电报线还没铺好，真要等上面的命令，袁世凯脑中只能浮现出这样一组蒙太奇：一个骑兵高喊着"八百里加急"来到马山浦，累死了一匹马；北洋兵船从马山浦离港，函送天津的北洋衙门；李鸿章写信给总理衙门，奕譞上报朝廷；军机处讨论出结果汇报慈禧首肯后，相反的次序再来一遍……

程序要走，但袁世凯力主出兵，旗号就打"应朝鲜文臣之首沈舜泽的请求"。

吴张二人继续装局外人，袁世凯怒了：如果因挑起争端而获罪，由我一人承担，绝不牵连诸位！

两人这才勉强答应。

关键时刻，新建亲军派上了用场。由于袁世凯利用当教官的机会广植党羽，此刻又舍得割肉，发上等成色黄金六百两，新军三个营都甘为袁世凯效命。

于是，袁世凯率己营和新军自任中路，吴兆有、张光前各领己部为侧翼，分三路攻打王宫。

途经穆麟德家，听说被砍残的闵泳翊躲在里面养伤，袁世凯想进去探视，顺便打听一下情况，却被一个戴黑框眼镜的持枪门卫阻拦，死活不肯放行。

此人面相斯文，却毫无忌惮之色，忠于职守，给袁世凯留下了深刻的印象。

他叫唐绍仪（1862—1938），字少川，曾是留美幼童。

在穆麟德的协调之下，袁世凯入内，惊魂未定的闵泳翊一见到他就连说"开化党杀我"。

废话，你是禁卫军将军，我若是开化党我也先杀你。

其实，带路党的后台老板竹添，此刻比任何人都恐惧。

竹添是个学者型官员，经常写些《毛诗会笺》《论语会笺》的学术书籍，仰慕中国文化。

但这不影响他一激动就喊"班哉"（天皇万岁）。

竹添到任后积极扶持带路党，眼见中法战争爆发，又怂恿金玉均发动政变，建立亲日政府。

政变计划报上去后却被压了下来，原因是天皇的桌上摆了一封更令他恐慌的密报——驻华日使奏称，中法正在谈判，法国有意割占台湾。

站在日本的立场看，朝鲜"寄存"在清廷手中很安全。而隔海相望，多了一个法国的军事基地，日本无论如何吃不消。

因此，天皇不愿就朝鲜问题给清廷施加压力，意在保住台湾。

可只谋一隅的竹添不管，他不能让小弟们失望，不然以后怎么带团队？

于是，狂热分子竹添不待政府批准，擅自发动了政变，但其内心深处不为人知的角落，还是摇晃着不安的。

你让我过愚人节，我让你过清明节

清军赶至王宫，袁世凯惊讶地发现，带路党竟然没关宫门！恍惚间还以为对方在玩空城计。

其实，竹添是想营造局势已恢复正常的假象，希望清军面对现实，节哀顺变。这要换一个人估计就接受了，可惜他遇到的是鬼见愁"袁大头"。

开打前，袁世凯留了个心眼。他致信竹添，装傻充愣，说朝鲜内乱，敝军与贵部同有保护国王之责。现城内民心思乱，有传言说乱民准备打进王宫。"弟恐国王再受惊吓，又恐贵部遭受围困，故率军进宫，驰援贵部，别无他意。"

把责任撇得干干净净。

等了一会儿没收到回信，袁世凯将此信传示众人，自留一份，这才开战。

入宫后，守军猛烈射击，枪子如雨。清军还击，双方展开激战。

前后左右，所有的人都倒下了。硝烟中，袁世凯满脸污血，奋勇当先。突然，敌军机枪齐发。哒哒声中，又有两个士兵踩中地雷，被炸飞到半空。

地雷距离袁世凯不过十步，声浪将他震翻在地，受了轻伤。

再起身时，已是双眼朦胧。拔剑四顾，耳鸣盖住了环境音。

袁世凯，你忘记了自己的理想和誓言吗？你忘记了丁戊奇荒中嗷嗷待哺的饥民的倒悬之苦吗？

你忘不了。因为在你很小的时候，就不理解何以这个世界上最不拿人当人的国度，反倒个个大谈仁义？何以这个国度里，好的思想写在书本上，从来没有实现过；坏的事情已做绝，书上却只记着一小部分？

学者们摇唇鼓舌，不知疲倦地在自己的一亩三分地里培植着一棵名为"学问"的植物，殊不知几千年来，文字排列组合的可能性已被穷尽，却仍未解决一个最根本的问题：为什么正义战胜不了邪恶，光明从来输给黑暗？

慰庭，你的降生就是为了终结这道斯芬克斯之谜。

世间最浪漫的事，不是像李白一样，用剑锋上的寒光下酒，以当空的皓月为伴，高歌吟唱，广袖飘飘；也不是像嵇康一样，临刑前弹奏一曲绝响，让宽袍博带在风中飞扬，用最优雅的姿态面对死亡；更不是像庄子一样身如不系之舟，遥想北冥之鱼，化作一只拥有垂天之云般翅膀的大鸟，在天地间翱翔。

而是建功立业，救国救民！

因此，那颗大脑袋里装着的不是血肉，是信念。而信念，是杀不死的。

心念及此，袁世凯重新振作，号召大家并进。一时间，士卒争先，声震屋瓦。

眼看战局不利，竹添怕了，率军退回使馆。金玉均和朴泳孝跟得很紧，却犯下一个致命的错误：把国王扔了。

没了国王，政变就失去了合法性。还好洪英植清醒，护卫李熙出宫赴北庙避难。

混乱中，闵妃带着王子跑到清军大营。

袁世凯一直打到景佑宫后院，才看见吴兆有被两个士兵搀着，一边哭一边仓皇走避，乃上前问他何故，回答说："自己一入宫就受到攻击，士兵们都逃跑溃散，不知所踪。"

袁世凯笑道："你这副模样，敌人就能放过你吗？不要乱我军心，赶紧回营收拾残兵吧。"

天快黑时，胜负已定，只剩下一些零星的枪声。

之前一直没看到张光前。原定计划张部走西路，率军攻打金虎门。眼下都打扫战场了，才发现张光前的部队蹲在金虎门内的高墙下躲避子弹，未发一枪进一步。

袁世凯不禁叹息道："淮军暮气之沉，怎么到了这种地步！"

经此一役，袁世凯发现一个严重的问题：淮军士兵放枪时多不直视敌人，眼睛瞥向一旁，一副不忍杀生的模样！

如此打仗，可谓形同儿戏。

夜间，打探到国王下落后，袁世凯又带兵去夺，洪英植试图阻拦被杀。

与此同时，日本使馆遭到汉城市民的围攻，竹添为防不测，在致信袁世凯推诿过责后烧了使馆，带着馆员、驻军和带路党骨干逃往仁川领事馆。

次日，李熙在袁世凯营中召集金允植、沈舜泽，并召见各国使节，告以政变平息。

回宫后，袁世凯应李熙之邀，居于偏殿，朝夕会晤，握手谈心。各曹大臣每日必造访袁府禀告公事，袁世凯一手秉笔，一手按剑，志得意满。

名自屈辱中彰，德自隐忍中大

北风如刀，满地冰霜，汉城的冬天滴水成冰。

光秃秃的树枝上挂满了冰凌，在风中摇摆。市民们穿着厚厚的棉衣在街上匆匆走过。透过结满冰花的窗户，依稀可见屋里的人围着炉火在烤手。

袁世凯踱来踱去，忐忑地等待朝廷的钦差。

李鸿章接到甲申政变的报告时震惊不已，而朝廷的注意力正集中于西南边陲，对朝鲜的风吹草动只以平息事端为要。

没过几天，新的报告递了上来：我军翻盘了。

同时收到的还有两份文书，一份是日本政府要求严惩袁世凯的照会，另一份是以吴兆有为首的庆军老人写的联名信。

信中说袁世凯有严重的经济问题。

这可真是另辟蹊径。

慈禧当即着都察院左副都御使吴大澂以钦差的身份，赴朝查明真相。

同一时刻，袁世凯关于政变始末的详细报告也送到了北洋。览毕，李鸿章不禁击节赞赏。

他立刻发电报给行至山海关的吴大澂，提醒他袁世凯有一份报告，抵朝后勿忘索取一阅。

吴大澂到达汉城，李熙亲来看望。第二天答拜国王，袁世凯给吴大澂准备了一场好戏。

在通往王宫的必经之路上，沿途所见，尽是立于道旁的木牌，上书袁世凯在朝的功德事迹。

吴大澂疑窦丛生，袁世凯则佯装大怒，令人悉数拔去。

返回时，又见如此功德碑，且有朝鲜人跪护于牌旁。袁世凯遂指使手下持鞭驱之，然而驱之复来，势不能挡。见此情景，出身翰林，读书读傻了的吴大澂不由得感叹万分。

吴大澂不是瑞澂，比较有血性，又来自左愤的乐园都察院，铁杆主战，故看完袁世凯的报告，已有心维护。

袁世凯的出色反衬了吴兆有和张光前的懦弱，对二人的态度，吴大澂不经意间便有些轻视。

这更引起了两人的不满。

见吴钦差对袁世凯"骄矜用兵"的罪名不以为意，两人便猛揭其挪用军饷一事。

袁世凯素非贪财之人，钱多害志，手头只要有闲钱就拿去做感情投资。

攻打王宫时，朝鲜新军死了不少人，留下一批孤儿寡母，情景凄凉。再加上大乱之后要收拢人心，增强朝鲜人对华的向心力，袁世凯便不经批准，用军饷赈济了烈士遗孀。

动机虽好，但究属违纪。李鸿章即使内心认同，也不得不照顾庆军老人的情绪。

当初吴大澂抵达汉城时，吴兆有等人迎候于江边，而袁世凯却单骑迎于南门之外，可见嫌隙之深。

好友金允植回忆说："外国人都以流言诋毁慰庭，清军诸将也嫉妒其功劳而中伤他。慰庭因此愤懑不已。"

堂叔袁保龄写信安慰袁世凯说："行有不得，反求诸己。怨天尤人，有何益处？"

是到了退一步的时候了。《庄子》有云：直木先伐，甘井先竭。谋万世者又岂在乎一时之得失？正好养母得病，袁世凯以此为借口，提出回乡省亲。

袁保龄得知后，拍腿叫好："此子狡狯，胜过老叔！"但还是写信提醒道："你到了天津，千万不要谈吴兆有一字短处。切记，此事关乎你的前程。"

回国时，吴大澂欣赏袁世凯的才干，让他搭乘自己的座船。

一路上促膝长谈，素工篆书的吴大澂愈发赏识袁世凯，欣然为他题写一联：

凡秀才，当以天下为任；求忠臣，必于孝子之门。

抵达山东港口时，丁汝昌亲自驾小船来迎，并对袁世凯不吝溢美之词："功成身退，舍得开，走得出，君真伟人也！"

吴大澂后来也对李鸿章说："公一向以张幼樵（张佩纶）为天下奇

才，在我看来天下奇才非幼樵，乃袁某也。"

张爱玲的爷爷张佩纶才倾天下。作为清流派的领袖，被他弹劾过的大员，光三品以上者就有二十一人，三品以下的不胜枚举。见张大人弹人比弹棉花还轻松，一帮愤青便推他为盟主，替他们出头。

再加上张佩纶"仪容俊伟"，粉丝无数。于是，连他爱穿竹布长衫的习惯也被人竞相模仿。

二十三岁高中进士，成名不可谓不早。慈禧利用清流打击疆臣的平衡术，更使张佩纶的声望如日中天。

结果却是，摔得很惨。

1884年，奕䜣被赶出总理衙门，代之以更听话的奕譞。慈禧已无须清流党替她看家护院，正好张佩纶又义愤填膺地咒骂法国，便把他派到福建去指挥海战。

可惜，握笔的手提不动枪。到了福建水师的军港马尾，看见法国海军威武的战舰，张佩纶不吭声了。

水师官兵见他双眉紧锁，神情冷峻，以为能拿出什么鬼斧神工的作战计划，结果当晚就被告知要收缴弹药，严禁开衅。

其实张佩纶的运气已然很好，因为他的对手法军统帅是海军中将孤拔。

孤拔比较孤傲，死要面子。开战前宋襄公附体，不肯搞突然袭击，而是颇有骑士风度地提前将宣战布告和开战时间送到了张佩纶的行辕。

此时是上午八点，海岸涨潮，形势不利于法舰，只要当机立断开打，孤拔就只有滚回法兰西了。

没想到张佩纶是宋襄公的加强版，竟派人联系孤拔，说时间太紧，请延期一天，让我们准备好了再打……

孤拔的脑袋又不是方的，自然不会接受这么荒谬的要求。

结果，福建水师惨败，十一艘军舰被击沉。张佩纶因临阵脱逃，遭撤职充军，从此一蹶不振。

还好找到一个好岳父。

张佩纶从配所回来后，惜才的李鸿章不惧物议，接纳了他，并把女儿许配给他。

而反观早年同张佩纶交情很深的清流干将张之洞，从此便消失在他的交际圈中了。张佩纶晚年携妻闲住南京，时任两江总督的张之洞不敢公开接待故人，又怕士林非议，最后选择了一条折中的方案：在夜色的掩护下着便服拜会旧交。

慈禧秘史

北洋衙门，李鸿章第一次见到袁世凯。

在问及同庆军将领的矛盾时，袁世凯坦荡以对，绝口不提吴兆有。李鸿章故意论及吴兆有告他黑状的事，袁世凯道："我若有错，谁都可以说。若没有错，错就在说我的人，与我有何相干？"

李鸿章"咨嗟叹服"，后来再遇吴兆有诬告袁世凯，不惟不听，且在查明真相后将吴撤职。

新任的日本驻朝公使井上馨带着陆军两个营和三艘兵船气势汹汹地来到朝鲜，准备敲竹杠。他明确放话，说这是日本和朝鲜的双边谈判，不是三方会谈，更不是六方会谈。

李鸿章指示李熙委曲求全，万勿与日本相抗。这彻底粉碎了朝鲜王室托庇清廷的幻想。

对李鸿章的行径不能简单地理解为卖国，毕竟，若非慈禧的授意，他在谈判桌上几乎没有周旋的余地。

当然，慈禧也不喜欢卖国，卖国又不是卖身，要承担历史骂名。那句广为流传的"量中华之物力，结与国之欢心"，是在有性命之虞的特殊情况下被迫说出的，非其本意。

慈禧晚年经常接见外国使节，表面上强颜欢笑，但骨子里非常厌恶洋人。有一次接见美国海军提督夫妇，慈禧命人提前将寝宫里所有的玉器都换成钟表，把梳妆台藏起来。如此大动干戈，只为防备她的心爱之物被"洋鬼子"亵渎。

这个不到30岁就守寡的女人，每天要在梳妆台前折腾两三个小时。她一生爱美，搜集了许多养颜秘方，还亲自研制胭脂，常说："一个女人没心肠打扮自己，那还活什么劲儿呢？"

确实没劲儿。

吃的是山珍海味，穿的是绫罗绸缎，可惜孤孤单单，身边围着一群又奸又猾的太监。看上去亲戚一大堆，进进出出，实则没有一个跟她说真心话。上上下下都跟演戏似的，演了今天演明天，毫无自由可言。

寂寞难熬时，就用看奏折消磨时间。而这也是她最爱发脾气的时刻，所有人都格外小心地当差。

储秀宫的静室里，慈禧把奏折翻来覆去地看，最后用拇指的指甲在折子上重重地划几道，有的打叉，有的打钩，总之军机章京明白。待她合上奏折，门外候着的宠监崔玉贵便及时踮着脚尖进来了。听她交代几句后，把奏折抱到军机处去。

于是，在这片刻的工夫里，指尖的挥舞中，不知什么人杀头，也不知什么人荣升。见慈禧处理完军国大事，宫里的人都像雨过天晴一样松了口气。

其实，更紧张的是梳头太监。由于慈禧要求太监给她梳头时不许有一根头发掉落，而她偏又脱发，故这个差事非常难当。有一回，平日梳头的太监病倒了，临时代劳的太监不懂如何巧妙地把落发藏起来。慈禧从镜子里注意到他慌乱的神色，问道："有头发掉下了吗？"太监惊恐道："有。"慈禧大怒道："替我放回头上，生牢它！"

太监吓哭了，慈禧让他出去，一会儿再责罚。早朝后，慈禧将此事告诉李莲英，李莲英立即道："为什么不打死他？"

喜怒无常和冷酷残忍折射的是慈禧空虚的情感，她不愿见身边人过幸福的夫妻生活，经常赏赐自己喜欢的人一段美满的姻缘，再让这些少妇进宫陪她打牌。有的不出几年便跟她一样成了寡妇，没留下一儿半女。

而另一方面，慈禧的政治手腕有目共睹。一个在宫里工作了十年的老太监辛亥革命后回忆说：

> 慈禧皇太后之威严，皆在眼神。平日直如日电，无人敢对其光，声音亦宏亮。每朝见群臣时，霁颜寒暄，令大臣之心情有意外之感激。初见面，必问大臣家中日常之琐事，如妻妾子女等，无不详细动问，乃至姬妾孰贤，子女孰肯读书。对于老臣之饮食起居，亦切切嘱之以珍重。令大臣等几乎忘记是在朝廷之上。言谈之间，忽然辞锋转变，眼光灼耀，问某一件事情："你们办的怎么样？"此一问往往令人答之不及，不由汗湿衣裙。

袁世凯后来的话亦可佐证：

> 余在万军之中，心极坦然，独朝见皇太后时，不知汗从何处来，而如此之心怯也。

慈禧身上的弱点有鲜明的妇人色彩，比如爱作意气之争，尤其当权位受到威胁时。她没有培植外戚势力，也没有称帝的野心，更不是女权主义者。她只是死死地抓住权力，似乎这已成为她活下去的唯一意义。

奕䜣这辈子最后悔的事就是辛酉政变时助慈禧上位。此恨绵绵无绝期，以至于临死时还不忘预测一番：

我大清江山必亡于方家园（慈禧娘家）！

历史的走向表明，"我大清江山"其实亡于洹上村。

慈禧的后半生，只有奕䜣敢跟她对着干。今天让她杀宠监安德海，明天反对重修圆明园，可谓积怨已久。

中法战争打响后，慈禧躲在暗处，把军机首揆、总理衙门总理奕䜣推到前台，是战是和，自己从不表态。

宋朝以降，主战派占据了道德制高点，绥靖总是让人联想到秦桧，但其实该战该和，要审时度势，不能感情用事。

办了那么多年洋务，深知差距；打了无数次交道，怕了洋人。因此，战争一开始，奕䜣就想和。慈禧看准时机，暗中鼓动清流党弹劾奕䜣的"和局"。

众口嚣嚣，难展拳脚，奕䜣在中法冲突问题上时战时和，始终没有定见。

结果，广西巡抚徐延旭贻误战机，导致清军节节败退。言官上疏说，奕䜣坐镇中枢，对用人负有失察之责，请求治罪。

慈禧这才以主战派的面目登场，给奕䜣安了个"徘徊不定，因循日甚"的罪名，投闲置散，将军机处大换血。

时维制约慈禧的最后一道屏障慈安去世三年后，史称"甲申易枢事件"。

光绪的生父奕譞作为一颗政治新星，冉冉升起。

作为道光的第七子，奕譞（1840—1891）的才志远不如他两个哥哥。然而，这正是慈禧所需要的。

一直以来，谦抑谨慎的奕譞就想过贫嘴张大民的幸福生活，即使他的福晋是慈禧的妹妹，也没有助长其一丝一毫的气焰，反而愈加小心。

慈禧曾赐给他夫妻两一顶杏黄轿子，奕譞一次也没敢坐进去。他把家里的正厅命名为"思谦堂"，书房取名为"退省斋"。斋里的条几上摆着一件周代铜器，盛水半满则稳定不动，全满必倾覆倒下，上面刻着奕譞手书的"满招损，谦受益"。

看一眼挂在墙上用魏碑体工整抄写的治家格言，奕譞其人，一目了然：

> 财也大，产也大，后来子孙祸也大。若问此理是若何？子孙钱多胆也大，天样大事都不怕，不丧身家不肯罢。财也少，产也少，后来子孙祸也少。若问此理是若何？子孙钱少胆也小，此微产业知自保，俭使俭用也过了。

民谚有云："一代苦，二代富，三代吃花酒，四代穿破裤，五代宿街头。"再煊赫的家族，也难逃"君子之泽，五世而斩"的历史宿命。从这个角度看，奕譞的齐家之法倒也没错。

光绪十六岁时，按祖制当亲政。为表恭顺，奕譞又两次上疏，请慈禧再训政数年……

这样一个治国乏术的庸才，上位后一反奕䜣的稳健政策，大搞排外运动。具体到对法战略，则是一副鱼死网破的架势：放弃炮台，坚壁清野。彼之火药有尽，我之刀矛无穷。

总之一句话：让洋鬼子陷入人民战争的汪洋大海之中不能自拔。

旭日东升，牝鸡司晨

对于"农民阶级吼一吼，地球都要抖三抖"，慈禧显然是认可的。因此，她同意了奕譞的备战方案。

但谁也没有双线作战的勇气，跟法国人死磕，跟日本人就要和谈。

而且在慈禧的观念里，东洋毕竟和中国同属一个文化圈，不像西洋那么可恨。

事实上，甲午战争前，对日本的野心觉察最早、洞见最深的只有三个人：薛福成、李鸿章和袁世凯。

李鸿章一直致力于在和平的环境里促成朝鲜独立而不可得，防着日本吧，现在上头又不准同日本人交恶。

抓住清廷妥协退让的软肋，日方让井上馨跟朝鲜签了个《汉城条约》，敲诈一笔后便匆匆召回，派出一个重量级的角色到中国跟李鸿章谈判。

他就是伊藤博文（1841—1909）。

1881年，明治三杰西乡隆盛、木户孝允、大久保利通先后死去，伊藤博文联合皇室发动政变，挤走了强硬对手大隈重信，成为政界的头号人物。

当时的日本虽已在明治天皇的主导下进行了种种自上而下的改革，但一直没有触及根本——政治体制改革。伊藤考察欧洲各国后，决定仿效德国进行实君立宪的制度改革。

1885年12月，转型成功。伊藤自任内阁总理，组织人员起草宪法。日本从此由君主专制国脱胎换骨为君主立宪国，走上了加速发展的道路。

距1853年，被日本称为"黑船"的美国军舰叩开国门，仅仅过去了三十二年。

1858年，继《日美神奈川条约》签订后不久，德川幕府又与美、俄、英、荷、法签订了屈辱的《安政五国条约》。

知耻而后勇。大量如《清英近世谈》等介绍鸦片战争始末的书，开始在日本的图书市场上走销。

锁国已逾二百年的日本由幕府执政，而地方大名（诸侯）在各自的藩内拥有高度自治的权力。表面上"万世一系，人人信奉"的天皇则可怜得跟周天子似的，有空名而无实权。

孝明天皇穷得连买酒的钱都没有，偶尔喝一回还得用水勾兑。一个大名听说后心下不忍，进贡了一些腌制的鲑鱼。天皇尝了一口，惊叹道："世间竟有如此美味！"吃完后连鱼骨头都舍不得扔，还想拿来做开水泡饭。

德川家康当了一辈子忍者神龟，果然将缩头的基因代代相传。德川幕府一味姑息的对外政策，激怒了武士阶层（类似春秋时代的"士"）的有识之士，他们打出"尊王攘夷"的旗号，要求江户（东京旧称，德川政府首都）还政于已丧失实权千年之久的天皇。

1868年，鸟羽、伏见之战爆发，幕府军大败，德川庆喜退隐。

历史再一次显现了其吊诡之处："尊攘派"的行为原属逆潮流而动（复古、排外），结果却推动了历史的潮流（倒幕）。

王政复古后，封建领地仍各自为政。威名显赫的明治天皇为了在全国范围顺利推行改革，下命各藩将土地和军队归还给政府，并废藩置县，建立起统一的中央集权国。

很快，西方的生活方式席卷了整个日本，在和服外面罩上西服成为时髦的穿着。

1872年，当一场大火烧毁了东京繁华的商业区银座后，取而代之的是超过100栋带有阳台、门廊的西式红砖建筑，街道则铺有下水道和煤气路灯。

不远处，政府兴建了豪华的"鹿鸣馆"。名字源于《诗经》中的《鹿鸣之什》，表示对远方来的嘉宾由衷的欢迎和款待。

芥川龙之介在《舞会》中生动地描写了上流精英的社交中心、意大利风格的双层建筑鹿鸣馆的盛况：

燕尾服和裸露的粉肩不停地来来去去，摆满银器和玻璃器皿的台子上，有堆积成山的肉食和松露，耸立似塔的三明治和冰淇淋，筑成金字塔似的石榴和无花果……

1885 年 2 月，伊藤博文来华。

途经上海，他故意与法国公使会面，制造日法欲联手对付中国的假象。迁延至 3 月底，方才抵达天津。

清廷以李鸿章为正使，吴大澂为副使，开始谈判。

伊藤上来就抛出三条不平等条约，让人不禁感慨，还没当上列强，帝国主义的嘴脸就模仿得惟妙惟肖：

1．惩处参与事变的清军将领（示威）；
2．抚恤事变中遭受损失的日本商民（要钱）；
3．清军撤出朝鲜。

野心在第三条，前两条都是铺垫。

在李鸿章的折冲樽俎下，最终达成共识：双方都不驻军，俟朝鲜有变，中日两国如需派兵，要先知会彼此。事平之后，仍即撤回，不准留防。

至于第二条，无非是赔钱。在这一点上，天朝一直比较大方，反正是剥削来的，不心疼。

第一条李鸿章耍了个滑头。真要惩处，袁世凯的仕途就毁了。他把"惩处"二字改为"戒饬"，大事化小，说甲申兵变好比"家里的小孩和邻居发生了口角，其父兄出面替他们转圜，也是情理之常"。

百炼钢化为了绕指柔。

为了回护袁世凯，在向总理衙门报告谈判进展时，李鸿章故意略去袁世凯的名字不提。袁保龄得知后，给袁世凯去信说："伊藤此次极力想扳倒你，尚赖合肥相国（李鸿章是合肥人）持正，颇费口舌，此节甚是可感。"

可感却也可悲。明明是竹添惹的祸，伊藤却一口咬定责任在袁世凯。只是当《天津会议专条》都签字画押了，日方在宴会里私下表态，说自己也认为竹添不对，回国后将另择妥当人选担任驻朝公使。

对此，李鸿章评曰：貌似平和，内甚狡黠。

对于这样一个看上去平等的条约，梁启超打了个比方：就好像我一直有个仆人，却忽然与客人约定说，我和你都不能随便使唤他。谁要想管束他，都必须先请示对方。

的确，日本虽没得到什么，中国却失去了既有的权利。

无间道

见清廷的大腿抱不住了，李熙一夜愁，白了头。

于是，穆麟德跳了出来。

在这部投资超过《明成皇后》的历史剧中，男配穆麟德一直处于镜头几乎扫不到、照明从来不给光的边缘位置，偶尔几个颔首或惊讶的短暂特写，也是为了衬托男主人公的英明和反派的凶残。

直到剧情发展到这场戏，观众才惊呼：原来编剧布下穆麟德这颗棋子可谓用心良苦！

的确，穆麟德一直在拍《无间道》。他怎么打入中国内部，成了清朝的官员，又怎么运作到朝鲜当海关关长已不重要，重要的是，他现在眼角寒光一闪，跳反了！

穆麟德找到李熙，拍着胸脯说自己可以在朝、俄之间牵线搭桥，让俄国协助朝鲜独立。

慌不择路的李熙自然求之不得。

然而，俄国插手朝鲜事务，引起了日本和英国的严重警惕。

为了争夺阿富汗，英、俄早成剑拔弩张之势。同时，英国担心俄国海军南下，威胁其在长江流域的利益，已抢先一步占领了朝鲜的巨文岛。

日本更不消说，头顶上笼罩着俄国就像悬着把铡刀，等哪天俄国人吞并了朝鲜，铡刀就贴着脖子了。

于是，已升任日本外相的井上馨约见清廷驻日公使徐承祖，表示日方希望中国加强对朝鲜用人和行政权的控制，罢免穆麟德，并以强势果断之人代替陈树棠。

中方亦作此想。日本羽翼未丰，俄国却是心头大患，陈树棠在朝鲜的存在感确实太弱。

替代人选，李鸿章第一个想到的就是袁世凯。在给朝廷的奏折里，他称赞袁"胆略兼优，能持大体，为韩人所重"。

在其举荐下，1885 年 10 月，袁世凯被清政府任命为"总办朝鲜交涉通商事务"，加三品道员衔，比陈树棠多了个"交涉"，成为清廷驻朝鲜的最高负责人。

这一年，袁世凯年仅二十六岁。

在袁保龄的催促下，袁世凯销假返津。

北洋衙门，李鸿章打趣道："如今就像演戏，戏台已搭成，客人已请到，专等你登场了。"

这大半年里，袁世凯是身在老家，心系朝鲜，密切关注着局势的变化。

对李熙长了一双隐形的翅膀老想单飞这件事，袁世凯认为主要原因是爹不在身边，缺乏管教。所以，他主张把大院君送回朝鲜，尽到一个当父亲的责任。

大院君和所有上了年纪的朝鲜人一样，是坚定的亲华派，也只有他，能收拾住李熙那颗小兔乱撞的心。

李鸿章然其说。

袁世凯建议派丁汝昌护送，李鸿章摆摆手，指着袁世凯笑道："朝人闻袁大将军至，欢声雷动，谁敢抗拒？"

如果"朝人"不包括王室，这句话还是成立的。

10月5日，袁世凯陪同大院君抵达汉城。朝鲜的乡绅父老很给这个年过花甲的老人面子，络绎来迎，其中不乏痛哭流涕者。

不孝子李熙却给他爸来了个下马威，不仅不派人迎接，还以追查壬午乱党之名捕杀了大院君昔日的三个亲信，闵妃也黑着脸禁止官员和自己的公公来往通信。

袁世凯当即发函，痛斥李熙无君无父不忠不孝的卑劣行为。

李熙这才仓促设帐，迎候于南门之外。

袁世凯苦口婆心地向李熙传达朝廷的政策，说把你爹送回来是全你们的骨肉之情，存你们的慈孝之义，决不会让大院君干预国事。

躲在屏风后面的闵妃闻言，猜疑之心稍减。

将大院君安置完毕，袁世凯立即着手掐断王室与俄国的联系。一方面施压朝鲜政府解聘穆麟德，一方面约见亲华派大臣金允植、闵泳翊，让他们勿受穆麟德蛊惑，并随时向自己汇报李熙的动向。

10月10日，不善作文的袁世凯还勉为其难写了一篇《摘奸论》，揭露俄国的阴谋，劝告朝鲜以越南为戒（彼时法国已凭《中法新约》成为越南的宗主国）。

10月14日，在俄韩互换通商条约的当天，袁世凯把《摘奸论》送给国王，又遍示群臣。

史称，李熙和闵妃"惊悟"。

其实，惊悟是假的。长期跟袁世凯打交道，人夫妻俩也学会了演戏。反正已经和俄国搭上了关系，没有必要再同清廷搞僵。

一场控制与反控制，软硬兼施和阳奉阴违的拉锯战，在袁世凯与朝鲜王室之间打响。

话说穆麟德被赶走后，留下一批惶然无计的工作人员。袁世凯注意到，这些底层官吏大多来自当年的留美幼童。比如，后来官至民国外交总长的梁如浩、民国首任电报总局局长周长龄。

当然，最杰出的还是唐绍仪。

11 月，驻朝公署成立。袁世凯将那帮下岗员工一股脑招到自己麾下，经过一段时间的考察，决定选唐绍仪为副手。

于是，哥伦比亚大学的高才生给一个冒牌秀才打起了工。

在此之前，袁世凯的心腹是从老家带过来的唐天喜。这个从小在梨园行唱豫剧的白面小生长相俊美，袁世凯在家做少爷时就喜欢他，收在身边当贴身侍卫。

唐天喜能武，唐绍仪善文。左膀右臂，袁世凯如虎添翼。

沧浪之水

通过唐绍仪，袁世凯了解到留美幼童的悲惨遭遇。

1870 年，在容闳的力促下，曾国藩联名李鸿章上奏朝廷，要求派遣留学生，得到批准。

1872 年，见迟迟未有动静，曾、李又上疏催促朝廷尽快施行。于是，以陈兰彬为出洋局委员，容闳为副委员，留学计划正式启动。

三批幼童被从世界上最专制的国家送到了最自由的国度，文化冲击之大，不难想见。

在大清，见官必跪。而在美国费城的世博会上，总统格兰特亲切地同幼童们握手照相，激励他们用心学习。

所谓中国民智未开、不适用民主的谣言似乎在幼童身上不攻自破。他们彬彬有礼，勤奋好学，迅速融入美国社会。

服装上，由于经常运动，他们开始讨厌长袍马褂，喜穿运动服。踢球时又觉得辫子不方便，胆小的缠到头上，胆大的干脆剪掉，只在见清政府的留学监督吴嘉善时戴一条假辫子充数。

吴嘉善不嘉也不善，他最不能容忍的是自己召见幼童时，一帮不伦不类的小魔星居然不行跪拜之礼！

他写信给陈兰彬，说幼童目无尊长，"其学难期成材，成亦不能为中国用"。还把容闳鼓励幼童参加各种社团说成是鼓励他们入"秘密社会"（黑手党？）。

陈兰彬阅信后立即上奏，在他的极力抹黑下，李鸿章也扛不住压力，任由朝廷分批次撤回了幼童。

耶鲁大学校长、知名作家马克·吐温，甚至格兰特总统亲自写信，也没能挽救幼童们被召回的命运。

李鸿章失败了。曾国藩死后，他为留学事业保驾护航了近十年，对陈兰彬列举的幼童们"荒废中学"等所谓的"罪状"并不在意。他关心的是为中国培养一批懂技术和外交的新式人才。

最崩溃的当属容闳。他又气又急，四处奔走，却无法拯救自己业已破灭的理想。

于是，一腔怒火发泄到陈兰彬身上。

在容闳笔下，陈兰彬抱残守缺，食古不化，浑然一个冲锋陷阵的卫道士，整天图谋搞垮留学事业，阻挠中国进步。

这是事实，但并非全部的事实。人性之复杂，远非《罗生门》所能尽述。

还原历史现场后，有两点值得注意：

1.陈兰彬是第一任清朝驻美公使；
2.陈兰彬是郭嵩焘的粉丝。

由于早生了二十年，郭嵩焘（1818—1891）的人生就是一场悲剧。

在他之前，公务员队伍里还有两个不要命的，一个是官至福建巡抚的徐继畬，一个是死在两江总督任上的张树声。

作为最早的自由主义学者，徐继畬在《瀛寰志略》一书中，首次系统地介绍了欧美的议会制度，并表露出强烈的身不能至、心向往之的羡慕之情。

不仅如此，他还把华盛顿捧上了天，说自己见到他的画像时被他"雄毅绝伦"的气概惊呆了。对华盛顿"不设王侯之号，不循世袭之规，公器付之公论，创古今未有之局"的事功，更是佩服得一塌糊涂。

30 年后，弥留之际的张树声上了一道《遗折》，称自强运动要想取得成功，必须引入议会制度。

这是对洋务运动只变器物不变制度的否定性总结，由于寰宇之内皆是昏睡者加装睡者，真话，似乎只有留给快升天的人来讲。

幸好还有郭嵩焘。

1875 年，在英国的施压下，清廷极不情愿地向西方派出了第一任驻外公使。

此举等于放弃了"天朝上国"的身份，因此，"英使"一职，众官皆视为羞辱和畏途。当然，郭嵩焘也不例外。

装病、辞职，能使的招都使尽了，总理衙门就是咬紧郭嵩焘不松口。这是因为郭当过广东巡抚，眼界开阔，思想极右，如果连他都不去，那真是掘地三尺都找不到敢赴任的了。

慈禧两次召见郭嵩焘，百般劝导，终于把他轰去了英国。

既来之则安之。早就对士大夫"背后骂洋人，当面被洋人骂"的愚蠢行为失望透顶的郭嵩焘，决心利用出使的机会，寻根究底地找到西方强大的真正原因。

富丽堂皇的白金汉宫，整齐干净的城市街道；叮当作响的有轨电车，光怪陆离的化学实验。维多利亚时代的伦敦生机盎然，五光十色，郭嵩焘既震惊又倾倒。

于是便有了后来那本闹得沸反盈天的《使西纪程》，又名《得罪你没商量》。

得罪人群一：传统知识分子。

郭嵩焘说，我们有圣人，西方没有。但我们靠圣人治国，圣人不能代代常有。西方靠民众自治，却可推衍无穷。我们视西方为夷狄，西方还视我们为夷狄呢，可悲的是，中国的士大夫尚无人知晓。

对此，左愤王闿运编了副对联献给郭嵩焘：

出乎其类，拔乎其萃，不容于尧舜之世；未能事人，焉能事鬼，何必去父母之邦？

李慈铭亦道："极意夸饰，诚不知是何居心！"

得罪人群二：洋务派官员。

对被慈禧视为"同治中兴"样板工程的洋务运动都敢骂，还是需要一定勇气的。郭嵩焘认为，办了这么多年洋务，修个铁路还吵来吵去修不成。洋枪洋炮倒是积极仿造，就是不肯深入学习西方的民主政治。

最后，来了句超前一百多年，振聋发聩的话：

今言富强者，皆视为国家本计。殊不知西洋之富，专在民，不在国家也。

大清公使郭嵩焘

走在时代前面的人，得防着后面的人放冷箭。

郭嵩焘就是被冷箭给扎残的。放箭者，驻英副使刘锡鸿。

刘副使一向以守旧派的面目示人，反对修铁路之类，拖时代后腿的事没少干。这次，他潜伏在郭嵩焘身边，事事打小报告，处处与郭为难。连郭嵩焘披了洋人的雨衣都被他当成罪行来告发，还恶狠狠道："即令冻死，亦不当披。"

郭嵩焘写《使西纪程》，他就写《英轺私记》；郭嵩焘说英国好，他说那是因为英国最早进入中国，得闻圣教所致。

总之，刘锡鸿的种种举动让郭嵩焘觉得他就是不想让中国"窥见西洋的好处"。

在一片喊杀声中（挺郭的不过李鸿章、沈葆桢区区数人），郭嵩焘被召回，仕途也因此画上了句号。

这场争斗表面看是中西文化冲突，刘锡鸿坚定地站在"排西"的立场上。然而，真相永远超出你的想象。

刘锡鸿不是瞎子，耳濡目染之下，其内心深处压根就不排外！

赴英时，船上有洋客对刘锡鸿的仆人无礼。低人一等惯了，刘倒没怎么在意。不料英国船长却很愤怒，中途停靠也门，要把该洋客赶下船，经刘锡鸿求情方才作罢。

使馆开张后，某馆员出去购物，被一个英国醉汉当街羞辱。中国人不敢出头，却有四个英国人路见不平，把醉汉扭送至警察局。法院判了他两个月徒刑，中国使馆致书英国首相，请免其罪。伦敦的报纸在谴责醉汉的同时还赞扬了中国人的大度。

刘锡鸿慨叹不已，在日记中说：以前以为英国人"唯知逞强"，现在才发现人家上下一心，懂得礼让。

在微服私访，低调参观了监狱、学校和养老院后，刘锡鸿不禁心服口服地说：这个国家"无闲官，无游民，无上下隔阂之情，无残暴不仁之政，无虚文相应之事"。

他甚至发现，英国人也忠君孝父。民主社会承认子女自主，不等于教唆六亲不认；维护公民权利，不等于纵容弑君犯上。真孝子，何须父权恫吓？真忠臣，何必生杀予夺？

由此看来，某些国家的忠孝不是出于自发的爱，而是因为恐惧枪。

于是，刘锡鸿悲哀地发现，曾经引以为豪的仁义道德，我们有的还不如人家！

认识这么深刻，让人不禁怀疑刘锡鸿是一个披着保守外衣的带路党。就凭他日记里那些对英式民主的褒扬之词，郭嵩焘要想告倒刘锡鸿易如反掌。

那么刘锡鸿为什么要言不由衷地诋毁和他立场相同的郭嵩焘呢？

因为个人恩怨。

刘锡鸿一介举人，早年给郭嵩焘当幕僚，亢直无私，受到郭的青睐，成为其得力助手。

郭嵩焘被任命为驻英公使时，副使一职空缺，刘锡鸿以为非他莫属，没想到郭只提名他为低一级的从四品参赞。

梁子就此结下。

后来，刘锡鸿因滥支经费遭到郭嵩焘的参劾，矛盾便集中爆发。

两人都是直性子，刘锡鸿心眼更小。在他看来，郭嵩焘学英语是错，不喝茶是错，在宴会上随英国人起立欢迎到访的巴西国王更是错上加错。

而反观那个在《留美幼童》中饰演大反派的陈兰彬，于《大清公使郭嵩焘》一剧里竟客串了一把正面角色。

作为郭嵩焘的铁杆粉丝，陈兰彬自始至终为偶像鸣不平。所有人都怀疑郭在美化西方，开明如薛福成亦不信，写信垂询当过驻美公使的陈兰彬，陈回复道：其说不诬。

陈兰彬出使美国后，内心感受一如郭嵩焘，私下里经常"叹羡西洋国政民风之美"。何以在公开场合就变成了另一个人，莫非他是双重人格？

薛福成说，陈兰彬之所以反复无常是因为胆小怕事。他怕留美幼童真的全盘西化，怕不顺着吴嘉善的话说最后捅了篓子自己要承担责任……

唐绍仪告诉袁世凯，自己在对比了中、美、朝三国之后有一个发现。

三个国家的壁画和传说中都有"飞天"这一意象，体现了人类对飞行和自由的憧憬。而这也说明，即使肤色不同、文化不同、宗教信仰不同，对于一些特定价值观的渴望却是相同的。

唯一的区别是对这些美好的渴求到底能坚持到什么程度。

在私欲和公理之间，如果百分之九十的人选择私欲，那他们只配被专制奴役；如果一半的人选择公理，那他们可以享有君主立宪；如果百分之九十的人都选择公理，那他们就是民主共和国的公民。

寓教于乐

以金玉均为首的带路党残余势力日夜盼望着东山再起，见闵妃联俄拒清的意图越来越明显，一帮人如蚁附膻，找到了新的人生目标。

亲华派由于大院君归国，也凝聚成一股不容忽视的政治力量。以金允植和闵泳翊为代表，朝中遍布着袁世凯的眼线。

金玉均晚上睡不着觉时经常在想：要是袁世凯父母当年把那半炷香的工夫用来散步该多好。

不喜欢袁世凯的人多了去了，金玉均不是第一个，也不是最后一个。远的不说，各国驻朝公使都不喜欢袁世凯。

袁世凯晋谒国王，乘舆可以进到宫内，坐在侧面同李熙谈话；而列强公使觐见，则必须在王宫门口下车，步行入内，谈话时须肃立面对国王。

各国使节的聚会袁世凯也很少出席，只派下属到场，以标榜自己"上国"使臣的地位。

其实，洋人看袁世凯不爽，袁世凯看洋人更不爽。

在袁世凯看来，要不是这帮洋人整天在汉城晃来晃去，给他一千人马，把朝鲜收为郡县不过弹指间事。即使挑起战端也不怕，仗打得越多才升得越快，不冒险怎么上位？

当然，决定权在李鸿章手上。李鸿章只希望袁世凯推行自己的"控制论"，即对朝鲜政治上干预，外交上监控，财政上扼制。

取其高者得其中。正因为李鸿章只要半块饼，而袁世凯想要一整块，故其能出色地完成任务。

在带路党的鼓荡下，李熙频繁密会俄国公使韦贝，说朝鲜不日将独立，要求军事保护。

韦贝迟疑未许，说朝鲜近中远俄，动起兵来俄国占不了先机，容他三思再定。

李熙的三思就是找正好回宫的闵泳翊商量，这一举动充分暴露了李熙的幼稚。

闵泳翊假装赞同，敷衍了几句，出门就去给袁世凯报信。

袁世凯深感事态严重。

之前的换约只是通商条约，而现在竟然准备驱虎吞狼了。他一面嘱咐闵泳翊搜集证据，尤其是文字密约，一面急电北洋。在略表危局后，献策说，只要引俄暴露，中国就速派水师东渡，废了这个昏君，另立贤者（大院君）。

李鸿章的应对措施是三条：

1. 袁世凯同大院君筹商计议，随时准备帮助其接管朝政；

2. 上奏总署（总理衙门），获得首肯后命丁汝昌率北洋舰船赴朝鲜近海巡视，一俟袁世凯抓到李熙联俄的铁证，便下令登陆；

3. 命驻日公使知会日本外务省。

小旋风袁世凯的特点是快，不待上命便行动起来。

俄使韦贝，比较点儿背，给国内发电报时发现电线损坏未能发出。袁世凯大眼珠一转，马上找到邮政局的报务员，告之：以后凡是俄国人发电报，均以电线没修好应对。

袁世凯怀疑韦贝发的就是朝俄密约。为抓住证据，他敦促闵泳翊去宫里盗出密件。结果密件没找着，倒找到一封署名领议政大臣沈舜泽致韦贝的密函，大意是要求俄国军事保护朝鲜。

当然你会问，沈舜泽不是亲华派吗，怎么也勾搭上俄国人了？

因为这封密函根本就是假的。

英国人在风闻李熙准备投俄的传言后，为进一步离间中俄，伪造了这封密函。

蒙在鼓里的袁世凯一边火速电告北洋，一边设宴邀请朝鲜军政大员，席间出示密函，威胁说北洋水师不日即到，何去何从，你们自己掂量。

接着又进宫面见国王，要求其"索还文约，查办小人"，不然天朝将兴兵问罪。

一连数日，沈舜泽往返于王宫和袁府，反复解释实无此事。袁世凯就是不信，拍桌子瞪眼，把这个年长他三十五岁的老臣训得悚惧交加。

李熙无奈，只好将一干主张联俄的大臣就地免职。但密约一事系子虚乌有，李熙死活不认，形成僵局。

袁世凯不依不饶，接连致电李鸿章，请求速派钦差，率兵查办。并激进地建议说，要是给自己五百士兵，必可废黜国王，捉拿群小。

然而，日本人不支持，俄国人不承认，李熙更是哭爹叫娘地喊冤，李鸿章也不禁怀疑密函的真实性。

拖到最后，以朝鲜政府宣布密函作废，派使臣赴北洋谢罪了事。

袁世凯犯了众怒，尤其是日俄公使，闹得很凶。总理衙门也颇为不满，若非李鸿章力保，说人才难得，袁世凯非翻船不可。

对此，袁世凯感佩于心，在给哥哥袁世廉的家信中写道：

> 傅相（李鸿章曾受封太子太傅）知遇之隆，虽肝脑图报，亦说不了。

朝鲜刚联上俄就被打断了。李鸿章写信给李熙，说你要再不惩前毖后，亲贤远佞，老夫都忧虑你无以为国。

而袁世凯觉得，李熙之所以不学好，问题出在教育上。基础不牢，地动山摇，满脑子都是反动思想你还指望他当个明君？

深感再穷不能穷教育的袁世凯，把工作重心转移到培养李熙身上。

第一课，类比法。袁世凯形象地把朝鲜比喻为一条破舟。

现在舟快沉了，最要紧的是查缺补漏。袁老师好比是修船的工匠，小朋友们都是舟上的乘客。个别坏学生（金玉均）贪图舟上的金币，故意摇晃，弄沉了舟好携金币以自利。李熙同学，你说你作为班长应该怎么办？

第二课，建模法。亚洲是一座大院，正厅名叫中国，朝鲜是东偏房。

现在东偏房快塌了，里面一帮白痴还呼呼大睡呢！更可怕的是，东偏房一塌，正厅的承重墙就岌岌可危，塌方也是早晚的事！袁老师是东偏房的看门人，每天站在门外向里呼叫："你的房子应该赶快修理！"聪明的人会立刻爬起来，愚蠢的人反问："关你屁事！"还骂骂咧咧地想把袁老师赶走。

见李熙似有所动，袁世凯又挑灯夜战，编了本《朝鲜大局论》，详细分析了朝鲜严峻的现状，指出六条依附中国的好处，四条背离中国的下场，最后得出一个铿然有力结论：朝鲜欲求"至近、至大、至仁、至公之国以庇荫之，除了中国还能有谁呢？"

天要下雨，娘要嫁人

袁世凯还是低估了李熙。

再不争气的小孩，一年三百六十日，风刀霜剑严相逼，看也看会了。于是，阳奉阴违成了李熙对付袁世凯的绝招。他一边在袁世凯面前讨巧卖乖，一边着手挑战清廷的底线，制造了一起外交风波。

1887年，朝鲜政府神不知鬼不觉地任命闵泳骏为驻日公使。过了三个月，见清廷没有动静，暗自窃喜，催促闵泳骏启程，同时又任命了两个公使——朴定阳（驻美）和赵臣熙（驻欧）。

结果把窗户纸捅破了。

面对袁世凯和李鸿章的轮番责问，李熙狡辩说"各国请之愈切"，不得不派。迫于清廷的压力，李熙只好走个过场，咨请礼部批准。

已经先斩后奏派了一个公使，清廷也只好顺水推舟，同意朝鲜以属国体制派使，但不能使用"全权"字样。

李熙又开始叽叽歪歪，解释派全权公使的"苦衷"：不全权不足以壮观瞻，尤恐受到轻辱，玷污了天朝。全权表达的不仅是小邦的敦睦之谊，更宣扬了天朝的怀柔之德。

木已成舟，继续纠缠下去徒伤面子，毫无意义。于是，清廷同意其全权，但必须遵守三大纪律：

1. 朝使初至各国，应先赴中国使馆报到；
2. 遇有公宴，朝使应跟随于中国使节之后；
3. 交涉大事，必先密商于中国使节，请示核准。

李熙大耍两面派，表面上答应得好好的，扭头就不认账。

朴定阳到了美国，不仅不拜会清廷驻美公使张荫桓，还单独谒见美国总统，递交国书。

接到张荫桓的报告，李鸿章责成袁世凯查问。朝方耍无赖，说这是朴定阳的个人行为，并恳请俯准删去第一条，以顾全朝鲜国体。

清廷恼羞成怒，断然拒绝，着袁世凯给李熙施压，撤回并惩处朴定阳，否则不再批准外派使节。

李熙一脸无辜状，说自己一开始也不知道，接到上宪（指李鸿章）的诘问时非常"惊怖"，马上发电叱问该使。结果朴定阳说他到了美国后打探国情，得知如果由华使带往外交部，则美国将斥退国书。故冒罪违章，姑且完成使命，待回国后再请罪。

转呈北洋的电报中，袁世凯点明李熙意在搪塞。

李鸿章大发雷霆，要求必须严办朴定阳。李熙借口朴在海外，回国后方能惩办，希望把大事拖小，小事拖了。

袁世凯建议李鸿章将计就计，以静制动。朴定阳不回，此案不结，则清廷不再批准朝鲜外派使节，着急的是李熙。

原本准备赴欧的赵臣熙已驻留香港观望了三个月，李熙果然急了。

袁世凯却当起了甩手掌柜——不教了。

这一年来，李熙同学给袁老师的感觉是：翅膀越来越硬，成天一副"你可以指点我，但请不要对我指指点点"的表情。

人生苦短，有那么多美好的事情等着去做，袁老师不在你那儿当恶人了。家里三个新纳的朝鲜小妾需要联络感情，袁世凯和其中一个皮肤很白、黑发坠地，唤作金月仙的还"联络"出了次子袁克文。

正妻于氏身在老家，眼不见心不烦，最闹心的还是大姨太沈玉英。

金月仙曾被沈玉英以管教之名绑在桌子上毒打过，落下了腿疾，终生郁郁寡欢。

爱情如蜉蝣，转瞬即逝，原是意料中事，可只有真正降临到自己头上时，才能咀嚼出其间的悲凉与落寞。

婚姻中最折磨人的不是冲突，而是厌倦。时间就像杀猪刀，把旷世之恋磨成了柴米油盐。

多少良辰美景，变成了断壁残垣；多少如花美眷，都付与了似水流年。世人都会老。是人，也就没有什么"一世的爱情"。上帝将浓浓的爱意渐渐冷却为悠远的亲情，乃是迎合人性中求稳的需要，孰知人类在求得安稳之后又想追求刺激。于是，安与不安，甘与不甘，拉锯了一生。

无论爱是愉快是难过是陶醉，还是微笑、是狂笑、是傻笑、是玩笑，究其本质，只是瞬间的芳华。

对袁世凯而言，理想远比爱情重要。在跟李熙耗着的同时，他和李鸿章身边的大红人，时任山东登莱青道（主管登州、莱州、青州三府的道台）的盛宣怀（1844—1916）结为异姓兄弟。

秀才出身的盛宣怀一手官印，一手算盘，深信"非商办不能谋其利，非官督不能防其弊"，利用政府的垄断资源，建立起一套官督商办的企业模式，并发下宏愿：

> 竭我生之精力，必当助我中堂（李鸿章）办成铁矿、银行、邮政、织布数事，百年后或可以姓名附列于中堂传策之后，吾愿足矣。

留名不难，却未必是美名。盛宣怀的强势实验在暮气重重的晚清掀起了一轮实业建设的高潮，却也打开了国营垄断的潘多拉魔盒，造成害则归公，利则归己的恶果。而他本人，也从中渔利不浅。

与此同时，袁世凯还答应了吴大澂的提亲。

要知道袁克定此时还不满十岁，在家念书，吴大澂竟突发奇想要把女儿许给这个从没见过的"乘龙快婿"，可见对袁世凯何等青眼相加。

袁世凯颇有自知之明，一开始不敢应，说论辈分，我们是叔侄；论身份，你是翰林，我是秀才；论地位，你是封疆大吏，我只是一个道员衔的驻外领事。无论如何高攀不起。

吴大澂为表诚意，写信给袁保龄，让他说服侄儿。又请周馥当媒人，给足了他面子，袁世凯也就不再推托。

夙夜匪懈

1889 年，李熙终于召回了朴定阳。

鉴于赵臣熙还在香港东张西望，如何处置朴定阳具有标杆意义，多方瞩目。

朴定阳一下船，李熙便收到了久未谋面的袁世凯写给他的一封措辞激烈的公函，要求严办朴。

在美国顾问的教唆下，闵妃认为宣示朝鲜主权的重要时刻到来了！她让李熙补授朴定阳职务以昭示各国，并打起了车轮战，接连派大臣去袁府软磨硬泡。

袁世凯不为所动，声色俱厉地驳斥说："包庇朴是故意放任大臣违章，尔等儿戏自欺，也想让中国的朝廷这样吗！"

再往后来的，都吃了闭门羹。反正致北洋的函件非通过袁世凯不能上达，袁世凯索性以逸待劳，把不遂己愿的全部打回，要求重写。

李鸿章认为此招"甚妙"，嘱袁不要催其回复，宁可拖着也不结案。并向他交底，说只要朝方恳求不办重罪，对朴不再起用，便可下台阶。

可惜算来算去，算漏了河东狮吼。在闵妃的干预下，李熙迎难而上，任命朴定阳为都承旨（首席皇家秘书）。

如此公然挑战，肆无忌惮，袁世凯只好祭出撒手锏——王太妃。

未亡人王太妃是先王李昪的正妻。老年人都比较保守，王太妃和大院君一样，也是亲华派。

而且，李熙的王位继承的是她亡夫的，废立之事，她有充分的话语权。于是，在王太妃的怒责下，李熙又怂了。

见老公不争气，闵妃只好走到台前，打算先笼络住袁世凯，再悄悄免去朴定阳的职务，但不予公开。

为此，闵妃派亲信洪在羲反复游说袁世凯，说国王受小人蒙蔽，误会了您，铸此大错，现已悔恨交加。但朴定阳案实难公开处分，愿私下秘密惩办，请袁以已经治罪上报李鸿章，了结此案。

闵妃意图保全自主体制的小算盘，袁世凯如何不知？再说，拉拢人心本是我袁世凯的特长，你非要班门弄斧，那我只好献丑陪练了。

他先是装出一副感动万分的样子，告诉洪在羲，说自己一天到晚操心劳神，还不是为自己这个学生着急？洪在羲连说是是是。

又摆出一副隔墙有耳的神秘状，俯到洪在羲耳边，说这次非常棘手，李鸿章怒不可遏，不仅要严办此案，还准备让朝鲜召回闵泳骏和赵臣熙。

见洪在羲成功地被唬住，袁世凯叹了口气，语重心长地跟他"交心"，说自己在朝鲜待了这么多年，也算半个朝鲜人了，为了维护中朝友谊，他就舍命陪君子一把。首先，国王可按原来的打算办，把朴定阳革职，但处理此事的公文，暂不呈报，以免外界知晓。以此为台阶，他会尽力跟上面周旋，传达国王的难处，争取从宽处理，不了了之。同时，自己泄露了北洋的底牌，今晚的话绝不能外传。

诚恳合作的态度让洪在羲大喜过望，根本没发觉自己已上当受骗。

袁世凯给他挖的坑是：先诱使朝鲜撤了朴定阳，再拖着不看其呈文。没有呈文意味着没有结案，没有结案新的使节就派不出去（国王不敢再招惹王太妃）。而主动权在清廷手中，亦可根据需要随时重提此案。

李熙被袁世凯折磨得死去活来，用俄使韦贝的话说就是，"韩王每做一事，袁即疑他国怂恿"。

对列强试图在朝鲜通商、开矿、租借土地、修建铁路等各种计划，袁世凯无不操纵王室和外署（朝鲜外交部），只要有一线希望，就尽百倍努力阻挠破坏。

苦不堪言的李熙屡次派人到天津要求撤换袁世凯，李鸿章都断然拒绝。坐镇总署的奕劻致函说，袁世凯的长处是应酬和侦察，但"年少未可恃也"，李鸿章还是不为所动。

并且，对袁世凯所提的建议，李鸿章往往从善如流，转奏总署时也不忘说明其出自袁，绝不掠下属之美。其实，作为对朝政策的决策者，李鸿章黑不提白不提也很正常，毕竟出了事扛责任的是自己——这种不怕下属比自己能干甚至希望超过自己的领导，环顾中国，比大熊猫还稀有。

言传身教带给袁世凯的是潜移默化的影响，以至于其后来的亲信幕僚王锡彤这样评价袁世凯：

> 肩头有力，绝不诿过于人。凡一材一艺一经甄录，即根据各人的才能本领加以委任，度材量力，不求全责备，对人也无分外的期望。办成一事，则奖励提拔唯恐不及；办不成则自任其咎，不使别人分谤。这就是各类人物所以归仰于他，天下英雄全都乐于为之尽死力的缘故。

1889 年，袁保龄因主持修建旅顺港操劳过度而去世，李鸿章成了袁世凯的精神教父，事事点拨，勉励训诫。二人往来书信，留存于世的达百万字之多。

1892 年，袁世凯在朝鲜已干满两个任期，但在仕途上只进了一小步，从正三品升到从二品。作为外交使臣，这已是特批钦定的最高官衔，升无可升。

为使袁世凯安心留任，李鸿章帮他谋到了浙江温处道的实职，一俟三届干满，回国即能上任。温处道下辖温州、处州两府十几个县，经济发达，是官场中人无不眼红的肥缺。

可惜，等不到干满三届了。

当官是门技术活儿

日本埋头发展了十年，又开始自我感觉良好，觉得俄国不足虑，中国却死死地控制着朝鲜，越看心态越失衡：怎么我的地盘你在做主？

几年前的"长崎互殴案"，充分体现了日本政府长期对国民妖魔化中国的成果。

当时，针对俄国觊觎朝鲜，北洋水师的四艘军舰远赴海参崴进行了一次示威巡操。回程时因需要入坞加煤，便在征得日本同意后，停泊长崎港。

结果，敏感的日本人觉得受到了羞辱。

根据权威的世界军事年鉴，北洋水师在当时位居亚洲第一，全球第八。

定远（旗舰）、镇远两艘主力舰耗资均在百万两以上，吨位七千五，代表着当时德国造船业最先进的技术水平。

另有济远、经远、来远、致远和靖远五艘两三千吨位的巡洋舰。

再加上福州造船厂自制的军舰和鱼雷快艇，总计二十五艘战船，可谓举全国之力打造，跻身世界一流不在话下。

对从无海防观念的农耕文明来说，北洋水师的出现就是一个奇迹。

最早买船的是林则徐。鸦片战争中，他向美国商人买了艘一千吨的"剑桥号"，装配三十四门大炮，把船停在珠江口当水上炮台使，连煤都省了，反正也不出海。

长毛闹事时，广西提督向荣收到上海道吴健彰送来的一艘"孔子号"——四百吨的小洋轮。结果向荣觉得孔子太胖了，目标大，又死皮，在长江里动不动就搁浅，整个一成事不足败事有余，直接给扔了。

清军将领里，几乎找不到懂海战的。

日本的跳梁让李鸿章意识到清日迟早必有一战。在其力争下，总理衙门策动廷议，以海关年入的百分之四十——约四百万两作为建设新式海军之用。

筹建之初，议者纷纭，以薛福成所论最为中肯：

> 中国海军应分为北洋、南洋和闽粤三大舰队，分建合操。北洋由直隶总督监管，拱卫京师门户；南洋由两江总督率领，防卫长江内外；闽粤由两广总督负责，保卫东南沿海。

同时，北洋水师的一把手为提督衔，从一品；南洋和闽粤的则为总兵衔，正二品。

一开始的规划是：四百万预算，南北各分其半，双线发展。而时任两江总督的沈葆桢继承了他岳父林则徐的高风亮节，说新式战舰所费不赀，愿将预算全部划给北洋，待彼速建成军后，再建南洋。

李鸿章自然求之不得。

结果就寤寐思服了。

1886 年 11 月的一天晚上，清流派领袖、两朝帝师（同、光）翁同龢（1830—1904）在日记中提到一件事。

奕劻在拜访奕譞时，后者嘱托前者转告翁同龢等清流务必体谅其苦衷。

奕譞说："盖以昆明（湖）易渤海，万寿（山）换滦阳。"

这句暗语的意思是：我修筑颐和园的目的，是为了换取慈禧对发展北洋海军的支持，是为了避免咸丰逃亡承德避暑山庄的悲剧再次重演。

两个月前，奕譞上疏建议恢复乾隆时的"昆明湖水操"，并开设水师学堂，训练八旗子弟。

去颐和园划一次船不难发现，在昆明湖里练海军这么有创意的事估计只有天朝想得出来。

但考虑到训练对象是八旗子弟，也就释然了。

再过三年光绪就到了亲政的年龄，很显然慈禧没有结束"训政"的意思。联系到她整日絮叨当年奕䜣反对重修圆明园，以至于自己现在想颐养天年都没有去处，奕譞便寄希望于用一座美轮美奂的园子交换她政治上的放权。但还得打操习水军的幌子——如此百转千回曲径通幽，搁奕䜣那儿肯定早就怒了。

挪用公款修园子的直接后果便是北洋水师每年的经费被缩水到一百二十万两。

甲午海战前，军备竞赛已发展到拼速度的新纪元。李鸿章意识到自己的舰艇不够快，想买新近下水的英国巡洋舰，而且深知非买不可，否则以慢打快，打败了无法逃避，打胜了难以追击。

结果因为没钱被日本抢了去，成为后来把北洋舰队冲得七零八落的吉野号。

翁李不和，路人皆知。

时任户部尚书的翁同龢对李鸿章购买军械的请求多方掣肘，十项里仅能批准一两项，国库缺钱是他万年不变的答复。

世上没有无缘无故的恨。三十年前，翁同龢兄长翁同书在安徽巡抚任上，坐视举兵叛清的苗沛霖仇杀了寿州的孙家泰全家。

孙家泰的弟弟是后来的光绪帝师孙家鼐（1827—1909）。此人为京师大学堂的创始人，官至吏部尚书。

翁同书事后遭人弹劾，咸丰下命查办。时任翰林院编修的李鸿章参与了此案，公事公办，导致翁同书被革职充军。

翁同龢从此深恨李鸿章。

一开始，从翁同龢那儿批不到钱的李鸿章还经常写信向曾国荃抱怨，后来得知与颐和园工程需款有关后便不再吭声。

丁汝昌多次提醒李鸿章，说日本"增修武备，必为我患"，要求添置军舰，李鸿章一边心想"要你说"，一边无奈地回答：建议很好，但上面不采用又能如何？

在一封向慈禧汇报为颐和园采购及安装电灯的工作进展的奏折里，李鸿章啰唆了一大堆：

> 灯具是我托一个德国教官趁休假回国特意挑选的，格外精美，乃西洋最新款式。运抵之后，我亲自做了一次详细检查，确实巧夺天工。

又念叨了一通安装说明，看得人都快睡着了，才在结尾道出真实目的：申请一笔采买快炮的经费。

东学党起义

历史的转折点就此钉在 1886 年。

这一年，有的国家为了三公消费挪用了军款；有的国家受到刺激奋起直追。仅仅八年时间，结果大相径庭。

回到长崎现场不难发现，所谓的"互殴"，偶然中隐含着必然。

几个水兵上岸购物，一个日本警察毫无缘由地上前阻止。语言不通，水兵以为受到侮辱，扭打起来。

冲突发生后，日本要求中方限制船员登陆，丁汝昌遂下令水兵7×24小时都待在船上。

时值八月，天气闷热。到了周日，水兵们待不住，纷纷请假，要求外出，英国人琅威理（北洋水师副提督）也替水兵说情，总算从丁汝昌那争取到半天假期。

结果就出事了。

以规模论，绝不是斗殴而是混战。一千多日本人有组织有预谋地上街封路，看见中国水兵就砍，刀法娴熟，以无厚入有间，恢恢乎其游刃有余。

即使你练过胡家刀法，扛住了刀客的袭击，也躲不过祸从天降。一些恶劣的日本人喜笑颜开地在沿街的楼上泼开水、扔石块，水兵猝不及防，伤亡惨重。

这起惨烈的流血事件，究其原因无非一句话：你以为只是路过日本加个煤，人家觉得你是跋山涉水来示威。

在李鸿章的助手、法学家伍廷芳的策划下，"长崎互殴案"打起了国际官司，最后以日方赔偿中方四万元了结。

1893 年，朝鲜爆发东学党运动，衔恨已久的日本终于找到了梦寐以求的契机。

东学党是一个宣扬平等、号召排外的民间宗教团体。第一任教主叫崔济愚，确实在精神层面接济了许多饥渴的愚人，使东学党发展壮大，也使自己引起了政府的恐慌，惨遭逮捕和杀害。

第二任教主崔海月为了此事天天带着一帮教众上访，为崔济愚喊冤。弹压已不见成效，崔海月在忠清道组织了上万人的集会，一副"杀了崔济愚，自有后来人"的架势。

李熙畏葸不前，袁世凯主张剿抚并用，一面派重臣去各城镇裁汰贪官，取缔苛政，一面调军队前往造势，备剿。

分化瓦解之下，东学党运动暂时陷入了低潮。

然而，来年三月，全罗道农民全琫准发布了《白山檄文》，提出"斥倭斥洋，尽灭权贵"的口号，宣布起义。

农民军声势浩大，在儿童节这天攻占了全罗道的首府全州，东学党也鼓噪呼应，局面逐渐失控。

袁世凯请北洋调兵赴朝平乱，李鸿章考虑到《天津会议专条》的条款"如中方出兵，则日方也可出兵"，犹豫不决。老狐狸伊藤博文通过各种渠道暗示：中国可以放心大胆地代朝戡乱，日本绝无他意。

袁世凯在多方刺探后，也向李鸿章打了包票。

于是，直隶提督叶志超、太原镇总兵聂士成（1836—1900）在李鸿章的派遣下率兵两千，开赴朝鲜。

事实上，接到照会的前一天，日本即以护送公使大鸟圭介返任为名，派出四百精锐随其赴朝。

6月10日，大鸟圭介抵达汉城，清军也到达距汉城七十公里的牙山驻防。

大军压境，起义军内部分裂，全琫准同政府议和，于6月12日退出全州。见动乱趋于平息，袁世凯电告李鸿章暂缓增兵，并会晤大鸟圭介。

结果让对方给忽悠了。

大鸟圭介说，我国政府对朝乱估计过重，才派我率兵前来。我年逾六旬，早过了惹是生非的年纪，愿和你共同约定，各自尽力，阻止两国向朝鲜增兵。

结果是，清廷不增兵了，日本兵倒像赶集似地蜂拥而至，到六月底已有陆军万人、军舰七艘集结在仁川一带，向汉城挺进。同时，一脸小人得志的表情，向清廷提出"共管朝鲜"的要求。还威胁说，我方决不撤军，要是清廷不同意共理朝政，日本将独力进行。

李鸿章交涉了一番，发现日本这次是吃了秤砣铁了心，转而求助列强调停。

身处一线的袁世凯却已看出：再怎么调，日本也不会停了。于是，他致电驻守牙山的叶志超，希望其散播将进军汉城的风声，这样自己对日交涉时也有所倚恃。

无奈叶志超怕刺激日本人，并不响应。

其实，武力控制朝鲜是日本的既定国策，蓄谋已久，非口舌所能争。袁世凯一再提醒李鸿章势态已发展到实力较量的阶段，自己坐困愁城于事无补。而且，传言大鸟圭介准备派兵押解自己出境，果真如此则使国家蒙羞。望容回国禀商，请兵伐朝。

可惜，李鸿章非但不抢占军事先机，还电令袁世凯"要坚贞，勿怯退"。

由于西方列强乐见中日互斗，迷信调停的结果是，只等来俄使的一张空头支票，事后还发现其助人为乐的表态并未得到沙皇的许可。

读史的视角是全知的。由于了解前因后果，所以很难用悲悯的态度去客观评判置身于事件之中的人，只是事后诸葛亮地认为其选择非常愚蠢。

李鸿章退让求和，一是清楚打不过，二是俄使给了他虚幻的期待，自觉能以夷制夷。

不可"衅自我开"也是老传统了，两次鸦片战争教训深刻，要么不打给点小钱，要么打输赔光家底——喊打的不一定都爱国，很多时候其实是在误国。

据历史学家唐德刚回忆，日本侵华时，抗日阵营里除了少不更事的学生、热血沸腾的军人以及一些失意的政客和趁乱打劫的政治势力，喊抗日口号的目的纯粹是为了倒蒋。

先利用外患亡了蒋介石，让大家出口气再说。

故陈布雷曰："和平未到绝望时期，绝不放弃和平；牺牲未到最后关头，绝不轻言牺牲。"

当然，坐失战机，北洋毕竟负有不可推卸的责任。但因此而苛责李鸿章，也不客观。英雄不过是历史长河里的游泳健将，他们刷新了纪录，赢得了喝彩，并因此名垂青史。

但对长河的流向，无能为力。

第四章：甲午风云

名秽我身，位累我躬

1870 年，李鸿章接替曾国藩任直隶总督，赴任前与曾有过一次深谈。

曾国藩："少荃，你现在到了此地，是外交第一要冲。今国势消弱，外人正联手谋我，小有错误，即贻误大局。你同洋人交涉，打算作何主意？"

李鸿章："门生正是为此，特来求教。"

曾国藩："你既来此，当然必有主意，且先说与我听。"

李鸿章："门生也没打什么主意。我想，与洋人交涉，不管什么，我只同他打痞子腔。"

曾国藩五指捋须，良久方道："呵，痞子腔，痞子腔。我不懂如何打法，你试打与我听听。"

李鸿章一想不对，马上改口："门生信口胡说，错了，还求老师指教。"

曾国藩："依我看，还是用一个诚字。诚能动人，洋人想必亦同此情。圣人说忠信可行于蛮貊（蛮族），断不会有错。我们现在没有实力，你再怎么虚强造作，他也看得明明白白，都不中用。不如老老实实，推诚相见，虽占不到便宜，或也不至过于吃亏；脚踏实地，蹉跌亦不至于过远。想来总要比痞子腔靠得住些。"

诚者，天之道。思诚者，人之道。这是《中庸》里的教诲，也是儒家哲学的思想核心。

天，是诚的，故能造化万物，生生不息。人，要努力提升自己的修为，以接近天道。诚，具体到人事便是诚信待人，诚心做事。

曾国藩驭将，最贵推诚，认为"凡正话实话多说几句，久之人自能亮其心，即直话亦不妨多说。但不可以讦（揭人之短）为直，尤不可背后攻人。"

道理天花乱坠，人人会讲。就像一些官员明明自身就是历史的阻碍，还大谈治乱兴衰；一些商人吃喝嫖赌全占，还自诩信佛——说谎的最高境界果然是把自己都骗了。

李鸿章虽不自欺，但处事风格与他那大公无私、立志做完人的老师迥然不同。现实感很强的他诚诈兼用，直戳要害，以至于连曾国藩也不无叹服地说："本人做事总是迂缓，不如少荃（李鸿章）来得明快决断。"

当年三河镇大败，曾国藩在给朝廷的奏折里羞愤难当地写道："臣屡战屡败，上负朝廷圣恩，下负三湘黎民之望。"结果无意中让刚招入幕的李鸿章瞧见。

李鸿章一看不妥，趁四下无人将"屡战屡败"改为"屡败屡战"。一字之差，湘军宁折不弯的勇气和曾国藩百折不挠的品性立刻跃然纸上。

同治二年（1863），李鸿章攻打苏州的太平军，其间收到曾国藩的调令，要拨猛将黄翼升去河南助战。

李鸿章战事吃紧，拒绝奉命。曾国藩大怒，以"参办"相威胁，谁知自己的得意门生竟无动于衷，把一套《挺经》打得收放自如，只好作罢。

类似的抗命不止一次，若论辜恩负义，李鸿章绝对榜上有名。

问题是他立场虽坚，表面上却一口一个"吾师"，反复摆困难，讲形势，低声下气地顶撞，把"吾师海量盛德，求勿以此纤芥，致伤天和"的高帽子一送，曾国藩立刻没了脾气。

然而，知退方知进。没有全局观，何谈大智慧？

为了争得平定洪杨之乱的首功，早在同治元年，曾国荃便孤军挺进到南京城下，结果打了三年还没打下。

朝廷等得不耐烦，命李鸿章会攻。

李鸿章当然清楚曾国荃的心思。他软磨硬抗，甚至不惜装病，奏称"感冒风湿，眠食顿减"，拖了几个月，终于挨到曾国荃攻占金陵。

曾国藩颇为感动，在李鸿章前来拜会时亲自出城到下关迎接。他上前挽起准备行参见大礼的李鸿章，道："愚兄弟薄面，赖子全矣！"

确实长袖善舞，可问题是洋人不吃这一套。

诚？对不起，国家之间只有永恒的利益。

诈？世界是平的，今天你骗了我，明天我反应过来举着《万国公法》来找你算账。

归根结底，没有实力作后盾，再高明的裱糊匠面对一座千疮百孔的房间，也只有左支右绌，苟延其残喘。

朝鲜已在大鸟圭介的胁迫下宣布独立，袁世凯处境堪忧。东学党、带路党，哪个党不想取他性命？

袁世凯接连致电北洋，要求撤退回国，皆不许。

7月7日，天气晴朗，袁世凯的心情却无比沉重。因为这一天，慈禧用圣旨断绝了他降旗回国的念想。

紧接着，他病倒了。

连日来，驻朝的西方使节在街上遭到日军殴打的新闻层出不穷，搞得中方雇员都不敢再上班。

最后，使馆只剩下两个人在办公，一听说日本又增兵了，跑得比兔子还快，留都留不住。唐绍仪身兼译电、交涉数职，眼见袁世凯高烧不退，馆内医药并乏，心忧如焚。

去还是留，意味着生存还是毁灭。

走，再容易不过。情势所迫，当能谅解，治罪下来，多半是"永不叙用"。

然而，一想到这四个字，袁世凯的心脏就忍不住颤抖。绝意于仕途，也就绝意于拯救天下的志向，如果说权力赐予的快感和虚无带来的麻木都没能让你放弃志向，那么，死亡呢？

你根本不想失去你的年轻时代，可是它离去了，除了衰老，什么也没留下。

你根本不想失去原本洁净的灵魂，可是它离去了，除了执念，什么也没留下。

你根本不想失去你最爱的人，可是她离去了，除了被击碎的自我，被装裱的哀恸，什么也没留下。

就像你根本不想失去你的生命，可是它最终还是会消散。死神会来收割关于你的一切，除了一场虚情假意的葬礼，什么也不会留下。

袁世凯浑身发烫，恍惚间仿佛回光返照，回到了丁戊年的赈灾现场。

那天，赈济公所对面的打谷场上，袁世凯组织饥民们围坐成一圈，准备发放赈款。采取这种形式是为了防止哄抢，谁起立谁就没份。

其间，一个梳羊角辫穿红袄的女孩引起了袁世凯的注意，因为她一直在哼唱一首山西小调：

妇女们大街上东游西转，插草儿卖自身珠泪不干；
顾不得满面羞开口呼叫，叫一声老爷们细听奴言；
哪一个行善人把我怜念，如同似亲父母养育一般；
即便是做妻妾奴也情愿，或者是当使女做个丫鬟；
白昼间俺与你捧茶端饭，到晚来俺与你扫床铺毡；
你就是收三房我也心愿，或四房或五房我也不嫌……

打听之下，才知是山西逃荒过来的孤儿，母亲临死前教了她这首小曲，用意不言自明。

救救孩子。

抗日援朝 1894

袁世凯病中惊坐起：不能死，也不能逃！

死，虽可以明志；生，却能够践志。

为了这四万万身染斯德哥尔摩综合征的病人，再难也要撑下去。

因为，恶疾缠身，已逾千年。

此病甚怪，受害者被强权控制，久不得脱，竟逐渐对加害者产生情感，以至于助纣为虐，帮其迫害不肯服从的人。

奥地利女孩娜塔莎被囚八年，沦为性奴。重获自由的她在公开信中居然表示被囚也不算坏事，"从某种角度来说，他（绑架者）对我非常关心。他是我生命中的一部分。"

正如电影《肖申克的救赎》里的摩根·弗里曼所说："起初你讨厌它（监狱），然后你逐渐习惯它，足够的时间后，你开始依赖它，这就是体制化。"

幸好还有利马综合征——一种人质影响了绑匪，使绑匪对其产生认同，最终放弃作恶的现象。

说到底，谁的信念更坚定，价值观更强烈，谁就能影响对方。

袁世凯近乎声泪俱下地给李鸿章去电，表明战争势不可免。日本既已决心强占朝鲜，中国要么主动撤军，要么立刻备战，没有第三条路可选。而自己重病如此，唯余一死。然死何益于国事？他建议让唐绍仪暂代己职，因为唐"有胆识，无名望，日本也不忌恨他，打探消息，密谋助韩较易"，自己则赴津面禀。

李鸿章终于动了恻隐之心，电商总署后，奉旨调袁世凯回国。

接到"特赦"的当晚，唐绍仪手持两枪两刀，骑马护送袁世凯到江边，登上了英国领事朱尔典准备的兵舰。

晚走二十分钟，袁世凯必死于化装成东学党党徒的日本人之手。

从此，怀着国仇家恨以及私人恩怨的袁世凯，对日本再无任何好感。

四天后，日本策动朝鲜宫廷政变，建立亲日政府，唐绍仪走避英国使馆。

一年后，闵妃被日人暗杀。三年后，大院君抑郁而终。朝鲜宣布独立，改国号为大韩帝国。

让我们把时间拨回到1880年，袁世凯踏上朝鲜半岛的两年前。

这年八月，朝鲜派金宏集访日，解决自四年前《江华条约》签订以来若干悬而未决的问题。

著名诗人黄遵宪时任中国驻日使馆参赞，在会见金宏集时将自己所著的《朝鲜策略》送给了他。

这本书以问答的形式普及了公法关税等常识，鼓励朝鲜开化自强。金宏集万分感动地将书带回朝鲜，呈给李熙。

十几年后，李熙终于实现了独立的宏愿。然而，对于他和他的国家，悲剧才刚刚拉开序幕。

1894年7月20日，日军进攻牙山，叶志超、聂士成不敌，退守平壤。

在此之前，李鸿章见势不妙，已急调左宝贵（1837—1894）和马玉昆等四路清军驰援朝鲜，进驻平壤。叶志超作为败军之将，竟谎报军情，称"牙山大捷"，把光绪高兴得一激动委任他为平壤两万驻军的总帅。

上谕送达平壤，众将皆惊，叶志超最惊。

清军陆军的军制比较落后，以"营"为基本作战单位，下辖四哨，每哨八队，每队十人，另有一护卫营官的亲兵哨，辖六队。故每营官兵最多五百人。

这倒没什么，不正常的是营官之上的"统领"。仅仅相差一级，统领竟然统率五六个甚至十几个营，然后几个统领再归一个大帅管。

营官不过是下级指挥官，能冲锋呐喊、小股侵扰即可。而统领却是独当一面的大将，必须有宏观战略。

像叶志超这样从营官升上去的统领，守个牙山已力有不逮，现在又一跃而为几路大军的总帅，这不是把他架在火上烤吗？而且，左宝贵和马玉昆都是老资历了，又分属不同的系统——别提组织大型会战了，叶志超镇不镇得住场子都难说。

慌了神的叶志超四处乞辞，希望皇上另择高明，并提出一个人选：李经方。

李经方本是李鸿章四弟的儿子，过继给了他当长子——叶志超显然是想借李鸿章的虎皮来震慑平壤的淮军诸将。

问题是李经方一介文官，从未上过前线，对此深有体会的张佩纶力劝李鸿章不可。

李鸿章如何不知？他中意的人选是淮军宿将刘铭传（英姿飒爽如铭传，或有法制耳）。以其资历人望，守平壤必能不负所托。

可惜，刘铭传既对官场失望，又对清廷绝望，且两耳聋、左眼瞎，已成半个废人，无法出山。李鸿章只好回复叶志超道：

> 方儿没有带兵的经历，我亦不便内举不避亲。弟惟一力承担，勉为联络，求于事有济而已。

叶志超的蜕变是淮军衰落的样本，早年随刘铭传镇压捻军时的神勇已如昨日黄花，坐守平壤真的是坐着在守，既不南下进攻，也不择险分屯，天天与诸将喝酒，等着日军来打。

大战一触即发，前线各省的八旗和绿营加起来有二十万。但清朝人都明白，指望这帮人能打胜仗还不如指望母猪上树。

因此，李鸿章在奏折里压根不提八旗和绿营，而是统计了驻防旅顺、天津和威海等地的淮军，计有铭军（创始人刘铭传）、盛军（创始人刘盛藻）、毅军（统领宋庆）和庆军（统领张光前）共五万人马。其中一多半担负着守卫炮台和北京的重任，不能随意调动，因此，派往平壤的基本属于陆军精锐的全部家当。

问题是满朝文武，像叶志超这样不当家不知柴米贵的还有很多，比如军机大臣李鸿藻（1820—1897）和户部尚书翁同龢。

两大清流领袖左右鼓噪，主题只有一个：撤换应战不力的李鸿章。

相较而言，李鸿藻的主战意识更为纯粹，翁同龢则掺杂着对抗慈禧的政治诉求。"翁门六子"（汪鸣銮、志锐、文廷式、徐致靖、沈鹏、张謇）已集结完毕，像全真七子摆好了天罡北斗阵，只待李鸿章入彀，再逼慈禧退园颐养，助光绪独揽大权。

走向海洋

主战派的对立面不能简单地理解为主和派。在对外决策上，和后人被误导的历史记忆恰恰相反，慈禧一直是激进派。

第二次鸦片战争期间，还是懿贵妃的慈禧一度代咸丰批阅奏章。她严饬统兵大臣与敌决战，并晓谕中外，悬赏杀敌，无论军民，明码标价：斩杀一白夷，赏银一百两；斩杀一黑夷，赏银五十两；击毁夷船一艘，赏银五千两。

慈禧的问题在于，其激进总是慷他人之慨，像天皇那样动用私帑购买军舰的高风亮节基本不用指望。

在她看来，刚刚说完"今天（六十大寿）让我不高兴的人，我要让他一辈子都高兴不了"，蕞尔日本就直不愣登地跑来挑事，简直活得不耐烦了，不速灭之，脸往哪搁？

其实，建立这种自信的基础并不牢靠。

年初李鸿章检阅海军时发现问题一箩筐。首先，北洋舰艇的航速普遍比日舰慢；其次，没有快炮。快炮和慢炮的区别在于，快炮的发射火药是无烟火药，相比于慢炮的黑火药，发射后没有呛人的烟雾，无须等待硝烟散尽即可进行填装；最后，整体技术落后，十年不添一船一炮。N年前购自英国、严重老化、基本没有装甲防护，船速一快，海水就倒灌炮房的超勇号和扬威号还编在主力序列，而日方军舰则基本都是1890年以后的产物。

阅军归来，李鸿章向朝廷盛赞北洋水师"技艺纯熟""行阵整齐"——这份水分严重的报告不是军事报告，而是政治报告。1894年，最高的政治正确是慈禧的大寿，不管海军实情如何，作为政治献礼，报告只能报喜不报忧。

在错误信息的引导下，紫禁城已不可能对胜负做出客观的判断。

然而，战争的主体是人。硬件再好软件跟不上，动车也会出轨。李鸿章聊以自慰的只剩下"千舰易买，一将难求"了。

位于福州的马尾船校，是左宗棠在闽浙总督任上一手创办的。

当年，李鸿章因海防问题和秉持塞防的左宗棠吵翻天时，绝想不到自己的老对头为建设海防留下了一颗弥足珍贵的种子。

马尾一期的佼佼者当属严复（1854—1921）和刘步蟾（1852—1895）。

开船在学贯中西的严复看来是雕虫小技，不屑为之，但对刘步蟾来说却是终生的追求。《清史稿》曰：

> 华人明海战之术，步蟾为最先。

留英三载，学业猛进，时年二十，英姿勃发。回国后即上《西洋兵船炮台操法大略》，提出加强海防、建设海军的可行方案，深得李鸿章赏识。

采购定远、镇远时，刘步蟾率十几个船工赴德监造。船成后又奉命接舰返国，出任旗舰定远的管带，官居总兵，仅次于提督丁汝昌。

当然，中间还隔着一个副提督琅威理。

但在有留洋背景的新左派刘步蟾看来，琅顾问不过是个摆设。

1890年，定远号访问香港。丁汝昌因公离舰，刘步蟾乃降下提督旗，改升总兵旗，以示主权在我。琅威理不服，觉得有他在船，提督旗不能降。

官司打到北洋，李鸿章支持刘步蟾，直接把琅威理气回了英国。

1891年，北洋水师访日。焕然一新的日本海军刺激了刘步蟾，回国即面见李鸿章，要求添购战舰。

李鸿章未置可否，刘步蟾慷慨直言："平时不备，一旦偾（败）事，咎将谁属？"

史称："四座悚然不已。"

海军在清末是最时髦的兵种。威海和旅顺的海军俱乐部里，酒吧、舞厅应有尽有，刘步蟾本人的生活习惯也很洋派。而从《北洋海军章程》到海战的法规号令，则无一不出自其手。

除刘步蟾外，马尾船校还培养了一批现代化的海军专才，如铁甲舰镇远号管带林泰曾（正二品总兵）、巡洋舰致远号管带邓世昌（从二品副将）、来远管带邱宝仁（副将）、济远管带方伯谦（副将）、靖远管带叶祖珪（副将）以及经远管带林永升（副将）。

1877年，一批青年才俊登上了去往格林威治海军学校的邮轮。

海鸥翩跹，浪花滚滚，青年们在临别词中写道：

此去西洋，深知中国自强之计，舍此无所他求！

十八年后的1894年7月25日的黎明，当方伯谦站在济远舰主桅的望台上，携国产舰广乙护送运兵船赴朝增援时，不知是否还能忆起当初的誓言？

济远是和定、镇二舰同批订购的德产巡洋舰，吨位 2300，航速 15 节（1 节 =1852 米每小时），炮 20 尊，编制 200 人。

福州造船厂出品的广乙则要小得多，只有 1000 吨，配备三门德国名炮克虏伯，编制 120 人。

广乙和她的姐姐广甲、妹妹广丙同属广东水师。

彼时的四大水师北洋、南洋、福建、广东基本按当年薛福成的建议分布，福建水师中法战争时被张佩纶败光了，南洋水师常年疲软，只有北洋和广东尚能一看。

论财力，广东水师拼不过北洋，所以人家走的是技术流。

当年五月，广氏三姐妹参加北洋水师的会操，因身形灵活，命中率高，广丙舰管带程壁光（正四品都司）又毛遂自荐，三舰遂被编入北洋效力。

此刻，见陆军已登岸完毕，二船准备返航。谁知刚开出汉江口，迎面便驶来三艘日舰。

丰岛之战打响。

喋血丰岛，黄鼠狼落跑

敌舰的吨位揭示了这将是一场恶仗：吉野 4100、浪速 3600、秋津洲 3100。

果然，一上来济远就中弹了。大副沈寿昌脑浆迸裂，溅了方伯谦一身，二副柯建章胸口被洞穿，当场毙命。

真人版《怒海争锋》吓傻了方管带，他定了定神，见甲板上水兵死伤无数，当场打算逃跑。

广乙却表现出异乎寻常的矫健，迅速超过济远，直扑日军先导吉野。

广乙管带林国祥十年前参加过马尾海战，福建水师全军覆没的惨况犹在眼前。于是，此行出发前他专门跑去问丁汝昌："如果日舰中途截击，该当如何？"

丁汝昌告以四个字："纵兵回击。"

确定你不是张佩纶，我也就放心了。

耐人寻味的是，这个问题是由林国祥而不是护航总指挥方伯谦提出的。

广乙的吨位不足吉野的四分之一。16节的航速虽不低，但跟号称世界第一快的吉野（23节）相比还是黯然失色。

果然，吉野一个急转舵，画了个大圆弧，避开了广乙。

广乙不跟它比轻功，直咬航速较低的秋津洲。双方在近距离猛烈开炮，海面黑雾障天，难分敌我。秋津洲赶紧拉响汽笛，以免和后方的浪速相撞。

广乙趁机将鱼雷管瞄准了秋津洲，刚发出预备口令，敌舰的一发炮弹正中广乙舰首的鱼雷舱……

当硝烟散尽，秋津洲茫然地发现，广乙不见了。

浪速的舰长东乡平八郎则惊恐地发现，广乙竟鬼魅般出现在自己身后，相距不过三百米。

离一艘鱼雷舰这么近，东乡平八郎感觉到了死神的气息。

要不是广乙的鱼雷发射器被打坏，东乡难逃一死。

浪速横过身子，舷炮齐发，秋津洲也赶来助阵。两舰的快炮短时间内倾泻了六百发炮弹，广乙官兵伤亡七十多人，力不能支，航速明显下降，转舵朝浅水区退避。

日军欢声雷动，但刚激动了两分钟，广乙还击的炮弹便命中浪速，摧毁了船上的备用锚。

愤怒的东乡准备追击，却接到吉野要求转向，合围济远的信号。

被水手亲切地称为"黄鼠狼"的方伯谦，最大的优点是圆滑和惜命，以至于连济远的逃跑也充满了黄鼠狼的风格——边跑边打。

愤怒的水手王国成像吃了菠菜的大力水手，在舰尾操控 150mm 炮接连命中吉野，打得坪井航三（吉野舰长）放慢了航速，向浪速和秋津洲求援。

正好怡和洋行（英国）的商轮高升号载着一千淮勇，带着木船操江号路过，往汉江驶去。

高升号挂着英国国旗——用这种方法运兵意在掩人耳目，但挡不住侵略者的如狼似虎。

擦肩而过时，济远升起了日本国旗。很多史家据此认为方伯谦想投降倭寇，这倒冤枉了他，他是为了示警。怕死归怕死，却不一定要当汉奸，毕竟妻儿老小还在故乡，田产家当尚在岸上。

高升立即转向，却因航速不够，被吉野拦下。

日军强迫英籍船长离舰，并发炮恫吓。英国船员见交涉无果，只好随日军上了吉野。

了却了后顾之忧，吉野当场击沉高升。淮勇遍浮海上，泅遁无所，日军竟以机枪扫射，一时间白浪皆赤，流血漂橹。

济远跑得比兔子还快，已消失在海平线。广乙开到浅水区，日舰吨位大、吃水深，追过去铁定搁浅，只好鸣金收兵，挟持操江而去。

由于失火严重，上岸后，林国祥命人摧毁广乙以免资敌，并在朝鲜官员的帮助下撤往平壤。

丰岛之败传到北京，主战派又激动了，抛出一条暴露智商的方案：在全国范围内征集拖网渔船，堵塞长崎港口，困死日本海军。

在翁同龢的煽动下，恨不得撸袖子御驾亲征的光绪罢了丁汝昌的官。李鸿章泣血上奏，慈禧出面干预，才改为留职察看，戴罪立功。

天天被人骂"怯懦避战，纵敌养寇"，丁汝昌极其憋屈，多次向李鸿章请战。

李鸿章一面安抚下属，一面上书光绪，说海军停购船炮久矣，技术落后，同倭舰驰逐于海上，胜负实未可知。与其负气一掷，不若令之游弋于渤海内外，作猛虎在山之势，防守震慑。

没有人比李鸿章更了解眼下的局势。

中日即将展开较量的战场，从朝鲜半岛始，经辽东半岛、直隶平原，至山东半岛终，环绕渤海与黄海。其东端是双方争夺的目标朝鲜；西端是清廷的心脏北京。南北两端则分布着北洋水师的基地旅顺港（位于辽东半岛南端的大连）和威海卫（位于山东半岛东端的威海）。

两相比较，清廷的劣势非常明显。

首先是交通。朝鲜一里铁路都没有，大清国全境也只有四百公里，这还得算上刘铭传在台湾修的一百公里。往朝鲜方向的铁路只通到山海关，出了关，清军必须步行开往战场，辎重转运全靠畜力。

日本的铁路则早已超过三千公里，加上海运，行军速度远超清军。

当然，中方也可海运，在威海上船，横穿黄海，直抵朝鲜半岛西岸，但这样做的结果，丰岛之战已经告诉世人。

日军的优势在于既可利用快船骚扰朝鲜半岛西海岸，又能在北洋水师作战半径之外的东海岸登陆，对驻朝清军实施南北包抄。

更糟的是货币。中国用银，朝鲜用铜钱。战火一起，银铜比价大跌，银子在朝鲜的购买力仅相当于国内的一半。李鸿章不得不一边部署军事，一边从国内运铜去朝鲜就地铸钱、平衡物价。

其实，清军并非毫无胜算。

李鸿章最引以为豪的不是北洋水师，而是倾二十五年之力，苦心打造的北洋海防系统。

除了旅顺港和威海卫，还有天津的塘沽口。三大要冲，互为犄角，固若金汤，拱卫京师。

依托这套完善的海防工事，李鸿章的方略明白无误：战略上取守势，战术上派北洋舰队巡游渤海、黄海，威慑日军，使其不敢在辽东半岛和山东半岛发动奇袭和登陆。

这样一来，不管日本在朝鲜半岛东海岸卸了多少兵，也只有正面推进，从鸭绿江打进中国。

而只要拖上三四个月，等冬季到来，渤海湾就会封冻，鸭绿江两岸的气温也将骤降到零下二十多度，拖垮补给线过长的日军并非难事。

控而不发，保船制敌的根本目的是将日军拖入持久战的泥潭，毕竟日本的经济实力有限，还因连年扩军负债累累，李鸿章又落井下石地命各海关停止进口日货，这对主要以中国为商品输出国的日本而言，可谓釜底抽薪。

日本利在速战，而血气上涌的光绪极其配合地认为宣战已刻不容缓。慈禧觉得日本连英国人（怡和洋行）都敢惹，基本属于上帝欲使其灭亡，必先使其疯狂，也力主开战。

死战平壤，左宝贵断肠

8月1日，清廷对日宣战。

日本大喜过望，亦于当日宣战。

战火，从某种意义上讲是由袁世凯引燃的。

虽说神也无法阻挡日本吞并朝鲜的脚步，但没有袁世凯信誓旦旦的保证，李鸿章也不会下定决心派兵。而清军不入朝鲜，日本就打不成《天津会议专条》这张牌。在俄国眼皮底下悍然侵韩？天皇还得掂量掂量。

当然，袁世凯也是受害者。所谓"天朝尽管戡乱，日方绝不插手"的假消息是日本间谍放出的，为了制造出兵借口，倭寇绞尽脑汁。

正因如此，对跑回天津的袁世凯，李鸿章虽然嘴上不说什么，心里究竟不爽。

恰好时任直隶按察使的周馥负责前线的军需转运，人手不够，向李鸿章要人，李鸿章便顺水推舟命袁世凯去给周馥当副手。

刚从鬼门关逃回来，又要去朝鲜？袁世凯顿时一个脑袋两个大。

其实，他更希望以另外一种方式杀回朝鲜。

袁世凯曾委托在中央部委任员外郎的堂弟袁世勋帮忙运作。袁世勋是袁保恒的长子，利用父亲的人脉，他搭上了翁同龢。

翁同龢从不替人请托，却为了满足素未谋面的袁世凯率领数营上前线的"班超之志"专门入奏，可见其主战立场之坚定。

然而，用兵任将的大权仍操诸北洋，为免令出多门，慈禧否决了翁同龢的提案。

袁世凯只好打点行装上路。

事实上，李鸿章安排淮军老人周馥去前线有给叶志超压阵的意思。而周馥本人早就看穿了清廷的外强中干，料定胜算渺茫，暗示李鸿章最好急流勇退，保全名节（"当思曲终奏雅"）。

但这不符合李鸿章一挺到底的性格。周馥也不再多劝，而是选择和幕主同舟共济。

东北前线，袁世凯与周馥配合默契。虽条件极为艰苦，却出色地完成了清军的粮草供应。

淮军之弊，袁世凯洞若观火。

在给盛宣怀的电报中，他犀利地指出：

> 洋人用兵，队形分为四排，第一排散开开火，败则退至第四排后整备，第二排前进接应，轮流不断。并且，部队后方十里驻兵设防，遏止退兵，整编残卒，即使败退也不至于溃散。
>
> 我军操练时偶尔也照这种方法，临阵却用非所学，全按打土匪

的法子，挑选一批奋勇当先的，骑马直奔向前，后面的不敢放枪，唯恐打到自己人。只靠冲到前面这数十人乱打一气，根本难以取胜。

因为透彻，所以不抱希望。以袁世凯对日本的了解，他判定此战清廷绝无胜算。

梁启超后来说，甲午之败，是李鸿章以一人敌一国的必然结果。由于他根本调动不了淮系以外的任何军力，故当惟一能战的淮军在甲午战争中都被打光后，清政府别无选择，只能以西法编练新式陆军。

宣战当天，慈禧从颐和园移驾紫禁城，百官跪迎。

暴雨使路面积水颇深，官员们匍匐在路旁，衣帽尽湿。他们的两膝浸泡在泥里，顶戴上的红缨淌下鲜红的水。

内阁大学士张之万是张之洞的堂兄，已年过八十。他颤颤巍巍，久跪不能起身。慈禧的轿子经过时，竟连眼皮都没抬一下，视若无物。

人群中的张謇目睹此景，心如死灰。许多年后，他说就在那一刻，"三十年科举之幻梦，于此了结。"

不久，大生纱厂的织机在南通初试啼音……

9月15日，日军进攻平壤。

平壤四周多沼泽，城高十米，以南门外宽阔的大同江为天堑，可谓地利无双。

但弱点也很明显。玄武门（北门）外东北方向不远有一座牡丹台，是全城的制高点。站在牡丹台上俯瞰，平壤的大小街道一清二楚。

因此，日军在牡丹台投入了近八千人，占总兵力的一半。

天刚拂晓，玄武门外便枪声大作。清军奋勇作战，却无法抵挡日军的密集炮火，苦战至上午八点半，牡丹台陷落。

清军退守玄武门，依托八十厘米厚的城墙垛口，激烈还击。

尸体枕藉的城墙上，突然出现了一位身形高大的军官——左宝贵。

纷飞的弹雨中，左宝贵头戴一品顶戴，身披御赐黄马褂，手持步枪，大声激励士兵们奋勇作战。

他深知平壤已到了危急存亡的关头，故部下劝其换掉引敌注目的冠带时，左宝贵凛然道：

穿朝服就是要让士卒们都看到我。敌人注目，又有何惧？

战斗渐趋惨烈，城头上，伤亡官兵越来越多。左宝贵接替一个阵亡士兵操作哈乞开斯速射炮，对准日军扫射，自己也身中两枪。左右"劝其暂下，宝贵斥之"。

部下感奋，拼死抗敌，局面一度有所扭转。

突然，一颗炮弹飞来，将速射炮击碎，铁管从左宝贵肋下贯穿。即便如此仍不退，裹创再战。终于又一弹飞至，左宝贵倒地不起。

将士趋前查看，见其腹部被炸出一块大洞，犹能言语。

左宝贵望着硝烟弥漫的天空，思绪回到了三天前。

战前会议上，叶志超召集众将，表示要暂避敌锋，以图后举。除聂士成外，多数将领附议，左宝贵愤然道：

大丈夫建功立业在此一举，至于成败利钝不必计也！

言罢即枕戈待旦，并密调亲兵监视叶志超，防止其逃遁。

大战在即，将领们见日军来势汹汹，都主张弃城后撤。左宝贵怒骂道：

若辈惜死可自去，此城为吾冢也！

左宝贵践履了自己的承诺，含笑而终。

傍晚，平壤下起了倾盆大雨，双方休战。叶志超见玄武门失守，下令趁雨夜北撤。

逃跑也就算了，问题是叶志超竟自以为是地派人通知日军，说明天一早我军即撤退，平壤让给尔等，望勿开枪。

以为这样对方就会上当，真是蠢得让人心碎。

当晚八点，暴雨如注。清军蜂拥出城，遭到日军伏击，尸积如山，道路为之埋没，溪流因之变色。淮军精锐死伤殆尽，包括盛宣怀的弟弟盛星怀。余者一哄而散。

自此，中国军队在朝鲜半岛消失。

城狐社鼠

同一时间，辽东半岛南端的大连湾，北洋舰队已集结完毕。

一周前，李鸿章收到叶志超求援的急电，立命驻守大连的河北镇总兵刘盛休率所部铭军四千人，乘运兵船东渡至中韩边境的大东沟，登陆后驰援平壤。

丰岛之战殷鉴不远，是以护航的舰队非常华丽，计有定远、镇远、致远、经远、靖远、来远、济远、平远、超勇、扬威、广甲、广丙和四艘鱼雷艇。

9月14日，中秋节。

威海卫是北洋海军的屯泊基地，与位于大连湾作为补给站的旅顺港遥相呼应，共同扼守渤海门户。

海上生明月，丁汝昌心头升起的却是不祥的预感。

吃完月饼，船，就该起锚了。

刘公岛上站满了送行的家眷，同水兵挥手作别。

当时只道是寻常，孰料此别成永别。

翌日，当舰队开抵大连的同时，平壤陷落。更悲摧的是，日本联合舰队收到侵朝陆军的来电，说在平壤搜到一封叶志超写给刘盛休的信——运兵计划全盘暴露。

于是，毫不知情的北洋舰队踏上了一条不归之路。

繁忙的装煤作业扬起阵阵黑烟，丁汝昌的嘴角露出一丝不易察觉的苦笑。

同样的表情也出现在刘步蟾脸上。

驱动北洋战舰的煤都是形同散沙的劣质碎煤，供自开平煤矿。

位于唐山的开平煤矿是中国第一座现代化煤矿，在李鸿章的助手唐廷枢的经营下一度风生水起。

结果继任总办张翼把牌子搞砸了，最后还被英国人给骗了去。

张翼以奕譞侍从的身份爬到煤矿高管的位置，开始了孜孜矻矻的捞钱生涯。

丁汝昌曾愤然致书张翼："煤屑散碎，烟重灰多。难壮气力，兼碍锅炉。"并警告张总办，说再塞责海军，就全数退回，并禀报李鸿章。

报谁也没用，海军出不起高价，在张翼看来只配用劣煤，好煤还要留着卖钱呢。

更严重的问题是弹药。

北洋水师的炮弹分为榴弹和实心弹。榴弹弹头内装有炸药，靠击中敌舰后爆炸产生的冲击波实施打击。

实心弹说白了就是教练弹，以砂土填充，用于打靶练习，不会爆炸。射出去后你唯一能做的便是祈祷它击穿敌舰的水线，造成沉船。

残酷的事实是榴弹极为匮乏，里面的炸药也和过年放的鞭炮区别不大，都是黑火药。

而日本经工程师下濑雅允研究，已成功仿制黄色火药，人称"下濑火药"。

此药燃烧力极强，遇铁都燃，难以扑灭，威力比 TNT 大，还散播毒气，整个一杀人不眨眼的恶魔……

鸭绿江口的大东沟水深较浅，不仅定、镇二舰开不进去，便是铭军乘坐的运兵船也只能停在深水区，等待民船接运。

刘盛休悲哀地发现负责此事的东边道道台，只应付差事地安排了二十几艘小木船，等全部接完，日军估计都打到紫禁城了。这还是李鸿章百般催促的结果。都说专制比民主效率高，天朝的办事效率果然令人发指。

刘盛休顾不上愤怒，立刻安排转乘。一时间，大东沟人声鼎沸，战马嘶鸣。

夜幕降临，已经登岸的军队开始架设营帐。炊火沿着鸭绿江岸向远处延伸，灯光通明的军舰像拔海而起的大厦，环卫着繁忙的大东沟。

19 点 30 分，水兵们严格按照刘步蟾制订的规章，有条不紊地取出吊床，在工作岗位附近张挂；

20 点 30 分，全天最后一次卫生清扫。满面尘灰的锅炉舱士兵在专门配置的浴室里沐浴更衣；

21 点 30 分，各舰大副巡查全舰后，所有人进入睡眠。

德国顾问汉纳根发现，定远舰尾，丁汝昌办公室的灯一直亮到了深夜。

日本联合舰队也出发了。总司令海军中将伊东佑亨率领本队的松岛、严岛、桥立、千代田、扶桑、比睿和第一游击队（总指挥海军少将坪井航三）的吉野、秋津洲、浪速、高千穗，带着吨位仅 600 的炮艇赤城和由商船改造的西京丸向大东沟进发。

赤城吃水浅，便于在登陆区侦查，而西京丸上更是坐着海军系统的一把手——军令部部长桦山资纪。

淡定到像狩猎一样轻松，皆因日方没料到护个航，北洋舰队的主力竟倾巢而出。没辙，都是让丰岛之战给逼的。

天亮时，只有不到一半的清军登上了海岸。

水兵们收好吊床，擦完甲板，开始进餐。

军官的餐桌上摆着以西法烹制的鸽子肉，银质的刀叉一尘不染地搁在漆有"定远"徽标的餐盘旁。

致远舰上，众人正围着邓世昌给他过四十五岁的生日。

丁汝昌催促刘盛休尽快卸兵，刘步蟾则望着漫天的煤烟神色忧虑。

联合舰队正以 8 节的航速缓缓接近。

海不扬波，几只白鸥悠闲地飞过。同样悠闲的还有日军官兵的心情。

旗舰松岛上，海军大尉木村浩吉在日记中写道："是日拂晓，天气晴朗，微风徐徐。"

闲适的他甚至和人下起了围棋。一局未毕，便有人跑进来道："发现船只！"

此刻，时钟指向 10 点 30 分。劣炭燃烧产生的滚滚黑烟使日军比中方早了一个小时发现敌情。

木村浩吉兴奋地跳了起来。和所有人一样，他以为大东沟就几艘运兵船和护航的小舰，待离近时才发现是北洋水师的全部精锐！

伊东佑亨下令午饭提前，就餐后马上进行战斗准备。

中午 12 点，镇远的瞭望兵发现日舰煤烟。10 分钟后，一个洋员冲进定远的军官餐厅，用英语喊道："The Japanese are in sight, sir！"（"先生们，发现日军！"）

定远神话

丁汝昌登上飞桥（观测平台），接过下属递来的望远镜，看了好一阵才缓缓放下。

利用浅水优势，使海战在大东沟附近爆发，显然对机动力不强的北洋舰队有利。然而，登陆还在进行，果真如此，运兵船势必遭到荼毒。

丁汝昌没有忘记此行的任务，长期以来的压抑也化作满腔的愤怒。

他下令起锚，迎战日军！

其实，伊东佑亨比丁汝昌更恐惧，他面对的毕竟是长 95 米、宽 18 米，装备 4 门 305mm 克虏伯巨炮，编制 360 人的庞然大物定远舰。

要知道，"捕捉定远"一直是日本小孩最钟爱的游戏；

要知道，军歌《定远还没有沉吗》在东瀛传唱已久；

要知道，直到公元 2000 年，中国才首次出现吨位超过定远的军舰。

为了克制定远，日本专门发行公债，请法国设计建造了"三景舰"（松岛、严岛和桥立为日本的三处名胜）。

旗舰松岛为了跟定远的巨炮较劲，极为勉强地安了一门 320mm 的主炮。问题是定远吨位 7500，它还不到 4300。66 吨的主炮往上面一放，比大头娃娃还滑稽。

头重脚轻的设计导致主炮转动时舰体会侧倾，遇到恶劣海况更是不敢转，否则会翻船。

一系列问题使得 10 分钟 1 发的理论射速降低到 1 小时 1 发，主炮完全成了摆设。

反倒是两舷各 6 门的 120mm 阿姆斯特朗速射炮在实战中发挥了作用，每分钟 5 发的射速打得清军无法回击。

这就涉及阵型问题。

许多事后诸葛亮把黄海之败归咎于丁汝昌不懂海战，采用了愚蠢的阵型，其实是以蠡测海。

电脑游戏《大航海时代》一上来就教玩家"T 字打法"，即海战时尽量使舰队横排成 T 上面的一横，以密集舰炮攻击敌军；同时，要避免己方首尾纵列成 T 下面的那一竖。

由于火炮密布军舰两侧，故传统海战打法非常单调。交战时双方都排成一横，一舷射完后调转船头射另一舷，射完的一侧则借此装弹，周而复始。

19 世纪中叶，铁甲舰的出现改变了海战的格局。

1866 年的利萨海战，交战双方意大利和奥地利都编有铁甲舰。意大利采取传统战术，奥地利则将舰队排成人字形，以舰首对敌，先用大口径主炮狂轰，再如一把尖刀插入意军。

最后，意方旗舰被奥方旗舰的撞角拦腰撞沉，海战从此进入了新纪元。

以舰首炮替代舷侧炮，用口径换数量的理论方兴未艾，主张回归传统的呼声便随之兴起。

对北洋水师来说，定、镇二舰装甲厚重，两侧没有太多空间布置舷炮，首尾倒是合计有八门 305mm 巨炮，而致远、靖远又是典型的轻快巡洋舰。因此，以雁型阵切割敌阵后各个击破成为丁汝昌制订的作战方案。

日军没有定、镇这样的战列舰，但胜在机动力强。伊东佑亨将舰队分为本队、第一游击队和西京丸—赤城三个战术分队，下命在北洋舰队面前反复周旋、掉头，集中发挥巡洋舰的舷炮优势。

丁汝昌则令两舰为一个战术小分队，共分为五队。

每小队长舰位于前方，僚舰位于右后方 45° 角相距四百米处，避免误伤和碰撞。以定远—镇远小队为中轴，往左是致远—经远和济远—广甲小队，往右是来远—靖远和超勇—扬威小队。中轴一马当先，两翼依次靠后，呈一扇面，鱼贯而前。

弱点在右端的超勇和扬威身上。

采购之初，两舰是世界上最先进的无防护撞击巡洋舰，英国人命名为"金牛座号"和"白羊座号"，正是取这两种动物头上长角之意。

可惜，所谓的"之初"已是十几年前，在十九世纪末日新月异的军备竞赛狂潮中，吨位不足 1400 的超勇和扬威显然廉颇老矣，装甲和火力也远逊于致远、靖远。

当然你会说，人家广乙才 1000 吨，也不影响它以小搏大。

问题是广乙的定位是鱼雷舰，而年久失修的超勇、扬威则是撞击舰。速度是撞击的生命，但在这两艘行将报废的弱舰上，锅轮兵便是使出吃奶的劲铲煤，也只能将航速冲到 7 节。

这直接拖慢了北洋舰队的整体速度，以至于伊东佑亨紧张得掌心冒汗：这么慢，丁汝昌在耍什么诡计？

炮弹短缺、军舰老化在伊东脑海里近乎天方夜谭——除非他有机会到超勇、扬威热浪滚滚的轮机舱亲眼看一看清兵是如何挥汗如雨地作业的。

定远舰的甲板上已铺沙蓄水，防止火灾。易碎物品全部弃置，舢板一概卸走，因为高升号的遭遇告诉大家：如果你不幸落海，基本不用幻想日军施救，还要防止他用机枪扫射你。

被拆除的还有用来悬挂信号旗的横桁。

在没有对讲机的时代，原始的旗语号令即使日常指挥一支延绵数海里的舰队航行都显得力不从心，更遑论在炮火纷飞烟雾弥漫的战场上。

因此，丁汝昌下达了三条守则后，便不再寄希望于脆弱的信号系统。

1. 各分队必须同进同退，攻守相助；
2. 战时舰首必须始终指向敌舰；
3. 各分队必须跟随旗舰行动。

丁汝昌的策略是以不变应万变，旗舰本身的行动就是最高指挥。他要始终不渝地贯彻直插联合舰队军阵的战术。

可惜，左翼末端的济远—广甲分队在方伯谦的带领下越开越慢，最后干脆躲到了镇远屁股后面。交战伊始，北洋舰队便蒙上了一层不祥的阴影。

桅盘里，测距员手持六分仪，紧张地测算着敌距。

"一万米！"

"八千米！"

"六千米！"

飞桥上，刘步蟾戴好水兵递来的耳棉，闭上眼睛，鼻尖轻嗅着略带湿气的海风，思绪飞回到普利茅茨大学的校园里。

彼时的他喜欢读莎士比亚的十四行诗，崇拜伟大的探险家詹姆斯·库克。

从那时起，他的梦想就从未改变——有朝一日率领一支强大的海军，像十六世纪的英国人全歼西班牙无敌舰队那样，痛击倭寇。

而这一刻，终于到来了！

镜头从坪井航三举着的望远镜迅速拉回到定远舰的飞桥。刘步蟾霍地睁开双眼，目光如炬。

挂彩的丁汝昌，逃窜的扶桑

12点50分，定远舰的枪炮大副（从四品守备衔）沈寿堃一声令下，天崩地裂的巨响顿时划破了宁静的黄海，射程近八千米的右前主炮一颗三百公斤的炮弹以每秒五百米的初速旋转着飞出炮膛。十秒钟后，它擦着吉野左舷落水，海水登时腾高数丈，吓得坪井航三肝胆欲裂。

以定远动作为号令，各舰相继开火。炮弹在空中划出道道轨迹，呼啸着向日军飞去。

迎风招展的龙旗下，丁汝昌和汉纳根并排而站，兴奋地观察着战况。

中方的军舰一律是深灰色，日方则是白色。二十多艘钢铁战船在广阔无垠的海面上相互推进，蔚为壮观。

冰雪般洁白的水柱此起彼伏地出现在日军的舰阵中。突然，松岛号引以为傲的 320mm 巨炮被击中，一炮未打便宣告下马。

日军的速射炮射速虽高，射程却短，故伊东佑亨一直强调相距三千米以内才能开火。

结果联合舰队的官兵都成了忍者神龟，冒着弹火默默地前进。

一游（第一游击队）终于憋不住了，秋津洲、浪速和高千穗在吉野的率领下冲到了清军右翼。

面对高速驶来的一游，超勇、扬威以老旧的 250mm 舰艏炮迎击，怎奈射速只有可怜的三分钟一发。

很快，三千米的生死线到了。压抑已久的弹雨向超勇、扬威疯狂地倾泻。

熊熊烈火在超勇上四散蔓延，吞噬了无数年轻的生命。

超勇舰底的轮机舱更是成了人间炼狱。为了防止火灾进入，通往上层甲板的通道已全部封闭，炎热炙烤着所有人，完全失去了生还希望的轮机官兵在总管轮黎星桥的带领下坚守岗位，完成最后的使命……

扬威竭力发炮支援，打中吉野后甲板，两死九伤。随即又命中高千穗，引燃了几颗装填下濑火药的炮弹。黄烟阵阵，眼看火焰就要烧到弹药库，几个尉官疯狂地大喊大叫，组织水兵死命转动消防泵灭火，方才躲过一劫。

扬威之威，如白驹过隙，很快便遭到反击，燃起了灾难性的大火，舰体开始倾斜。

虽然距离最近的来远、靖远开炮遥助，超勇和扬威却已自顾不暇，且战且退中逐渐掉队。

下午 1 点，伊东佑亨下令本队开炮。

战前，双方舰队都从弹药库提取了大量炮弹堆放在甲板上、火炮旁，虽有连锁爆炸之虞，却提高了火力密度。

1 点 10 分，战斗进入白热化，连只适用于近战的哈乞开斯机关炮也开始轰鸣，双方互有死伤。

忽然，一枚后来引发无数争议的炮弹击中了定远的飞桥，丁汝昌和汉纳根同时震倒在地。木质的甲板被炸碎飞起，又重重跌落，砸中丁汝昌的左腿。火苗蹿起，烧伤了他的脖子和右脸。

水兵赶紧帮丁汝昌脱掉燃烧的衣服，准备扶他去军医室，遭到拒绝。

丁汝昌蹒跚着来到首楼，强忍伤痛，在主通道边坐下，每有士兵从旁经过，均投之以亲切的微笑，宽慰鼓励。

刚包扎完伤口的洋员戴乐尔看到这一幕，深为感动，上前同丁汝昌握手，相互勉励。虽说这个英国人不远万里来到中国也许只是为了高薪，但此刻他不失为一名英勇的军人。

然而，这并不影响他满嘴跑火车。

从降旗事件不难看出，刘步蟾根本不把这帮洋顾问放在眼里，而李鸿章不支持琅威理实际上也表明了自己的立场。

之所以要聘请洋员装点门面，一是为了唬唬朝中大佬，二来替丁汝昌找个挡箭牌，一有风吹草动便拖出来垫背。

在北洋老兵的印象里，洋员的水平很一般。

作为一只代罪的羔羊，戴乐尔显然没有摆正自己的位置，对刘步蟾指指点点，心怀不满，并在回忆录里写小说，说刘步蟾趁丁汝昌不备，下命开炮，震塌了飞桥，想摔死自己的上司取而代之。

这么狗血的剧情因符合国人对官场阴谋的想象，竟至以讹传讹。

伊东佑亨见轰得如此精准，非常激动，下令本队转舵向左，快速掉头后重新越过北洋舰队阵前，以左侧舷炮再战。

结果，队尾的比睿（2200 吨）和扶桑（3700 吨）因为跟不上速度，掉队了。

两船造于二十年前，是风帆向蒸汽过渡的产物，比睿甚至还保留着三面大帆。装备则以克虏伯炮为主，没有速射炮，航速也只有 8 节。

一起被抛之脑后的还有赤城和西京丸。后者眼见形势不妙，拼命地追，终于赶上了本队。而前者作为战场上最弱的战舰，顿时孤悬于茫茫大海之中。

代替丁汝昌指挥作战的刘步蟾显然注意到了日军的破绽。于是，比睿的官兵惊恐地发现，亚洲第一巨舰定远像冰山一样飘了过来，距离右舷不到七百米，尾随而至的还有经远。

更令人绝望的是，即使比睿的炮弹打中定远厚实的舰身，也如橡皮球扔到墙上一般弹回水中。

舰长樱井像输红了眼的赌徒，准备放手一搏。

从明智光秀开始，日本就不缺冒险家。天天地震、朝生暮死的生存环境造就了日本人爱走极端的性格。但樱井的决定还是让所有人都大跌眼镜。

他下命，迎着定远开过去！

日舰扶桑，实力较强，非但不掩护友军，反而趁机逃跑，追赶本队，战后还在报告中写道：舰长从容不迫地左转，为我国海军保住了一艘价值三百万日元的军舰……

杰克船长

定远经远，两舰并行，争相开火，步步惊心。

遍体鳞伤的比睿像发狂的斗牛直扑而来，竟钻进了两舰之间的"巷道"。

樱井松了口气——至少躲过了定远那摄人心魄的巨炮。而身处两舰之间，对方因担心误伤友军，不得不投鼠忌器。

果然，炮声偃旗息鼓，定远无奈地用哈乞开斯机关炮俯射比睿。

露天甲板上，比睿的官兵抱头鼠窜，碎片四溅纷飞。

问题在于，这么打，你就是把比睿打成比熊，也打不沉。

和刘步蟾一道留学英国的经远管带林永升怒了，下令舷炮开火。

150mm 的克虏伯炮弹携带着怒火在极近距离击中比睿，立毙四人，血肉横飞。

樱井紧闭双眼，等待着人生的谢幕。

等了半天，发现鸦雀无声，属下进来报告说经远停止了射击，正在一步步贴近。

樱井跑至甲板，赫然看到经远舰上出现了一批身着红色制服，手持大刀长矛和绳索跳板的清兵。

这回轮到他大跌眼镜了。

跳帮厮杀是一种浪漫而原始的战术，也是《加勒比海盗》里约翰尼·德普耍帅撩妹的必备绝活。

冷兵器时代，双方战船要是觉得对轰不过瘾，距离又足够近，便冲上去肉搏一番，解恨的同时还展现了男人原始的野性魅力。

普利茅茨的熏陶让林永升觉得，用古老到快要失传的跳帮生擒一艘敌舰，远比击沉它更具英雄主义色彩。

定远的机关炮也停了下来，刘步蟾显然明白老同学的意图。

明晃晃的大刀逼急了樱井，他下令所有炮口对准经远，齐射阻挡，并加速离开"巷道"。

林永升低估了樱井的意志。比睿一番死战，逃出生天。

面对茫茫大海，樱井惊魂未定，两条翻滚的水波便如影随形，急速而来，却是经远发射的鱼雷。

不得不叹服比睿的好运，鱼雷擦舷而过。

额手相庆的樱井没有发现，定远的 305mm 尾炮在液压的驱动下已完成 180 度旋转。黑洞洞的炮口对准了比睿。

十九世纪的战舰因装备沉重，空间有限，战时往往将舰尾的军官餐厅改为军医室，宽大的橡木餐桌则正好用来当手术台。

此时，比睿的军医室充满了肝肠寸断的哀号，地板上防滑的砂土已被血染成了红色。

伤员和军医都没意识到，更大的灾难即将降临。

但闻一声雷鸣般的巨响，比睿舰尾顿成炼狱。十九人当场被炸死，包括两个大尉。三十多人重伤，后部甲板坍塌，下濑火药也被引爆。

镇远不甘人后，随即也发射了一枚305mm巨弹。几乎所有人都认定比睿在劫难逃。

可惜，炮弹没能炸响，是一枚令人痛心疾首的哑弹。

比睿拖着浓烟，仓皇消失在缭绕的战火之中……

结果轮到赤城"杯具"了。

大小不足定远的四分之一，吨位不及定远的十分之一——刘步蟾思来想去也没搞明白日军带这么小一艘船来干嘛。卖萌？耍贱？赤城吭哧吭哧地逃跑，也不像啊。

最后他恍然大悟：肯定是运兵船。

考虑到此行的任务是掩护铭军登陆，"运兵船"赤城立马成为清军攻击的重点。

巴掌大点地儿还装了四门120mm炮和六门哈乞开斯，赤城的甲板显得拥挤不堪。司令塔里的舰长阪元望着压过来的北洋舰队，急得团团转。

围剿赤城已成共识，连广甲都来了，济远还在聚精会神地打酱油，躲得远远的。

一颗由定远发射的150mm炮弹划过一段长长的抛物线，正中赤城。两个炮手、六个水兵当场被炸死，阪元的脑袋被弹片击碎，冲击波把半截身子冲进了海里。

海军大尉佐藤立刻接替舰长指挥赤城，全神贯注地跑。

已多次中弹的后桅又被击中，轰然折断，军旗随之而落。

一时间，赤城官兵众志成城，先是把军旗改升到前桅，再在后桅的残留部分插上一面新旗。

而另一边厢，多舰在近距离都无法压制一艘炮艇，北洋水师火力之弱可见一斑。

远处的比睿由于火情严重，放弃了跟上本队的念头，转向南行。一直追赶比睿的赤城也随之转舵。

吨位 2900 吨的来远穷追不舍，舰上的水手陈学海后来回忆说：

> 弟兄们劲头很足，都想跟日本人拼一下。我和王福清两人抬炮弹，一心想多抬，上肩就飞跑。正跑着，一颗炮弹打过来，在附近爆炸。弹片把王福清的右脚后跟削去，他竟没有察觉。仗快打完了，我见他右脚一片红，问怎么了，他低下头一看脚，才站不住了。

距离三百米时，来远 200mm 的舰艏炮击中赤城。

所有人都以为赤城死定了，谁知幸运女神再次光顾日军。

受舰首对敌作战思潮的影响，来远没有配备大口径尾炮，而是在舰尾的狭窄空间里安装了大量的机关炮。

于是，边跑边打的赤城用尾炮盲打误撞地击中了来远堆满小口径炮弹的舰尾甲板。接着便是毫无悬念的连爆、燃烧、火海。

赤城侥幸捡了条命。

火爆唐人

被一游打残的超勇和扬威却没有赤城的好运。

在陈学海的记忆里，这两艘船开炮都会掉铁锈。也许，战死黄海是它们最好的归宿。

为了不祸及正在登陆的清军，两舰都没有选择较近的浅水，而是往离大东沟更远的大鹿岛方向驶去。

结果就让火魔给吞噬了。超勇管带黄建勋和一百多名官兵一起沉入冰冷的海底。扬威伤痕累累，也行将就木。

大东沟。

登陆极其迟缓，一涨潮便更加费事。

刘盛休在给天津的回电中沮丧道："恐十日方能下清，心甚焦灼。"

眼看战局不利，护卫近海的平远舰带着广丙和四艘鱼雷艇起锚了。

大东沟只留下了镇中和镇边两艘蚊子船作为最后的防线。

蚊子船不是军舰，是以小船搭载陆军火炮的水上移动炮台。

而吨位 2600 吨的平远虽说是新船，但却是"远字辈"里唯一的国产舰，由福州造船厂根据法国对"三景舰"的设计仿造而成，长仅六十米（小于超勇），宽却有十二米（仅次于定、镇），显得五短三粗。装甲倒挺厚，航速却只有 8 节，火炮也不过三门（120mm）。和吨位 1000 吨、航速 16 节的广丙编在一起明显不协调。

同样不协调的还有联合舰队。

搞沉了超勇的一游非常得意，坪井航三决定右转绕到北洋舰阵后方，反复旋转，以舷炮射击。如此，便同对面的本队形成腹背夹击之势。

这和伊东佑亨的想法不谋而合。

结果还不如不合。

对自己的灵光一闪颇感激动的伊东佑亨随口喊道："让一游掉头！"

本意显然是右转掉头，但由于少了"右转"两个字，产生歧义，司令塔外的信号兵挂上了"一游回转"的信号旗。

接到属下报告的坪井航三迷惑不解，但还是执行了本队的命令。

伊东佑亨大吃一惊，旋即反应过来：信号旗搞错。

既如此，便将错就错，让一游在正面，本队加速绕到北洋舰阵后方。

两队交错驶过时，伊东佑亨估计狠狠地瞪了一眼对面的坪井航三：太不默契了！

由于本队和一游往相反方向驶离，像拉开的帷幕，将一直在外侧逡巡的西京丸暴露在定远面前。

改自商船的西京丸长得比赤城还像运兵船，刘步蟾没有丝毫犹豫，下令开炮。

305mm弹摧毁了西京丸的舵机，桦山资纪只好派身强力壮的水手努力转动十二柄备用的人力舵轮，艰难走避。

与此同时，平远和广丙如猛虎下山，冲入战场，谁也不理，直奔松岛而去。

镜头切至广丙闷热的轮机舱内，满头大汗的二管轮（负责轮机，位次于总管轮和大管轮）黎元洪正忙碌地指挥锅炉兵作业。

凭借高速，广丙先于平远到达松岛左舷。

后来任北洋政府海军总长、因倒戈护法而名动一时的广丙管带程壁光，此刻正酝酿一套声东击西的战术。

猛烈的炮击转移了松岛的视线，殊不知广丙舰首甲板下的鱼雷室里两条鱼雷已蓄势待发。

可惜，鱼雷在当时属于尖端科技，技术还很不成熟，理论射程不到四百米，实战中更是要一百五十米内才有较高的命中率。

问题在于这是打仗，不是打《三国群英传》，放个八门金锁敌人就一动不动站那儿挨砍。

由于松岛和其后的千代田火力过于密集，一张可怕的火网死死地拦住了广丙前行的步伐，程壁光只好暂避锋芒，另寻战机。

平远倒是以舰首的260mm克虏伯炮命中松岛，却因又是实心弹，只杀死了一个少尉和三个水兵。

松岛迅速反击，六门速射炮打出一招"满天花雨"，平远的260mm

炮被当场打残。

负伤累累的平远明显不敌松岛，携广丙悻悻地驶出了众人的视野。

两船都是半残，却遇到了更惨的西京丸。被定远重创的它，右舷水线出现了一道裂缝，只能靠木板临时堵漏，苦苦支撑。

天与不取，反受其咎，平远果断出击。

桦山资纪紧闭双眼，开始懊悔自己要求跟随观战的愚蠢决定。

西京丸舰长鹿野下令以舰首对敌，让薄弱的舷侧躲离敌军炮火。忽然，瞭望兵大喊："鱼雷艇！"

四艘跟随平远而来的鱼雷艇分别是福龙、左一、右二和右三。从如此山寨的名字不难看出，鱼雷艇要比鱼雷舰（广丙）小得多。

其中，左一、右二和右三在路过超勇失事地点时停下来搜救幸存海员，西京丸看到的是实力最强的福龙。

福龙者，福建之龙也。长四十二米，最宽处仅五米，吨位只有120，航速却达到惊人的24节。

这也没什么好夸耀的——坐到福龙狭长低矮的船舱里，以四十五公里的时速在海上玩漂移，对正常人来说苦不堪言。

艇首甲板下的狭小空间里，两个水兵负责发射鱼雷。这俩人是看不见外界情况的，发射时机不由他们决定，而要等待来自司令塔的命令。

所谓的司令塔，也只能容纳两人，一个操舵的水兵，另一个便是留美幼童、福龙管带蔡廷干。

福龙装有三具鱼雷发射管，其中两具固定在艇首两侧，需要靠整船来瞄准，故指挥航向的蔡廷干事实上还担负着瞄准员的重任。

剩下一具安装在艇尾细细的中轴线上，倒是可以旋转，但操作时发射手必须把自己绑在鱼雷管上，要杂技般悬空于艇外，冒着炮火高速前进，不知道的还以为在拍《虎胆龙威》……

留美期间，美国学生喜欢给他们的东方同学起绰号。性情刚烈、行事勇猛的蔡廷干被称为"火爆唐人"——冥冥之中似乎注定了他要登上这艘敢死艇。

艇首高昂的福龙破浪而行，时隐时现，宛若蛟龙，直指西京丸侧舷。

一阵阵波浪涌上福龙甲板，海水不断从司令塔的观察口灌入，却挡不住蔡廷干坚毅的目光。

福龙无福

距离越来越短，西京丸的机关炮在福龙四周打出密密麻麻的水柱。

没有任何预兆，福龙射出的一发鱼雷在海中划出一道白练，冲西京丸飞驰而去。

三百米的距离，几乎不容鹿野思考。他条件反射般命全舰转舵，舰首冲福龙驶来的方向全速前进。

当然你会问，这样不是死得更快吗？

不一定。

此举是近距离规避鱼雷的最后一招，教材上提起时往往备注说："不到万不得已，不建议采用。"

对准鱼雷急驰，船头激起的浪涌会将鱼雷推开。虽说冒险，但考虑到 2900 的吨位在那摆着，并非全无可能。

即使如此，甲板上目睹这一切的人，还是惊出了一身冷汗。

鱼雷最后在离右舷一米处擦过，鹿野以手加额，长吁了口气。他不知道的是，福龙紧接着还发射了一枚，蔡廷干意图用两发鱼雷彻底置其于死地。

可惜，第二枚是在西京丸转向的过程中发射的，精度不高，距目标四米处抱憾错过。

空间所限，除了安装进管的鱼雷外，鱼雷艇上一般再无其他库存。

日军又躲过一劫。

西京丸上，所有人都欢欣鼓舞，鹿野却疑惑地发现，福龙没有丝毫退缩的迹象，竟迎头驶来。

自杀式袭击？这可是日本人的专利啊。

随着距离越来越近，鹿野慌了，毕竟光脚的不怕穿鞋的，求死的不怕光脚的。

一百米。

六十米。

西京丸再次侧转，舷炮齐鸣，以百分之百的命中率狂轰滥炸，却吓不退海扁王附体的福龙。

三十米！

一个篮球场的长度。

西京丸上爆发出一阵惊呼。

福龙猛然向右急转，艇身扫出的浪花甚至溅上了西京丸的舷栏。

掉头的同时，福龙的甲板上出现了几个水兵。在机关炮的掩护下，其中一个跑到尾部的露天鱼雷管处。

两船再次相距五十米时，鱼雷管已旋转了一百八十度，果断地发射了最后一枚鱼雷！

如此之近的距离，再不中，除非山无棱天地合，冬雷震震夏雨雪。

福龙响起了胜利的呐喊。而西京丸上，桦山资纪顾不得失态，凄凉道："吾事已毕！"

鹿野从未如此真切地观摩一颗鱼雷是如何激射而出的，他甚至无比清晰地看到福龙甲板上中国士兵振奋的表情。

桦山资纪瞑目待毙，耳畔是一片死寂，除了沉重的心跳。

十秒，三十秒，六十秒！

桦山资纪发现自己还活着，西京丸安然无恙。鱼雷竟然没有爆炸！

科学解释是：当时的鱼雷在入水后，要经过深浅机的一番上下调整，才能达到预定的定深。在这个过程中，鱼雷在水里的轨迹是一条上下起伏的正弦曲线，航行一百米后才能调整完毕，以直线行进。

五十米的距离，鱼雷尚未跑完调整的过程。但以西京丸较深的吃水而论，即使鱼雷乍起乍伏，命中率仍然很大。蔡廷干觉得，既然是最后一搏，宁近勿远。

结果鱼雷居然沿着西京丸横截面的弧度划了一个半圆，在另一侧浮出水面。

运交华盖到这种程度，只能说明大清已是神厌鬼憎。

至下午三点，战斗已持续了两个小时。清军的炮弹眼看告罄，日军却仍旧充裕。不远处，美国哥伦比亚号商船正巧路过，船员在望眼镜中看到这样一幅画面：

> 一团团又大又浓的黑烟，没有风把它吹散。透过烟雾，那些巨大的战舰摇摇晃晃的样子隐隐呈现，如同许多发怒的巨龙在喷吐火焰。压倒一切的，是震人心弦的炮声，如雷电交加，响彻云霄……

定远。

一颗日本炮弹突然落在堆满了机关炮弹的一处甲板上，周围的水兵担心连环爆炸，赶紧四散避开。恰好两个军乐队的男孩抬着一颗150mm弹经过，见到险情，其中一孩随众躲避，另一孩则怒目而视，宛若红色电影里的儿童团团长。

小英雄不顾危险，独自一人拖拽着笨重的炮弹向舰尾的150炮位艰难挪动。

执着无畏的身影感动了围观人群里的戴乐尔，他上前帮助小孩抬起了炮弹。

与此同时，英国顾问尼格路士被弹片击中，血流不止。他拒绝去军医院，而是索要了一些吗啡，忍着剧痛留在甲板上，直至战死……

环绕定远舰体的是均厚 35 厘米的铁甲，扎实的双层设计缔造了永不沉没的神话。

然而，百密一疏。舰首的锚链孔周围，装甲的厚度只有 7.5 厘米。

命门隐秘而细小，鲜为人知，知道了也不一定打得中。可好运来了神都挡不住，此役基本属于上帝握着日军的手在开炮。由扶桑的一门240mm 克虏伯炮发出的炮弹正中锚链孔下方，穿甲而入，轰然炸响。

不同于它舰，定远在舰首甲板下有专门的军医院。把伤员安置在最前面，德国人的设计思路令人费解。同样不解的刘步蟾早就下令医生和伤兵转移到靠后的铁甲堡内，这才降低了人员损失。

下濑火药烧毁了药橱和病床，烈焰顺着梯道舱口向外蔓延。很快，舰艉便陷入一片火海之中，黄烟和黑烟混在一起，咫尺莫辨，定远的炮火被迫停滞下来。

像一头吐火的困兽，浓烟滚滚的定远极大地鼓舞了日军的士气，是个倭寇都明白击沉这艘巨舰对自己意味着什么。

于是，一游和本队前后包抄，快速接近。每条船、每处炮位、每个日兵都疯了一般朝定远开火。

邓世昌的逆袭

焦头烂额的刘步蟾一边指挥操舵，一边组织灭火自救，全然没注意到左翼的致远已悄然超过本舰，在一个名叫邓世昌的中年军官的率领下挺舰而出。

拔刀相助的还有镇远。

但镇远有铁布衫护体，而致远（2300 吨）的定位是轻型巡洋舰，排在邱宝仁的来远和林永升的经远（重型巡洋舰）之后。

面对强大的一游，致远的舰体多处被击穿，一些伤口更是出现在水线附近，海水大量灌入船内，最后竟至30°右倾。

危急存亡之秋，邓世昌做出一个令所有人都为之惊叹的决断：

> 倭船专恃吉野，苟沉是船，则我军可以成功！

邓世昌屹立于飞桥之上，大声激励着将士。航速已超过20节，直指吉野。一段壮烈的征程展现在哥伦比亚号船员的视野之中：

> 致远不断用水泵抽水，因为我们看到水从该舰两侧倾流入海。甲板上的大炮不停地射击，直到它沉没为止。最后，它的舰首完全淹没在水中，船尾在海面上高高翘起，露出转动的螺旋桨，渐渐消失。定远、镇远试图援救它，但是太迟了。

邓世昌的绝命撞虽有冲动的因素，却是理性分析的结果。十年后，吉野就是被友军误撞给撞沉的。

可惜，一切都因锅炉舱被击中，引起声如裂帛的剧爆而功败垂成。

二百五十二人，除七人外，包括英籍顾问余锡尔在内的所有官兵全部长眠黄海。

落水时，亲兵刘相忠游过来递送救生圈，被邓世昌用力推开；左一鱼雷艇赶来相救，邓世昌"亦不应"。

最后，连他的爱犬也来营救主人，"衔其臂不令溺，公斥之去，复衔其发。"满眼热泪的邓世昌毅然抱住爱犬，同沉海底。

当晚，接到电报的光绪无语凝噎，哽咽着写下：

此日漫挥天下泪，有公足壮海军威。

百余年间，政治的涂抹让"邓世昌"三个字越来越模糊，人们已不关心也不记得他最初的样子。

在加入马尾船校前，邓世昌是一个茶叶巨商的儿子。由于年龄偏大，他错过了留学英国的机会，却积累了更多的实操经验。

北洋水师里，闽系军官的抱团和排外令丁汝昌头疼不已。因此，对广东籍的邓世昌，他倚若心腹。

邓世昌没有辜负丁汝昌的青睐。治军，他严格到近乎苛刻；带兵，他勇猛到乃至鲁莽。被水兵们戏称为"邓半吊子"。

带船多年，邓半吊子的事故率高居榜首。担任扬威管带时，曾因煤没带够，在海上漂了好几天，差点成为鲁滨孙；还有一次因不熟悉水情造成军舰搁浅，导致螺旋桨的叶片严重受损。

中法战争中，邓世昌在前线备战，家父去世的消息传来，他不离职守，却在舱中反复书写：不孝，不孝，不孝……

就在此次大东沟海战前，邓世昌还背负着审查，原因是练兵过严，"鞭打士兵致死"。

而今这一切，早已化作大东沟上空那久久不散、掷地有声的誓言：

吾辈从军卫国，早置生死于度外，今日之事，唯死而已！

此事无关立场，超越政治，只是一个青衫磊落的七尺男儿对自己、对这个世界的庄严承诺。

君子重诺。

二十多年里，邓世昌只回过老家三次，其余的时间基本都在船上度过。这不是在写报告文学，而是出自邓世昌女儿温馨的回忆。

每次父亲回家，她都倚门而望，望穿秋水。一直等到太阳都落山了，石凳上睡眼惺忪的小姑娘才恍惚发现，落暮斜阳下，父亲带着自己心爱的大黄狗，一边嬉戏，一边朝家的方向走来……

画面切回战场。

愤怒的镇远狂轰松岛，两枚305mm弹接连命中。第一颗实心弹横贯而出，在其右舷留下一个骇人的大洞；第二颗装满了黑火药的榴弹接踵而至，正中一门120mm的速射炮。

炮盾像挨了一记落英神剑掌，骤成纷纷扬扬的钢铁碎片。炮身震飞起来，摔落后竟被拧成了月牙形。

散落一地的120mm炮弹当场引爆，核裂变般沿甲板一路炸响。舷侧板严重损毁，海水涌了进来。

包括一名大尉在内的二十八个官兵死状极惨，尸体残缺不全。军医长等六十八人重伤，须发皆燃，身体烧得像炭一样黑，悲鸣连天。

不治身亡的又有二十二人，松岛瞬间陷入瘫痪。

鱼雷长木村浩吉大尉忠实地记录了当时舰上的惨剧。

心细之人可能会说：且慢！此人是战地记者吗？从头记到尾，也没见被炸死。

其实，木村浩吉之所以能悠闲地写报告，从另一个侧面反映了日军压根就没打算采用鱼雷战术。

士官办公室虽已被烧黑，桌子上、地板上还是横七竖八地躺着重伤患者，医务员没立足之地。两三个伤员见我进来，不断叫喊着"鱼雷长，给我水"。我就用陶壶装了些水，喂他们。

怀着对清军两艘铁甲舰的恐慌，"伤者们接连询问定远、镇远的情况。到处都是呻吟和索水声，一些水兵忍着剧痛割下粘在身体上的衣裤，皮肉随之被拽下……"

下午四点，松岛的桅杆上升起一面特殊的旗帜，上书"不管"，意为各舰自由行动。

因编程错误而无法通关的游戏

正是宜将剩勇追穷寇的大好时机，北洋舰队却出现了逃兵。

龟缩了一下午的济远挂出"我舰已受重伤"的信号旗，转舵离开战场，广甲随之而去。

方伯谦尚知廉耻，不敢回登陆区，而是往大鹿岛方向开去。

慌乱中，竟把眼看就要脱离苦海的扬威给拦腰撞毁。更恶劣的是，心虚的方伯谦下令倒车、离去，完全不顾友军的死活。

扬威管带林履中悲愤莫名，蹈海而逝。

9月18日凌晨，济远回到旅顺，连夜用铁锤在舰身伪造创痕。紧随其后的广甲因不熟北方海域触礁搁浅。

济远的脱逃严重打击了舰队的士气，弹药将尽的经远、靖远、来远相继往大鹿岛方向暂避，一游四舰迅速追击，战场上只剩日军本队和定、镇二舰。

西沉的落日慵懒地注视着血火交融的大东沟。面对这场历时三个多钟头的海战，倦怠不堪。

松岛、千代田、严岛、桥立和扶桑像五只眈眈相向的嗜血豺狼，绕着定、镇游走。

为了牵制日军，保护铭军登陆，定、镇非常镇定——只是炮弹仅够打十五分钟了。

三十多门火炮肆无忌惮地轰击着两艘巨舰。一个小时下来，日军官兵彻底傻眼。

只见弹药狂飞中，北洋双柱虽不断起火，却巍然不倒，缓慢但有节奏地发炮还击，显得无比沉着，异常强硬。凹凸不平的舰体上，没有一处弹痕的深度能超过十厘米……

松岛面目全非的甲板上，腹部重伤的水兵三浦虎次郎绝望地浩叹道："定远舰怎么还打不沉啊！"

不远处，另一场追逐戏正在上演。靖远跟着经远，来远跟着靖远，再往后则是死咬不放的一游。

突然，靖远挂出一组旗语，原本朝西北的航向改为东北——那是小鹿岛的方向。

来远随长舰一起转向，吨位2900的经远暴露在一游的炮口前。

重型巡洋舰经远有小铁甲舰之称，配备两门210mm、两门150mm克虏伯炮，若干不同口径的机关炮以及四具鱼雷发射管。只可惜跑不过吉野，挡不住一游的猛攻。激烈交火中，司令塔的观察口被击中，管带林永升头部中弹，当场阵亡。

小鹿岛。

靖远和来远的官兵眼睁睁看着经远以一敌四，却爱莫能助。靖远弹药耗尽，来远被赤城命中燃起的大火仍在舰上肆虐。

作家冰心的父亲谢葆璋时任来远枪炮二副（守备衔），从头到尾都在指挥救火。

在向女儿回忆海战的残酷时，谢葆璋讲述了后来经常出现在冰心噩梦里的一幕：一个水兵被炮弹击中，肠子飞到军舰的烟囱上，贴在那里挂着。战后掩埋尸体时，大家才得空把已经烤干的肠子撕下，塞进他的肚子。

西南方向忽地传来巨大的爆炸声，经远沉没了。

叶祖圭和邱宝仁各令己舰严阵以待。血色残阳下，布满黑尘的黄龙旗猎猎飘扬。

时针即将指向六点，正在往小鹿岛逼近的一游发现，恢复了指挥的松岛挂出旗语：返回本队。

伊东佑亨见死活轰不沉定远，深恐夜色降临后清军的鱼雷艇发动奇袭，准备返航。

靖远、来远躲过一劫。

在靖远大副刘冠雄的提议下，叶祖圭令人升起一面将旗，号召离开战场的军舰一起返回。平远、广丙、福龙、左一等相继靠拢，重新汇聚到定远身旁。

夜色苍茫中，北洋舰队回到了大东沟口。

不见日军踪影，铭军登陆仍在继续。丁汝昌留下左一和另一艘鱼雷艇，率舰队赶回旅顺修理。

旅顺港码头，方伯谦跪迎。丁汝昌冷笑道："不敢当，不敢当！方管带的腿好快啊！"

其实，丁汝昌是刀子嘴豆腐心。比起刻苦钻研《罗织经》的翁同龢，他考虑更多的是如何为北洋保留一些海军人才。

于是，次日一早他便命方伯谦去拖带搁浅的广甲，以期将功折罪。

结果，江湖人称"满海跑的黄鼠狼"拖了一半，见远处有日舰开来，扔下广甲撒腿就跑，导致北洋又损失一艘军舰。

事不过三，死局已无可逆转。

方伯谦八面玲珑，人缘不差，但当李鸿章向军机处请杀时，竟无一人替他求情。

可见天理昭昭，因果不昧。

收押期间，方伯谦的部下知道情况不妙，请他安排后事。方伯谦昏聩不明，说朝廷仁厚，岂有杀副将之理？不过革职罢了，虽一二品或难骤复，每月数百两的薪水却断不会少。

半夜12点，丁汝昌接北洋回电，着以军法从事。毅军首领宋庆前去传达，方伯谦始痛哭求救，老将军愤然道：

> 我恨无海军生杀之权，不然七月间已在军前正法，尚复令尔误
> 国家大事？

凌晨五点，旅顺黄金山下的刑场，方伯谦被斩首。

黄海之战，北洋舰队在航速、射速和弹药威力全面落后于联合舰队，且一百毫米口径以上火炮仅有五十二门（日方有一百零四门）的不利条件下，战后统计命中率竟高于日军，可见将士用命，训练有素。

然而，残酷的事实却是，清军阵亡官兵七百一十五人，日军不过一百二十一人……

黄海之败，非战之罪，罪在体制。

好的制度把废柴变为精英，坏的制度把精英打成废柴。若生于先进国家，李后主可以像林夕一样通过填词名利双收；宋徽宗也可辗转于世界各地办画展，开"瘦金体研讨会"。

奈何生在帝王家、专制国？生前颠沛流离，死后横遭非议。

从这个角度看，左宝贵、邓世昌乃至方伯谦，无一不是旧制度的陪葬品。

兵败如山倒

慈禧慌了，急召翁同龢，痛加责备，命他立刻赶赴天津向李鸿章询问对策。

冤家见面，翁同龢开口就问北洋的兵舰。李鸿章怒目相视，半天不发一言。须臾方道："翁师父总理财政，平时请拨经费动不动就驳回查问，事到临头了才问兵舰，兵舰果真靠得住吗？"

翁同龢："理财之臣以节省为尽职，若真是急事，何不再次请拨？"

李鸿章："政府疑心我跋扈，御史参劾我贪婪。再争辩不休，今天还能有我李鸿章吗？"

翁同龢语塞。

旅顺港，三百名工人昼夜不息地抢修军舰。

来远几近焚毁。望着被烧得触目惊心的舱面，想到竟能全身而退，众人无不大奇。

虽然李鸿章竭力从各地工厂借调工人去旅顺应急，但日军在辽东半岛的节节推进很快便吓跑了所有人。

11月下旬，随着旅顺沦陷，丁汝昌不得不率领尚未修好的舰队返回威海卫。

威海湾水面开阔，湾口以刘公岛为屏障。岛上陆上炮台密布，隔海呼应，在南北两个水路进出口形成交叉火力。

火炮方面，各炮台不但装备了280mm巨炮，还拥有当时最先进的岸防武器——地阱炮。

地阱炮安装在圆形的地坑工事里，巧妙利用发射时的后坐力将炮身下沉到防御墙下，方便炮兵安全地装弹。再通过类似弹簧的装置，将积蓄的动能转换为势能，重新推升火炮。

威海在清朝很特殊，行政上归山东省登州府文登县管，而威海卫的军港则由北洋掌控。本来山东巡抚福润和李鸿章配合默契，但就在一个月前，光绪突然将福润与新任的安徽巡抚李秉衡对调。

11月9日，李秉衡向朝廷奏报了海防部署，把威海作为重点。问题是威海在李鸿章的经营下已披坚执锐，这要让电影《辛亥革命》里的隆裕看了，估计又会说："能不能说点子我不知道的？"

其实，缺乏全局观的李秉衡因"灯下黑"忽略了一个足以致命的点：荣成湾。

此湾在威海以东，是山东半岛伸进黄海的最东端，也是日军抢滩登陆的目标。

早在 9 月 28 日李鸿章就致电李秉衡，希望他重视荣成湾一带的防务，甚至问到有没有派兵驻守。可李秉衡不但毫无回应，还在北洋舰队抵达威海时闭门不见丁汝昌。

并且，一直声称军费不足的李秉衡，居然先人后己地从藩库里拨出三十万两白银上交给户部，又在旅顺失守后第一时间写折子，要求诛杀淮系将领。他杀气腾腾道：

> 使人知不死于敌，必死于法。

结果，1895 年 1 月 20 日，当 3 万日军在荣成湾登陆时，发现守军只有区区三百人，这还是淮军将领戴宗骞从单薄的巩军中挤出来的一营。

事实上，日军早就赢得了情报战的先机。得益于海量间谍，中方的军事部署日方几乎同步更新。

而从作战装备和人员素质上看，北洋海军与联合舰队或可一战；中国陆军则同日本陆军完全不属于一个时代。

最纠结的还是戴宗骞。

此人五十出头，剿捻起家，在淮军老将中暮气不重，一心想主动出击。

问题是巩军的大部分都在守炮台，机动兵力极少。戴宗骞认为死守要塞不足取，却忽略了炮兵不擅野战的事实，不顾李鸿章的一再反对，强令出兵，结果一触即溃。

戴宗骞之所以如此愤激，皆因李秉衡不响应他调山东军队帮守炮台的请求。而丁汝昌虽不爽李秉衡，但主张防御的他更反对戴宗骞冒进的做法。

理念不合导致两人嫌隙日深，遇事多不商量，急得李鸿章发电报怒斥：

吾为汝等忧之，恐复蹈旅顺覆辙，只有与汝等拼老命而已！

由于陆上炮台都面对大海，为了防止敌军登陆后从背面包抄，炮台后方相反方向又修建了一组防御炮塔。

威海卫南岸的守军，总数不过一千五百人，分散在被大雪覆盖的山地、炮台和隘口，基本形同虚设。

《日清战记》描述了清军可悲的陆上防御：

突然前方有五个地雷一起爆炸，惊天动地，霎时间泥土如雨点般散落。然而，声势虽大，却因构造老旧，只扬起些许泥沙。除一个士兵手指受伤外，其他人均安然无恙。

为数不多的激烈抵抗，还是来自海军。

三百多身穿红色制服的北洋海军陆战队员跳下军舰，迎着被日军占领的炮台登陆作战，拼死前进。

却最终被炮火压制在海边。

一汪不大的海湾变成了殷红色，在日军的记载里，"像蜀锦一样好看"。

2月2日，威海卫城陷落，戴宗骞被逼到了北岸炮台。

位处威海卫城东三公里丘陵地带的北岸炮台易守难攻，仅有一条小路与外界相通。

可再易守也得有人守，六营的兵死的死，跑的跑只剩下一营，还要分守十一个炮台，戴宗骞压力山大。

同时，北岸炮台与刘公岛隔海相望，距离不过两公里，唇齿相依。一旦不保，刘公岛也在劫难逃。

因此，丁汝昌派留营待罪的原广甲管带吴敬荣率二百水兵增援，一直驻防刘公岛的陆军总兵张文宣（李鸿章外甥）也命哨兵前去助阵。

当晚，放心不下的丁汝昌来到北岸炮台。戴宗骞沮丧地告诉他，说自己正在四处招集逃散的士兵。

丁汝昌叹道："留人不留心，招回也无用，就现有的兵尽力防守吧。"

雪上加霜的是，仅剩的一营此时也逃跑了，还带坏好学生，卷走了吴敬荣的水兵。次日一早清点时，发现全台只剩十九人。

为免资敌，丁汝昌建议所有人马上撤到刘公岛。戴宗骞喟然道："兵败失地，还能到哪去？唯有一死以谢朝廷。"

那一刻，公仇超越了私怨。丁汝昌牵着戴宗骞的衣襟，道："走。不能同生，也要同死。"

二人乘船离去，在刘公岛水师公所前的码头下船。戴宗骞回望了一眼对岸，跟搀他下船的水兵说："我的事就此完了，剩下的便看丁军门了。"

当晚，戴宗骞服毒自杀。

丁汝昌强忍悲痛，写信向李鸿章求援。同时，他重金招募敢死队，携带炸药至北岸，将炮台尽毁。

作为北洋海军的根据地，东西长四公里，南北均宽不到一公里，环绕着六座炮台的刘公岛上设有提督衙门、道台衙门以及医院和修船厂。各色商店也一应俱全，其中一家是德国人开的，还有一所专为洋员服务的俱乐部。

联合舰队的四个游击队配合陆军轮番对刘公岛发起进攻，皆为北洋舰队击退。

爱国——最勇猛的单相思

2月4日晚，恼羞成怒的伊东佑亨派出了鱼雷艇。

两团黑影巧妙地躲开了定远舰照度八千支烛光的探照灯，阴区区地发射了两枚鱼雷。

命中的同时，正在船上开会的刘步蟾迅速反应，发炮回击，日方当场人艇俱毁。

可惜，定远的伤口在水线以下，海水喷涌而入，舰身逐渐倾斜。刘步蟾急令水兵砍断锚链，朝岸边驶去，最终在沙滩搁浅。

出此下策，是为了将定远当水上炮台使。然而由于进水严重，不堪使用，五天后，反复思量的丁汝昌深恐定远落入敌手，不得不忍痛割爱，下令炸毁了这艘传奇巨舰。

当夜，刘步蟾服毒自杀，履行了"苟丧舰，必自裁"的承诺。

丁汝昌痛失一臂，下令将督旗移到已无法出海的镇远舰上。

两个月前，北洋舰队从旅顺撤至威海。入港时，镇远不慎擦伤，虽经紧急抢修，但还是遗憾地变成了水炮台。

翌日，愧恨交加的林泰曾仰药自尽，大副杨用霖升任管带。

2月6日凌晨三点，日军发动偷袭，炸沉了来远和另外三艘军舰，清军死伤惨重。若非谢葆璋水性好、反应快，在爆炸瞬间果断跳进冰冷刺骨的海里逃生，现代文学史上便少了一位女作家。

谢葆璋的上司、来远管带邱宝仁，则在落水后被官兵救出。

刘公岛大势已去，人心惶惶。2月7日的混战中，十三艘鱼雷艇和利顺、飞霆两艘小轮在左一管带王平、济远舰鱼雷大副穆晋书的牵头下集体大逃亡。伊东佑亨立刻命速度最快的一游追击，逃船全军覆没，王平仅以身免，跑到了烟台。

联合舰队开始收缩包围圈。

刘公岛以南两千米，一座周长不足九百米的小岛钉子般牢牢地扎在茫茫大海之中。

它就是专为对付日军而生的日岛。

日岛上有两座地阱炮，康济舰管带萨镇冰带着三十多个水兵坚守于此，像钉子户大战拆迁队一般，屡挫日军的嚣张气焰。

急眼的伊东佑亨下令合围日岛，使出一记"疯狂一百零八打"，终于把日岛轰成了焦土，萨镇冰被迫撤回刘公岛。

这时，萨镇冰的夫人前来探望，萨镇冰拒绝相见，并怒道："这是什么地方？今天是什么日子？告诉她就当我死了，叫她速回！"夫人垂泪而归，不久就去世了。

萨镇冰终身没有再娶，一直活到中华人民共和国成立后，担任全国政协委员和中央军委委员。去世前一年，萨镇冰听说中国人民志愿军在抗美援朝战争中打进了汉城，回想起57年前的甲午悲歌，当即作诗一首：

五十七载犹如梦，举国沦亡缘汉城。

龙游浅水勿自弃，终有扬眉吐气天。

张文宣已镇不住陆军，士兵们公开说不再打仗，挤在防波堤下、镇远舰上，要求坐船回家。

洋员也公推戴乐尔为领袖，找到道台牛昶炳，撺掇他同自己一起去劝丁汝昌投降。

这实在是太不了解丁军门了，人杵在这儿就是为了当门神的，岂会缴械投降？

果然，丁汝昌断然拒绝。但为了实施人性化和差异化的管理，他撂下一句话：

> 尔等坚守岗位，若11日救兵不至，我当自杀，以保全大家性命。

众人这才放心离去。

丁汝昌叹了口气，执笔写信给烟台的登莱青道刘含芳，凝重道：

> 11日援军不到，则船、岛万难保全。

9日，靖远沉没。11日，4艘日舰驶入港内，以排炮轮流轰击，威海卫南岸的日本陆军也开炮助阵，火力之猛，前所未见。

清军奋力还击，炮台怒吼，重挫日军。

然而，天数已无可更改。

夜里，丁汝昌收到刘含芳的回信，以为援兵有了指望。可就在拆信的瞬间，笑容凝固了。

信纸上不过寥寥数字，却字字重如千钧：

> 顷接李大臣（李秉衡）电，全力冲出。

冲出？口外倭舰密布，我军船只俱损，便是插翅恐亦难逃。丁汝昌顿时瘫倒在椅子上，枯坐无言。

事实上李鸿章早就从内地调徐州镇总兵陈凤楼和皖南镇总兵李山椿共二十营开赴烟台，问题是这帮人承平日久，根本无法想象前线战况的惨烈与危殆。

湖南巡抚吴大澂已然足够开明，他至少出过国（朝鲜）。在奉命发临时拼凑的湘军五十营驰援山东、讨伐日军的檄文中，还是充分暴露了因不谙时局而导致的幼稚无知：

本大臣讲求枪炮准头十五六年，所练兵勇，均以精枪快炮为前队，堂堂之阵，正正之旗，能进不能退，能胜不能败。湘中子弟，忠义奋发，合数万人为一心。日本以久顿之兵，师老而劳，岂能当此生力军乎。惟本大臣以仁义之师，行忠信之德，素以不嗜杀人为贵，念尔日本民人，各有父母妻子，岂愿以血肉之躯，当吾枪炮之火？徒以迫于将令，远涉重洋，暴师在外。值此冰天雪地之中，饥寒亦所不免。死生在呼吸之间，昼夜无休息之候，父母愁痛而不知，妻子号泣而不闻。战胜，则将之功，战败，则兵之祸……

陈凤楼倒是不扯淡，却迟迟不启程，一直拖到 1 月 26 日才令两营先行，连李秉衡都急得发电催道：

威待援甚急，盼公来如望云霓，恳公迅赐起行。

起行了，也没用。左一管带王平出逃到烟台后，先谎称丁汝昌令其率军冲出，再谎称威海已失。陆路援兵得讯，已撤销对威海的增援……

屋外传来一片喧哗。丁汝昌抬眼望去，只见一众水陆兵勇正跪在阶前哀求活命。

一张张稚气未脱的脸。

心如刀割。

死亡的寒光，足以让最勇敢的人也不自禁地战栗。

谁愿意做陨石？谁愿意做冰冷的雕像？看着不熄的青春之火，在别人的手中传递。即使鸽子落到肩上，也感不到体温和呼吸。它们梳理一番羽毛，又匆匆飞去。

就让我代你们去死吧。

丁汝昌来到窗前，高声道："诸位的请求我知道了，明早一定给予圆满答复。"

待众人散去，丁汝昌又默默地读了一遍伊东佑亨写给他的劝降信，对其中的一句深以为然：

> 今贵国不可不以去旧谋为当务之急，亟从更张。苟其遵之，则国可相安；不然，岂能免于败亡之数乎？

张文宣走了进来。他早已做好殉国的准备，屡屡告诫部下："竭力死守。力竭而不能守时，我当先死，以免尔等之死。"

清楚张文宣来意的丁汝昌，紧紧地握了握他的手，从怀里摸出一包鸦片。

两人分食，仰面吞吃。

弥留之际，萨镇冰守在丁汝昌的床前，听他喃喃自语："这么大一支海军，就这样完了啊！"

良久，丁汝昌又抓住萨镇冰的手，欣慰道："我死了，你们便可以活下来。你们是海军的种子，国家的希望……"

最恨是马关

1895 年 2 月 12 日上午 7 时，丁汝昌薨。

最早发现丁、张二人自杀的是杨用霖。悲痛之余他立刻意识到，阖岛上下，自己已是级别最高的官员。

决断的时刻来临了。

两天后，牛昶炳找到杨用霖，要求他出面同日军接洽投降，遭到拒绝。

杨用霖回到镇远舰的舰长室，吟诵了一遍文天祥的《过零丁洋》，平静地拿出手枪，对准嘴扣动了扳机。

2月17日，牛昶炳伪造好丁汝昌的降书，加盖水师提督印，向日军投降。镇远、济远、平远、广丙、镇中和镇边等十舰被日方俘获，独留一艘康济，载着丁汝昌等六名高级军官的灵柩，伴着汽笛呜呜的哀鸣，冒着风雪，凄然离港，往烟台驶去。

北洋舰队覆灭。

天津。

袁世凯面东而立，以酒遥祭。

凛冽的寒风中，北洋水师的官兵用英语传递口令的声音，依稀在耳边回响。一幅酸楚的画面浮现在袁世凯眼前，那是从刘公岛活着回来的士兵们的亲眼所见，他们说："最后一天，等待援兵的丁军门苦苦地望着岸上，眼睛瞪得和铜铃一样大……"

紫禁城已乱作一团。

光绪和翁同龢终于明白，打仗不是打架，打输了后果很严重。面对战、和皆无可恃的局面，君臣声泪并发，罔知所措。

世间最屈辱之事莫过于战败求和，清廷却不得不强咽这颗苦果。

在美国驻华公使的调停下，慈禧派出了谈判代表、户部侍郎张荫桓（1837—1900），结果被伊藤博文赶了回来，理由是资格不够。

慈禧怒了，立召军机大臣徐用仪和孙毓汶，说自己忍无可忍，准备把驻日公使也撤回来，免得再受挫辱。

徐、孙二人是一以贯之的主和派，当场表示反对，主张"留此线路，不可决绝"，不然会驳了斡旋人的面子。

慈禧当即反问：

若尔，中国体面何在？

豪言壮语当不了饭吃，最后还得李鸿章出来收场。

已被吓成惊弓之鸟的光绪终于决定议和，五次召见以前看着就来气的李鸿章，嘱其"权衡利害，统筹全局。以舒宵旰之忧，而慰天下之望"。这些都是客套话，重点只有一句：

予以商让土地之权，斟酌轻重，磋磨定议。

摆明让李鸿章去当卖国贼。

3月13日，在李经方和伍廷芳的陪同下，李鸿章率一百三十多人的代表团（包括厨师、轿夫和美国律师）登上了去往马关的轮船。途中，他赋诗一首：

万顷波涛离海滩，天风浩荡白鸥闲。舟人哪识伤心处，遥指前程是马关。

绿树丛中，隐隐露出玲珑的佛塔和唐式飞檐。一阵悠远的钟声传来，渐渐消散在浓浓的雾气之中。

常年被海雾浸润的石板街道湿漉漉的，偶尔走过一个身穿和服、手撑花伞的仕女。惊鸿一瞥，只留下窈窕的背影和渐行渐远的木屐声，引人遐想……

春帆楼位于马关红石山下，典雅素净。窗外，几枝樱花含苞待放。

这个国家的文化令人迷醉而迷惑。俳句里的柔肠千转，哀吾生之须臾，《东京物语》里的寂寞人去却安静祥和；三岛由纪夫极美的文字和惨烈的人生对立统一，宫崎骏的动画里浪漫的蒸汽幻想与东西合璧……

正如你永远也想不到，在这座风和日丽的小镇，光天化日之下，李鸿章竟会遭到右翼分子的枪击。

子弹射进轿子，击中李鸿章左颊，幸无大碍。

被随员抬回驿馆苏醒过来后，李鸿章非常镇静，不忘嘱咐侍从将换下来的血衣保存起来。

面对血迹斑斑的衣服，他长叹道："此血可以报国矣。"

次日，清政府来电抚慰，指示"彼正理屈之时，当据理与争"。

天皇极为震怒，派人前往慰问，送上皇后亲手折叠的纱布，并主动签订休战条约。同时，把首相伊藤博文和外相陆奥宗光训斥了一通，限期破案。

凶手是右翼团体"神刀馆"的成员小山六之助。不愿看到中日议和的他，希望战争持续下去，故行此举，以激化矛盾。

唯恐授列强以柄的伊藤得知后，气急败坏道：

这比战场上一两个师团的溃败还要严重！

会场的布置，伊藤在细节上做足了功夫，以至于李鸿章一走进春帆楼就看见自己的座位旁摆着一只青花瓷痰缸。

熟悉李鸿章的人都知道他痰多，平日总在腰间携一袖珍痰罐。伊藤在这等旁枝末节上用功，也是想给李鸿章一个下马威，暗示他：你的底细，我清楚。

城下之盟，无枝可依。即使李鸿章唇焦舌敝，欲"唐雎不辱使命"，难矣。

两人也是老对头了，李鸿章的夫人赵小莲去世时，伊藤博文还曾赠予他四棵珍稀的华中木兰。故伊藤不绕弯子，说："日本之民不及华民易治，且有议院居间，办事甚为棘手。"

这是炫耀日本的议会民主制，同时也是讽谏。

李鸿章淡淡道："贵国之议院与中国之都察院等耳。"

伊藤："十年前曾以撤销相劝，中堂答以都察院之制起自汉时，由来已久，未易裁去。"

李鸿章无言以对，只因隔了一个时代。

为了打破沉默，伊藤问道："袁世凯现任何职？"

李鸿章："小差事，无足轻重。"

伊藤："以袁世凯之才，仅任无足轻重之差，难怪贵国无人才。"

李鸿章懒得饶舌，把话题扯回到谈判。他一再强调中国没钱，望赔款金额至少减五千万两。伊藤博文分毫不让，李鸿章只好拿出证据："五千万不能让，两千万可乎？现有新报一纸在此，内载明贵国兵费，只用八千万。此说或不足为凭，然非无因。"

伊藤博文矢口否认："此新闻所说，全是与国家作对，万不可听。"

李鸿章继续讨价还价，伊藤博文不耐烦道："议和非若市井买卖，彼此争价，不成事体。"

清廷要求李鸿章与伊藤博文，"尽心联络，竭力磋磨"，希望以私谊求对方让步。李鸿章知道此举无用，因为伊藤博文曾论及"交情与公事无涉，本系各国通例"。

因双方互不让步，谈判僵持不下，其间便发生了小山六之助行刺事件。

事后，日方的开价从三亿两白银减到了两亿，但这并非李鸿章之功，而是由于清廷的密电码是按《康熙字典》的部首编制的，极其简陋，早就被日本人破译，故中方的底线，伊藤博文其实一清二楚。

最后一次谈判，李鸿章犹在争取："无论如何，总请让数千万，不必如此口紧。"

伊藤博文强硬表态："屡次说明，万万不能再让。"

李鸿章："又要赔款，又要割地。双管齐下，出手太狠，使我太过不去。"

伊藤博文："此战后之约，非如平常交涉。"

李鸿章不满道："讲和即当彼此相让。尔办事太狠，才干太大。"

伊藤博文："此非关办事之才，战后之效，不得不尔。如与中堂比才，万不能及。"

李鸿章央求道："赔款既不肯减，地可稍减乎？到底不能一毛不拔。"

伊藤博文："两件皆不能稍减。屡次言明，此系尽头地步，不能改。"

对割让台湾一事，李鸿章希望能拖则拖，伊藤博文则要求条约生效后一个月内，必须办理交割手续。李鸿章坚持"一月之限过促"，伊藤博文则咬定"一月足矣"。李鸿章说："头绪纷繁，两月方宽，办事较妥。贵国何必着急，台湾已是口中之物。"伊藤博文赤裸裸道："尚未下咽，饥甚。"李鸿章讽刺道："两万万足可疗饥。"

没有国力做后盾，李鸿章虽百般申说，究属徒费口舌。最后，清廷不得不承认朝鲜独立，割让台湾及其附属岛屿给日本，并增开商埠。

本来日本还想强占辽东半岛，在俄国的干预下（沙皇联合德、法过问，史称"三国干涉还辽"）悻悻作罢。

俄国出头，乃因在修西伯利亚铁路，如果绕行黑龙江北岸则路线太长、施工困难，横贯东三省则容易得多；法国一方面想联俄拒德，一方面欲在远东分一杯羹，自然响应；德国要称霸欧洲，也希望俄国往东发展，不要西顾。于是，三国各怀鬼胎，保住了满人的龙兴之地。

两亿两白银，折合日元三亿五千万。在此之前，日本的财政官员从未谈论过上亿的数字，国库年收也不过八千万日元。

巨款被用来发展工业、军事和国民教育。二战前，日本最著名的钢铁生产基地八幡制铁所，启动资金即全部来源于此，开工第一年的产出就占日本钢铁总产量的一半有余。

更重要的是，日本藉此进行了币值改革，建立了自1871年以来就梦寐以求的金本位制。

在这种率先施行于英国（1816年）的货币制度的规范下，各国政府以法律形式规定本国纸币的含金量，而两国在贸易往来时则以此为基础决定汇率。

由于十九世纪 70 年代欧美各国先后完成了金本位制改革，在市场交换日益频繁的全球化时代，继续固守银本位制意味着自绝于世界经济体系。

于是，1895 年成为一道显著的分水岭。日本迅速崛起，而中国直到 1935 年才姗姗来迟地建立起金本位制。

制度的滞后天下共见，统治者却一直不肯正视。

半个世纪以来的耻辱，于斯为甚。清政府背负着巨额赔款，靠向西方举债度日。中国上下，始则瞠目结舌，继而悲痛莫名。

梁启超曰：

> 唤起吾国四千年之大梦者，甲午一役也。

第五章：戊戌政变

南海牌谣言制造机

4月17日，《马关条约》签署。消息传到北京，举国激愤，人心思变。

时值十八省举人在京会试，三十七岁的广东南海考生康有为（1858—1927）一夜之间赶写了万言书，要求光绪"下诏鼓天下之气，迁都定天下之本，练兵强天下之势，变法成天下之治"，在一千二百名举人的联署下，递呈都察院，史称"公车上书"。

公车即官府的马车。汉代通过"察举"选拔官员，地方贤才被推荐去京师做官的，都要由朝廷派公车接迎，故用公车指代举人。

甲午年公车们确实上书了，只不过具体细节同人们印象中的不太一样。此事说来话长，要从康有为的人品讲起。

1923年，六十多岁的康圣人跑到陕西去讲学，受到陕西督军刘振华的热情款待。

在游览卧龙寺时，康有为发现一本明代御赐的《碛砂藏经》，眼前一亮，先以金钱动之，再以自己所藏的三本经书交换为诱饵。住持定慧见其是督军座上宾，不好拒绝，便与之订约。

谁知急不可耐的康有为当晚就派弟子张扶万，带着十七辆大车浩浩荡荡地来到卧龙寺，不但夺走《碛砂藏经》，还顺带搬走了两柜其他经书。

定慧得知后忙从寺外赶回，已然阻拦不及，眼睁睁看着张扶万扬长而去。

不久，风声走漏，各界哗然，纷纷斥责康有为，要求其退还经书。愤怒的群众还自发撰写藏头诗讽刺道："老而不死是为（贼），国家将亡必有（妖）。"合起来便是"贼妖有为"。

陕西人民显然低估了南海圣人的心理素质。此事拖到第二年开春，觉得窃书不算偷的康有为，带着心爱的宝贝溜出了西安。

要不是众人围追堵截，在潼关拦下他，国有资产就又流进私人腰包了。

当然，康有为不是孔乙己，能耐远不止于此。他最擅长的还是讲故事，希区柯克见了也自愧弗如。

康有为和梁启超召集一千二百名举人在北京松筠庵举行集会，时为条约签订后的第五天。

现场群情激愤，台湾籍的举人更是痛哭流涕。

康有为出示草就的《上今上皇帝书》，内容包括拒和、迁都、变法。众人挨个签名，并于十天后（5月2日）在康梁的率领下，齐集都察院门口投递。

都察院以光绪已在合约上用玺，事情无可挽回为由，拒绝接受。

冲突的确抓人，要不是中间变换了一次场景，完全符合戏剧理论里的"三一律"。

然而，真相却是，康有为根本就没去都察院。

清朝人民享有集会的自由。不过，实地考察一番便会发现，松筠庵（明代诤臣杨继盛的故居）巴掌大的地方，容纳一千人非常困难。即使勉强挤下，也是人贴着人，且分散于各个房间，何谈集会？

唯一可以确证的上书，是由梁启超组织的，只煽动了八十多个广东举人，而同一时间陈景华领导的上书，则联合了将近三百名粤籍举人。

康有为自封公车上书的领袖，其影响力却不过尔尔。

如果表演仅限于此，还可以理解为康有为爱国心切以至于神智失常。问题是他为了塑造伟光正的形象，不惜混淆是非，抹黑他人，这就给历史研究工作人为地设置了许多障碍。

首先，光绪盖玺的日期是 5 月 3 日，而在康有为的记载里，5 月 2 日都察院的人就未卜先知地告诉他说，皇帝已经盖玺。

其次，都察院三个堂官裕德、寿昌和沈恩嘉都反对议和，底下二十多个御史更是轮番上折子，不眠不休。

此外，仅 5 月 2 日一天，都察院就向朝廷代奏了十五件来自官员和举人的上书。试问这般呕心沥血替爱国愤青代言的国家机关，有何必要同一个康有为作对？

整天觉得世人皆醉我独醒的康有为其实忽略了一点：高层也分左中右。

成立于半年前，旨在架空北洋的战时机构督办军务处（最高军事委员会）尚未撤销，五个大佬里（复出的奕䜣、庆亲王奕劻、翁同龢、李鸿藻以及兵部尚书荣禄）除奕䜣和奕劻主和外，其余三人全部反对签约。

这显然不是康有为所处的层面能够了解，他也就知道军机大臣孙毓汶是个主和派。

问题是扫大街的都知道。

当面对内外交口反对，高层莫衷一是的局面时，孙毓汶曾挺身而出、甘做小人，辞色俱厉地催光绪盖玺，还拿天津海啸吓唬人。把皇帝逼得绕殿急走，走了一个多小时，才"顿足流涕，奋笔书之"。

虽如此，康有为的交际能力还是值得学习的。据时任翰林院庶吉士的胡思敬描述：

> 有为身材高大，胡须修长，目光炯炯射人。初见人时抱拳鞠

躬，朗声大笑，询问完姓名，依次又问来自何地，有何物产，乡里的长老、豪杰等事。再三细问，取西洋铅笔，一一记录下姓名，藏于夹袋之中……终日怀揣名帖，汲汲奔走，好像失常了一样。

康有为是在担任军机章京的同乡凌福彭的介绍下认识张荫桓的，这也是张荫桓人生噩梦的开始。

张荫桓没有科举功名，早年花钱捐了个知县，全靠实干一步步爬到高位，结果就遇到了让他一见倾心的命中煞星：最佳损友康有为。

学问大、口才好、心气高，招招命中尊师重道的张荫桓的软肋，从此，为康有为奔波劳碌，披星戴月……

康有为考中贡士，想当状元，天天求张荫桓帮他运作，结果被阅卷大臣斥退；康有为想巴结翁同龢，苦无门路，张荫桓立刻代为引荐。

如此任劳任怨的下场便是受政变牵连，流放三千里，客死异乡。引为至交的康有为还在各种场合对张荫桓为康党做出的贡献讳莫如深，恨不得划清界限。

张荫桓遇人不淑也就罢了，还把好友孙毓汶搭了进去。

身兼"位高"与"主和"两大因素的孙毓汶，被康编剧塑造成了大反派：他千方百计地阻挠康有为的行动，在松筠庵集会时派翰林院编修黄某前去砸场。

黄某单枪匹马，"飞言恐吓"，居然就吓呆了几秒钟前还愤愤不平的举子们。许多人当场请求撤销签名，让人不得不怀疑查无实名的黄某是否便是黄飞鸿。

知足不辱，知止不殆

事实上在 1895 年，拒和并不是少数派报告，而是终南捷径。

比如翰林院编修王荣商，只因声嘶力竭地拒和，半个月内跳了两级，擢为侍讲。

当年夏天，康门弟子编写的《公车上书记》出版，梁启超作序。序言中只字不提康有为是公车上书的领导者——盖因时议未消，当事者众，忌惮舆论，不敢造假。

而这，才是历史的真相。

真相杀手康有为又开始炒作《公车上书记》，说此书"为人传抄，刻编天下"——这可真是高估了国人对时政的热情。

图书市场上卖相最好的书，永远是成功学和养生，康有为想逆市而为，其结果便是《公车上书记》一再滞销。《申报》上六次声势唬人的广告显示，两个月内，该书售价便从两角跌到四分。

可能你会问，康有为好歹也是个搞国学的，为什么思想品德不及格？

要怪就怪他投错了胎，生在一个无论你搞什么，都先得被罪恶的科举搞一遍的时代。

从小博览群书的康有为在广州府连考三次，十六岁才混了一个秀才文凭。

科海无涯，没有最惨，只有更惨。就在同一个考场，三战三败的洪秀全精神分裂，发疯见了上帝。

由此可见，康有为的心理素质还是过关的。

据康有为回忆，自己出生时有异兆（大火赤流星，子夜吾始生）；年轻静坐时有幻象（忽见天地万物皆我一体，大放光明，自以为圣人）。

而这类始终坚信天将降大任于己的人，一般不是待在疯人院，便是颠倒众生折腾天下。

上天似乎在考验康有为的耐心，以确定他就是那个"Chosen One"。于是，接下来的十三年里，康有为的身影辗转出现在广州和北京的考场，其结果却是六考六败。

1893 年，毛泽东都出世了，康有为已经三十六岁。搁现在，这把年纪考公务员都不让报名了。

所幸心力强大，硬是拼了老命再进考棚。居然就中了。

此后一帆风顺，时隔两年竟高中进士。

真可谓，旦夕祸福转念间。

其实也不奇怪，县试（考秀才）和乡试（考举人）注重文采，文学天才加点八股训练便可应付，像梁启超这种"笔端常带感情"的一考一个准。

至于中进士、点翰林，则必须学富五车真知灼见，光靠耍笔杆子是糊弄不过去的。因此，不通的举人随处皆有，狗屁的进士则不多见。

而康有为的问题在于，积累甚广，想法很多，文字功底却并不出众，故常年困厄于地方。

十年寒窗，康秀才追随理学大师朱次琦精研宋明理学，进而由儒入佛，旁及西学。在朱老师病死后又四处游历，访名山大川，交鸿儒达官，足迹远至香港。

英国治下的香港吏治清廉、街道整洁，康有为深受刺激，转而攻读为数不多的、翻译过来的西方书籍，生生把自己逼成了一块吸取知识的海绵。

这些书大多出自上海的广学会。

由赫德任董事长，李提摩太任总干事的广学会，在推广基督教的同时，编译出版了大量政治、科学类书籍，并发行《万国公报》，传播自由思想，呼吁清廷实施政治体制改革。

通过在科场外免费发放和对官员赠书，广学会影响了一大批社会精英。1894 年，李鸿章作序、李提摩太所著的《泰西新史揽要》风行全国，仅四川一省就有十九种盗版。

同时，广学会经常举办有奖征文，命题广泛，无所不包。康有为参加过一场，得了个末等奖。

但很明显，他的志向不在新概念作文大赛上。1888年，康有为再次上京，参加顺天府乡试。开考前，他三次登门求见内阁大学士徐桐（1820—1900）。

徐桐家住东交民巷，离各国使馆很近。康有为但凡脑子正常点，看见他家门口贴着的一副对联"望洋兴叹，与鬼为邻"，也该知道和自己不是一路人。

曾任同治帝师的徐桐极端守旧，《清史稿》说他"恶西学如仇"。并且极端昏聩，曾言"西班有牙，葡萄有牙，牙而成国，史所未闻，籍所未载，荒诞不经，无过于此"。

听说有个国家叫美利坚后，徐桐又不高兴了："我大清什么都美，美国有什么可美的？我大清什么事都顺利，美国有什么可利的？我大清军队无坚不摧，美国有什么可坚的？"

作为道光年间的进士、倭仁的弟子，徐桐在学术上的造诣远逊其师，亦不如李鸿藻和翁同龢。整天拿着一本《太上感应篇》晃来晃去，常遭同僚耻笑，只因资历老、年纪大，倒也没人管他。

两个头脑不太正常的人碰到一起，就是出闹剧。

徐桐拒了康有为三次，又派人来问他究竟有何要紧话说。康有为写了一封措辞乖张的信，拍徐桐马屁的同时却说，"七十老翁，复何所求"，指责其尸位素餐。

徐桐被激怒，斥康有为是"狂生"，将其书信掷还。

科场再次失利的康有为开始遍访京城权贵，兜售他的变法万言书《上清帝第一书》。

后世论及此疏，多称其主旨为"要求实行资产阶级改良"。

这就过度阐释了。

上书约五千字，无非外夷交迫、内政败坏、天灾示警的陈词滥调，以此说明变法的急迫性。问题是新法长什么样，怎么变，康有为全然没有提及。

按规定，秀才上书必须由国子监代呈。恰好国子监祭酒盛昱是翁同龢的门生，于是，康有为的宏文摆到了翁的案头。

要不是撞上敏感时期，说不定真能受到清流领袖的赏识。

已和奕譞达成共识的翁同龢在等。再等一年，光绪大婚亲政之后，一切都将明了。因此，在这个节骨眼上，在黎明前最黑暗的时刻，唯愿权力能顺利交接的他不想节外生枝，就像当年奕䜣下台时，深感独木难支的李鸿章所发出的喟叹：

> 但冀因循敷衍十数年，以待嗣皇亲政，未知能否支持不生它变。

当晚的日记里，翁同龢表明了自己拒绝呈递康文的原因：

> 言语讦直，于事无益，只会徒生衅端。

用舍时焉耳，穷通命也欤

1889 年的大婚，拉开了帝后两党斗争的序幕。

都知道光绪喜欢珍妃，慈禧却内定了自己的侄女隆裕为皇后。

并且，按理说归政了就应该搬到专供先皇遗孀居住的慈宁宫去，慈禧却跑到了宁寿宫，权力隐喻不言自明——此宫是乾隆为自己退居太上皇后，打造的养老之地。而且是不交权的太上皇。

朝廷的人事安排也萧规曹随，不愿交权的讯号再明显不过。御史屠仁守坐不住了，上了一道诡异的奏章。

十几年的骂人经验，遣词造句已登峰造极。屠仁守在疏中祭出了屠龙术：

> 太后归政在即，朝廷政务繁殷，请求明降谕旨，依照高宗皇帝（乾隆）当年训政的旧例，以后部院的文件奏本和外省的密折、廷臣的封奏，仍然写上"皇太后圣鉴"的字样。恳请皇太后阅览批示，然后才能施行。

表面看，切合慈禧心意，实际上屠仁守在御史中素以刚直不阿闻名，砍起人来堪比屠龙刀，江湖人称"西台孤凤"。

这样的人，对曲学阿世不感兴趣。

慈禧明白，摆在眼前的是一个圈套。如果同意屠仁守的奏章，意味着自己在悍然挑战祖制，以后宫女流的身份自比乾隆，拒不归政；若不同意，则需明确表示自己归政的同时，也肯放权。

正确答案其实只有一个。慈禧违心地下旨说：

> 览奏极其骇异！垂帘听政乃权宜之计，岂可与高宗皇帝的训政相提并论？

屠仁守被撤职查办，但他自爆的目的已经达到，气得慈禧天天对翁同龢发牢骚："我的心事，他们全然不知。"

但在光绪看来，慈禧根本就没有资格生气。早在上一年奕譞病重时，他就怀疑慈禧想谋害死自己的父亲。为此，光绪专门找翁同龢商量，说，醇亲王的病，御医无可奈何，朕私下延请的民医徐某诊治后倒大有转机。谁知宫中竟传旨，不许醇亲王服用徐某所开之药。

翁同龢仓促间不知如何回答，光绪断然道："朕的意思是，仍服徐方。"

迨至大婚，皇帝的不满终于公开发作。

对包办婚姻，光绪虽没有像五四青年那样勇敢地说不，但在婚后第四天，他借口生病，把原定在太和殿宴请皇后家族的筵席撤销，将菜肴分赐给京城的王公大臣，一时引发坊间无数议论……

从1894年起，慈禧开始常住颐和园。帝后之争，最终以恐怖制衡的结构，固化下来。

事先请示：无论请安、侍膳，还是陪看戏，都是以孝道之名，行控制之实。

事后汇报：光绪有独立的朱批权、口谕权，但在处置后的第二天必须向慈禧报告。

这就好比皇帝在一座玻璃房里办公，太后虽在远处，仍可大致看个清楚。不过必须承认，再透明的玻璃房也有一些暗角。

回到康有为。1888年的受挫实与政治气候不宜有关。蹉跎了一年半，一事无成的他颓然离京，临别之际还口占一诗，恶狠狠道：

虎豹狰狞守九关，帝阍沉沉叫不得。

又把账算到了虚拟的顽固派头上。

康有为开始考虑转型，在给刑部主事、著名学者沈曾植的信中写道："我无土地，无人民，无事权，为之奈何？或者托于教乎？"

沈曾植见他可怜，一片好心，把王闿运的弟子廖平（1852—1932）所著的《今古学考》借给了他。

结果就轮到廖平倒霉了。

在那个动荡的年代，川人廖平的人生平淡无奇，几乎只有黑白二色。等遇到康有为，直接全黑了。

廖平早年考秀才拔得头魁，受到时任四川学政的张之洞的赏识，把他调到自己创办的尊经书院着力栽培。

继任院长是王闿运，廖平跟着他打下了扎实的经学底子。

就在康有为灰溜溜地离京的同时，廖平踏踏实实地考上了进士。

当了个把月内阁中书觉得没劲，正好已调任两广总督的张之洞创办了广雅书院，极力延请廖平。他想都没想，收拾行囊上路。

论办实业，张之洞不如李鸿章；但论精神文明建设，张探花还是锐意进取、既快且狠的。督两江时，江宁候补知府陈锐曾经找过他。

以诗见长的陈锐先找到的是陈三立（陈寅恪之父）。陈三立是太子党，其父陈宝箴时任湖南巡抚，政声卓著，和张之洞私交甚好。

陈三立屡向张之洞推荐陈锐，意欲帮好友谋个实缺。可惜传见前陈锐想多了，觉得诗与骈文皆张之洞所擅，不如专谈古文，攻其所短，以达到震慑的效果。

计定入见。

张之洞问："汝善何种文学？"

陈锐："古文。"

张："古文习何文？"

陈："八大家。"

张："八大家喜读何家？"

陈："韩昌黎。"

张："韩文最喜何篇？"

陈："《原道》。"

张之洞连声道："原道、原道……"

语未终，举杯送客。

陈三立得到的反馈是：陈锐不佳。

《原道》是韩愈为了扬儒抑佛而作，虽被奉为经典，但主旨异常保守（圣人出而救万民于水火）。

张之洞的思想显然不保守。他是保守中的前行者，前进中的保守派。

常年搞意识形态使他对西方的认识比一般的洋务派更深。体用分离让他敢在教育上实施改革，培育新式人才，舆论相对宽容。但一涉及政治现实，立刻勒马回缰。

因此，把两边各打一棒的张之洞（旧者因噎而废食，新者歧多而亡羊），其实需要的是完全能为己所用的干才。

一切假知识，比无知更危险

康有为看完《今古学考》，非常震惊，立刻跑回广州找到廖平，诉说自己如黄河泛滥、延绵不绝的崇拜之情。

廖平面无表情地听他叨叨完，摸出两篇草稿，说自己已经推翻了原先的观点。

康有为愣了愣，抢过稿纸一看，标题是《知圣篇》《辟刘篇》……

在遥远的秦代，秦始皇进行了"书同文"的改革，尽废六国文字，统一使用秦国的隶书。

焚书坑儒后，"挟书之禁"的法令规定，民间私自藏书可罪至"族诛"——这就造成了文化断层。

到了汉初，从春秋战国流传下来的"古书"近乎绝迹——除非你扛着洛阳铲去盗墓。

就算真的挖出来两本，望着天书一般的六国古文，恐怕也没有买家敢买。

《公羊传》的情况则比较特殊，虽被归在"今文经"里（用的隶书），但其思想渊源成形于战国时的齐国人公羊高。

此人据说是子夏的弟子。"孔门十哲"之一的子夏，被普遍认为是孔子之后，最早具有法家倾向的儒家学者。

而这，也深刻地影响了公羊高。

作为家学，公羊学一直口传心授。传至汉景帝时，公羊高的玄孙公羊寿将之付诸纸面，定稿出版，是为《公羊传》。

时至武帝，独尊儒术，释《春秋》的比比皆是，又以公羊派和谷梁派为泰山北斗，宛若少林武当。

当年华山论剑，谷梁派高手瑕丘江公败给了公羊派高手董仲舒。在武帝的钦定下，公羊学从此成为官学。

君之所向，天下趋焉。加之公孙弘以草民之身精研公羊，竟官至丞相，这对读书人的刺激实在太大了。一时间人手一本《公羊》，以求朝廷供养。

供养之所便是官办的太学，在里面混个"五经博士"当，外放内迁均可做大官。久而久之，潜心学术者寡，征逐名利者众。

有识之士开始寻求突围。

比如东汉最牛的学者郑玄，就因不满太学里的官僚主义和课题贫乏，四处求学，遍览群经，终成一代宗师。

早在郑玄之前，西汉末年的刘歆（公元前 50—公元 23）就对这帮学霸发起过猛烈挑战。

刘歆是皇室宗亲，其父刘向乃著名学者。家学渊源使其素有神童之名，受汉成帝召见后，随刘向整理国家图书馆的馆藏。

图书馆作为人类智慧的宝库，待久了往往有意想不到的奇效。博尔赫斯就因常年担任阿根廷国立图书馆的馆长，写出的作品汪洋恣睢，被称为"作家中的作家"。

西汉的国家图书馆保存了许多稀世的六国古书。刘歆皓首穷经，先是整理出一本《山海经》，又将图书分门别类，撰写目录和简介，搞出一本《七略》，堪称目录学始祖。

工作之余，刘歆还研究数学，将圆周率推衍到了 3.15。

当然，最重要的发现还是《左传》。

此书在民间一直有流传，但影响不大，读者皆以寻常史书视之。但刘歆不这么看，他重新校勘了馆藏的古本《左传》，认为终于找到了对付以研究《公羊传》为生的今文家的利器。

确实很锋利。

作为今文经学，代代相传的公羊学其主旨是否发生流变？而且，即使公羊高真是子夏的弟子，隔了两代人，《春秋》的真义他能洞悉多少？

《左传》则不然，成书于春秋，作者左丘明是孔子的生前好友。《论语》中有"巧言令色、足恭（以过度谦敬取媚于人），左丘明耻之，丘（孔子）亦耻之"的记载。

谁的可信度更高，一目了然。

刘歆的发难，太学里的腐儒无法回答（不肯置对），对他要求把《左传》列入官学的呼吁，更是惧恨交加。于是，他们党同伐异，将刘歆排挤出了京城。

回到文本本身，今文经学和古文经学的杰出代表《公羊传》与《左传》，其间的差别不啻天渊。

《公羊传》可谓六经注我的典型。

打着阐释《春秋》的旗号，发挥出孔子做梦都想不到的"微言大义"，不禁让人想起小学语文课本上归纳中心思想的套路。

深谙套路的汉武帝在准备同匈奴开战时，面对跪阻的群臣，便祭出了《公羊传》。他援引的是"庄公四年"的事，《春秋》上记载了一句话：

　　　　纪侯大去其国。

　　寥寥六字，《公羊传》解释出了三百多个字……

首先补充了一些史料，说"大去"就是灭国的意思。纪国被齐国给灭了，下手的是齐襄公。之所以隐去"凶手"的名字，是为贤者讳。齐襄公谈不上贤良，但在这场戏里的表现值得肯定。他和纪国没什么过节，下此"毒手"是为了替祖宗报仇。当年，齐襄公的九世祖齐哀公被周天子下令扔到锅里给煮了，原因是周天子听信了纪国领导人的谗言。

可能你会问，当今纪国的国君又没得罪齐国啊，襄公把纪国灭了，这不是迁怒吗？

《公羊传》杀气四溢地回答："话不能这么说。要是齐哀公被冤枉时，中央有一位圣明的天子，早把奸佞的纪国领导人给处理了——纪国能传到现在等于是白捡的。而且，齐襄公在位时，天子仍然昏庸，要搞死纪侯，唯一的办法便是快意恩仇，灭掉纪国。"

这就是著名的"九世复仇"。乍一看挺符合《春秋》血亲复仇的原教旨，可实际上根本经不起推敲。

齐襄公又不是齐桓公。此公征伐无度，言而无信，跟自己的妹妹乱伦。享国十二年就把卫国、鲁国、郑国打了个遍，灭纪国恐怕只是嗜杀成性的结果，而非报什么一百八十年前的世仇。

刘彻引用此例就更可笑了。当年"白登之围"刘邦确实遭匈奴欺负，但毕竟完好无损地回来了，跟齐哀公被煮成熟肉不可同日而语。

况且，《公羊传》描述的是先秦封建社会的现实：天下有道，则礼乐征伐自天子出；天下无道，则礼乐征伐自诸侯出。

齐襄公再不济也能以"替天子行道"的名义伐纪，刘彻征匈奴喊喊"犯强汉者，虽远必诛"没问题，但周天子都没了，扯《公羊传》纯属生拉硬套。

公羊三世说

汉宣帝时，匈奴发生内乱。朝臣议论纷纷，都主张趁此良机狠狠地教训一下这帮蛮夷。

宣帝拿不准，请教御史大夫萧望之。萧是海内名儒，按理说打击落后文明，维护华夏正统应该责无旁贷，没想到他抛出三个字：打不得。

萧望之引述的是《春秋》里关于士匄的事例：

> 晋士匄帅师侵齐，至穀，闻齐侯卒，乃还。

晋国的士匄率军攻打齐国，行至"穀"这个地方，听说齐侯翘辫子了，于是收兵回国。

表述非常平静，《公羊传》却又不淡定了，说《春秋》在表扬士匄不攻打正在办丧事的国家。

以当孔子肚子里蛔虫为荣的公羊氏，振振有词道："玄机就在那个'还'字里。这是个好字眼啊，真是寓褒贬于一字之中。"

品不出"还"字隐含了什么爱憎情绪，你也只能怪自己眼拙。《公羊传》上的是公开课，不是家教，不会等你揣摩清楚了再往下讲。谈完历史，图穷匕见，马上抛出一句，"大夫以君命出，进退在大夫也"。

这才是要表达的主题：将在外，君命有所不受。

萧望之以"不能趁人之危"劝阻了皇帝打匈奴；汉武帝用"世仇不共戴天"论证了必须打匈奴。同一本书里得出了完全相反的观点。看来对汉朝人而言，学好《公羊传》，走遍天下都不怕。

理论只是一张皮，真相往往出自现实的考量。正因为刘彻的穷兵黩武打下了深厚的基础，汉宣帝才敢言"王霸杂糅"。

汉匈之争延绵一百多年，双方都已打疲，亟须一个转机。就在萧望之借公羊之酒，浇汉家块垒的二十年后，昭君出塞，汉匈结好。

如果只因为"能不够"，"发展"了一下《春秋》的义理倒也罢了。更严重的问题是，《公羊传》为了服务于政治，时不时还夹带私货，曲解经义，比如说，"子以母贵，母以子贵"。

从《春秋》里"发掘"出来的这八个字，前四个确实贴合周礼，以及宗法制的社会现实。如果你的母亲是国君的正妻，其他兄弟的母亲都是侧室，那他们会很自觉地退避三舍，不与你争储君之位。

关键是后四个字。先秦时代根本就不存在"母以子贵"的现象，这是汉代公羊家为了迎合权力，在《公羊传》付梓时添加进去的。

当春秋时，诸侯满街走，大夫多如狗。只要你是"士"以上的贵族，找个门当户对的女人当妻当妾都很容易，犯不着去强抢民女。

到了汉代，社会结构发生了翻天覆地的变化。异姓诸侯如韩信等早被剪除殆尽，同姓的藩王又不能通婚，皇室需要大量的后宫佳丽，除了去民间海选，别无他法。这就给了许多原本出身低贱的女人以机会，比如刘彻的生母王娡。

王娡的父亲乃一介平民，王母倒是名门之后，但所谓的"钟鸣鼎食之家"，早已是遥远的回忆。

更严重的问题在于，王娡进宫前是结过婚的——刘彻母子在尔虞我诈的后宫，受到的非议不难想象。

直到有一天，从众口铄金中杀出一条血路的刘彻终于手操权柄，口含天宪。这时，董仲舒拿着一本《公羊传》跑来告诉他："皇上，母以子贵。"

那种与我心有戚戚焉的感觉，真是一言难尽……

《公羊传》的衰落，标志性事件是东汉的一场辩论。结果是，主治公羊、人称"学海"的何休，败给了《左传》专家、有"经神"之称的郑玄。

意料中事。

今文家的阅读量总体上不如古文家。口才再好，没有论据作支撑，也只能是巧妇难为无米之炊。

两相对比,《公羊传》重政治正确,轻事实考据,严定纲纪,爱憎分明,具有强烈的法家意识;《左传》正好相反,重史实而轻义理,小心求证,客观陈述,罕见偏激的情绪。

因此,今文学家攻击《左传》的说辞是:尔不过一本史书,孔子的精神一点没宣扬,不配称"经"!

古文家的回击不甘示弱:那也比你扛着红旗反红旗,穿凿附会,篡乱《春秋》强!

事实上《公羊传》并非一无是处,比如在复古传统严重的中国,提出了令人耳目一新的"公羊三世说"。

在研究《春秋》时,公羊氏发现一个有趣的现象:孔子也怕文字狱。

根据怕的程度,《公羊传》把《春秋》记载的十二位鲁国国君的世代,由近及远地划分为所见世、所闻世和所传闻世。

董仲舒解释说,所见世就是孔子出生后的襄公、昭公、定公和哀公,四个他亲身经历的时代。

所闻世是从襄公上溯的四个时代;所传闻世是再一次上溯,直至隐公的四个时代。

董仲舒指出:对所传闻世的坏人坏事,孔子批起来不留情面;对所见世则含蓄委婉。对此,董仲舒欣赏道:"这是一种谨慎的处世态度,进能安邦,退能全身。"

见董仲舒睁眼说瞎话,何休索性把貌似恶人最多的所传闻世,定为"据乱世";恶人稍少的所闻世,定为"升平世";无比和谐的所见世,定为"太平世"。

这就指鹿为马了。

从春秋到战国,分明是越来越乱,怎么倒升平而太平了?

何休也知道漏洞很大,敷衍说所谓的太平世暂时是"文致太平",

其实还比较乱。即孔子先把太平的构想画在纸上，以待来者。

由此可见，在今文家笔下，孔子是一个政治家，作《春秋》的目的是为了发展变革；而在古文家笔下，孔子不过是一个史学家，述而不作，整理国故，祖述尧舜，宪章文武。

于是，问题可以简化为：尊重事实与尊重事理，到底哪一个更重要？

走火入魔

东汉以降，公羊式微。五代之后，士大夫都钻到宋明理学里去了，搞经学的逐渐边缘化。而《左传》名为经，实为史，凭借其扎实的史学功底，影响反倒越来越大。

及至清朝，章学诚的一句"六经皆史"，使得经学的地位大大降低。而乾嘉学派寻章摘句的考据癖，也是信仰崩溃之后的结果——倘或《春秋》真有那么多大义，则崖山之变，满人入关又做何解释？

自此，万马齐喑百余年，直到被龚自珍和魏源打破。

此二人重提公羊，发廖平之先声。

而廖平显然将今文一惊一乍、耸人听闻的特点发挥到了极致，说走火入魔也不夸张。

《辟刘篇》就是一部阴谋论，说刘歆是史上第一骗，骗了中国人两千年，他探佚出来的那些以《左传》为首的"古文经"都是自己一手伪造的，整个一经学妖孽。

《知圣篇》又成了《达芬奇密码》，把孔子打造为预言帝，说《春秋》不可小觑，你要是把它当作鲁国的编年史来看，那就白瞎圣人的一番苦心了。《春秋》其实是现代世界的一种想象，郑国代表中国，秦国代表英国，而鲁国则是日本，鲁哀公就是明治天皇……

当疯子遇到神经病，历史便充满了喜感。

康有为先是故作惊疑状，责备廖平标新立异以求出名，又一脸过来人的表情，劝他焚毁草稿，以免惹祸。表面上好言相劝，谁知转身就剽窃了廖平的观点，用半年时间赶出两部奇书——《新学伪经考》和《孔子改制考》。

第一本是"破"。按照廖平的思路，痛骂刘歆篡改六经。

其实这个问题很好求证，把流传下来的文献和出土文物两相比较，即能得到答案。

一些战国时代的钟鼎器皿上刻着和《左传》相同内容的文字，按理说已是铁证如山，康有为却硬说这些古董都是刘歆私下铸造，预先埋好以欺蒙后人用的——合着没有碳14鉴定法，想怎么说都行。

另外，之所以叫"新学"，是为了和王莽篡汉自立的"新朝"联系起来。

这倒是事实，刘歆和王莽私交甚笃，而后者在建立起政权后推行复古（周礼）的治国之策，急需古文家的理论资源。

刘歆可谓不二人选。

当学术与权力联姻后，《左传》被抬进了太学。

然而，君以此兴，必以此亡。"新莽"如天上的流星，忽然而已；地上的刘歆则受此牵连，死于非命。

第二本是"立"。康有为说，刘歆湮灭了圣人的大义，《孔子改制考》则使其重见天日。在这本被康党门徒誉为"火山大喷火"的书中，孔子成了神。

天神下凡只有一个任务：以布衣之身，托古改制。

康有为以己度人，把孔子塑造成借恢复周礼之名，行变法维新之实的改革家。而且，第一要义便是"张三世"。

在康南海笔下，《春秋》是治天下而非治一国，治万世而非治一时的圣经。因此，孔子早就预测了未来社会的几种政治体制：据乱世是君主专制，升平世是君主立宪，太平世是民主共和。

再以今文家素有的主观性和灵活性，把从民主宪政到婚姻自由等社会改良的各个方面，偷天换日地打包进了《春秋》。

梁启超赞曰："绌君威而伸人权，夷贵族而尚平等。"

叶德辉骂道："假素王（无冕之王，指代孔子）之名号，行张角之密谋。"

都是知音啊。

孔教在康有为那儿只是一块招牌。从给自己和弟子所取的名号中不难看出，对于孔子，他甚至不怎么尊重。

康有为自号长素：长于素王。

麦孟华号驾孟：凌驾于孟子之上。

梁启超号轶赐：轶者，超卓之意也。超越端木赐。

韩文举号乘参：把曾参当马骑。

……

客观来看，康有为先是砸烂了记载着周礼的古文经，告诉你不能回头；再像搞宗教改革的马丁·路德一样，打着寻找基督教原始真义的幌子，号召大家向前走。

确有其进步的意义。

首倡三世的何休，种下的那颗充满了乌托邦幻想的种子，艰难辗转两千年，终于让康有为借尸还魂，生根发芽。

于是，万木草堂开张了。

第一课，康老师忆往昔峥嵘岁月，说自己原来不当教书匠时，曾想去巴西经营一块殖民地，以为新中国。

见学生被唬得一愣一愣的，康长素开始洗脑：儒学（经他改造的）是包打天下的通天教义，孔子（康有为版的）是万世大教主。因此，"吾辈宗旨乃传教也，非为政也；乃救地球及无量世界众生也，非救一国也。一国之亡于我何与焉？"

并且，他时不时拿耶稣之后十三代弟子，皆死于传教的故事激励学生，以培养他们为了"传教"，不惜牺牲的奉献精神。

对于康有为不舍昼夜复原孔教的行为，有一种以今度古的解释——给改革寻找合法的外衣。

说这话的人，幼稚在无法想象晚清舆论之开放。

人生如戏亦如梦，粉墨登场各不同

甲午战败，洋务破产，改革已是举国共识。

如果说徐继畲和张树声对议会制民主还停留在介绍和借鉴的层面，著名报人王韬则早在1882年就明确指出：

> 中国欲谋求富强，不必求取他术，只需实行议会制。

1894年，近代第一本时政类畅销书《盛世危言》刊印，瞬间洛阳纸贵。

常年从商的郑观应（1842—1921）洞悉时弊，在书中大胆放言，呼吁经济和政治体制改革，并提出"实业救国"，发展民营企业，倡议"习兵战不如习商战"。

接着，他笔锋一转，坚定地写道：

> 政治不改良，实业万难兴。

政治改革的第一条便是仿效英国设立议院。

每当触及这一核心问题时，总有人应景地跳出来，不管脑后长没长辫子，重复着永远不变且毫无新意的几个质疑。

质疑一：不符合中国国情；

质疑二：民智未开；

质疑三：开议院容易滋事，引发聚讼。

每每此时，给人的感觉都像是一群太监聚在一起，大谈性生活对人体的危害……

太多挥刀自宫的现实，以至于盛世永不到来，危言从未过时。

孙家鼐进献了《盛世危言》，光绪读后大为赞赏，立刻着人印刷两千本，散发给省部级高官阅看。一时间，连各个书院的考试都常以《盛世危言》里的内容为题，影响既深且巨。

由此可见，谈民主宪政，康有为大可不必犹抱琵琶半遮面。鉴于出发点不坏，真实的原因倒也能够理解：借助孔教的民间基础哗众取宠，扩大影响——而这，恰恰是从不骂人，为动手能力比较强的孙中山所瞧不上的。

1894 年 6 月，广东香山人孙中山写就《上李傅相书》，跑到天津，找同乡郑观应代呈。

郑观应转递给盛宣怀，在推荐信中写道：

其说贴近现实，非狂士大言欺世者比。

盛宣怀阅后，在信封上写下"孙医生事"和"陶斋（郑观应别号）"六个字便转了出去。

结果石沉大海。

每天的投书多达上百，李鸿章岂能一一尽阅？对他而言这只是百分之一的闪失，对孙中山来说却意味着百分之百的转变。

11 月 24 日，夏威夷首府檀香山。在卑涉银行华人经理何宽的家中，二十多人一齐起誓：

驱除鞑虏，恢复中华，创立合众政府。倘有二心，神明鉴察！

反清组织兴中会宣告成立，杨衢云任第一任会长。

热兵器时代，靠搞暴动是搞不垮政府的，能倒逼其改良就算不错了。至于康有为，鼓动人心而已。意见领袖从来只有两条出路：被体制招安或被粉丝埋葬。

袁世凯要的是兵权。这是最难的，但也是最牢靠的。

还在前线办军需转运时，袁世凯便给负责后路转运的盛宣怀写了一封用心良苦的信，说我患痰喘病久矣，随溃军奔逃没有意义，道义上又难以请求退到后方，辜负相国（李鸿章）的提携。如果你能帮忙婉言请示，免去我的差事回后方，则不胜感激。现在战事颓唐，你要是筹到了款项，最好招募学徒、延聘教习，为将来改革军制做准备。如果认为我的话有道理，弟愿任监督，必将有以报答。

袁世凯想卸职练兵，可盛宣怀哪有力量决策此事？话显然是说给李鸿章听的。

结果被冷冷地拒绝了。

西法练兵，德籍顾问汉纳根早就向李鸿章提过。后者属意的人选，显然不会是背着自己找翁同龢请托的袁世凯，而是时任广西按察使的淮系官僚胡橘棻。

胡素以谈洋务闻名于政界，曾托好友王修植代拟练兵条陈。

翰林院编修王修植文思敏捷，对西方军制颇有研究，当时正受李鸿章的委派办理北洋水师学堂。他以英国公使的练兵说帖为蓝本写了两稿，将润色好的二稿交给了胡。

胡橘棻加了一些斥责军队百弊丛生的套话，便上交督办军务处，李鸿藻看后非常激动。

冷静下来后，他首先想到的问题便是经费。

清廷财政最大的弊端在于，没有一个统一而有效的中央财政体系。

西方国家，税收先汇入中央，再根据预算拨到地方。大清国则无比混乱，税收虽由各省征得，却因种种临时性的需要零碎地划给底下的道、府，借给他省或上缴朝廷。

无序的分食法，则既导致了惊人的浪费，又使军队这个最需要巨额经费喂养的猛兽长期处于饥饿状态。

国库羞涩使得胡橘棻的练兵雷声大雨点小。1895年3月，在汉纳根的指导下，胡在天津马厂艰难地练成了包括步、炮、马、工程四个兵种，共计十营四千七百人的"定武军"，并于当年9月移师位于天津东南六十里的原盛军驻地小站。

此时，正是袁世凯人生中最困难的低谷期。

首先，朝议不佳。所有人都认为，日军侵韩，肇始于袁世凯的孟浪。奕䜣就曾问鸿章：

吾闻此次兵衅，悉由袁世凯鼓动而成，信否？

已经失势的李鸿章摆手道：

事已过去，请王爷不必追究，横竖皆鸿章之过。

其次，靠山倒了。从马关回来，李二先生成了头号汉奸，国人皆曰可杀。慈禧让他公款环游地球，避避风头，王文韶接任直隶总督。

袁世凯被晾在了一边。现成的路只剩下一条：赴浙江，任温处道。

买办和猎头

鉴于温州人商行天下的传统，想填满钱袋，温处道是一个绝佳的道。

李鸿章的名言"我朝处数千年未有之奇局"，不单单体现于政治和外交领域。

19世纪60年代，造富产业——房地产在上海出现。外滩与南京东路的地价连年翻番，甚至超过了纽约。

疯狂一时的上海彩票也把灶台边的妇女推上了街头，她们被"种一块铜板，收一两金子"的口号，拖入了虚幻的梦想。

做个富贵无边、左拥右抱的太平官有何不好？人生不满百，怀他千岁忧做甚？还不如从历史的进程中抽身而去，美名骂名，一概不沾，逍遥一世，不枉此生，反正死去元知万事空……

甲午之败撼动了民间开厂设企的禁令。望着光绪敕令官办企业"从速变计，招商承办"的诏书，二十年前的往事浮上了袁世凯的心头……

1869年，苏伊士运河通航。两年后，欧亚海底电缆远东段铺到了上海。

越来越多的西洋商轮如同收到了"人多钱傻速来"的讯息，纷纷涌入，而本土的沙船业则饱受冲击，直接歇菜。

道咸之际，沙船运输一度空前繁荣。自北向南运大豆，从南往北输漕粮。一艘沙船一年可以来回七八趟，获利颇丰。上海最盛时，黄埔滩停泊着五千艘沙船。然而不过十年光景，便锐减到四五百艘。放眼望去，几千条搁浅的木船任凭风吹日晒，自然腐朽。

船主们无力与洋商抗衡，只好期待政府出面干涉。

问题是对民营企业，清政府不打劫就算好的了，你还指望它为民做主？

种种方案里，只有两江总督李鸿章的对策颇具眼光。他采纳容闳的建议，用招商集股的方式购买洋轮，组建中国自己的轮船公司。这样一来，虽然苟延残喘的沙船业会被彻底挤垮，但完成了产业升级，挽救了朝廷漕运，可谓一石二鸟。

1872年，盛宣怀拟就章程，李鸿章自诩为"开办洋务以来最得手文字"的轮船招商局正式挂牌。

不过，即使户部投入不菲，章程里对企业模糊不清的定性"官商合办"，还是吓退了以胡雪岩为首的一批巨贾。

年底，招商局不得不进行改组，重拟条规，明确了华商的权利：凡持股份，均能分红。同时，再次强调了官方的绝对领导权。

第二年，李鸿章从外企挖来两个高管：徐润（1838—1911）和唐廷枢（1832—1892）。

徐唐二人作为名震一时的商业奇才，原本分别是宝顺洋行和怡和洋行的高级职业经理人。

徐润帮宝顺开辟了上海到长崎的航线，唐廷枢为怡和开通了上海到马尼拉的航运，成为名噪一时的"海上双开"。

徐润十五岁进宝顺当学徒，二十四岁升任主账；唐廷枢早年就读于教会学校，跟容闳是同学，时人论及，都说他"讲起英语来就像一个英国人"。

趁伦敦爆发金融危机，英商拆股收缩之际，李鸿章成功地挖了一回墙角。

在外企待惯了的人再进国企，开始很不适应。徐张二人上班第一天就明确提出：局务由商任，不便由官任。

李鸿章用人不疑，任命唐廷枢为总办，徐润、盛宣怀为会办，启动了大刀阔斧的改革。

"承运漕粮，兼揽客货"的运营方针，变为"揽载为主，运漕为辅"，商局股票渐受私人投资者的欢迎，出现供不应求的局面。

招到五十万两民间资本后，唐廷枢以一百两为一股，给票一张，认票不认人。再以收银日为始，按年支息，"一年一小结，总账公阅；三年一大结，盈余公派"。

在此之前，中国企业的组织方式只有独资与合伙两种，轮船招商局公开招股，成为近代第一家股份制企业。

规范的管理制度和明晰的公司产权使招商局的市场份额一日千里，在同洋商竞争长江航运时，一举打败英国的太古与怡和，又在盛宣怀的奔走筹资下并购了美国洋行旗昌。至1880年，招商局年盈利已超过一百万两，堪称"官督商办"最成功的案例。

《易经》乾卦，"飞龙在天"之后便是"亢龙有悔"，盛极必衰的宿命似乎永远也打不破，盖因这世上永远不缺眼红的小人。

国子监祭酒王先谦弹劾招商局，说"归商不归官，流弊不可胜穷"。

已经数不清是第几轮攻击，此次尤为强烈，直接要求把招商局收归国有，响应者众。李鸿章上奏死保，疏中只字不提官方同民资订立的契约，而是大谈民族主义，说一旦朝令夕改，终至决裂，洋人必将窃笑称快，垄断长江航运。

这对左愤盈朝的清政府而言还是颇有杀伤力的，哓哓众口总算闭嘴不言。

"四大买办"已有其二，招商局又把目光盯上了太古中国区CEO郑观应。

早在1877年，唐廷枢见郑观应和太古的合同到期时，便极力拉拢他入局。太古出高价挽留，郑观应犹豫再三，续签了五年的合同。

1881年，眼看合同又要到期，李鸿章亲自出马，恳请朝廷将郑观应"一门好善"的事迹，载入广东省志予以表彰。

奏片刚刚写好，盛宣怀就誊抄了副本寄给郑大善人。攻心术确实厉害，光耀了门楣的郑观应一时间感激涕零。毕竟在中国，有些东西不是有钱就能买到的。

问题在于，郑观应不是一个纯粹的商人，而是有思想的儒商。综合考虑之下，舍外企而就国企，劣势非常明显。首先，太古待他不薄，委以重任。而到了招商局，位置肯定排在唐、徐、盛之后；其次，官督商办，权操于上，不若太古有合同可恃，无意外之虑；最后，虽然现在蒙李鸿章器重，但官场一向人走茶凉，等掌舵的退休了，政策还有没有连续性，难以逆料。

不幸的是，郑观应的忧虑在日后一一应验。更不幸的是，从小被爱国主义教育洗脑的他偏向虎山行，选择了跳槽，就任招商局帮办。

既然认准一条路，何必打听走多久

也有人洞彻世事，死活不上贼船，这就是最后一个大买办席正甫。

中国版罗斯柴尔德席正甫，常年为英国汇丰银行操盘，清政府向汇丰的借款基本由他经办。

年薪高达十万两白银，还不算各种回扣，席正甫的生活却异常低调，关于他的记载一鳞半爪。

云山雾罩中，席正甫默默地编织了一张庞大的网络，逐一渗透上海的外资银行，形成一股可怕的席家势力。至 1900 年，席家的家族资产已逾一千万两，相当于修建颐和园的工程总款。

席家祖孙三代始终同官场保持着不卑不亢的友好关系。席正甫和上海道袁树勋是拜把兄弟，其孙同宋子文是姻亲。

三大买办齐集招商局，信心爆棚，觉得实现国企私营化不过是分分钟的事，便着手逼宫，要求国有资本退出。

这就挑战李鸿章的底线了。

瞅准机会的盛宣怀行动起来。

徐润曾挪用公款在上海炒房。金融危机一来，房价大跌，无力还款，盛宣怀趁机逼他将股票和房产抵押给招商局，将其扫地出门。

正好唐廷枢也被李鸿章调去筹建开平煤矿，盛宣怀终于如愿以偿地登上了"督办"的宝座。

从此，督办一职由北洋大臣任免，总管招商局的人事和财务；各地分公司的总办则由股东推荐改为督办任命。

官督商办名存实亡，招商局成了北洋的私产，开始走下坡路。

盛宣怀使出吃奶的劲儿对招商局做国有化改造的同时，明治政府睿智地将其最大的轮船国企长崎造船所，以惊人的低价转让给了岩崎弥太郎。

于是便有了日后的三菱公司……

就在袁世凯彷徨无计时，全国已有近千家洋行，一万名买办。他们集中在沿海和长江沿岸，隐然一股左右中国经济走向的强大力量。

到处是残垣断壁，到处是新的契机。路，要怎样从脚下延伸？

苦闷的袁世凯再一次找到老大哥徐世昌。

自从 1886 年考中进士，徐世昌已在翰林院待了快十年。先是以庶吉士的身份观政学习，考核通过后授检讨，升编修，再升修撰。

仍旧是从六品的芝麻官，还没实权。仰望天阙，真是宦海无涯。

按理说以徐世昌的才智不该混得那么惨才对。要怪就怪他命不好，碰到了气场不合的领导。

兼任翰林院掌院学士的李鸿藻觉得徐世昌虚伪矫情，对他非常反感。

平心而论，翰林院走出过不少人才，却也培养了更多的废柴。盖因我国有学问便有学问家，有学问家便有学问，同时则有研究学问家的学问，则有研究学问家的学问家……

用袁世凯的话说就是：

> 天下多不通之翰林。翰林真能通者，我眼中只有三个半。张佩
> 纶、徐世昌和杨士骧算三个全人，张謇只能算半个。

徐全人被老大压制，什么好处都轮不着。穷翰林最大的好处就是，外放省一级的乡试考官，只要能捞到一任，立刻盆满钵满，咸鱼翻身。

一任都当不上的徐世昌只好靠微薄的俸银生存，每逢三节，给李鸿藻送的"孝敬"不过区区二两，这又进一步恶化了两人的关系……

深感苦海无边的徐世昌几番活动，谋求外放地方官，都被他堂叔以"京官虽小，机会众多"为由所阻，直到难兄难弟袁世凯敲开了他冷清的家门。

这是一次务虚的谈话，却比戊戌变法更务实。

甲午年，所有人的目光都集中于日本或欧洲，而徐世昌则独具慧眼地注意到大洋彼岸的美国。

这一年，美利坚的国民生产总值第一次超越大清，跃居世界第一。

作为一个政以贿成的农业国，大清的 GDP 就地产生就地消耗，从来不转化为先进的生产力和人民的生活品质。

美国则不然。

这是人类历史上第一个疆域辽阔的工业化民主制大陆国。看看合纵连横、你撕我咬的欧洲列强，再看看比电影《黄金三镖客》大决战时还紧张的中日俄三国，不难发现只有北美才是世外桃源。

还有比加拿大和墨西哥更友好的睦邻吗？核武器出现前还有比新大陆更安全的净土吗？

远离纷争让美国成为一座平静的试验场，试出了民主共和制与法治文化。

相比之下，君主立宪国仍赖强人政治。可强人不常有而战争常有，

时势造就了俾斯麦和伊藤博文，德国与日本却最终无法摆脱二战惨败的厄运，皆因体制之病，疾在骨髓，非刮骨去毒不能治愈。

徐世昌判断，二十世纪能够取得霸主地位的，只能是美国。

貌似不可思议，实则势所必然。

话题回到袁世凯身上。徐世昌帮他分析了眼前的局势：要想练兵，最直接的办法就是受国家任命。而督办军务处五个常委里，奕䜣深居简出，接触起来有困难；奕劻资历最浅，不是干事的料。剩下三个人，李鸿藻德高望重，连张之洞都是他的门生；翁同龢铁杆主战，帮光绪打造精兵的心愿比谁都强烈；荣禄是慈禧的人，向以知兵著称，后党的中流砥柱。

目标已经很明确，但非常棘手。

姑且不论李鸿藻和徐世昌，翁同龢与李鸿章之间的私人恩怨，李鸿藻、翁同龢二人同袁世凯根本就像是两个世界的物种，毫无交集。

对袁世凯而言，除了知其不可为而为之，别无他法。

秘不外宣的跑官宝典

徐世昌先找到他在翰林院的同事李盛铎，此人是李鸿藻亲录的榜眼，对付老学究很有一套。

李盛铎早年奔走于徐桐门下，徐桐走到哪儿他就跟到哪儿。

一次，他借住在徐家，明知徐桐对鸦片深恶痛绝，却故意在床头放置烟具，并扬言是传家之宝。

老头见了当然生气，把他叫到跟前训斥。李盛铎突然一副悔过自新的表情，叩头认错，又以极其夸张的动作当场将烟具砸烂，以示浪子回头。

这下轮到徐桐慌了："何必把东西毁坏？不吸就行了。"

李盛铎摇身一变成了样板戏的主人公："不如此不足以表示恪守师

训，非破釜沉舟不可！"

在小滑头李盛铎的撮合下，袁世凯终于见到了李鸿藻，递上自己精心措辞的《致军机大臣李鸿藻论甲午清军败因禀》。

此禀将"求官六字诀"里的"捧""恐""吹"运用自如，上来便是一句"太夫子大人钧鉴"。

"夫子"是不能乱叫的，但现实中很多人都在乱叫。倒不是因为吃错了药，而是没有安全感，想通过拜师寻找靠山，借机上位。

对这种亵渎师道尊严的卑劣行径，李鸿藻极其反感。于是，知趣的袁世凯叫他"太夫子"——当我老师的老师总行了吧？

这就把李鸿藻捧上了飘飘然的神坛。

实践证明，没有人能对"捧"字免疫。而且正因为现实生活里比比皆是，太过常见，反倒习焉不察。

乾隆朝才子、《随园诗话》的作者袁枚曾在翰林院当庶吉士，散馆考试时吃了不通满语的亏，没能留下，外放到江苏做县官。

在向以清正闻名的老师尹继善辞行时，当过两江总督的尹继善问他下去以后有什么打算。

袁枚故作为难道："也没什么打算，就是准备了一百顶高帽子。"

尹继善很不高兴：年轻人怎么也搞起这套来了？（不搞这套你们这些老同志能提携后进吗？）

袁枚开始飙演技，说现在社会上风气不好，都喜欢戴高帽，像老师您这样不浮夸的又有几人呢？

尹继善听了很高兴。袁枚出来后，一个朋友问他谈得怎么样，他笑道："很好，帽子已经送出去一顶了。"

所谓"恐"就是恐吓。

当然你会问，下级也敢恫吓上级？

答案是肯定的，只不过要和"捧"互为所用，方见奇效。有的人捧了一辈子，却永远只能给领导提鞋，就是因为少了"恐"。

善恐者，捧中有恐，旁观之人见他阿谀奉承，却不知句句暗击要害，上司早已汗流浃背；善捧者，恐中有捧，旁观之人看他傲骨嶙峋，声声责备，其实受之者满心欢喜，骨头都酥了。

袁世凯的"恐"恰到好处，不温不火。先是点明清军将领骄饱疲懦的现状，再以倭寇即将"北控辽海，南据澎台"，不思变革，数年后"大局之危必有甚于今日者"吓唬李鸿藻，最后毫不留情地揭穿助我还辽的三国其实各有私心，归根结底自强才是王道，刻不容缓。

这就为谈论西法练兵做好了铺垫。

接下来便是自吹自擂。

吹，是一门艺术，想达到西门吹雪的境界，还得跟袁世凯学。

论及练兵，他只字不吹，有一说一，却在函末貌似不经意地提起中风偏瘫的生母，说自己拟趁公务已毕，请北洋赏假，回乡省亲。

吴大澂当年为他题写的"求忠臣，必于孝子之门"，袁世凯一直谨记于心，这句话还有一层引申含义——凡清流，必重"移孝作忠"。

袁世凯提这茬还有一个作用：暗示李鸿藻自己已是自由之身（待业青年），随时可供朝廷任使（请求上岗）。

吹拉弹唱成功击中了李鸿藻的软肋。他给袁世凯下了"家世将才，娴熟兵略"的评语，将他调到军务处等候差遣。

接着，袁世凯又使出求官六字诀里的"空"——排除一切干扰，四大皆空慢慢磨。

他在由袁甲三兴建的河南会馆"嵩云草堂"住下，召集一帮幕友撰写兵书。

当然，这些人加起来也比不过一个王修植。人家毕竟是成功案例，所写的条陈助胡橘棻谋得了练兵大臣一职。

而且，李鸿章倒台后，王修植被王文韶延揽至幕中，通过他正好也可以结识新任的直隶总督。

但王修植不这么想。

虽然你袁世凯官衔大，但你不但没文化，还是引发甲午战争的罪魁祸首，我凭什么要与你同流合污？

苏轼有言："猝然临之而不惊，无故加之而不怒。此其所挟持者甚大，而其志甚远也。"胸怀大志的袁世凯专程跑到天津，使出"钻"字诀，三天一小请，五天一大请，把侯家后有名的妓院逛了个遍，终于赢得王修植的信任，将练兵条陈的初稿交了出来。

为了消除世人对自己的误解和不良观感，袁世凯还经常好整以暇地到北洋群僚常去的茶馆闲聊。

据李鸿章的笔杆子于式枚回忆，每当袁世凯谈论在朝鲜的往事时，大家全都凑过来聆听，被他神乎其神的经历折服，目为一世之雄。久而久之，只要袁世凯一来，全都戏言"曹操到了"，他也漫不经心地答应大伙。

功夫不负有心人，袁世凯终于博得了包括张之洞和湘军宿将、晚清重臣刘坤一在内的大佬的一致好感。

此情可待成追忆，就是心里过不去

但凡了解光绪惨淡童年之人，都知道翁同龢才是攻略的重点。

虎妈慈禧，对自己的亲生儿子都铁石心肠，更不消说对光绪了。这直接造就了皇帝郁郁寡欢、喜怒无常的性格。

光绪常常夜间不睡，起来批阅奏折，遇到不顺心的事就拍桌子骂娘，吓得太监宫女尽皆股栗。他最怕打雷，却又喜欢听雨后下水道泄水的声音，似乎流水可以冲刷掉他愤懑的情绪……

机缘把翁同龢推上了慈父的角色。每逢雨夜，空旷而孤寂的宫殿里，师徒二人总是抵足相谈。一阵响雷传来，胆小的光绪便"噌"地扑到翁师父的怀里……

为了拿下翁同龢，袁世凯不惜一切。他找到旧怨张謇，尽释前嫌，求他代为引见。张謇究竟是干大事的，也不计较，当即答应。

第一次会面，袁世凯呈上了练兵条陈，百般游说。可能因为急切，效果并不好。果然，当晚翁同龢在日记中写道：

> 此人开展，而欠诚实。

当领导说你不诚实，往往指你跟他还没有完全交心。袁世凯回去后辗转反思，心想：求官六字诀只剩下"送"字没使了。

是人，都有价码。人心既是肉长的，就逃不脱被收买的命运。所不同者，有人一顿饭可以搞定，有人却必须以重金砸之。抱负越大，心理价位越高。

翁同龢是不收礼的，任你金山银山，他自岿然不动。

然而，滚滚长江，千帆竞渡，终究不过两艘船，一曰"名"，一曰"利"。

名缰利锁，名在利前。即使你能抵挡利的诱惑，也难保不坠入名的樊笼。名与利，实乃铜钱之两面。一面写着"乾隆通宝"，一面写着"吉祥如意"。但见"吉"字朝上，不见"宝"字在下，便不带铜臭了吗？

说到底，名乃形而上之利，利乃形而下之名，如胶似漆，彼此彼此。

如果袁世凯懂书法，送一幅名贵的字画无疑是最好的选择，毕竟连"嵩云草堂"四个字都是翁同龢题写的。而以翁的作风，必定会估价后给钱，但很可能就此引为知己。

袁世凯思来想去也想不出个所以然，昏昏沉沉地睡着了。

第二次拜访，果然仍不见效，只好问计于满腹奇谋的徐世昌。

问题其实很简单，无非站队。袁世凯是李鸿章一手提拔起来的，在匪气很重的官场，要转变阵营，没有投名状想都别想。

徐世昌索性挑明：打死老虎。

袁世凯心里一惊，旋即明白抉择的时刻到了，要想赢得翁同龢的信任，必须出卖李鸿章，没有中间路线可走。

十年前，李鸿章上奏慈禧保举袁世凯时说："血性忠诚，才识英敏。力持大局，独为其难。"

袁世凯听说后哽咽道："如此知遇，更有何言。"

然而此刻，他不得不做出一个艰难的决断——对自己的精神教父下手。

背叛，黑帮电影经久不衰的主题。

夕阳西下，怅然若失的袁世凯漫无目的地游荡，不经意间竟踱到了贤良寺。这是李鸿章出国前下榻之处，门庭冷落。

许久不见，李鸿章苍老了许多。所有职务撤得只剩一个内阁大学士的虚衔——官场中人，一旦失势，无不惶惶如丧家之犬。

为打破尴尬的冷场，袁世凯小心道："中堂是再造国家的元勋，立下了汗马功劳。而现在待遇如此凉薄，以首辅的空名，上朝请安，形同寄宿于旅舍，未免太不合适。不如暂时告退，养望林下，一俟朝廷有事，闻鼙鼓而思将帅，则不能不倚重老臣。到时羽檄征驰，安车就道——"

李鸿章厉声打断，"罢！罢！慰庭，你是来给翁叔平（翁同龢号）做说客的吧？他汲汲想得协办大学士（大学士在清代虽是虚衔，但仍由高到低分为保和殿、文华殿、武英殿、体仁阁、文渊阁和东阁六级。另有相当于候补大学士的协办大学士，从一品，通常由尚书兼任，为晋升大学士的必经之路，竞争激烈），我开了缺，以次推升，腾出个协办，他即可顶补。你告诉他，教他休想！武侯说过，鞠躬尽瘁，死而后已，这两句话我也还配说。只要一息尚存，绝不奏请开缺，教他想死！"

袁世凯怕把老头气出脑溢血，赶紧诺诺而退。

能骂人说明精神状态还不错，袁世凯感到很欣慰。但马上他就高兴不起来了，因为从张謇处听说，光绪对胡橘棻很不满意，为了迎合尽快雪耻的帝意，翁同龢提议全权委托汉纳根练兵。

问题是汉纳根的方案比较激进，主张聘请德国军官七百多人，下派到各哨。在荣禄看来，这就是让洋人控制了连一级的单位，是可忍孰不可忍。

但光绪态度异常强硬，说必须让汉纳根练兵十万，不得阻拦，还当众点了荣禄的名，叫他不要掣肘。

荣禄一肚子委屈，向好友鹿传霖抱怨道：

> 常熟（翁是江苏常熟人）天生奸险狡猾，真是令人不可思议。其误国之处，可以同合肥（李鸿章）相提并论。合肥甘心做小人，常熟则是伪君子。与其共事，几乎没有一天不发生争执。

荣禄的偶像是李鸿藻。两人三十年的交情，凡是李夫子打招呼的事，他没有不鞍前马后的。

全盘分析，这场游戏就卡在翁同龢那儿，而且由于光绪的发飙，还进入了倒计时。

别无选择的袁世凯开始整理黑材料，包括李鸿章当年如何压制吴长庆，日军登陆朝鲜时如何贻误战机。既翔实又鲜活，一直熬到深夜。

今人不见古时月，今月曾经照古人。月神不语，见证了世间多少善恶。

袁世凯一脸倦意，来到中庭，仰望夜空，默然不语。

个人的小我情谊，同苍生大义比起来又算得了什么呢？中堂大人，以你的胸襟，想必能谅解世凯的苦衷吧……

黑材料对李鸿章没有任何影响，却在翁同龢那里产生了奇效。当他第三次把袁世凯送出家门后，在日记中写道：

> 此人不滑，可任也。

练兵的人选，三个大佬第一次难得地达成了共识。李鸿藻叮嘱荣禄，指定袁世凯编写《练兵要则十三条》。

奉旨练兵

1895 年的夏天，康有为以二甲第四十八名考中进士，观政工部。

梁启超却成了炮灰。被康老师洗脑的他没意识到国考的严肃性，继续耍笔杆子谈改良，被主考官徐桐先入为主地误认为是康有为的卷子，当场摒弃不录。倒是副考官李文田慧眼识珠，在卷末惋惜地批了一句"还君明珠双泪垂，恨不相逢未嫁时"。

康有为去工部报了个到，就再也不想上班。他对盖房修路没有丝毫兴趣，而是像坚持晨练一样坚持上书，且语不惊人死不休，说皇上你要再不改革，则"求布衣而不可得"。

再简单的事，重复做也会发生质变。康有为三个字终于上达天听，光绪对左右道："这个康某人何以不顾生死，竟敢以此言陈于朕前？"他的理解是忠君，并开始对疏中"富国、养民和社会改革"三策发生浓厚的兴趣……

两个风云人物在嵩云草堂会面了。

对大他一岁的康有为，袁世凯一口一个"大哥"。对梁启超这个日后还要频繁过招的对手，袁世凯则叹为奇才，称其"少年英俊"。

袁世凯要借康党的势。

当时，梁启超作为《万国公报》的主要撰稿人，在广学会这块经营了多年的舆论阵地上，用饱含深情的文笔呼吁变法，打动了许多上层人士，名动京城。而康有为则趁机联合陈炽（户部员外郎）、杨锐（内阁中书）、沈曾植（刑部员外郎）以及文廷式（翰林院侍读学士）等中下级官员，谋划成立强学会。

这帮人不是翁同龢的门生就是李鸿藻的故吏，隐然清流党设在民间的进步团体，简称"民进党"。

"民进党"确实比较激进，不仅大谈西学，而且谋求政改。由于后台很硬，连李提摩太都参与进来，因而又同外国使馆搭上了关系，英美公使都表示愿意无偿提供图书和仪器。

嵩云草堂，来者日众。曾国藩之孙曾广钧、张之洞长子张权都被忽悠入会，一干人选举陈炽为会长，梁启超为书记员，准备大干一场。

工部尚书孙家鼐代为准备馆舍，翁同龢则答应每年从户部拨发经费。各省督抚也非常看好强学会，王文韶、张之洞和刘坤一慷慨解囊，各捐五千两，甚至连宋庆、聂士成等武官都纷纷跟进。

袁世凯早在其草创阶段就捐了五百两，此后又陆续资助，还积极动员他人捐款，博得了康党及众人的好感。

李鸿章自忖人老心不老，也想附庸风雅，捐他个三千两，可惜被翁同龢门下走狗陈炽冷冷地拒绝了，气得老头起赴为钦差游历德国、荷兰、比利时、法国、英国、美国以及英属加拿大前念叨说："这帮人与我过不去，我回来后看他们还做不做得成官。"

事实上袁世凯也不单单是为了政治投机才混迹于维新派的阵营，他是真心想吸纳那些进步的观点与主张。而兼收并蓄的胸襟，正是袁世凯比康有为更有为的重要原因。

《练兵要则十三条》交上去有段日子了，不见回音，袁世凯颇感焦虑，唤来阮忠枢。

阮忠枢中举后投入李鸿章幕府，曾任北洋水师学堂中文总教习，直至幕主失势，跑到李莲英的弟弟家当家庭教师。

袁世凯通过这条线狠砸一笔，收买了李莲英，在慈禧那儿也布下一颗棋子。

后来证明，这颗棋子发挥了不可替代的重要作用。

每逢慈禧召见，袁世凯跪在地上看不到太后的表情，不利于察言观色时，就看李莲英的脚。如果两脚并拢，说明慈禧不爱听，立刻打住不说；如果两脚分开，则放心大胆地说。

百试不爽。

没过多久，袁世凯便蒙光绪接见。

谁也无法预料，仅仅三年后，皇帝每天都将生活在，对丹陛下的这个人的怨念之中。

1895 年 12 月 8 日，督办军务处联名会奏：

> 查有军务处差委浙江温处道袁世凯，朴实勇敢，晓畅戎机，前往朝鲜，颇有声望。因令详拟改练洋队办法，旋据拟呈聘请洋员合同及新建陆军营制饷章，臣等复加详核，甚属周妥。相应请旨饬派袁世凯督练新建陆军，假以事权，俾专责任。

当日，光绪明发上谕：

> 此次所练，系专仿德国章程，需款浩繁，若无实际，将成虚掷。温处道袁世凯，既经王大臣等奏派，即着派令督率创办，一切饷章，着照拟支发。该道当思筹饷甚难，变法匪易，其严加训练，事事核实，倘仍蹈勇营（淮军）习气，惟该道是问。懔之慎之！

消息一出，贺电纷至沓来。

有鼓励型："刷振精神，以副中外之望"（刘坤一）；

有简洁型："为国家贺"（盛宣怀）；

有激动型："中国转弱为强之兆"（吴汝纶）。

总之是众望所归，各方势力都满意。

除了李鸿章。

在同李鸿藻谈及此事时，他说："我是败军之将，等着袁大少爷练成新军后打一仗看看。"

玉壶光转，物换星移。袁世凯的时代，到了。

做人似水，行事如山

小站。

定武军送走胡橘棻，迎来新的主人。

鉴于粮饷充足，袁世凯甫一上任便着手扩军，在编制允许的范围内募兵，使定武军最大化到七千多人，并在原来步、炮、马、工程的基础上新添了辎重兵，正式命名为"新建陆军"。

招兵也不是乱招，年龄必须在二十到二十五岁之间，身高一米七以上，能托起一百斤的重物，步速至少每小时二十里者方能入围。而且还有才艺表演，身怀一技之长特别是粗通文墨的，将优先录取。

紧接着仿照德国营制，改革落后的清军军制，将"营"一级单位扩大到一千人，相当于后来的标（团），长官称"统带"，副手称"帮统"；每营辖四队（连），长官称"队官"；每队辖三哨（排），长官称"哨官"；每哨辖六棚（班），长官称"正目"。

新建陆军分左右两翼，左翼两营，右翼三营。左翼翼长是担任过铭军统领的姜桂题（1843—1922），右翼翼长是淮军旧将龚友元。

此外还有炮兵营、炮兵学堂、骑兵营、骑兵学堂、步兵学堂以及德文学堂，都归督练处直辖，督练处督练即袁世凯本人。

作为新建陆军的总指挥部，督练处下设三个重要的办事机构：参谋营务处、执法营务处和督操营务处。另外还有粮饷局、军械局以及转运局等部门。

十几个德国教习分布于督操营务处的四个学堂，全部按德法操练。学堂为两年制，毕业时成绩优异者赴德国深造，其余留在军中担任下级军官。

新建陆军走的是高薪养兵的路线，步兵每月能拿四两半的银子，而绿营只有一两半。骑兵差异更大，前者是九两，后者只有二两。

而且，从电台、手表到帐篷、雨衣，所有装备一水的德国进口。各级军官除佩刀外，每人一支六发子弹的左轮手枪。

给完萝卜，祭出大棒，袁世凯组织编写了《劝兵歌》。

作为近代第一首军歌，《劝兵歌》浅显之中透着幽默，比如"一年吃穿百十两，六品官俸一般同。如再不为国出力，天地鬼神必不容"，"二要打仗真奋勇，命不该死自然生。如果退缩干军令，一刀两断落劣名"。

同时，颁布《简明军律》二十条，十八斩两处罚，相当严厉。

问题是，当兵在晚清早就退化成跟过家家一样嘻嘻哈哈的事，你就是来个百人斩，也一样不缺以身试法的。

比如，士兵甲拉练回营途中，背着枪离队，跑到河边的柳荫下买了个甜瓜，边走边吃，被执法营务处的巡查逮了个现行。对此人的处分是罚站示众，所在哨的哨官则被打了二百军棍，所在营的统带更是就地免职。

由此可见袁世凯赏罚分明的风格：士兵有错，军官要负管束不严之责，且层层加码，上级遭受的惩处远重于下级。

但当你违反了十八斩时，无论是谁，都难逃一斩。

有个士兵偏不信邪，在军营偷吸鸦片，让禁毒大使袁世凯逮了个正着。烟鬼但见眼前白光一闪，人头落得比古龙小说里的高手对决还利索。

接着，便是整顿克扣军饷的痼疾。

袁世凯采取的办法是一竿子插到底，不许营员经手。发饷时，令饷局按名册分包数千份，派巡查前往各营监视，确保直接发到每个士兵手中。

当然你会说：这有什么稀奇的？除非实现人工智能，全自动发饷，不然再厉害的手段也挡不住国人汹涌澎湃的腐败热情和精妙绝伦的贪污技术。

其实是有的，只需要强大的记忆和耐心。

袁世凯经常搞突然袭击，亲自发饷。对各级军官，甚至最小的正目，都能一一点出姓名，并说出其性格爱好。

这就比较骇人听闻了，因为你会时刻提醒自己：领导的法眼正烛照着一切。

更隐秘的是，通过这种观感告诉每个士兵：谁才是赏饭的人。

眼看步入正轨，怪力乱神出现了。

天津附近有个大仙，自诩只要作法在身，即可枪弹不入。军中上下，多有啧啧称奇者，也不好好训练了，一天到晚跟家庭妇女似地凑到一块谈论伪科学。

袁世凯一拍桌子，大怒道："这样的人才，怎么能放在民间，不为朝廷所用？"

当场要聘其为教习，不知道的还以为袁世凯准备培养义和拳。

一个神志正常的军官劝阻道："凭此儿戏，何能临大敌？"

袁世凯毅然决然，益坚其请。

神秘大师来营后，袁世凯立刻召集军中诸将，目睹他施展符咒法力。

待其立定，袁世凯命人以手枪击之，果然毫发无损。众人愕然不语，惊以为神。

袁世凯将之奉为上宾，并许诺过几天再安排一场更大的"演出"。

这日，晴空万里，小站的操场上围满了官兵。

一个军官出面请大师立下手状：设或身死，与人无尤。

准备就绪后，三十个士兵出列，持奥地利产的曼利夏步枪齐瞄。

一声令下，枪声大作，大师砰然倒地。在场之人无不目瞪口呆，袁世凯却平静道："此诈耳，绝无妨。"

遂命人检视，回报称："目尚未闭，有笑容。"

袁世凯笑道："如何？"

等众人散去，再次检查的情况则是，"口角流血，胸有七洞"。

原来，第一次用手枪打时，袁世凯暗中嘱咐持枪者不要瞄准"大师"，但在第二次表演时却不作此安排。

于是，江湖骗子的血，祭了新建陆军的旗。

小站班底

西法操练非常辛苦，夏秋每月放假四天，冬春只有两天，其中一天还是发饷日。对于训练认真、考核成绩突出的官兵，均予以记名奖励，遇缺即补，在晋级上有优先权。

为了提高新军士兵的社会地位，袁世凯上奏朝廷，获准减免军属的赋役。这是秀才以上功名者享有的特权。此外，他还从自己的月俸中拿出三分之一，专门奖掖学堂里的成绩优异者。

不了解袁世凯的志向，便不可能理解他"事无巨细，靡不躬亲"的狂热劲头。这确乎是袁世凯步入仕途以来所争取到的最大的机会，但若仅仅为了投机做官，犯不着如此玩命。

新建陆军是一张难得的白纸，没有旧军队里盘根错节的人事关系，所有人都从零开始，做起事来相对简单。

古之成大事者必先得人，而一谈到笼络人心，三顶帽子立刻就扣到了袁世凯的脑袋上：结之以恩义，厚之以爵禄，威之以刑杀。

最早搞批斗的当属梁启超。

在他看来，曾国藩用人尚且要考察品行，李鸿章则纯以功名驱使。到了袁世凯就更等而下之，重才轻德，底下人卖命的唯一动机就是利禄。

每天都有人感叹世风日下，并不稀奇，稀奇的是这话居然从梁启超嘴里蹦出来。平日里，梁启超并不讳言自己，"以今日之我战昨日之我"的多变性，甚至以此为荣。他从不固守某一主义，明知康有为抄袭了廖平的观点，还说廖"其人不足道"。

这样的人，何苦要戴上面具假装道学先生？

事实上人与人之间很多时候就是一种功利的结合。你能为他人提供表现和成功的机会，就不怕没有人才追随；你的事业和局面越大，所能提供的机会越多，凝聚人才的能力也就越强。

然而，想把蛋糕做大，说到底还是要超越功利，因为这个世界既不是有钱人的，也不是有权人的，而是有心人的。

怀大志者往往见真性情。对袁世凯这样的枭雄，金钱不能摇其心、美女无法堕其志，所图既大，结纳人才反倒出于拳拳之心。

为了人尽其用，袁世凯苦思冥想，总结出四类必须用好的人才：现用型、备用型、储用型和培用型，并做了不同的说明。

以阮忠枢为例。

按理说这样一个老烟枪，在痛恨鸦片的袁世凯手下当差，早就该掉脑袋了，可因为交情和才华，袁世凯总是睁一只眼闭一只眼。

饶是如此，阮忠枢还是我行我素，在天津爱上了一个妓院里的红牌小玉姑娘，非要纳她为妾。

即使不论国法，军队也是个严肃的地方。袁世凯当场驳斥了阮忠枢的荒诞请求，明确告诉他：万不能从。

心灰意懒的阮才子从此无心爱良夜，一边灌着黄汤，一边咀嚼相思之苦。

过了段时间，袁世凯让阮忠枢陪自己去天津看望一个朋友。刚跨进一间宅子，阮忠枢便注意到院子里红烛高照，酒宴丰盛。待进至里屋，只见一个新娘装扮的佳人款款而立，竟是小玉。

原来一切都是袁世凯暗中操持的，把惊喜交加的阮忠枢感动得说不出话来……

练兵的过程，也是后来左右了民国十多年历史走向的小站班底成型的过程。究其来源，除了袁世凯的故旧亲朋，便是李鸿章的政治遗产：淮军老人和武备学堂。

老人里，以剿捻起家、绰号"罗锅"的姜桂题，资历无人能及。甲午前他就官至提督，因旅顺失守而"革职留营"。

姜桂题和袁保恒是把兄弟，私下里称袁世凯为"老四"，袁世凯则叫他"老叔"，两人关系很好。

姜罗锅是个大老粗，对年轻军官张口闭口"小鸟孩"，时不时还做些重口味的举动，比如当着袁世凯的面端起痰盂小便。

看上去似乎脑子不正常，但官场上大浪淘沙筛出来的绝不是省油的灯，必有一门看家绝活。

姜桂题的绝活知易行难——在暗无天日的晚清官场浸淫了几十年，还能保持一颗乐观阳光的心，最终享年八十岁，比起那些苦逼一辈子，寿命却不长，死后还要被无良文人挫骨扬灰的大人物来，幸运太多。

最穷无非讨饭，不死终会出头。如此人生信条，使姜桂题的一言一行看起来就像在拍《铁齿铜牙纪晓岚》。

守旅顺时正值夏天，他经常把辫子盘在头上，光脚趿拉着鞋，袒胸露腹，手执蒲扇，在街上溜达。走累了就闯入人家，遭到主人呵斥时却反问人家："我是姜老汉，难道你不认识吗？"

之所以这么自恋，盖因看到了满街的店招。

幡布上写着的"挂面"二字被他误认为"桂题"("面"字繁体同"题"字很像），以为旅顺人民盼他莅临，若大旱之望云霓，还专门找来属下批评教育，说搞什么形式主义……

一天，姜老汉又把自己当成了康熙，跑到菜市场微服私访。正巧碰到一个士兵买鱼不给钱，还殴打卖鱼的。姜桂题非常兴奋——看看，深入基层，很有必要！

他冲上去就抽了士兵一嘴巴，谁知此人是个新兵，不知道眼前的糟老头是姜桂题，立刻还手，两人当街厮打起来。

围观的人越来越多，一个头目从旁路过，吓得大叫道："这是大帅呀！"

士兵闻言，魂飞魄散，疾奔而逃，姜桂题也回到军营。没过多久，该兵的营官将他绑缚到辕门，请求军法处置，并自请失察之罪。姜桂题盯着两人看了许久，道："我扇他嘴巴，他用拳还击，都是打，治哪门子罪嘛。"一句话便打发了，惹得众人相视而笑。

袁世凯之所以重用姜桂题，将其放到中轴的位置，除去顾念旧情，也是看中他没有架子、爱惜士卒的长者风范，想借此笼络张勋、倪嗣冲等淮系老人，增强全军的凝聚力。而姜桂题也一直忠心耿耿地追随袁世凯，直至民国被授予陆军上将。

场面撑起来了，还得指望干事的。和北洋水师学堂齐名的北洋武备学堂，曾像造血干细胞一样，为淮军输送了许多接受过德式教育的军事人才。可惜老将们不珍惜，说"功名自马上得"，年轻军官虽有一整套数学物理、天文测绘的现代知识，仍饱受轻慢和讪笑。

甲午兵败，树倒猢狲散，袁世凯像考古挖掘一样，郑重其事地将这些青年才俊打捞进新建陆军。

于是，北洋三杰段祺瑞（1865—1936）、冯国璋（1859—1919）和王士珍（1861—1930）脱颖而出。

三人后来被冠以"虎""狗""龙"的称号。北洋之虎与北洋之狗素来不和；北洋之龙则一直很低调，清廉自守。

三杰在武备学堂时就以成绩优异而著称。

段祺瑞毕业后被派往德国深造，专攻炮兵；冯国璋两不误，考取了秀才功名，出来后一直跟聂士成混，编过兵法操典；王士珍揣着学位证跑到山海关当炮队教习，被叶志超发掘，跟着上了前线，参加平壤保卫战。

在那个发足狂奔的雨夜，要不是细心的王士珍带着一张朝鲜地图，叶志超就是长跑冠军也跑不回中国。

在武备学堂总办荫昌的力荐下，段祺瑞当了新建陆军炮兵营的统带兼炮兵学堂监督，冯国璋任督操营务处总办，王士珍任右翼第三营帮统兼步兵学堂监督。

袁世凯的特点是爽快、公正、认实力。只要你是块金子，哪怕不是足金，在他手下干事，永远都不怕被埋没。

新建陆军逢升必考，段祺瑞是炮兵专家，却不擅长经史。为了助其上位，袁世凯曾私下向段祺瑞漏题，在不破坏程序的同时保证了唯才是举。

武备学堂投奔小站的杰出代表还有曹锟、段芝贵、张怀芝、陆建章、靳云鹏、田中玉和王占元。再加上故交里的张锡銮、雷震春、江朝宗以及言敦源，足蹬马靴、斜挂佩刀的袁世凯扬扬得意地望着冉冉升起的朝阳，放声大笑。

余音绕梁中，镜头切到了紫禁城东北角的角楼。只见黑云压城，阴晴不定。

再微弱的光，也是对黑暗的拒绝

广东。

孙中山领导的广州起义因叛徒告密，一枪未发便宣告失败。陆皓东被捕处死，陈少白、杨衢云、郑士良等人亡命海外，全成了职业革命家。

横滨。

看到日本报纸上有以"支那革命党首领孙逸仙抵日"为题的报道，孙中山对陈少白道："'革命'二字，出自《易经》之'汤武革命，应天顺人'。日人称吾党为革命党，意义甚佳，吾党以后即称革命党。"

自此，四方势力（清廷、康党、孙中山和袁世凯）活跃于棋盘之上，一切都像布朗运动一样充满了不确定性。

袁世凯首当其冲，挨了一记闷棍。

小站附近有许多商贩，经常跑到军营里同官兵做生意，时间久了，不仅干扰训练、破坏军纪，还产生经济纠纷，麻烦不断。

袁世凯三令五申皆不见效，毕竟老油条们又不是第一天在这开店了，类似的官样文章以前盛军统领发过不知凡几，却从来没有执行到位过，这愈发助长了商贩们明知故犯的气焰。

袁世凯下定决心要斗硬，抓住一个跑得最勤的当场砍了，兵营秩序从此井然。

问题是国有国法军有军规，人民子弟兵把人民给杀了，这还了得？再加上这帮商人并非你想象中的弱势群体，一番活动下，御史胡景桂参了袁世凯一本，说他"营私蚀饷，扰害一方"。

半年不到，就出了问题，光绪高度重视，责成荣禄赴天津彻查。

新建陆军由督办军务处直辖，荣禄又是兵部尚书兼慈禧门下走狗，派他去看个究竟，各方面都放心。

随行的还有兵部员外郎陈夔龙。

鉴于天朝官员应付检查时登峰造极的表演艺术，圣旨严厉道："断不准徒饰外观，毫无实际。"

当年，俄皇叶卡捷琳娜二世的情夫波将金公爵战功卓著，聪颖过人。一次，女皇沿第聂伯河巡视，波将金干了一件独出心裁的事：下令把自己治下贫困肮脏的村子装裱一新，打扮成一片繁荣的模范村。西方人少见多怪，后来就把各种弄虚作假的样板工程统称为"波将金村"。

深谙此道的荣禄当然不会上当，他决定搞突然袭击。到了天津，跟直督王文韶照了个面，旋即轻车简行赶赴小站。

事实证明，在实力面前，关系和权谋都是浮云。

整齐划一的身高，气宇轩昂的士兵，操法娴熟，声震云霄，看得荣禄颔首赞许。他忽道："你觉得新军与旧军比，如何？"

陈夔龙道："卑职不懂军事，何敢妄加评论？但看表面，旧军不免有暮气，新军参用西法，倒是别开生面。"

荣禄点头道："你说对了，此人必须保，以策后效。"

问题是胡景桂的参劾虽属空穴来风，但"诛戮无辜"这条却不假。如果据实复奏，袁世凯必然交吏部议处，最轻也是撤去督练一职，到时候翁同龢顺水推舟又整一出洋人练兵，刚有起色的国防事业就中道崩殂了。

于是，荣禄大胆回奏光绪，说查无实据，请从宽议处，以鼓励将来。

袁世凯虽侥幸过关，却颓废了许多，将近一个月没缓过劲来，在给徐世昌的信中幻灭道："所有夙志，竟至一冷如水。"

与此同时，康有为却迎来了他人生中的巅峰时刻。

强学会的成功，促使他南下游说张之洞，希望能拉到一笔赞助，创办上海分会。张之洞答应得很爽快，但有一个附带条件：康有为必须放弃孔子改制的学说。如此，则一定竭力供养。

康有为偏执症发作，道："孔子改制，乃是大道。我岂能为了一个区区两江总督的供养而放弃自己的学说！"

于是，还没步入正轨，张之洞就撤资了，理由是上海强学会的机关刊物《强学报》抛弃"光绪纪年"而采用"孔子纪年"，有敌视现政权的嫌疑。

不久，北京强学会也因御史杨崇伊的弹劾被慈禧查封。

表面看康有为很有气节，但只要对比一下公开出版的《孔子改制考》和戊戌年进呈光绪的版本，光环立刻荡然无存。

给皇帝看的版本作了大幅删改，原版中的"议院""民权"等字眼统统消失，而代以"孔子立法，以天统君，以君统民，正五位，立三纲，而人人知君臣父子之义"之类肉麻的吹捧……

纽约。

下野的李鸿章乘坐圣·路易斯号邮轮抵达美国。为了迎接他的到来，正在海滨度假的克利夫兰总统特地赶回。

欢迎仪式被《纽约时报》称为"史无前例的礼遇"。迎宾彩船和几十艘装饰一新的白色军舰在港口列阵相迎，当圣·路易斯号驶入时，舰队发出19响礼炮。

二十层的高楼，李鸿章从未见过，但更吸引他的还是楼上楼下的美国青年。那一张张没受过欺负的脸，时刻洋溢着自信和欢笑，冲李鸿章拼命挥动星条旗、黄龙旗，又跳又叫。

在记者招待会上，李鸿章回答了一个令人唏嘘的提问。

美国记者："阁下，您赞成将美国或欧洲的报纸介绍到贵国吗？"

李鸿章："中国办有报纸，但遗憾的是中国的编辑不愿将真相告诉读者。他们不像你们那样敢讲真话，也没有你们这么大的发行量。由于不能诚实地说明真相，我们的报纸失去了新闻本身的高贵价值，也未能成为广泛传播文明的方式。"

李鸿章跑到墙外显然不是为了体验言论自由，事实上他肩负着朝廷授予的一项秘密任务——联俄制日。

光绪已数不清第几次被同一场噩梦惊醒。

梦里，日军用刺刀穿透妇女的胸膛，将不满两岁的婴儿串起来，故意举向高空，让人观看。一男子失足跌倒，被日兵擒住。一个美国记者走上前示以臂上的红十字缠带，欲救之。日兵不理，以刺刀连插男子颈项后扬长而去，任其在地上延喘待死。

这是旅顺大屠杀的残酷景象，全城幸免于难的仅36人——他们的任务是留下来收尸。

光绪的眼眶湿润了。昏黄的灯光下，他写道：

奉旨。环球之大，惟俄国与中国为三百年旧好。

熊的盛宴

俄国何曾与中国交好？只因辽东半岛乃满人的龙兴之地，清廷对牵头"三国干涉还辽"的俄国自然心怀感激。

1896年，正在修建横贯欧亚大陆的西伯利亚铁路的俄国，希望借道中国的蒙古和满洲北部。因害怕引起其他列强的干涉，俄国遂利用末代沙皇尼古拉二世的加冕典礼，邀请李鸿章前往密谈。

沙俄的远东政策和日本的大陆政策都是扩张性的，彼此水火不容。眼下朝鲜已是日本的囊中之物，俄国自然不会坐以待毙。它要趁战后弥漫在中国上空的仇日情绪尚未衰退之际拉拢清廷，以缔结军事同盟的形式，名正言顺地进入东北，并在时机成熟时据为己有。

无论从哪个角度看，光绪圣旨里的"三百年旧好"都像是一个莫大的讽刺。

作为中国的头号威胁，俄国最擅长"兼弱攻昧，取乱侮亡"，总是在清廷被列强打蒙时从天而降，威逼利诱，趁火打劫。

第二次鸦片战争时，俄国不废一兵一卒，就凭《瑷珲条约》和《中俄北京条约》割走了半个东北，刷新了世界历史上土地割让的纪录。

近代史上，被俄国巧取豪夺分出去的土地，占中国国土面积的三分之一。

虽然严复和黄遵宪早就指出，包藏祸心的俄国才是中国之大患，但清廷已无路可走。鸦片战争以来，由"师夷长技以制夷"到"以夷制夷"再到"结强邻以自保"，可供转圜的外交余地已然不多。

干涉还辽一事，让清廷上下都被俄国的"仗义执言"和主动示好所蒙蔽，以为可以托庇，危机时不致孤立无援。李鸿章虽然认为"俄人阴鸷狡诈，虽英、德等国皆视为劲敌，而惮与共事"，但由于刚被倭寇狠狠地咬了一口，而日本也"畏俄之强"，故亦主张联俄慑日。

抵达圣彼得堡后，沙皇对李鸿章优礼有加，还授之以勋章。一切能满足清廷面子的排场，无不做到极致。

对借道修路，李鸿章提出异议，表示中国境内的铁路应由中国人修。沙皇亲自解释，说俄国地广人稀，断不侵占中国寸土，修路是为了将来援华时调兵迅速。而中国财力不足，自己修恐怕十年都修不好。

李鸿章不再力争，《御敌互相援助条约》签订，又称《中俄密约》。

开门揖盗的联俄使东北沦为日俄角力的战场，是李鸿章终身无法弥补的大错。

甲午战争后，日本短期内并无再次侵犯中国的企图，反倒想结好清廷，对抗俄国。而中俄同盟，逼迫俄国的宿敌英国，不得不在亚洲大力扶持日本，使其借此东风奠定了世界五强的地位。

李鸿章一着不慎、满盘皆输的失误令人费解。

有人说，这是因为《马关条约》对他刺激太大，使之决心压制日本，不惜一切代价；有人说，这是赌徒心态，死马当成活马医，孤注一掷。

原因其实很简单：没得选。

弱国无外交，李鸿章早就看得一清二楚：

国际上没有外交，全在自己立地。譬如处友，彼此皆有相当资格，我要联络他，他亦要联络我，然后够得上"交"字。若自己一无地步，专欲仰仗他人帮忙，即有七口八舌，亦复无济于事。我从前初到上海，洋兵非常居奇骄踞，以为我必定全副仰仗于他，徘徊观望意存要挟。他看见我们兵士外观蓝缕，益从旁目笑，道是一群丐子，如何可以打仗？我一径不去理会，专用自己军队去打。打过几次，他看得有点能力，渐欲凑上前来，我益发不请教他。后来连打胜仗，军声渐整。见我不求他助，反觉没得意思，再三来告奋勇。我谓帮我打固是甚好，但须受我指挥节制，功赏罪罚，一从军令。彼亦一一认可，然后用之。果然如约服从，成了大功，戈登亦得盛名。我若自己军队不济，他决不肯出力相帮，否亦成喧宾夺主之势，不知要让他占了多少便宜。

看清了又如何？从最初的以夷制夷，借力打力，到后来的结强援，一边倒，为落后专制的天朝卖命，怎么卖都是错，最后只落得"前门拒虎，后门进狼"的结局。

马关谈判结束前，心生感慨的伊藤博文对李鸿章说了句发自肺腑的话："凭你的经验和能力，你在日本肯定干得比我好。而我处在你的位置，则未必如何。"

伊藤博文得遇明君，踌躇满志地施展抱负。对此艳羡不已的李鸿章在访问德国时，特意登门拜访了退休的前宰相俾斯麦，虚心问政："为大臣者，欲为国家有所尽力，而满廷意见与己不合，群掣其肘，于此而欲行厥志，其道何由？"

俾斯麦道："首在得君（得到君主的信赖）。得君既专，何事不可为？"

李鸿章又问："譬有人于此，其君无论何人之言皆听之，居枢要、侍近习（亲近）者，常假威福，挟持大局。若处此者当如之何？"

俾斯麦思索良久，道："苟为大臣，以至诚忧国，度（估计）未有不能格（感通）君心者。惟与妇人女子共事，则无如何矣。"

李鸿章默然不语。

回国时，美轮抵达日本横滨港，需要换船。当初离开马关，李鸿章曾表示"终生不履日地"，但此番换船必须先上码头。

为了不让自己同日本国土发生一丝一毫的联系，李鸿章说什么也不上岸。侍从无奈，只好在美轮和招商局的轮船之间搭起一块跳板，冒着掉进海里的危险，将他扶上船。

不久，德国跟风，也索要"还辽"报偿，被李鸿章拒绝。年底，德国又提出租借山东半岛胶州湾的要求，再次遭拒。

于是，曹州教案爆发了。

山东省曹州府巨野县的两个盗贼跑到教堂行窃，杀死了两名德国传教士。清廷非常紧张，责令山东巡抚李秉衡限期破案，并派大员亲赴巨野督办。

两名案犯迅速落网，被判死刑，清政府也答应赔偿一切损失。可德国又岂会放弃大做文章的好机会？

1897年11月，德军出动兵舰强行登陆，占领了胶州湾和青岛港。

英国马上跟进，要求在长江流域的特权；法国盯上了广西、云南；日本则看中福建；连意大利都想分一杯羹，要租浙江的三门湾。

瓜分狂潮风起云涌，《时务报》转载了日本的新闻，中俄密约昭然天下，一时间舆论大哗。

按照康党的说法，《时务报》是由康有为指挥创办的，与夭折的上海强学会具有血脉上的继承关系。

这又是不知所谓的梦呓。

《时务报》的创始人是进士出身的著名报人汪康年（1860—1911）。

在张之洞的幕僚梁鼎芬的协助下，他拉到了原本打算资助上海强学会的款项。

梁鼎芬和康有为是至交。但康南海这人吧，你不跟他过事，是看不清其真面目的。从《时务报》开始，梁鼎芬对康的态度逐渐发生改变，直至成为康党的反对者，明言"长素执政，不五日而乱天下"，可谓一针见血。

本来，汪康年邀请妙笔生花的梁启超担任主笔，是一件两全其美的好事。由他撰写的社论最受读者欢迎，成为报纸的品牌栏目。据后来的鸳鸯蝴蝶派作家包天笑回忆，当时苏州一带的青年学子争读《时务报》，对梁启超奉若神明。

其结果就是，又让康有为盯上了。

康有为想让《时务报》变成康党的舆论阵地，宣扬自己那套"尊孔维新"的怪论，梁启超的存在则是渗透报馆的重要棋子。

在他的运作下，麦孟华、徐勤等康门弟子陆续进入报馆，大有鸠占鹊巢之势。

不久，梁启超在康有为的指使下向汪康年提出：报纸应当采用孔子纪年。

汪康年怒了：拜托成熟一点好不好！刚搞垮了上海强学会，又来这套？

在报馆高层的一致反对下，康有为没能得逞。于是，梁启超有情绪了，开始玩忽职守，以探亲为名跑回了广东。

本来约定四十日返回，并答应文章寄回上海，不误报期。结果汪康年一篇文章都没收到，返期也一推再推。

不仅如此，梁启超还两次致电汪康年，诉说自己强烈的出洋愿望，请他转告《时务报》投资人之一、刚被任命为驻德公使的黄遵宪。

没过多久又有梁启超欲随伍廷芳出使美国的传言，汪康年几近崩溃。

梁启超最终未能成行。回到上海后，他加紧了夺权的步伐，组织康门弟子群殴了汪康年高薪聘请的新任主笔章太炎（1869—1936）。

成功，只需像坏人一样勤奋

康有为早就想揍主治古文经的章太炎了。

学术上，两人方枘圆凿。章太炎一再宣称经书是客观的历史，并非神秘的宗教预言。而且，他还经常跟人揶揄康党：

> "大贤"们以长素为教皇，又目为南海圣人，谓不及十年，当有符命（帝王之兆）。

赶走了章太炎，人事纠纷顿时公开化。外界纷传《时务报》将"尽逐浙人而用粤人"。

整个1897年，报馆内乱不断。梁启超动不动就扬言要率康门弟子离馆去西湖读书，或以组建《新时务报》相要挟，逼迫股东赶汪康年下台。

事实上，江南士绅里，反感康梁的大有人在。

汪大燮："（康梁）终日卖人，必为人卖。"

邹代钧："其奸诡不可不防。"

即便是中立派，也对梁启超挑起的战端深感厌烦。时任报馆校对的王国维悲观道：

> 大抵近世士大夫，日日言合群而终不能合群。

康党失道寡助，梁启超一点便宜没捞着。正好谭嗣同（1865—1898）在湖南混得不错，受巡抚陈宝箴之托，邀请梁启超担任新成立的时务学堂总教习，梁遂率韩文举等康门弟子集体入湘。

作为湖北巡抚谭继洵的长子，谭嗣同不缺吃不短穿，政治主张反倒比康梁坚定多了——矢志不移地排满革命。

他是墨家最后的信徒、弓马娴熟的夕阳武士，奔走于这片堕落的土地，像堂吉诃德一样格格不入，有心无力。

江湖上流传着他和大刀王五的友谊，会党（以反清复明为宗旨的民间团体）中遍布着他急公好义的事迹。

更重要的是，继黄宗羲之后，他将批判君主专制上升到了新的境界：

爱新觉罗诸贱类异种，凭借蛮野凶杀之气以窃中国；

（清廷）日存猜忌之心，百端以制其民；

中国之兵，固不足以御外侮，而自屠其民则有余；

二千年来之政，秦政也，皆大盗也。

因为过于痛恨清政府，谭嗣同还得了失心疯。在甲午年清军一溃千里时击节叫好，称赞日军是无敌于天下，"神武不杀"的仁义之师。在谈及改革路径，具体到如何筹措经费时，甚至主张"尽卖新疆于俄罗斯，尽卖西藏于英吉利。费如不足，则满洲、蒙古边地亦皆可卖"。

出于对清廷的绝望，谭嗣同一直想移民（求去中国，如败舟之求出风涛，但有一隙可乘，无所不至）。早在1886年，他听说上海的英国领事馆搞了一个"贡捐"，捐者可得保护，免受中国官吏的骚扰和冤杀。于是立即致信汪康年求证此事，并表示"甚愿自捐，兼为劝捐，此可救人不少"。

就这样一个有志青年，又被康有为给利用了。

第一次见面是在上海。俗话说得好，"一见南海误终生"，官迷康有为上来就劝谭嗣同弃官。

所谓的官，是指谭继洵给他儿子捐的南京候补知府。以谭嗣同的政治立场，当然不喜欢，但毕竟是老人的一番苦心，权当撑了一顶保护伞。

结果就让康有为给说没了。

康长素这么毁人不倦，其实也有他的苦衷，强学会锣鼓喧天拔地而起，又迅速灰飞烟灭，无异于一头冷水浇下来，寒彻骨髓。

而且，京城内外，认可康有为和他那套"野叟曝言"的人少之又少。高层不关心，同僚不热心，天天坐冷板凳，眼看天就要塌了（列强瓜分），康有为猛然起身，决定背水一战。

腹地自立。

虽说康有为后来时以维新派招摇，时以保皇党撞骗，但在那一刻，却是彻头彻尾的革命党。

证据就在康门弟子何树龄写给康有为的信里。他用"大浊国"代替敏感词"大清国"，说"大浊国必将大乱，为人瓜分，独夫之家产何足惜？所难堪者，我之亲戚兄弟耳"，并和老师探讨建立大同国的事宜。

康有为将策动革命的根据地选在湖南，皆因湘人敢为天下先，且环顾宇内找不到比陈宝箴思想更右的巡抚。而谭嗣同，则是他的马前卒。

梁启超入湘后，独立计划进入快车道。在《上陈宝箴书》中，他明言"必有腹地一二省自立，然后中国有一线生机"。

举例也举得匠心独运——郑成功。

郑氏台湾妙就妙在不听命于清廷，而清政府亦不宣布其为叛逆。

陈宝箴的开明也绝非作秀。在他的姑息纵容之下，梁启超的反清热情一发不可收拾，竟公然在时务学堂上咒骂清廷。

学生们也很兴奋，忠实地记录了梁老师的反动言论。再加上平时基本都住校，不与外界交流，课堂上的气氛日趋激烈。直到年关放假，家长们才看到课堂笔记上充斥着诸如"欲求变法，必自天子降尊始"等大逆不道的言论，不禁慌了，纷纷找到时务学堂总办熊希龄（1870—1937），要求给个说法。

问题是熊希龄向来跟梁启超一个鼻孔出气。由于对乡绅代表叶德辉孜孜不倦地带头闹事严重不满，他不惜无中生有地污蔑对方，"倒梁"是为了谋取时务学堂总教习这一薪资丰厚的职位。

事实上叶德辉家境富裕，张之洞屡次聘请都不应，人家倒梁完全是吃饱了没事干，一心一意为信仰而战——保守的信仰，也是信仰。

梁启超并不满足于把湖南搅得鸡飞狗跳，而是进一步挑战清廷的底线，点校私印黄宗羲的著名禁书《明夷待访录》，还在《湘报》上为这本号称"中国的人权宣言"大做广告。

谭嗣同则发挥其特长，联络会党，把湖南搞成了一座火药桶。虽然没爆炸，但为日后唐才常的自立军埋下了种子。兴奋的梁启超写信给康有为，称赞谭嗣同"才识明达，破例绝伦"，选总统的话非他莫属。

康党的活动引起了湖南士绅的一致反感。没过多久，在叶德辉、王先谦等学界领袖的施压下，他们被迫离湘。

平心而论，这帮所谓的顽固派态度很明确：支持讲西学，但不支持讲康学；支持搞维新，但不支持排满革命。

这似乎是戊戌年悲剧的预言：当大多数人都对变法达成了共识时，他们反对的其实只是由康有为来当主持人。

昏聩的老翁

马关谈判后，周馥见幕主李鸿章失势，辞去了直隶按察使一职。光绪为鼓励袁世凯练兵，将此衔授予了他。

结果导致了尴尬的一幕。

李鸿章出使回国，驻节天津，王文韶命全体直隶官员前去拜见。布政使之下就是按察使，袁世凯跑都跑不脱。

入座后，李鸿章雄风犹在，毕竟瘦死的骆驼比马大。和众人寒暄了几句，就轮到袁世凯汇报工作了。

自然是说练兵的事。谁知刚刚讲完"聘请德国教员，签订了合同"，李鸿章就勃然色变，举起手杖，用力敲地，砰砰作响，厉声道：

> 呸！小孩子，你懂什么练兵，订什么合同！我治兵数十年，现在尚不敢自信有何等把握。兵是这样容易练的？雇几个洋人，扛一杆洋枪，念几声"横土福斯"（One Two Forth，一、二、向前），便算是西式军队么？

袁世凯面红耳赤，大气不敢出一口，众人也都低垂着脑袋。

恍惚间，袁世凯考虑的倒不是个人荣辱，而是一场更大的屈辱：德国人都欺负到家门口了，却仍然不得不聘请德籍教员。

也许，这才是李鸿章火冒三丈的原因。

不能再等了，改革已刻不容缓。

于是，在新任的参谋营务处总办徐世昌的襄助下，半个月内，两封字字泣血的变法说帖接连出炉，呈交给了翁同龢。

袁世凯开宗明义：在强权即公理的时代，除了变法自强，别无他路可走。

他明确指出，中国落后于西方国家的根本原因是制度的落后。

改革的矛头则直指地方。

相比于康有为在中央搞核试验，把北京城搞成了切尔诺贝利，地方却一点共振都没有，袁世凯的方案显然技高一筹。

首先，地方督抚有实权，容易在小范围内试点。其次，封疆大吏多有基层工作经验和同洋人打交道的经历，看问题比较客观，倾向改良。

问题是一旦涉及自身和小团体的利益，再开明的人翻脸也会比翻书还快。因此，在裁汰冗员一事上，袁世凯主张妥善安排。

鉴于没有合适的地方来消化退休官员，"厚禄以养之，崇秩以荣之"，便成为无可奈何的权宜之计。

紧接着就拿科举开刀。废除的时机还不到，但可以改变空洞的考试内容，并开设西律、技艺和军务三门特科。

最重要的还是七项理财措施，它集中体现了袁世凯的经济思想：

1. 筹银钱、设银行、造纸币；

2. 振兴商业，设立商会；

3. 广集商股，举借外债，修筑铁路；

4. 开发矿藏，鼓励商办，保护矿主；

5. 扶助民营企业。在简化审批的基础上，对于财力不足者，国家酌情筹借资本；

6. 发展邮政；

7. 借鉴海关的管理办法，清理内地关卡。

其中第五条和第七条至今仍具借鉴意义：中小企业贡献了大量的就业岗位，贷款之难，却举世罕见；物流成本推高了物价，星罗棋布的收费站堪比清末的厘卡。

袁世凯的超前性和针对性，由此可见一斑。

帖中还附有一幅后来流传颇广的《时局图》，在"不言而喻"和"一目了然"两列字的中间，中国版图上密布了北极熊、老鹰等代表着西方列强的飞禽走兽，危如累卵之势，跃然纸上。

然而，你要把这理解为袁世凯忠君爱清，那就大错特错了。

实情在翁同龢的日记中：

袁慰亭世凯来，深谈时局，慷慨自誓，意欲辞三千添募之兵，

而以筹大局为亟。

所谓的筹大局即谋求封疆。

这都是让王文韶给逼的。在他手下当臬司非常痛苦，因其有"玻璃球"之称，精打细算，混功了得。

史载王文韶"重听"（听觉迟钝）。在官场，这可真是一个求之不得的好毛病。

每当不得不回答那些不好回答的敏感问题时，王大人便会适时地犯病，不是装聋作哑就是顾左右而言他，总之让你无迹可寻。

袁世凯本来有添兵三千的机会，光绪也批准了，下旨给王文韶，让他从直隶的绿营中淘汰一部分老弱残兵，省出的粮饷供袁世凯招募新兵之用。

将自己饭碗里的饭，哪怕是冷饭，主动舀给别人吃，王文韶还没有那么高的觉悟。

于是，扩兵至一万的宏愿就此成为泡影。

袁世凯痛定思痛，深感仅有练兵之权还远远不够。扩军和揽才二事，非钱不办，只有兼管军民的督抚才能不受制约地把局面做大。

可惜，在张荫桓的影响下，翁同龢看好的是康有为。

胶州湾被德国强占时，康有为曾通过张向翁同龢提出一个休克疗法：与其坐视列强在中国你争我夺，不知伊于胡底，不如主动把口岸城市开放给各国通商，如此既可借诸国之力保住边境，又能够开启民智。

这同后来美国抛出的"门户开放政策"不谋而合，虽然屈辱，却是没有办法的办法。

好比一伙强盗跑到你家，因分赃不均打了起来，这个摔锅砸碗，那个撬保险柜，就差杀人放火了。你正欲哭无泪，其中一个抢得最少的发话说：算了，生在中国都不容易，一人拿一点见好就收吧。

德国的蛮不讲理和俄国的背信弃义让翁同龢举步维艰，他第一次对李鸿章产生了相惜之感（"时事之艰难，惟有李相洞悉"）。

在外，无兵可战、无理可讲；而在内，和慈禧的过招已使他筋疲力尽。

两位老同志的冲突可以上溯到 1894 年。

彼时，慈禧借口"干预政事"，要把珍妃贬为贵人。翁同龢再三要求缓办，并当面询问"上知之否"，一副忠臣不事二主的表情。

年底，御史安维峻上奏请杀对日妥协的李鸿章，骂爽了顺带刺了慈禧一句："皇太后归政已久，若遇事牵制，何以对祖宗天下？"

太后震怒，翁同龢却胜似闲庭信步，说"究系言官嘛"，主张从轻发落。最后在光绪的回护和奕䜣的调和下，安维峻得免死罪，革职充军了事。

当然，慈禧也不是吃斋念佛敲木鱼的。之所以暂时陷于被动，皆因倚为股肱的孙毓汶和徐用仪，因长期对日妥协，在《马关条约》签订后被全国人民的唾沫给淹了，不得不以罢官平息舆论。

但反击非常迅猛。半年之内，吏部侍郎汪鸣銮、珍妃之师文廷式相继被罢。联系到两者是"翁门六子"里的杰出人才，翁同龢的心情可想而知。

最猛烈的打击还在后面——裁撤上书房，免去翁同龢毓庆宫行走的差事。

毓庆宫是皇帝打小读书的地方。督办军务处成立后，光绪往往先在此宫就重要政务征询翁同龢的意见，定下调子后再召见诸位大佬。这引起了荣禄的强烈不满，在他的煽动下，慈禧开始敲打光绪："咱们的天下是自己做呢，还是叫姓翁的做？"

现在姓翁的被慈禧的组合拳打蒙了，面对袁世凯和康有为的主动投诚，他毫不犹豫地选择了后者。

首先，康有为作为中国传播学的理论奠基人，社会影响力无人能及；其次，状元出身的翁同龢很看重学历。

两条一综合，袁世凯出局也在情理之中。

但塞翁失马焉知非福。翁同龢已如风中之烛，自身难保，与其被他拉入帝党的圈子同后党死磕，还不如安安心心地把新军事业做大做强，两边得利。

毕竟，在当时各国的世界地图上，中国的直隶省只标注了三个地区：北京、天津和小站。

而直到今天，小站人说话还遗留着当年练兵时的影子，称发工资为"关饷"，改善伙食为"吃犒劳"。

第六章：历史不会重复事实，但会重复规律

说大人者，藐之、怒之、利之

1898 年 1 月 2 日，河将结冻。

同样冻结的还有康有为的心。准备回家过年的他，行李都上车了，翁同龢来了一出"萧何追韩信"，终于留住了康长素。

很难想象如此感人的一幕会发生在两个自视甚高的人之间，但翁同龢这么一路赶来，脑海中浮现的是海关总税务司司长赫德刚刚发表过的一番肺腑之言：

> 一切取决于将来能实实在在地做些什么。如果决心从明天开始就正经着手改革，今天的损失是无关紧要的。否则不过是向狼群投掷的一片片肉，使它们暂时追不上来，直到把马累死为止。

南海的盛名早就刻在帝心，加上翁同龢的力荐，求治心切的光绪当即准备召见。

结果被奕䜣扯住龙袍：使不得。

清制四品以上官员皇帝才能召见，康有为一个六品的工部主事，不在此列。当然，以奕䜣之开明，拦下光绪显然不是为了遵循祖制，而是

出于保护。

鉴于不爽康有为的人俯拾皆是，奕䜣的顾虑绝非庸人自扰。

TVB 老戏骨许绍雄的高祖、时任工部尚书的许应骙就极端厌恶康有为，千方百计地阻挠他觐见光绪。

可以理解，谁当领导也受不了一个上班比上网还随性的下属。

多年的斗争经验让奕䜣比慈禧还了解慈禧，故当光绪试图用督办军务处来架空军机处时，第一个想到的组阁人选便是这个已经远离政坛多年的伯父。

奕䜣同情且支持光绪，他的办法是先用总理衙门挡一下，找康有为问话，这样不会给反对派留下把柄。而在由自己坐镇的总署里，李鸿章素来改良，翁同龢、张荫桓和廖寿恒都跟光绪一伙的，剩下的奕劻和荣禄势单力孤，影响有限。

1 月 24 日，总理衙门，康有为舌战群儒。

荣禄："祖宗之法不能变。"

康有为："祖宗之法是用来治理祖宗留下的土地的，土地都守不住了，还谈什么祖宗之法？就说这个办外交的衙门，也不是祖宗之法中所有的，因时制宜而已。"

廖寿恒问该当如何变法。

康有为："应以修改法律、官制为先。"

李鸿章："是把六部都裁撤，规章制度全部废弃吗？"

康有为："当今列国纷争，已不再是大一统的世界，而法律和官制却仍沿袭大一统时代的，殊不知弱亡中国的全是这些东西。即使一时不能彻底废除，也应斟酌改订，为新政扫清障碍。"

翁同龢问筹款之方。

康有为："日本银行的纸币、法国的印花税、印度的土地税，以中国之大，只要变更制度，收入可相当于今天的十倍。"

接着分门别类地陈说学校、农商、工矿、铁路、邮政、结社、海军和陆军的改革方法，把插不上话的荣禄憋得中途离场。

最后，康有为呈上新作《日本变政考》和《俄彼得变政记》以供采鉴。

当晚，翁同龢在日记中用两个字形容康有为白天的表现：

狂甚。

从这一刻起，翁师父便再也跟不上年轻的皇帝狂奔的步伐了。

不能把光绪的渴求急变解读为孟浪，确实是因为丹陛下跪了太多的废柴。

由于各部的满族主事大多目不识丁，没有外放和升迁的机会，朝廷往往让熬了多年的满主事去当御史，以示优待。

结果直接拉低了都察院的官均文化水平。

甲午战争正酣时，一日早朝，国子监祭酒、甲骨文的发现者王懿荣在午门外和同僚论及军事，叹息道："事急矣！非起檀道济为大将不可。"

檀道济是南北朝时宋朝的名将，王懿荣以此指代左宗棠的爱将、常年卫戍新疆的甘军首领董福祥。谁知一个满御史闻言凑了过来，问"檀道济"三个字怎么写。

王懿荣鄙夷地看了他一眼，随手一写。

满御史乐颠乐颠地跑回家，第二天光绪便接到一封奏疏，上书：请迅速起用檀道济……

正气得胸闷，光绪又收到一折：

日本东北有两大国，曰缅甸、曰交趾（越南），壤地大于日本数倍，日本畏之如虎，请遣一善辩大臣前往，与该两国订约，共击日本，必可得之……

两相比较，不难想见光绪在读到言之有物煽动性强的康著时心潮澎湃的场景。

同样激动的还有慈禧。捧着康著《波兰分灭记》，她泪如雨下。

戊戌年的所作所为再次印证了慈禧的立场：要改革，但不能威胁到自身的权力和满人的统治。因此，她对光绪说："不烧祖宗牌位，不剪发辫，你便放手去做，我不管。"

问题是康有为见光绪不断催要自己的论著，索性来他个"小变不如全变，缓变不如骤变"，在《上清帝第六书》中抛出两颗重磅炸弹：废八股和开制度局。

一个从广度（士林）上、一个从深度（高层）上，把所有人都得罪了个干干净净。

制度局是从日本引进的"舶来品"，康有为的设计，刀刀在割慈禧的禁脔。

由皇帝主持的中央制度局下设十二专局（法律局、税计局、学校局、农商局、工务局、矿政局、铁路局、邮政局、造币局、游历局、社会局、武备局），地方"道"一级设新政局、县一级设民政局，彻底架空从军机处、六部到地方道县的各级官员。

直到此时，戴在康有为脸上比川剧变脸还多的层层面具才全部揭开：既不是推翻君主的革命党，也不是要求议会的改良派，更不是遵从孔孟的传统士大夫，而是迷信权力、欲取翁同龢而代之的法家枭雄。

即将登顶成功的康有为临风而立，俯瞰众生，一副忧国忧民的表情，沧桑道：

> 中国惟以君权治天下而已，若雷厉风行，三月而规模成，三年而成效著。

翁同龢的底线

翁同龢意识到危险近在咫尺。

虽然慈禧可以开明到给光绪请英文教师，但权力红线决不能碰，一旦变法滑向党争的歧途，则再无回头是岸的机会。届时，作为帝党领袖、康有为的介绍人，翁同龢将首当其冲。

读过《新学伪经考》后，翁同龢开始从内心深处排斥康有为，称他为"经家一野狐"。而在对比了公开发行和进呈光绪两版立论截然相反的《孔子改制考》后，翁同龢对康有为的人品都产生了严重的怀疑。

开议会还是开制度局，二者所走的道路可谓南辕北辙。一个伸张民权，一个巩固君权。

对康有为在戊戌年之前与之后都大谈议会和宪政，唯独戊戌年间猛烈反对的行径，同盟会骨干胡汉民犀利地指出：

> 前时因官职不高，或因立宪条陈，被一封御旨弄个贵族议员当，岂不荣耀？及特旨召见，自以为指日可以大用，变法之际要用他多少条陈，作为新政要人，何患不得大位？万一他把握政府的权柄，却被议院监督住，岂不是好些不便？

康有为也明白，朝秦暮楚贻人口实，便在日后编印的《戊戌奏稿》中大肆篡改历史真相。

以《上清帝第六书》为例。原折里对制度局的定位是"将旧制新政，斟酌其宜"，伪折中却拔高到了"商榷新政，草定宪法"。

不仅如此，伪折还掺入了一大段原折中根本没有提及的对西方政治体制的描述："泰西论政，皆言三权。有议政之官，有行政之官，有司法之官。三权立然后政体备……"

认清康有为庐山真面目的翁同龢急踩刹车，在光绪又一次向他索要康著时说，"与康不往来"。

光绪吓了一跳，追问其故，翁同龢答以，"此人居心叵测"。

居心叵测你引荐给我？

光绪强忍怒火，让翁同龢传知张荫桓——绕开你总行了吧？

不料翁仍然拒绝，反问道："张某日日进见，何不面谕？"

这就有点为老不尊了。

40岁的年龄差距，代沟深到足以使情同父子变成形同路人。

瓜分危机让翁同龢的思想渐趋变革，甚至一度想全权委托汉纳根来练兵，但观其一生，对洋人的排斥与仇视是深入骨髓的。

在他笔下，英使巴夏礼"嗫嚅（吞吞吐吐）浮伪，最可恶"，日使盐田三郎"陋而狡"，只有美国公使杨约翰"尚敦笃"。曾纪泽同外宾周旋则是"作夷语，啁啾（鸟叫）不已"。

不仅如此，翁同龢还把一次外交活动写成"正午各国公使来拜（不书'来访'），一群鹅鸭杂遝（杂乱）而已"。把聚会结束写成"公使退，余等一哄而散"。

这样一个把同洋人打交道比作"日处豺狼虎豹丛中"的老头，与光绪的矛盾爆发点在外交礼仪上。

第二次鸦片战争后，列强陆续向清廷派驻公使。围绕使节见清帝时的礼仪，中外展开了艰难而曲折的谈判，终于在同治十二年以清政府的屈服而告终。

当年二月，同治亲政。六月，西方五国公使以鞠躬而非跪拜之礼在中南海紫光阁觐见皇帝。

1898年，面对墙倒众人推的局面，光绪忍辱负重，稳步改进外交礼节，俾使同国际接轨。

四月，德国亨利亲王访京，光绪准其乘轿入东华门，拟在毓庆宫接见。而刚经历了胶州危机，受够了德国鸟气的翁同龢则表示强烈反对。

同月，在接受俄使的国书时，光绪不再命旁侧的奕劻转呈，而是令其直接上丹陛放到自己案前。

如此僭礼之行，既不和总理衙门商量，也不跟奕劻打招呼，偏偏只张荫桓一人事先知晓，这不能不让翁同龢对张的用心产生怀疑。

恰好徐桐参张荫桓"唯利是图"，光绪让翁同龢出面力保，翁坚拒。两人相持不下，争执剧烈。

真正致命的打击是奕䜣的临终遗言。

慈禧和光绪探视病危的奕䜣，在问及可堪重用的朝臣时，他推荐了四个人：李鸿章、张之洞、荣禄和裕禄。

光绪试探性地提了下翁同龢，奕䜣条件反射般垂死病中惊坐起，把多年来对翁阻挠洋务、盲目主战的积怨瞬间爆发：

聚九州之铁不能铸此弥天大错！

五月，奕䜣去世，光绪正式向慈禧摊牌。两人做了一笔政治交易：慈禧默许光绪变法，光绪则将翁同龢炒鱿鱼并裁撤督办军务处。

使慈禧决意搞掉翁同龢的是军机大臣刚毅（1837—1900）。

此人之反动举世罕见，曾有"汉人一强，满人必亡"，"宁赠友邦，毋与家奴"等嚣张跋扈的语录传世。坊间流传：自言自语刚枢密，独断独行翁相公。

刚枢密的心思其实无比细密，曾为庆贺太后大寿，特意制作了12面镂花雕饰的精美铁屏风。

问题是中外馈献堆积如山，慈禧早已麻木，任何奇技淫巧都激不起她半点兴趣。为了引人注目，刚毅狂撒银子，买通太监，将屏风放在内宫太后的必经之处，果然引起了慈禧的注意，下命将之移置寝宫……

奕䜣死后留下的权力真空，促使刚毅刚猛起来，他串通李莲英在慈禧面前百般构陷，终于拱翻了翁同龢。

宦海冲浪

1898 年 6 月 11 日，光绪颁布《定国是诏》，拉开了戊戌变法的大幕。

两天后，署理礼部侍郎徐致靖保奏康有为、张元济、黄遵宪、谭嗣同、梁启超为"通达时务之材"，光绪意欲召见，翁同龢再次虚与委蛇。

也是最后一次了。

6 月 15 日，翁同龢的生日。

凌晨 1 点，窗外下起了绵绵细雨，"喜而不寐"的翁同龢索性起了个大早，向空叩头后入宫。

宦官传旨让翁勿入，而令和他一道前来的同事进见。

等了一个小时，同事出来告退，宦官宣读圣旨：

> 翁同龢着即开缺回籍。

罪状有两条。第一，近来办事多不允协；第二，喜怒见于词色，渐露揽权情状。

一代书法大家翁同龢从此告别了政坛。

曾几何时，他因平反杨乃武与小白菜的冤案闻名于世，以为能大展宏图，再造玄黄。现在想来，上天早就用一件事提醒了他：其实，你什么也做不了。

那是一次针对洋行的借款。户部一位下属悄悄告诉翁同龢，说经办此事的人吃了不小的回扣。

翁同龢勃然大怒，当即奏明光绪，要求严查分食回扣者，以肃朝纲。

谁知第二天入见时，光绪无奈地摇了摇头："昨日之事不必追究了。"

这才知道，原来慈禧也收了回扣。

翁同龢怅然无语。

此番失势，他真正体会到了官场对出局者的冷漠。无人替他说话，无人为之送行。转道天津时，终于收到一封语带宽慰的信和一张价值不菲的银票，竟是同他不算亲密的袁世凯在人情凉薄之际送来的温暖。

翁同龢老泪纵横。他退还了银票，留下了信。

历史在这一天转折。

洋务运动以来，晚清统治者不得不面对的一个现实是，既要重用李鸿章等干才，又要防止其坐大。

甲午之后，以北洋为代表的地方势力宣告破灭，如何"再造中央"成为核心的国家议题。

让人充满了想象的一种可能是光绪树立权威，实现真正意义上的亲政，而主导这一伟大使命的却是差强人意的翁同龢。

但无论如何，平稳掌舵的政治经验是年轻激进的康党所无法比拟的。因此，翁去康来所造成的代际断裂，使清廷这艘大船顿时惊涛骇浪起来。

与翁同龢的开缺同时颁布的谕令还有两条：一、王文韶调京补翁留下的军机大臣、总署大臣和户部尚书之缺，荣禄接任直隶总督兼北洋大臣；二、今后新上任的二品以上大员必须往太后处谢恩。

可见，为了能自主经营，光绪跟慈禧签订了霸王合同。

第二条不消说。而第一条，督办军务处撤销后，小站新军直接隶属北洋大臣——把后党门神荣禄放到这个位置上用意不言自明。

调整后的军机处，刚毅继续刚着，裕禄态度不明朗，王文韶打酱油，老迈的钱应溥常年病休，剩下一个支持变法的廖寿恒孤掌难鸣。

光绪最大的败笔在囿于成见，不肯起用李鸿章。

外交靠总署，内政看军机。李鸿章曾私下对人说，康有为废八股是干了他想干而不敢干的事。

的确，三十年前他就认为士大夫"所用非所学，所学非所用"，多次上疏，虚虚实实地试探朝廷废八股的可能性，结果遭来一片"用夷变夏"的唾骂。

时过境迁。把这样一个奕䜣推荐、慈禧倚重的人，从总署大臣调任军机领班，既不会遭遇阻力，又为变法上了一道保险。

结果却是，中枢大换届，李鸿章只得到一枚勋章和一份太后赏赐的食物。

6月16日，颐和园仁寿殿。第一次也是最后一次，康有为受光绪召见。

同在园中的还有前来领旨谢恩的荣禄和李鸿章。

朝房内，康有为与荣禄狭路相逢。后者讽刺道："以夫子之才，也会有补救时局的办法？"

康答以非变法不可。

荣禄鄙薄道："早就知道法当变，但是一两百年的成法，是一早上就能变过来的？"

康有为忿然道："杀两个一二品的大员，法即变矣！"

荣禄寻思着没得势你就狂成这样，真要大权在握，还不得血海飘香？

入见慈禧时，李鸿章在场。荣禄力言康有为败坏朝纲，皇上若过于听信，必有害大事。怕分量不够，他又看了看李鸿章，说李相经历的事多，当为太后言之。

李鸿章当即叩头，称皇太后圣明，然后跪在那儿一言不发。

慈禧叹了口气道："儿子大了，哪里认得娘？其实我不管倒好。你做总督，但凭知道的做吧。"

光绪的召见持续了两个小时。康有为成功地使皇帝相信：变法不必罢免大臣，专用小臣即可。大臣无办事之劳，无丢官之虑，怨恨的言论自会平息。

一厢情愿罢了。

几天后，上谕授康有为正五品的"总理衙门章京上行走"。

行走者，有事则行，无事则走也。大大低于康党的预期，梁启超评道："总署行走，可笑之至。"

好在给了个专折奏事之权，不用再靠他人转呈。

紧接着，被康有为称之为"扫云雾而见青天"的废八股提上了议事日程。

命下之日，却根本不像他所说的"欢声雷动"，而是引发了广泛的恐慌。

当时，会试举人集于京师者近万，这帮人聚餐时只有一个话题，就是问候康有为家的女性亲属。同样愤怒的还有翰林院的知识分子，因为有传言说该院也要削减编制。

连李鸿章都忧虑康有为的人身安全，让于式枚上门劝他雇佣保镖，以防不测。

从蒲松龄到吴敬梓，恨八股的人可谓人生代代无穷已。之所以江月年年只相似，盖因没有更好的替代方案。

康有为改八股为策论并不新鲜，却因主观性太强，给阅卷造成了严重的困难。对此，浙江学政陈学棻据实上奏，光绪批了一句"既然不会看策论，便不要视学了"，当即将其免职。

官僚的对策

已迁礼部尚书的许应骙主抓教育，阻挠新政，御史杨深秀和宋伯鲁在康有为的授意下参其"迂谬"，光绪又准备罢一个。

刚毅替之求情，不许。又请求"令其申辩"，勉强答应。

许应骙连夜走访求教，刚毅传了一条损招。

在上疏自辩的同时，许应骙大肆攻讦康有为。反正康有为的烂事奇货可居，不愁没人转发。刚毅则趁势跑到慈禧那儿煽风点火，终使对许应骙的处分没了下文。

八股好歹艰难地被废，制度局则涉及砸饭碗，还一砸一大片，怎么看都感觉离成功隔着千山暮雪。而且，由于变法被拖上了党争的轨道，一些原先支持康党的改良派也纷纷却步甚至倒戈。

康有为毫不在意。好不容易吃定了皇帝，过把瘾就死也值，于是继续推波助澜："皇上不想变法图强则已，若想，第一件事就是开制度局。"

少了奕䜣和翁同龢的护航，光绪无所顾忌，把康有为的提案交相比于军机处较开明的总理衙门讨论。谁知奕劻不敢做主，更不敢久拖不决，只好去找慈禧定调子。

慈禧向他交底：不可行之事，只管驳议。

于是，总理衙门出炉了一份针对康有为的批驳报告，彻底否定了制度局。

光绪拍案而起："汝等欲一事不办乎？重议！"

奕劻当时就震惊了。只好请外援分担风险，要求皇帝简派军机大臣一道来讨论。

这招狠就狠在，军机处除了廖寿恒，个个跟康有为有仇。连王文韶这种原本谁都不得罪的酱油男也紧握双拳站了出来，毕竟制度局一开，军机处就废了——没了酱油瓶还打什么酱油？

但光绪不得不同意。多年来，各地督抚养成了一切唯直隶总督马首是瞻的习惯。荣禄不动，除了大右派陈宝箴外，谁也不敢妄动。

于是，总署接到一封同意所请却绵里藏针的圣旨：

切实筹议，不得空言搪塞。

值此危急存亡之秋，原本窝里斗的军机大臣们手拉手心连心，团结在一起，准备抗"开制度局"之旨。

王文韶咳嗽了一声，提醒道：小心狗急跳墙，逼得皇上用大杀器。

所谓大杀器是指大规模杀伤性武器，光绪独有的终极技能——明发上谕。一旦发动，将绕开军机处，由内阁拟旨，昭告天下，付诸于世。届时，一切将覆水难收。

以光绪从小暴躁无常、动不动便拍碎玻璃自残的冲动型人格来看，并非没可能。

众人如梦初醒，齐刷刷地看着王文韶，只见他抛出一个字：磨。

你不是要设法律局吗？那我先从各部抽调司员修改律例；你不是要一体士民皆可上书吗？那我改为职官交本部衙门，士民递都察院。

总之大事办小，声东击西，磨洋工。

强催之下总算开了个农工商局。从名字不难看出，被磨怕了的光绪把原十二专局里的农商局和工务局给合并了。

许应骙也没闲着，发动水军造谣。

谣言起于康有为的异想天开：把全国的寺庙都改为学堂。

本来就很夸张，在段子手的演绎下更成了一部掺杂着宗教元素的政治阴谋片：康有为进献药水，光绪服用后性情大变，急躁异常，开始在宫中设礼拜堂，并加入了天主教。

虽说比《等待戈多》还荒诞，但联系到让皇帝改国号"大清"为"中华"之类的举动康有为没少干，群众也就相信了。

混乱使康党内部产生了分歧。沈曾植深忧变法会因康有为的鲁莽而灭裂；张元济和梁启超都劝他急流勇退；其弟康广仁更是写信抱怨道：

规模太大，志气太锐，包揽太多，同志太孤，而上又无权，安能有成？

康有为成了活靶子，破鼓万人捶。

对真正的改良派而言，这其实是一件好事。

比如太仆寺少卿（最高管马机构的二把手，正四品）岑春煊（1861—1933）就从不参与争吵，而是瞅准鹬蚌相争的时机，上了一道裁并官署的奏折。

览奏后，光绪让李鸿章拟了一个黑名单，上榜的统统撤销，一口气裁了光禄寺（宴飨）、鸿胪寺（迎宾）、太常寺（祭祀）、大理寺以及湖北、云南、广东三省的巡抚等闲衙冗职。

当然，不明真相的反对派又把账算到康有为头上。

一次性炒了近万人，朝野震骇，颇有官不聊生之感。外媒的评价是：在中国政界掀起了一场革命。

当廖寿恒找到康有为，请他谏阻光绪以平息朝局震荡时惊愕地发现，原来康有为并不介意替人背黑锅，还火上添油地说："不裁则已，要裁就全裁。"

礼部主事王照找到一条破冰之路：与其让反对派跑去依仗慈禧，形成一股庞大的势力，不如主动把变法的美名让给太后。慈禧好名，向来喜谈改革，如此则皇上的志向得以施展而顽固党却失其凭恃。

康有为当场反对，说太后撤帘已久，不容再出掌朝政。且清朝祖制，大臣不许言及宫闱，犯者死罪。

这会儿搬出祖制了，原来祖制是用来压人的。

王照不理，直接上书道："请皇上奉太后游日本，知其崛兴之由。然后奉太后之意，晓谕臣民，以变风气。"

结果引爆了定时炸弹。

作为礼部堂官，代呈本部官员的上奏原属许应骙分内之责，他却把王照的折子压了一个月，直到当事人问起，才以"日本素多刺客，不便出访"为由敷衍。

两人旋即破口对骂，咆哮公堂。王照指责许应骙违抗皇上广开言路的旨意，威胁说要请都察院代递。许应骙见压不住，只好呈递，但附奏说"请圣驾游外洋，安知不是包藏祸心？"

光绪当场暴怒，一气之下把礼部两个尚书（一满一汉）和四个侍郎，共计六名堂官全部免职。

此举有利有弊。利在以儆效尤，弊在殃及无辜。满尚书怀塔布就体验了一把躺着中枪。

此人几乎从不上班，王照的折子一个字都没见过。结果人在家中坐，祸从天上来，被革职了。

与此形成鲜明对比的是王照，被光绪夸赞"勇猛可嘉"后赏了个三品顶戴。

徐致靖也去掉了"署理"，正式成为礼部侍郎。

同时，光绪任命谭嗣同、杨锐、林旭和刘光第为正四品的军机章京，彻底向世人宣布：我说了算。

杨锐和刘光第均非康党，而是张之洞推荐给光绪的维新人才。林旭举人出身，年纪最轻（23 岁），却最积极。

四人的超擢，让无缘再见光绪的康有为大吐酸水：

> 尔等事实上已位居相位，但没有威仪，望之不似宰相。

骗中骗

罢免礼部六堂官虽起到了敲山震虎的作用，一时间言路大开，但由于事先并未向慈禧请示，实际上已经违反契约。

加之怀塔布的老婆也不是省油的灯，常年侍奉太后宴游，进颐和园跟进自己家似的。一番哭诉和挑拨，使慈禧有了新的想法。

于是，"有困难找荣禄"的戏码开始上演。

为什么要找荣禄？看看直隶总督兼北洋大臣此时的军权就明白了：董福祥的甘军、宋庆的毅军、聂士成的武毅军和袁世凯的新建陆军。

国防力量的全部精锐。

先是怀塔布夜访天津找荣禄，接着是保守派笔杆子杨崇伊找荣禄，都与请慈禧出山训政有关。前者征询意见，后者试探口风。

杨崇伊的儿子娶了李鸿章的孙女（李经方之女），本是亲家。但当他纠合了一众保守派准备奏请太后训政，以疏示李鸿章时，李不肯签名。

很快，杨崇伊们又放出一条谣言，说慈禧与荣禄密谋，将借9月天津阅兵，行废立大事。

拍戏倒是场面壮观，观赏性强。胡汉民后来嘲讽道：

> 太后真要害皇帝，一服砒霜也就够了。当着六飞出狩的季节，千军万马的场所，拿光绪杀了，这叫做什么玩意？

之所以越传越神，连光绪都紧张地表示"誓死不去天津"，盖因保守派怨念太深，做梦都梦到类似的场景，聚到一起更是言之凿凿指天誓日，就差直接说"老佛爷亲口告诉我的"。

康有为则是紧张之中透着兴奋：终于找到无与伦比的统战理由了——救驾。

当然，以他一贯的思维方式，光救驾是不够的，要以攻为守——清君侧。

在康有为看来，荣禄是指望不上的，染指军队的希望只好寄托在思想开明、支持过强学会的聂士成和袁世凯身上。

聂士成时任直隶提督，跟王照是把兄弟。

康有为的计划是：让徐致靖劝王照去找聂士成，先征得他的同意，然后召其入觐，授以直隶总督，取代荣禄。

第一步就卡住。

王照坚持认为，慈禧和光绪纯属家务之争，本可调和，结果被康有为搞成了党争，现在还想挑起战争，简直丧心病狂，当场予以拒绝。

徐致靖摆出一副过来人的姿态训斥说："你受皇上大恩，不趁此图报，却为身家性命考虑，于心能安吗？"

王照反驳道："拉皇上去冒险，心更不安。我王照绝不作范雎。"

无奈之下，康有为把宝押到了袁世凯头上。徐致靖的侄儿徐仁禄被派往小站试探袁世凯的态度。

按理说袁世凯对徐致靖很有好感，毕竟此人曾上奏保荐过自己：

> （袁世凯练兵）赏罚至公，号令严肃，一举足则万足齐发，一举枪则万枪同声。行若奔涛，立如植木。

但徐仁禄一上来就按康有为的授意挑拨道："我同卓如（梁启超）、复生（谭嗣同）屡次向皇上举荐你，皇上告诉我等，荣禄说你跋扈不可大用。不知公因何事与他不和？"

离间计一眼便被识破，袁世凯故作惊悟道："之前翁常熟想增加我的兵额，荣禄说不能放任汉人坐拥兵权。常熟说曾、左也是汉人，如何不能统率大兵？可荣禄到底还是不肯增啊！"

见徐仁禄信以为真，袁世凯将计就计向他抱怨所练之兵仅只七千，力量单薄，称"假使西方兵力是我的一倍，与之作战，可以获胜；是我的两倍，也可获胜；若数十倍于我，惟有捐躯效命而已"。

言讫，潸然泪下。

对康有为师心自用、名为变法实为夺权的激进改革，袁世凯不以为然。但和康有为不同的是，袁世凯绝不会轻易得罪任何官场中人，更不要说皇帝身边的红人。

于是就有了康有为起草，以徐致靖的名义上奏的荐章。在表扬了一通袁世凯的好人好事后替他要官（给予封疆大吏的位置，或改授六部堂官之职，使之独当一面）。

光绪对袁世凯一直颇具好感，早在其在朝鲜时，便让李鸿章替自己传话："让他（袁世凯）好好干，我有用他的时候。"

这一天终于到来了，诏令袁世凯进京陛见。

王照听说后大惊失色，跑去质问徐致靖。徐支支吾吾道："召袁入京，为的是抵御外侮。"

这可真是尘归尘土归土，你当我是二百五？

一旦光绪染指军队，势态必将失控。

康有为才不作此想，谁也挡不住他一路狂奔的热情。于是便有了移花接木的懋勤殿。

此殿作为皇帝的书房，名字比较古典（懋学勤政）。康有为觉得"制度局"三个字太洋气，招来许多不必要的非议，干脆暗度陈仓，指使谭嗣同撺掇光绪开懋勤殿。

当然，简单粗暴地指责康有为换汤不换药也是不负责任的。事实上从制度局到懋勤殿，他着实加了一剂猛药——聘请外国政治家进入朝廷决策层共议改革，并提出两个人选：刚刚下野的伊藤博文和常年旅中的李提摩太。

搬洋救兵确实打中了慈禧的七寸，却也将帝后之争推向了你死我活的边缘。

9 月 11 日，伊藤博文抵达天津，以私人身份访华。

这立刻"坐实"了一则传言：伊藤被康有为勾引而来，将任军机大臣。

传言是如此深入官心，以致不少进京陛见的督抚大员幸灾乐祸地对军机章京们说："诸公好好侍奉新堂官吧。"

荣禄在北洋医院设宴欢迎伊藤博文。

席间，袁世凯注意到荣禄始终拉长着个脸，没等散席便借口有事告辞。

同一时间，武艺高强的湖南大侠唐才常和谭嗣同的拜把兄弟毕永年低调抵京。

教唆犯

9 月 13 日，王照正与徐致靖参酌奏稿，康有为兴高采烈地跑进来，道："谭复生请皇上开懋勤殿，用顾问十人，业已商定，请你俩分荐此十人。"

王照："我今天要上个折子，没时间。"

康有为："皇上今晚就要看，你的折子搁一日，明天再上有什么关系？"

王照不得已，乃与徐致靖分头缮写荐折。

与此同时，心怀忐忑的袁世凯携徐世昌进京觐见，在法华寺住下。

同一趟列车上还坐着伊藤博文和一个神秘的乘客——张翼。

此行张翼带着荣禄写给奕劻的密信，中心思想八个字：太后训政，此其时也。

9 月 14 日是光绪例行去颐和园向慈禧请安的日子。他一直捱到玉澜堂酒宴，见慈禧兴致不错，光绪终于鼓足勇气提出开懋勤殿之事。

史载，"太后不答，神色异常"。

站在慈禧的立场，擅罢礼部六堂官已是对其权力的否定。而同意开懋勤殿，更是将她和皇帝的权力关系来个 180 度颠倒。

于是，积怒瞬间爆发。

争吵中，慈禧放出狠话："若再越出权限，则皇位不能保。"

光绪慌了。

恭王已死，庆王疏远，对李鸿章又放不下成见，这才发现想调停都没个合适的人选。

随驾值班的杨锐尚算老成，早年被张之洞誉为"当代苏轼"，颇为倚重。光绪只好让他拟了一道密诏，内称中国积弱不振，至于阽危。自己日思尽变旧法，尽黜昏庸之人，但恨权力不足。果真如此，则帝位恐将不保。因此，让军机四章京妥速筹商，以使既能变法，又不违抗太后之意。

就是这么一封语气平缓，指望维新党人想出一条两全其美之良策的密诏，后来被康有为篡改成一封写给他的耸人听闻的求救信：

今朕位即将不保，汝可与杨锐、林旭、谭嗣同、刘光第等密筹良策，设法相救。朕十分焦灼，不胜企望之至。

其实，杨锐同康党并不像外界与后世猜测的那样齐心，而是经常在家书中抱怨和谭嗣同、林旭难以相处。当他预感到情势有变时，第一个念头是避免卷入是非。

于是，杨锐把密诏压了三天，彷徨无计。

南海会馆的夜已经很深了。

有谭嗣同的力荐，康有为对毕永年非常放心。他先爆猛料："太后打算于下个月天津大阅兵时杀害皇上。"

再爆更猛的料："我要效法唐朝张柬之废武后之举，奏请皇上召袁世凯入京。你来当李多祚。"

毕永年发表道听途说来的高层秘闻:"袁世凯是李鸿章的人,李鸿章是太后的人,恐怕不好用吧?"

康有为信心满满道:"我令人去他那儿行反间之计,袁世凯笃信不疑,已深恨太后和荣禄。你且等着,我还有重要的事用你来办。"

9月16日黎明,昆明湖畔的玉澜堂。

光绪虽精神委顿,但对军事上的事问得很细,袁世凯则一一据实奏对。

气氛明显比较压抑,皇帝几次欲言又止。袁世凯只好趁问话的间歇道:"下月还有巡幸大典,亟须回津准备,倘无他事垂询,请即训示。"

光绪说四天后再来请训,耽搁不了什么。

召见结束后,袁世凯回家补觉。刚躺下便有宦官前来宣旨:袁世凯升正二品,以工部侍郎候补。

这次超擢带给袁世凯的不是喜悦,而是恐惧,尤其当他听说皇上让他与荣禄"各办各的事"——这分明是强迫自己站队嘛。

袁世凯当即要上疏辞谢,却被徐世昌阻止:既属皇帝特恩,力辞反倒欲盖弥彰。

事实上,此次进京,袁世凯既不往来酬酢,也不奔走权要,而是寓居郊外,闭门不出,为的就是置身于帝后两党的漩涡之外。

问题是,在你不惹祸,祸来找你的官场,独善其身要比左右逢源难得多。于是,午后刚过,袁世凯便行动起来,遍访朝中大佬。

奕劻不在家,刚毅和裕禄听袁世凯表白自己无功受赏惶悚不安的"心迹"时暗自冷笑:都是一座山上的狐狸,跟我讲什么聊斋啊!

结果都是一堆不咸不淡的官话,袁世凯未能从中得到任何有价值的信息,怏怏而归。

礼数还是要有的。对推荐了自己的康党,袁世凯写了一封热情洋溢的感谢信，由徐世昌亲自去送。

结果康有为又想入非非了。

当晚八点，康有为、梁启超、康广仁和毕永年正在南海会馆用餐，忽然传来袁世凯以侍郎候补的消息。

康有为明明早已获悉，却故意演戏给毕永年看，大拍桌子兴奋道："天子真圣明！如此做法，比我等所献之计更加隆重，袁世凯必定喜而图报！"说着，放下筷子，让毕永年跟他进里屋。

"事已如此，定计而行就是了。不过，我始终觉得袁世凯不可用。"毕永年说。

康有为从桌上拿出袁世凯的来信，指着上面"蒙兄荐引提拔，不胜感激，虽赴汤蹈火，亦在所不辞"的话，对毕永年得意道："你看，袁有此语，还不能用吗！"

毕永年只好道："既如此，先生想让我做什么？"

"我想让你到袁世凯的幕中去当参谋，监督他。"康有为试探道。

"我一人在他幕中何用？袁若有异志，我也制不了他。"毕永年觉得果然还是不靠谱。

康有为终于交底："我给你一百人，等袁世凯兵围颐和园时，你带着他们奉诏把太后抓起来就行了。"

至此，康党的政变计划终于浮出水面。

第一步：9月20日袁世凯请训时，光绪面付朱谕一道，以荣禄密谋废君弑君为名，令袁世凯回津率所部兵马擒荣，就地正法；

第二步：封禁电报铁路，以专列载袁部入京，一半围颐和园，一半守紫禁城。

显然，计划得以实施的关键在于袁世凯和毕永年，但归根结底还是在袁世凯。一旦袁世凯首肯，康有为将上奏光绪，请旨发动政变。

毕永年还在迟疑，康广仁和梁启超推门而入。

坐定后，梁启超道："此事，兄不必再疑，务请大力担当。"

见毕永年没有回答，梁启超激他道："兄敢做此事吗？"

"有什么不敢！但我要好好想想。而且，还没见过袁世凯，他是什么样的人，我还不知道。"

"袁世凯大为可用，然则兄能答应此事吗？"梁启超急于要他做出一个慷慨而坚决的承诺。

像毕永年这类江湖侠士，其实远比知识分子重诺，但正因其言必行，反倒不轻易允诺。

见康广仁不爽的表情已写在脸上，毕永年只好道："此事我终不敢独力承当，为何不催佛尘（唐才常）进京商量？"

康梁大喜，连说"好极了"。但又表示想于数日内发动此事，等唐才常恐怕不及。

踌躇片刻，四人来到隔壁房间，找正在病休的谭嗣同商量。谭嗣同认为稍缓时日无妨，如果唐君前来，则更为安妥。

梁启超立刻表示赞成："毕君沉毅，唐君深挚（深切真挚），可称两雄。"

毕永年知道这是面子上的恭维，连说不敢当。

康有为道："事已定计，你们加紧调兵遣将吧！"

于是，两封快电飞往湖南，要唐才常火速进京。

秀才造反

9月17日，见杨锐迟迟没有回应，心急如焚的光绪通过林旭带出第二份密诏，并发布上谕，督促康有为速赴上海督办《时务报》。

离京，有助于缓和反对派一点即燃的情绪，也是对康有为的保护。但之所以会来这么一出，说到底还是康有为作茧自缚。变法伊始，他便公报私仇，通过宋伯鲁上了道折子，请求将《时务报》由民办改为官办，让梁启超取代汪康年。

光绪让吏部尚书孙家鼐研究宋折，结果康有为给汪康年挖的坑把他自己给坑了。

孙家鼐说："这确实是一条很好的建议，但需要做一点小小的修正。梁启超在办译书局，工作重要，不容分身，不如改派康有为去督办《时务报》。"

由此可见，开明如孙家鼐这等改良派，亦巴不得将康有为踢出京城。

康有为左思右想，想出一条万全之策。在接受任命的同时，给汪康年发去一封电报：

奉旨办报，一切依旧。望相助，有为叩。

赖在北京不走了。

可此番为了安抚震怒的慈禧，光绪不得不壮士断腕。

上谕措辞强硬，要康有为即刻离京，不准"迁延观望"。密诏中却说情非得已，苦衷难诉，爱卿保重身体，善自调理，将来共建大业，朕有厚望。

当晚，林旭访康有为不遇，便将上谕留在南海会馆，并附一纸条，嘱康明早切勿外出，有要事相告。

毕永年见林旭神色匆匆，显是出了变故，又打起了退堂鼓。他找到康广仁，说同袁世凯仓促之间彼此交浅，如何行事？还是不能轻易接受康有为的任务。

康广仁怒道："汝等尽是书生气，平日议论纵横，及至做事，却又拖泥带水！"

毕永年耐心道："我一命虽微，但也不能糊涂而死。康先生既令我同谋，何不能让我置一词？在下是南方人，初至北军，率领互不相识之兵，十几天内，何能将他们收为心腹，又何能得其死力？而且，我一介贡生（因成绩优异而被各省学政从府县择取，保送至国子监读书的秀才），统带此兵，不独兵不服，同军各将也会奇怪。"

康广仁闻言，越发不高兴，冷笑着走出房间。

此时，康有为正同徐致靖在宋伯鲁家喝酒，喝高了便唱起昆曲来。曲调哀怨动人，又谈及时事，不免一番相互忧叹。

回府后，康有为看到上谕，方知不妙。毕永年又一副"我要当逃兵"的表情凑到跟前，把对康广仁说的话又重复了一遍。康有为当场就来气："你以贡生领兵，也很体面，有何不可！此事尚未定，你先不用多虑。"

第二天一早，林旭来到南海会馆，带来一前一后两封密诏。

康有为命人唤来徐致靖，手捧那封被杨锐揣了三天的密诏，同梁启超、康广仁和谭嗣同一道跪读，读着读着便声情并茂起来。

"恰巧"徐世昌来访（形势不明，徐世昌同袁世凯分头行动，分别联络帝后两党），康有为灵机一动，开始放声大哭，撕心裂肺，如丧考妣。

众人跟着飘泪，一个比一个响亮，不知道的还以为在开追悼会。徐世昌受到感染，也抹起眼泪来，南海会馆顿时哭声一片。

庆亲王府。

袁世凯访奕劻不遇，庆邸管家说："老爷出门了，留话让您等他。"

颐和园。

内务府升平署今日给慈禧安排的戏是关于杨家将的京剧《昭代箫韶》。早上十点开演，一直持续到晚上八点。

因为后天还要接见伊藤博文，下午两点，光绪离开颐和园，起驾回宫。

南海会馆。

康党士气低迷。午饭时，梁启超示意同毕永年关系不错的康门弟子钱维骥进行最后一次试探。

钱维骥："康先生要杀太后，怎么办？"

毕永年："兄怎么知道？"

钱维骥："刚才梁君对我说，'先生的意思是，在奏知皇上时只说是废黜；等到去颐和园抓住时，杀掉就可以了。不知毕君肯不肯办这件事，你何不去探一下他的口气'。看来此事是真的，你打算怎么办？"

毕永年："我早就料到，他想要我充当成济的角色。老兄且等着看吧。"

成济是三国时曹魏的武将，受司马昭的心腹贾充的唆使刺死了魏主曹髦。后来司马昭为平息众怒，将成济满门抄斩。

康有为清楚，毕永年这条线是指望不上了，不甘心就此远离权力中枢的他开始盘算如何同袁世凯摊牌。

庆亲王府。

袁世凯等到傍晚也不见奕劻回府。下人来报，说荣禄传令，塘沽口有英国军舰游弋，让他尽快回防，于是只好先行返回法华寺。

颐和园。

看戏间歇，奕劻、端亲王载漪和李莲英轮番跪劝太后训政。

连月来，类似的苦情戏慈禧早已司空见惯，即使这次奕劻带着张翼转交的荣禄密信和杨崇伊猛批康梁的折子，她还是认为火候未到。

不速之客

法华寺。

袁世凯正秉烛拟折，门房忽报谭嗣同来访。袁世凯立刻停笔出迎，只见谭嗣同身着便服，旁边跟着徐世昌。

天子近臣，不敢怠慢。赶忙请入室内，互道寒暄。

谭嗣同："想不到公如此相貌堂堂，有大将格局。"

袁世凯摸不清他来意，但见同徐世昌一起，猜想多半是受康有为派遣，只好先虚应周旋。

谭嗣同："公是否后天请训？"

袁世凯："现有英舰巡行海上，准备具折明日请训后就提前回津了。"

谭嗣同单刀直入："外侮不足虑。可忧者，内患耳。"

袁世凯忙问其故。

谭嗣同："公受特恩，当思图报。今上将有大难，非公不能救！"

袁世凯变色："袁家世沐皇恩，此番又蒙不次提拔，敢不肝脑涂地以报天恩？不知皇上难在何处？"

谭嗣同："荣禄近日献策，将废君弑君。"

袁世凯盯着他瞧了半天，感觉不像在讲冷笑话，便摇头说荣禄颇有忠义，绝无谋逆的可能，定是谣言。

谭嗣同把徐仁禄在小站说的话又复述了一遍，提醒袁世凯：你升不了官，盖因荣禄压制；之所以升官，全靠我们保举。

说着拿出一道奏折交给袁世凯，上面写着详细的政变计划，比岛田庄司的推理小说还玄幻。

袁世凯看后"魂飞天外"，下意识道："围颐和园做什么？"

谭嗣同杀气毕露："不除此老朽，国不能保。此事在我，公不必问。"

袁世凯表示，要杀太后，部下很难听命。

谭嗣同："我雇有好汉数十人，去此老朽，无须用公，只请你做两件事——诛荣禄、围颐和园。公如不允，我即死在公前。公之性命在我手，我之性命在公手。今晚必须定议，我即进宫请旨。"

袁世凯寻思着核心机密都让自己听去了，坚拒的话搞不好真要流血五步伏尸二人，便道："事关重大，断非草率所能决定。况且，你今晚进宫，皇上也未必允准。"

谭嗣同："我有挟制之法，定然能准。明日皇上必有朱谕一道，当面交给你。”

袁世凯闻言，更觉恐怖。挟制？莫非要绑架皇帝不成？只好继续同他磨：“北洋宋庆、董福祥和聂士成各军共计4万，京内旗兵又有数万。而本部人马不过七千，只怕外面军队一动，京师立刻戒严，则皇上危矣。”

谭嗣同认为不足虑：“待兵动时，将皇上朱谕遍晓各军，同时照会列国，谁敢乱动！”

袁世凯：“粮械子弹，均在天津，不在小站营内。必须先将粮弹领足，方可动兵。”

谭嗣同：“既如此，我请皇上先将朱谕交给你存收。待布置妥当，一面密告我日期，一面动手。”

这么惊悚的定时炸弹，袁世凯如何肯接：“我不敢惜死，只担心万一泄露，累及皇上。一经纸笔，便不慎密，切不可先交朱谕。你且先回，容我熟思，半月后布置妥当，再告诉你怎么办。”

谭嗣同自然不干：“皇上很着急，我有诏书在手，必须拟定一个办法，方可复命。”说着拿出光绪交给杨锐，又被康有为篡改的密诏。

袁世凯发现是用墨笔写的，当即诘问：“此非朱谕，且无诛荣禄、围颐和园之说！”

谭嗣同：“这份是抄录的。谕内所称‘良策’，即包含此二事。”

袁世凯本来打定主意，既不答应，也不拒绝，却见谭嗣同声色愈厉，衣襟高耸，似乎藏有凶器，便和缓道：“圣驾即将巡幸天津。届时军队汇集，只需皇上一寸纸条，谁敢不遵？何事不成？”

“等不到那时就要废弑皇上了，形势非常紧迫！”

“巡幸之命既下，必不会出意外。”

“若彼时不出巡，怎么办？”

“现已预备妥当，耗资甚巨，我会请荣禄力劝太后，必定出巡。此事在我，你大可放心。”

谭嗣同无言以对。

事实上，围园杀后，他本不赞同，曾明确向毕永年表示："此事甚不可，而康先生必欲为之，且使皇上面谕，我奈之何？"

更早些时，他坚定地站在反清的立场上，抱怨康有为转向变法维新是横生枝节。然而，一旦谭嗣同认准之人，认定之事，即事友以忠，死不旋踵。

谭嗣同："报君恩，救君难，立奇功大业，在公此举。"说着，用手拍了拍脖子："若贪图富贵，告变封侯，害及天子，也在于公。"

袁世凯微愠道："你当我是什么人！袁家三代深受国恩，断不至忘恩负义，贻误大局！但能有益于君上，必当生死以之。"

这倒是实话。以袁世凯滴水之恩必涌泉相报的做人原则，对光绪，他是充满了报效之情的，故而激动道："阅兵时，如果皇上到我营中，杀荣禄如杀一狗！"

谭嗣同总算相信，起立作揖，连称袁世凯为"奇男子"。

夜，已经很深了。

袁世凯借口还要赶办奏折，谭嗣同这才起身告辞，离开法华寺。

规行矩步

看完戏的慈禧打了个哈欠，随手拿起杨崇伊的奏折。

须臾，折子被重重地拍到桌上。慈禧对李莲英道："明日一早，摆驾回宫！"

原来，杨崇伊说皇上准备于9月20日接见伊藤博文。

引用伊藤专权执政的传言，得到了证实。

站在慈禧的角度，旨在任用洋人的懋勤殿提案已被驳回，还爆发了激烈的争吵，光绪竟敢一意孤行——如果这都能忍，我就不姓叶赫那拉了。

乾清门内已经掌灯，烛光从门中透出，照在阶前那对雄踞在石台的铜狮子上。白天显得威猛狰狞的狮子，好像在黑暗中睡着了。

第二天早餐后，毕永年发现彻夜未归的谭嗣同一脸疲倦地回来了，忙向他打听消息。

谭嗣同一边梳头，一边有气无力道："袁没有答应，但也没有坚决推辞，想慢慢地办。"

毕永年追问道："袁究竟可不可用？"

谭嗣同没有正面回答，而是发牢骚说康有为坚持用袁。

毕永年慌了："昨夜是否将密谋全部告诉袁了？"

谭嗣同点头。

毕永年急得跳了起来："事情完全失败了，完全失败了！这是何等事，能说出口而停止不办的吗？公等恐怕要有灭族之祸了！我不能和你们同罹此难，马上搬出这里。兄也当自谋，犯不着与他们同归于尽啊！"

午后，毕永年迁居邻近的宁乡会馆，密切关注局势变化。康有为则四方奔走，为光绪，也为自己做垂死挣扎。

先是容闳表示可以找美国公使帮忙，康有为觉得意义不大，又去找李提摩太，结果得知英国公使去北戴河避暑了。最后前往日本使馆拜访伊藤博文，请他谒见太后时为皇上陈情。

伊藤说自己未必能见到太后，如果见到，一定帮忙。

通往紫禁城的路上，600多人组成的车队浩浩荡荡，轿子上的慈禧脸色铁青。

宫里一切如昨，杨深秀上奏建议挖掘传说中圆明园地下埋藏的金银，似乎在给光绪调袁部入京提供借口。

光绪已经有了不祥的预感，对军机大臣们悲壮道："朕不自惜，死生听天由命，你们如肯激发天良，顾全祖宗基业，保全新政，朕死而无憾。"

法华寺。

袁世凯闭门谢客，与徐世昌商讨对策。

不告发康党一成胜算都没有的阴谋，就无法与之撇清干系，辛辛苦苦积攒起来的一切便会付之东流。

芥川龙之介说过，最聪明的处世术是既对世俗投以白眼，又与其同流合污。袁世凯的选择，不言自明。

傍晚，慈禧返回紫禁城，直抵光绪寝宫，将奏章悉数收走，并下命今后军机四章京签署的所有文件都要交给她看。

当晚，康有为刚回到南海会馆，众人便力劝其南下避避风头。随即，谭嗣同迁往浏阳会馆，梁启超跑到容闳的寓所，一时间人去楼空。

9 月 20 日一早，袁世凯进宫请训。

光绪一言不发。

心思缜密的袁世凯清楚，皇帝多半已被监控，便道："古今各国的变法都不是轻而易举之事，若非有内忧，便是有外患。请皇上忍耐待时，一步步经营料理。如果操之过急，必会产生流弊。而且变法尤其要得人心，必须有真正明达时务，老成持重如张之洞这样的人赞襄主持，方可上承圣意。新进诸臣，固然不乏勇猛之士，但阅历太浅，办事不密。倘有失误，累及皇上，关系就重大了。总求十分留意，则天下幸甚！臣受恩深重，不敢不冒死直陈。"

袁世凯所言，都是披肝沥胆的心里话，故光绪"颇为动容"。但以太后宠臣张之洞为例，显然也讨好了慈禧。

见光绪不答，袁世凯只好请安退下。一侍卫大臣趁机拍了下他的后背，小声赞道："好小子。"

对方显然是慈禧派来的耳目，袁世凯惊出一身冷汗。

汽笛急促，火车驶往天津。事已至此，袁世凯不再动摇。

选择荣禄作为告密的对象，皆因他牵涉其中，不敢等闲视之。并且，卖个人情给后党砥柱，何乐不为？

中南海勤政殿。

对伊藤博文的接见只持续了 15 分钟，屏风后慈禧阴鸷的眼神使之成为例行公事。

伊藤进殿时，张荫桓主动上前握手，又挽着他的衣袖，将之带到丹墀下。慈禧看不懂这一西方礼节，以为张荫桓在光绪的纵容下肆无忌惮，败坏规矩。

直隶总督署。

告密也要讲究策略。康党的密谋，袁世凯没有全部抖出。他只说围园，对杀后却只字不提。

这样一来，既保护了光绪，也避免了慈禧大兴刑狱，波及到一度与康党走得很近，名列强学会的自己。

署中人来人往，袁世凯刚说了个大概便被阻断，只好先行告辞。

第二天一早，荣禄来到袁府，听袁世凯说完，立刻大呼冤枉："荣某若有丝毫犯上之心，天必诛我！"

袁世凯："此事与皇上毫无关系，如果危及帝位，我只有服毒自尽了。"

由于牵涉光绪，两人不敢轻举妄动。筹商良久，却无对策，荣禄先行回署。

当晚，袁世凯又被荣禄召去面谈，发现杨崇伊在场，方知慈禧已经发动政变。

戊戌政变

杨崇伊 30 岁中进士，入翰林院，却直到 45 岁才得了个从五品的监察御史之职，大有时不我待之感。

戊戌变法开始后，杨崇伊四处活动。他认准了作为慈禧亲信的荣禄，孜孜不倦地跑到天津套近乎，向其报告康党的活动，表达忠心。

杨崇伊希望荣禄出面保举他。但荣禄用人是有标准的，他打心眼里看不上杨崇伊这号人。不过碍于面子，也只好敷衍几句，说我作为封疆大吏，按规定是不能奏调御史的，嗣后若有机会，一定帮忙。

当日，杨崇伊向荣禄讲述了白天发生的事……

凌厉的声音穿过重重朱门，在空旷的广场上回响。镜头缓缓下降，直至乾清门的门梁顶住了画面的上方，使人心生压抑。

乾清宫，慈禧阴沉着脸端坐在铺着黄缎的龙椅上。

变法期间所有的奏章已检视完毕，虽说围园杀后的"惊世创举"尚未暴露，但各种反动言论琳琅满目，蔚为大观。

慈禧决定在这一天宣布训政。

御座的一边跪着孤零零的光绪，另一边是王公大臣，正中则摆着实行家法用的竹杖。

慈禧骂道："天下是祖宗的天下，你怎么敢任意妄为！这些大臣都是我多年挑选留下来辅助你的，你怎么敢随意不用！康有为什么东西，能胜过我选用的人？你怎么这么昏聩，不肖成这个样子！"

见众人噤若寒蝉，慈禧又道："皇帝无知，你们为什么不尽力谏阻？以为我真的不管，听任他亡国败家？年春奕劻再四地说，皇上既然肯励精图治，说我也可以省心了。我想的是外臣不知内情，且有不学无术的，反倒以为我把持朝政，不许他放手办事，今天可算是知道他不行了吧。他是我拥立的，亡了国，罪过在我这儿，我能不过问吗？你们不谏诤，就是你们的罪过了。"

刚毅趁势道："我屡次苦谏，每回都被谴责训斥。其他几位军机大臣，有劝谏的，也有不说话的。"

慈禧对光绪道："变乱祖制，臣下若犯了这条，你知道是什么罪吗？试问，是你祖宗重要呢还是康有为重要？"

光绪战栗道："儿臣固然糊涂，但洋人逼迫太急，想要保存国脉，通融试用西法，并非听信康有为之法。"

慈禧听到洋人两个字就来气，声音立马高了八度："难道祖宗反倒不如鬼子？康有为图谋不轨（直觉颇准），你不知道吗？还敢回护吗？"

光绪默然无语。

很快，一纸以皇帝的名义发布的上谕称康有为"结党营私，莠言乱政，着革职缉拿"。同样被革的还有宋伯鲁，同样被拿的还有康广仁。

当步军统领衙门到南海会馆抓人时，康有为已通过李提摩太登上了太古公司的"重庆号"，驶往上海。梁启超也冲进日本使馆求救，据公使林权助回忆，"他脸色苍白，漂浮着悲壮之气，可见事态非常。"

杨崇伊讲完，荣禄递给袁世凯一杯茶，开玩笑道："此非毒药，你可以喝了。"

接着，袁世凯把康党围园劫后的阴谋和盘托出，杨崇伊心下狂喜，飞奔回了北京。

政变的烈度由此扩大。

谭嗣同预感不祥，帮康广仁料理完狱中饮食后来到日本使馆，劝梁启超出走东洋，并以书稿相托。

诀别时，谭嗣同浩然道："不有行者，无以图将来；不有死者，无以酬圣主。"与梁启超一抱后，他大步流星地走出了使馆。

当晚，梁启超换上西服，断发走东瀛。

康有为的逃亡则像老年观光团一样悠闲。他根本不知道政变已经发生，只是谨遵圣旨，赴沪办报，还恋恋不舍，一步三回首。

神棍一般都如有神助。清政府的"飞鹰号"没日没夜地狂追重庆号，眼看就要在烟台赶上了，结果燃煤耗尽，船开不动了。

另一边厢，康圣人像裹了层护法光环，竟然有恃无恐地在烟台下船活动筋骨，还去闹市区购物。

其实，缉捕康的电报早就发给登莱青道，可此道道台正巧不在烟台，于是成全了康有为的山东一日游。

然而，终点站的天罗地网已经布下。

上海道蔡钧收到电报后磨刀霍霍，草木皆兵，以至于惊动了英国驻上海领事白利南。

在白领事的安排下，抵沪的康有为还来不及逛外滩就被护送去了香港。

9 月 23 日，通过奕劻接到了杨崇伊状告康党围园密谋的慈禧，立即下命逮捕军机四章京和张荫桓、徐致靖，并幽禁光绪于中南海的湖心岛瀛台。

风声鹤唳中，既非康党也没参与密谋的御史杨深秀主动跳进火坑，见义勇为地上奏质问慈禧凭什么软禁皇帝，并"请太后迅速撤帘归政"。

上完折子便行动起来，亲自去南苑游说董福祥进京救驾。

结果一出门便被抓。

谭嗣同和王照妄想绝地反击，一个找大刀王五，一个找日本人，均不了了之。王照浪迹日本，谭嗣同则于次日被捕。

当晚，李鸿章宴请伊藤博文，政变成为席间议论的主题。

伊藤的随员大冈育造坐在李鸿章旁边，问他康有为所犯何罪？

李鸿章："无非煽动人心，犯了众怒。"

大冈育造："依在下愚见，与其搜拿惩办康有为，不如加以培植，为振兴中国留些余地。毕竟康之所行，无非是在扩充中堂大人未竟的事业。"

李鸿章："你说的全对，康有为日后可以大有作为，只是从眼下的情况看，是没有任何办法的。"

慈禧最恨者，张荫桓与康有为二人也。

前者整个一翁同龢加强版，后者更是丧心病狂要劫持自己。两人狼狈为奸一唱一和，几乎把洋人引进了朝廷，堪称带路党的先驱。

现在康有为跑了，张荫桓赫然成了匪首，所有人看他的目光都像看死人一样。

然而，在日本和英国的外交干涉下，张荫桓竟然没死，而是流放新疆。望着英国公使几近恫吓的辞令（"处决张荫桓这样一位在西方各国闻名的高级官员，将会引起很坏的结果"），慈禧恨得牙痒痒。

当然你会问，怎么戊戌年日英两国这么关心中国的内政？

都是让《中俄密约》给逼的。为了阻止俄国在华势力的扩张，日英联盟，共同寻找中国政界的代言人。宠命优渥的张荫桓和过蒙拔擢的康有为是他们最中意的人选。

雷霆能否启寐

剩下的人犯里，官职最高的是徐致靖。保举康梁的正是徐致靖，用四川话说就是"跑得脱，马脑壳"。

然而，鲜为人知的是，徐家同李家有一段极深的渊源。李鸿章在力保徐致靖一事上发力，重托荣禄，说："年侄致靖是个书呆子，好唱昆曲，并不懂新政，你给讲个人情。"

虽说为难，但李鸿章的面子还是要买。荣禄以"徐致靖升礼部侍郎后，皇上从未召见"为由，劝慈禧给条生路。

查完档案，的确如此，于是由"斩立决"改为"斩监候"。

真相是徐致靖耳背，光绪为防隔墙有耳，不敢跟他大喊，故有事相商，往往派人传话。

9月26日，清政府宣布：恢复被光绪精简掉的机关单位；禁止士民上书言事。

一夜回到百日前。

本来还想立一座依法治国的牌坊，让奕劻会同三法司（刑部、都察院、大理寺）审理军机四章京和杨深秀、康广仁，最后慈禧实在难抑怒火，直接让拉到菜市口砍了。

戊戌六君子，最冤属康广仁。他既不是公务员，也没有参与康党的阴谋，只是寄宿在其兄那儿，偶尔帮帮腔。

因此抓人时，他跑都没跑。

谁知后果非常严重。

狱中的康广仁整日以头撞墙，悲痛呼号——他压根就不想当什么"六君子"。

谭嗣同意气自若，终日绕行室中，拾取地上的煤屑，在墙上作书。林旭则笑对一切，完全一副事不关己的模样。

9月28日，传唤人犯。康广仁以为死期将至，又大哭。刘光第曾任职刑部，安慰说："这是提审，非就刑，毋哭！"

既而牵引从西角门出，刘光第这才愣了：按惯例，绑赴市曹处斩者，始出西角门。于是大骂道："未提审，未定罪，就要杀头吗？何以昏聩至此！"

人山人海的场景不禁让人疑心穿越回了明末，那次围观的是袁崇焕。250年过去，除了脑袋后面多了条辫子，似乎什么都没变。

监斩官刚毅色厉内荏地坐在台上。

刘光第大声道："祖制虽盗贼临刑呼冤，亦当复讯，吾辈纵不足惜，如国体何？"

虽说杜鹃啼血，诚可哀怜，但你也不是第一天在中国生活了。这个国家里，最痛苦的其实是学法律的。

刘光第用刑部的那套思维方式一再质问，刚毅最后两手一摊："我不过是奉命监刑，其他的一概不知。"

狱卒强令六人下跪，刘光第倔立不屈，杨锐悲凉道："斐村（刘光第字）跪跪吧，权当是遵旨了。"

乃跪下就戮。

谭嗣同很平静，说"吾有一言"，让刚毅上前。

气场强大，逼得刚毅不敢动弹。

良久，谭嗣同放声大笑。刽子手举起了鬼头刀。突然，像从浮云里划破一条长空，谭嗣同的喊声震天动地：

有心杀贼，无力回天；死得其所，快哉快哉！

此日，阴霾密布，风雨交作。身在北京的严复怀着沉重的心情写下"燕市天如晦，宣南（宣武门以南）雨又来"。

长沙。

李闰抚摸着夫君的照片，淋漓襟袖啼红泪。

那是谭嗣同三十二岁那年，摄于南京的照片。月白色的长衫，内着玄色武士装，左手叉于腰间，右手持那柄伴他行走江湖的凤钜剑，浓眉俊眼，闪闪似电，有一种立如山岳，傲视死神的正气。

谭嗣同只有这一个妻子，两人琴瑟和鸣，恩爱有加。

应召去京前，夫妻二人曾秉烛夜话，对弹"残雷"与"崩霆"。

十六岁那年夏天，谭家宅院一颗高约六丈的梧桐树被雷霆劈倒。谭嗣同以其残干制成两架七弦琴，命名为"残雷""崩霆"。

剑胆琴心，物是人非。望着两琴，李闰恸哭，写下"惨淡深闺悲夜永，灯前愁煞未亡人"的诗句。

更惨的是杨深秀和林旭的妻子，听闻丈夫死讯，双双仰药自尽……

杀六君子者，非袁世凯也，实康有为也。

甚至连那首著名的绝命诗《题壁狱中》也未能逃脱康党的毒手。为了抹去诗中"杀太后"的政变计划，谭嗣同的原句"手掷欧刀仰天笑，留将公罪后人论"被篡改为"我自横刀向天笑，去留肝胆两昆仑"。

后者的确更有气势，但出处却是太平天国将领苗沛霖的《秋宵独坐》……

康圣人自言"复生不复生矣，有为安有为哉"。其实并非无为，而是乱为。

公认的说法是：杨崇伊的奏折启动了戊戌政变，袁世凯的告密则扩大了政变。

事实上，慈禧既已决心训政，康广仁也已下狱，审出康有为蹩脚的谋反计划只是时间问题。

换作任何人，只凭谭嗣同的一份伪诏，就押上全家老小去完成不可能完成的任务（七千对七万），都不可能。

而且，康党素来冒失，事机不密，风声一旦传出去，不告密势必连累自己。袁世凯避重就轻地把"围园杀后"说成"围园劫后"，已然仁至义尽。

反观康有为，在香港接受英文报纸采访时对慈禧痛加鞭笞，还谎称光绪给了自己衣带诏，以便找英国人求救，恢复帝位。

自己倒是爽了，可以跑到海外继续招摇撞骗，却把光绪置于万劫不复之地。

白浪翻滚，海鸥啁啾。

大岛号的甲板上，梁启超心事浩渺，轻声吟诵着刚刚草就的《去国行》：

割慈忍泪出国门，掉头不顾吾其东。

舰长见他一天到晚倚着船舷发呆，怕他想不开投海自尽，便把当时日本的畅销书《佳人奇遇》送给梁启超，供他消愁解闷。

柴四郎的这本玄幻小说颇具国际视野，很有大片气质。他虚构了四个主人公：日本青年东海散士、流亡海外的西班牙将军的女儿幽兰、投身爱尔兰独立运动的美女红莲以及从事复国运动的明末遗臣鼎泰琏。

这帮人聚集在美国，把北美独立战争、法国大革命乃至东学党起义、甲午战争贯穿一线，各国历史名人也相继登场。

书中有故国沦亡，有男欢女爱，堪称百年前的大河剧，看得梁启超感同身受，不忍释卷。

受其影响，抵日后的梁启超写了一本模仿之作《新中国未来记》，虚构了从 1902 年到 1962 年六十年间中国的变化。

小说伊始是八国联军攻克北京，南方各省实行自治，到 1912 年开设国会，成立"大中华民主国"。皇帝罗在田（暗指光绪帝爱新觉罗载湉）自动退位，被国会选为首任总统。

第二任总统是缔造共和国的功臣黄克强，取"炎黄子孙能自强"之意，不料恰好契合了后来的黄兴（字克强）。

经过 50 年的改革，中国的经济、文化高度发达，成为超强国家，外国人纷纷学习汉语。

1962 年，各国政要齐集首都南京，庆祝中国维新 50 周年，"好不匆忙，好不热闹"。同时，在上海举办的世博会上，专家纷至，学者云集，而博览会也不只展示科技，更是各种观念、思想的碰撞与交流的论坛。

可惜，他猜准了开始（1912），却猜不中结局（1962）。

一个月后，荣禄采纳袁世凯的建议，改宋庆、袁世凯、聂士成、董福祥四军为武卫左（驻山海关）、右（驻天津小站）、前（驻天津宁河）、后军（驻天津蓟县），并自募 27 营直辖，称"武卫中军"（驻北京南苑）。

合编而成的武卫军拱卫京畿，由荣禄统率，成为清末最强的国防力量。

袁世凯此举既投荣中堂所好，又让慈禧找到了"中央集权"的良好感觉，可谓一举两得。

当再有人向荣禄搬弄是非说，"袁世凯先前同康党走得很近，后来又检举康党，首鼠两端"时，荣禄总是摆手道："袁世凯是我的人，无所谓首鼠两端。"

附录：清代官员编制

皇族：

分宗室和觉罗。命好命坏全看祖上跟塔克世的关系。塔克世是清太祖努尔哈赤的父亲，生了五个儿子，这五个儿子的后代就是宗室。而塔克世的伯叔兄弟这些支脉，后代均为觉罗。

宗室封爵：

亲王、郡王、贝勒、贝子、公（奉恩镇国公、奉恩辅国公、镇国公、辅国公）、将军（镇国将军、辅国将军、奉国将军、奉恩将军）、闲散宗室。除军功卓著，经皇帝特恩，亲王之一子可以世袭亲王爵位外，其余王公子孙都要降级袭封。

中央文职：

内阁作为明代的最高权力机关被军机处代替，内阁大学士成了一种虚衔，由尊到卑分别为保和殿大学士、文华殿大学士、武英殿大学士、文渊阁大学士、东阁大学士、体仁阁大学士（以上均为正一品）以及协办大学士（从一品）。

虽有实权，但无论正一品的"大军机"（军机大臣）还是正四品的"小军机"（军机章京，军机大臣的属官），都不能和明朝的内阁大学士相提并论，而只是执行皇帝个人意志的私人秘书。

清朝的六部比之明朝，也大为缩水。虽然各部尚书和都察院（纪检监察）的左右都御史仍位居从一品的高位，各部侍郎和都察院的左右副都御史都居正二品的高位，但由于尚书满汉各一人，左右侍郎满汉各一人，一共六个堂官，皆可对皇帝密折言事，相互掣肘，谁也无法独大。再加上皇帝经常越过六部直接跟地方对话，六部堂官很大程度上成了有名无实的摆设。

各部下设数目不等的司，司长郎中（正五品），副司长员外郎（从五品），司员主事（正六品）。

除此之外，中央直属机关还有理藩院（管理蒙古和西藏等少数民族事务，汉人不得入院任职），长官为从一品尚书；内务府（内务大管家），长官为正二品内务府总管；翰林院（最高学术机关），长官为从二品掌院学士，下设侍读学士、侍讲学士（从四品），侍读、侍讲（从五品），修撰（从六品，考中状元立授此职），编修（正七品，考中榜眼、探花立授此职），检讨（从七品，进士的二甲、三甲考生会留馆学习朝章国故，称"翰林院庶吉士"。三年后散馆考试，通过者授予编修或此职）；大理寺（最高司法机关），长官为正三品大理寺卿；通政司（国家通讯社。上传下达，收受各省奏疏），长官为正三品通政使；宗人府（管理皇族事务），长官为正三品宗人府丞；国子监（最高学府），长官为从四品祭酒。

此外，还有12个自古流传下来的荣誉称号：太师、太傅、太保（三公，正一品赐）；太子太师、太子太傅、太子太保（三师，从一品赐）；少师、少傅、少保（三孤，从一品赐）；太子少师、太子少傅、太子少保（三少，正二品赐）。无定员，随皇帝喜好赐予有功的文臣武将。

地方文职：

总督（统管一省或多省军政、民政的封疆大吏）按理说是正二品，但由于要节制兵权，常加兵部尚书或都察院左右都御史衔，因此多为从一品。

晚清的直隶总督（辖直隶一省，治所保定、天津各设一处）兼负责对外通商事务的北洋大臣一职，地位极其尊贵，甚至在军机大臣之上；两江总督（辖江苏、安徽、江西三省，治所南京）兼南洋大臣，地位仅次于直隶总督。

湖广总督辖湖南、湖北二省，治所武昌；两广总督辖广东、广西二省，治所广州。两广和湖广由于民丰物埠，扼交通要道，因此其总督地位也异常显赫。

闽浙总督辖福建、浙江二省，治所福州；四川总督辖四川一省，治所成都；陕甘总督辖陕西、甘肃二省，治所西安。

陕甘只在左宗棠任总督时，地位稍显。

云贵总督辖云南、贵州二省，治所昆明，地位最低。

清末又增设东三省总督，辖黑龙江、吉林、奉天三省，治所沈阳。

另外，直隶、湖北、福建、四川、广东、云南六省到了光绪年间，不再设置巡抚（正二品，常兼兵部侍郎或都察院副都御史衔，专管一省之军政与民政），而由总督兼任。山东、山西、河南则没有总督管，只有一个巡抚。

此外，还有跟粮食相关的仓场总督（管天下粮仓，正二品）、漕运总督（管粮食转运，正二品）和河道总督（管全国水路，正二品）。

巡抚之下，是布政使（从二品，俗称藩台，专掌一省民政）和按察使

（正三品，俗称臬台，专管一省司法），再往下则是"厅局级"的道台。

正四品的道台分"守道"和"巡道"。守道管理若干府（市）县，巡道则相当于各省厅长，比如粮道（粮食厅厅长）、河道（水利厅厅长）。

道之下是府，知府是从四品的一市之一把手，同知是正五品的一市之二把手。中央直辖的府高一级，比如顺天府尹是正三品，顺天府丞是正四品。

再往下是州、县。州是"县级市"，往往由特殊地区或繁华紧要之县改设。知州为从五品，州同为正六品。知县为正七品，县丞为正八品。

武职：

领侍卫府是皇帝的亲军，长官为正一品的领侍卫内大臣；步军统领衙门负责北京城的警卫，长官为从一品的九门提督。

领侍卫内大臣职司皇宫安全，品级高，手下却没多少人，一般由多人兼任。而九门提督是专人专职，保卫首善之区，兵多权大。

清朝的军事系统分为八旗军和绿营（汉军）。

八旗军又分为在京的和外地驻防的。在京的有骁骑营、前锋营、护军营、步兵营、健锐营、火器营、神机营、虎枪营、善扑营九支部队，各营长官为正二品的"统领"；驻防军的长官为从一品的"将军"（仅授满人，与爵位中的"将军"概念不同），相当于管辖数省八旗军的大军区司令。虽品级与总督同，实权却不如后者。一些边远省份不设总督，而以将军兼管民政。

将军之下是正二品的副都统（掌一省之八旗军）。当然你会问，都统哪去了？事实上，最早八旗军一旗的长官叫都统（如正白旗都统），后来承平日久，各旗都被打散，都统一职也只剩下两个，分驻张家口与热河。

张家口的都统兼管察哈尔（省）的游牧之事，称为"察哈尔都统"（从一品），辖兵两万人。热河都统兼管木兰围场，辖兵九千人。

　　绿营在省一级的军事长官为从一品的提督，受总督节制。提督之下是正二品的总兵，受巡抚节制。再往下则是从二品的副将、正三品的参将、从三品的游击、正四品的都司、从四品的守备、正五品的千总以及正六品的百总。

参考文献

《清稗类钞》，徐珂编，中华书局 2010 年版。

《清通鉴》，章开沅编，岳麓书社 2000 年版。

《清史稿》，中华书局 1998 年版。

《清实录》，中华书局 2008 年版。

《国闻备乘》，胡思敬著，中华书局 2007 年版。

《一士类稿》，徐一士著，中华书局 2007 年版。

《国史大纲》，钱穆著，商务印书馆 2015 年版。

《梦蕉亭杂记》，陈夔龙著，中华书局 2007 年版。

《晚清七十年》，唐德刚著，岳麓书社 1999 年版。

《饮冰室合集》，梁启超著，中华书局 1989 年版。

《越缦堂日记》，李慈铭著，广陵书社 2004 年版。

《翁同龢日记》，翁同龢著，中华书局 2006 年版。

《国史纲要》，雷海宗著，武汉出版社 2012 年版。

《汪穰卿笔记》，汪康年著，中华书局 2007 年版。

《近代中国史纲》，郭廷以著，中华书局 2018 年版。

《花随人圣庵摭忆》，黄濬著，中华书局 2013 年版。

《清宫二年记》，德龄著，江苏教育出版社 2006 年版。

《晚清政治新论》，王开玺著，商务印书馆 2018 年版。

《李鸿章全集》，戴逸编，安徽教育出版社 2007 年版。

《袁世凯全集》，骆宝善编，河南大学出版社 2013 年版。

《世载堂杂忆》，刘成禺著，辽宁教育出版社 1997 年版。

《忘山庐日记》，孙宝瑄著，上海人民出版社 2015 年版。

《中国近代史》，蒋廷黻著，上海古籍出版社 2006 年版。

《甲午战争史》，戚其章著，上海人民出版社 2014 年版。

《绮情楼杂记》，喻血轮著，中国长安出版社 2011 年版。

《晚清史事》，杨天石著，中国人民大学出版社 2011 年版。

《恽毓鼎澄斋日记》，恽毓鼎著，浙江古籍出版社 2006 年版。

《康有为全集》，康有为著，中国人民大学出版社 2007 年版。

《朝鲜李朝实录中的中国史料》，吴晗编，中华书局 1980 年版。

《庚子西狩丛谈》，吴永口述、刘治襄记，中华书局 2009 年版。

《中国近百年政治史》，李剑农著，复旦大学出版社 2002 年版。

《北洋军阀统治时期史话》，焦菊隐著，山西人民出版社 2013 年版。

《戊戌变法史事考》，茅海建著，生活·读书·新知三联书店 2005 年版。

《革命史谭·梅楞章京笔记》，陆丹林、丁士源著，中华书局 2007 年版。

《龙旗飘扬的舰队：中国近代海军兴衰史》，姜鸣著，生活·读书·新知三联书店 2002 年版。

《中国近代史》，【美】徐中约著，世界图书出版公司 2008 年版。

《中华帝国的衰落》，【美】魏斐德著，民主与建设出版社 2017 年版。

《清朝全史》，【日】稻叶君山著，上海社会科学院出版社 2006 年版。

《剑桥中国晚清史》，【美】费正清著，中国社会科学出版社 2018 年版。

《孙中山：壮志未酬的爱国者》，【美】韦慕庭著，新星出版社 2006 年版。

《追寻现代中国：1600——1949》，【美】史景迁著，四川人民出版社2019年版。